DROEMER

KIMBERLY
McCREIGHT

Die perfekte Mutter

THRILLER

Aus dem Englischen
von Kristina Lake-Zapp

Die amerikanische Originalausgabe erschien 2015 unter dem Titel
»Where They Found Her« bei HarperCollins Publishers, USA.

Besuchen Sie uns im Internet:
www.droemer-knaur.de

Deutsche Erstausgabe Juli 2024
© 2015 by Kimberly McCreight
© 2024 der deutschsprachigen Ausgabe Droemer Verlag
Ein Imprint der Verlagsgruppe
Droemer Knaur GmbH & Co. KG, München
Alle Rechte vorbehalten. Das Werk darf – auch teilweise – nur
mit Genehmigung des Verlags wiedergegeben werden.
Die Nutzung unserer Werke für Text- und Data-Mining
im Sinne von § 44b UrhG behalten wir uns explizit vor.
Redaktion: Gisela Klemt
Das Zitat auf S. 150 stammt aus »Maurice« von
E. M. Forster, Nymphenburger, München 2003,
Das Zitat auf S. 289 stammt aus
»Like a perhaps hand« von E. E. Cummings.
Mit freundlicher Genehmigung des C. H. Beckverlags
Covergestaltung: SO YEAH DESIGN, Gabi Braun
Coverabbildung: © Reilika Landen / plainpicture
Satz und Layout: Adobe InDesign im Verlag
Druck und Bindung: GGP Media GmbH, Pößneck
ISBN 978-3-426-30950-6

2 4 5 3 1

*Für alle Töchter,
besonders für meine eigenen.*

Auch wenn man kleine, weiße Gartenzäune
errichtet, kann man nicht verhindern,
dass einen Albträume heimsuchen.

Anne Sexton

Molly

Der Himmel hinter unserem großen Panoramafenster wurde gerade hell, als ich die Augen öffnete. Es war noch nicht ganz Morgen. Noch kein Weckerklingeln. Noch nicht. Irgendetwas hatte mich geweckt. Ein Geräusch. Das jetzt erneut ertönte. Es kam von meinem Handy, das auf dem Nachttisch vibrierte. *Erik Schinazy* leuchtete auf dem Display auf.

Ich wischte über den grünen Hörer.

»Ist alles okay?«, fragte ich, ohne Hallo zu sagen.

In den wenigen Monaten, die ich nun bei der kleinen, aber angesehenen Tageszeitung *Ridgedale Reader* arbeitete, hatte mich der Chefredakteur nie außerhalb der Geschäftszeiten angerufen. Es hatte einfach keinen Grund dazu gegeben. Als Journalistin für Kultur-, Lifestyle- und Boulevardthemen lieferte ich Storys, die nicht unbedingt von besonderer Relevanz waren.

»Tut mir leid, dass ich so früh störe.« Erik klang müde. Oder zerstreut. Oder sonst was.

Für eine Sekunde fragte ich mich, ob er getrunken hatte. Angeblich war Erik inzwischen weg vom Alkohol, aber das Gerücht, dass er deswegen seine Stelle beim *Wall Street Journal* verloren hatte, hielt sich hartnäckig. Es fiel einem schwer, sich den pingeligen Erik mit seiner aufrechten, steifen Körperhaltung, dem militärisch-zackigen Gang und dem raspelkurzen Haarschnitt sturzbetrunken vorzustellen. Seine Frau Nancy unterrichtete an der Ridgedale University Psychologie, doch es *musste* eine andere Erklärung für seinen Wechsel zum *Reader* geben als die, dass er es sattgehabt hatte, ständig zwischen New York City – wo sie lebten, als er beim *Journal* beschäftigt gewesen war – und Ridgedale zu pendeln. Ein Journalist seines Kalibers landete nicht einfach so bei einer Lokalzeitung, Chefredakteur hin oder her.

Nicht, dass ich mir ein Urteil erlauben dürfte. Ich hatte meinen Job beim *Reader* Nancy zu verdanken, die im Vorstand vom Fakultäts-Willkommenskomitee saß. Keine Ahnung, wie sehr Nancy Erik unter Druck gesetzt hat, mich zu engagieren, oder wie verzweifelt Justin meine Lage dargestellt hatte – die überaus freundliche, fast therapeutische Art und Weise, mit der Nancy mich behandelte, war in der Tat verdächtig. Dabei war ich mir ziemlich sicher, dass ich mit meinem Abschluss in Rechtswissenschaften und einem Jahrzehnt Erfahrung als Juristin bei NAPW, den National Advocates for Pregnant Women, einer Interessenvertretung für die Rechte von Müttern und schwangeren Frauen, nicht gerade als qualifizierteste Kandidatin für den Posten beim *Ridgedale Reader* galt.

Doch Justin – dank der Ridgedale University jetzt ordentlicher Professor der Anglistik – hatte gut daran getan, alle Hebel in Bewegung zu setzen, um mir einen Neuanfang zu ermöglichen. Für den *Ridgedale Reader* zu schreiben, hatte meinem Leben einen unerwarteten Sinn gegeben. Ich hatte erst vor Kurzem, nach vielen aufwühlenden Therapiesitzungen, akzeptieren können, dass die Trauer, die seit dem Tod unseres Babys unkontrolliert aus mir herausfloss, so lange weiterströmen würde, bis ich den Hahn gewaltsam abdrehe.

»Nein, nein, das ist schon okay, Erik«, flüsterte ich und versuchte, mich möglichst geräuschlos aus dem Bett zu rollen, um Justin nicht aufzuwecken. »Bitte bleib kurz dran ...«

Ich hatte gerade festgestellt, dass auch Ella in unserem Bett lag, ihren kleinen Körper an meinen gedrückt, als wäre sie eine Seepocke. Jetzt erinnerte ich mich vage: Ella, die neben meiner Bettseite stand ... Wahrscheinlich hatte sie einen bösen Traum gehabt. Immer wieder wurde sie von Albträumen heimgesucht und stieß schrille Schreie aus, obwohl sie dabei tief und fest schlief. Als Kind hatte ich dasselbe getan, und ich war bis zu Ellas Geburt der Überzeugung gewesen, dass dies auf das Zusammenleben mit meiner Mutter zurückzuführen war. Der Kinderarzt jedoch ging davon aus, dass die Angstzustände genetischer Natur waren. Ich konnte bei Ella besser damit umgehen als meine Mutter bei mir, die Kopfhörer aufgesetzt, ihre Tür abgeschlossen oder mich wütend angeschrien hatte. Und so verbrachte Ella die Nächte mittlerweile regelmäßig in unserem Bett, zwischen Justin und mir – eine Gewohnheit, der Justin sanft, aber entschieden ein Ende zu bereiten versuchte.

»Entschuldige, Erik, bitte sprich weiter«, bat ich, als es mir gelungen war, mich von Ella zu lösen und in den Flur zu schleichen.

»Ich hatte gehofft, du könntest mir helfen«, fing er an. Sein Ton war noch schroffer als sonst. Nancy war so warmherzig im Vergleich mit ihm. Ich fragte mich oft, wie aus ihnen ein Paar hatte werden können. »Ich musste die Stadt wegen eines familiären Notfalls verlassen, Elizabeth hat einen Auftrag in Trenton, und Richard ist im Krankenhaus, das bedeutet ...«

»Geht es ihm gut?« Nahezu reflexhaft stiegen Schuldgefühle in mir auf. Ich hatte Richard zwar nicht gerade die Pest an den Hals gewünscht, aber in einigen finsteren Momenten war ich nahe dran gewesen.

Elizabeth und Richard, beide Ende zwanzig, waren für die aktuellen Nachrichten zuständig, auch wenn sie nicht versuchten, mit den landesweiten Tageszeitungen zu konkurrieren oder mit den Online-News, die rund um die Uhr aktualisiert wurden. Stattdessen rühmte sich der *Ridgedale Reader* für seine ausführliche Berichterstattung mit jeder Menge Lokalkolorit. Gelegentlich bekam ich Aufträge von Erik, bei denen es darum ging, über den neuen Intendanten des renommierten Theaters der Universität, des Stanton Theatre, zu berichten oder über den viel gepriesenen Ridgedale-Buchstabierwettbewerb. Aber größtenteils suchte ich mir meine Storys selbst. So hatte ich zum Beispiel vor Kurzem einen Artikel über Community Outreach Tutoring verfasst, ein vielversprechendes Förderprogramm für Highschool-Abbrecherinnen und -Abbrecher, für das sich Ellas Kindergärtnerin Rhea starkmachte. Die Jugendlichen konnten sich dort auf den General Educational Development Test – kurz GED – vorbereiten, der ihnen den Zugang zu einem College oder einer Universität ermöglichte, obwohl sie keinen Highschool-Abschluss hatten.

Elizabeth war zumindest höflich zu mir gewesen, doch Richard hatte mehr als deutlich gemacht, dass er mich als überlastete Mutter betrachtete, die zu Unrecht mit an Bord war. Dass seine Einschätzung im Grunde korrekt war, machte es nicht besser.

»Wem soll es gut gehen?«, fragte Erik verwirrt.

»Sagtest du nicht gerade, Richard sei im Krankenhaus?«

»O ja, ihm geht es bestens«, erwiderte er in spöttischem Ton. »Gallenblasen-OP. Allerdings sollte man meinen, er wäre am offenen Herzen operiert worden, so wie er gejammert hat. Aber ich denke, er dürfte in zwei Tagen wieder fit sein. Allerdings nutzt mir das nichts, denn ich habe gerade einen Anruf bekommen. Jemand hat einen Leichenfund in der Nähe der Essex Bridge gemeldet.«

»Eine Leiche?«, quietschte ich und hasste mich selbst dafür. »Man hat einen Toten gefunden?«

»Das Geschlecht ist noch unbekannt, aber tot – ja. Das ist wohl Voraussetzung für die Meldung eines *Leichen*funds.«

Erik klang skeptisch, ob er wirklich die richtige Person für diese Geschichte am Telefon hatte, aber skeptisch war er ja von Anfang an gewesen, versuchte ich mir einzureden. »Ich brauche jemanden, der hinfährt und sich mal umsieht. Ich würde mich ja selbst auf den Weg machen, aber wie ich schon sagte: familiärer Notfall, ich bin gar nicht in der Stadt. Keine Ahnung, wann ich zurückkomme.«

»Ist es sehr schlimm?«

Warum stellte ich ihm eine so persönliche Frage? Erik hasste es, persönlich zu werden. Als wir im August in Ridgedale eingetroffen waren, war ich überzeugt gewesen, dass Erik und Nancy unsere ersten Freunde werden würden. Justin und ich hatten uns lange Zeit nicht mehr unter Leute gemischt, dabei war genau das dringend nötig. Justin und Nancy kannten sich bereits von der Universität, und ich fühlte mich sofort von Nancys warmherziger Art angezogen, auch wenn ich vermutete, dass sie mich insgeheim als potenzielle Patientin ansah. Und ja, Erik war ein bisschen schwierig, aber er war auch unglaublich clever und wirklich ein interessanter Mann.

Gleichwohl hatten Erik und Nancy all unsere Avancen abgelehnt: Einladungen zum Brunch, zum Grillen, Konzertkarten. Mir machte das nichts aus, denn dafür hätte ich meine Komfortzone verlassen müssen, und ich wusste nicht, ob ich schon bereit dafür war. Vielleicht lag es an Eriks bewegter Vergangenheit oder an Nancys Fruchtbarkeitsproblemen, über die sie mit beneidenswerter emotionaler Offenheit sprach, dass die beiden auf Distanz blieben. Vielleicht mochten sie uns auch einfach nicht. Wie auch immer – es war, als wären Nancy und Erik von einem feinen Stacheldraht umgeben, der nur bei genauerem Hinsehen sichtbar wurde. Und meine Haut war viel zu dünn, als dass ich es hätte riskieren dürfen, mich ihnen zu nähern.

»Nein, das wird schon«, teilte mir Erik mit, wie üblich kurz angebunden. »So, die Leichenstory gehört jetzt dir. Vorausgesetzt, du bist dabei.«

»Na klar, ich fahre sofort los«, erwiderte ich, erleichtert, dass meine Worte so ruhig und professionell klangen.

Dabei war ich jetzt schon nervös. Zu jedermanns Überraschung, mich eingeschlossen, hatte ich bislang einen ziemlich guten Job beim *Ridgedale Reader* gemacht. Sogar Erik, einst preisgekrönter Auslandskorrespondent, schien beeindruckt zu sein. Doch mein Metier war die Kultur- und Boulevardsparte – über einen Leichenfund hatte ich noch nie berichtet. Nicht, dass so etwas in Ridgedale häufiger vorkam. Seit wir hier wohnten, noch nicht ein einziges Mal.

»Gut«, sagte Erik. In seiner Stimme schwang nach wie vor ein Zögern mit. »Warst du, ähm, warst du schon mal an einem Tatort? Weißt du, wie es dort läuft?« Mir war klar, dass er höflich sein wollte. Er wusste, dass die Antwort nein lautete.

»Ein Tatort?«, parierte ich. »Das setzt voraus, dass es sich um Mord handelt. Wissen wir da schon Genaueres?«

»Gute Frage. Ich glaube nicht«, antwortete Erik. »Unsere Quelle beim Department war sehr zurückhaltend. Ein Grund mehr, äußerst behutsam vorzugehen. Auch wenn die örtliche Polizei anderer Ansicht zu sein scheint, hat sie keinerlei Anrecht auf eine Sonderbehandlung durch die Presse, aber sie ist jetzt schon auf ein Kräftemessen mit der Universität eingestellt.«

»Der Universität?«

»Das bewaldete Gelände in der Nähe der Essex Bridge gehört zwar nicht mehr zum Campus, aber es befindet sich im Besitz der Ridgedale University«, erklärte Erik. »Soweit ich weiß, hat ein Officer der Campus-Polizei den Leichenfund gemeldet. Doch wie du dir sicher denken kannst, will die

Universität den Vorfall nicht an die große Glocke hängen. Außerdem besteht noch immer die Möglichkeit, dass es sich um einen falschen Alarm handelt.«

Die Schlafzimmertür quietschte, als Justin zu mir in den Gang trat und mich mit seinen haselnussbraunen Augen verschlafen anblinzelte. Seine braunen Haare standen zerzaust in alle Richtungen ab, wie die eines kleinen Jungen. *Wer ist dran?*, formte er mit den Lippen und deutete auf das Handy, eine Augenbraue in die Höhe gezogen, die Arme vor dem T-Shirt mit dem Logo der Ridgedale University verschränkt. Justin hatte den drahtigen Körper eines Triathleten. Ich hob einen Finger und bedeutete ihm, sich zu gedulden.

»Okay, ich werde vorsichtig sein.« Ich klang so unaufgeregt, dass ich mich beinahe selbst überzeugt hätte. »Sobald ich vor Ort bin, schicke ich dir ein Update. Ich nehme an, du brauchst einen kurzen Abriss, den du online stellen kannst, und einen Artikel in voller Länge für die morgige Printausgabe.«

»Ja, das klingt gut«, erwiderte Erik gedehnt. Er tat sein Bestes, um mir mein Selbstbewusstsein abzukaufen, aber ich spürte dennoch seine Skepsis. »Also dann, viel Glück. Ruf an, wenn du etwas brauchst.«

»Erik?«, fragte Justin, nachdem ich aufgelegt hatte, und strich sich mit der Hand über den Bart, den ich mittlerweile trotz anfänglichen Widerstands attraktiv fand. Er verdeckte viel von Justins markanten Zügen, trotzdem sah er damit irgendwie noch besser aus. »Was wollte er mitten in der Nacht von dir?«

Ich blickte auf mein Handy. Es war kurz nach sechs. »Es ist nicht mehr mitten in der Nacht«, sagte ich, als wäre das in irgendeiner Form relevant. Meine Stimme klang seltsam benommen.

»He, was ist los?« Justin stieß sich vom Türrahmen ab, an dem er gelehnt hatte, und legte mir besorgt eine Hand auf den Arm. Weil ich nicht mehr benommen sein darf, nicht mal für eine Sekunde. Nie mehr. Das passiert, wenn man einmal im Tiefen ins Strudeln geraten ist: Die Leute drehen schon durch, wenn man es wagt, auch nur den Zeh ins flache Wasser zu tauchen.

»Nichts ist los. Erik möchte nur, dass ich wegen einer Story zur Essex Bridge rausfahre«, antwortete ich. »Sie haben eine ... Jemand hat einen Leichenfund gemeldet.«

»Ach du lieber Himmel, eine Leiche? Wirklich? Das ist ja schrecklich! Weiß man schon, was genau passiert ist?«

»Das soll ich ja herausfinden. Anscheinend bin ich beim *Ridgedale Reader* vorübergehend die Ersatzreporterin für das News-Ressort.«

»*Du?* Wieso das denn?« Justin schien zu merken, dass er ins Fettnäpfchen getreten war, denn er fügte eilig hinzu: »Ich meine natürlich *großartig*, das ist wirklich großartig, Molly! Es kommt mir nur so seltsam vor, das zu sagen, wenn jemand tot ist.«

Die Schlafzimmertür hinter uns öffnete sich noch weiter, und Ella kam in ihrem rot-weiß gestreiften Pyjama herausgetappt. Auch ihre Löckchen standen in alle Richtungen ab. Sie blinzelte, genau wie Justin, mit genau den gleichen haselnussbraunen Augen. Abgesehen von ihren Haaren, die eine schokofarbene Kopie meiner eigenen rötlichen Locken waren, sah Ella aus wie eine Miniaturausgabe ihres Vaters. Angefangen bei den übergroßen Augen über die vollen, roten Lippen bis hin zu der Art und Weise, wie sie mit dem ganzen Gesicht lächelte, war Ella der lebende Beweis für die Macht der Genetik.

»Entschuldige, Liebes, ich wollte dich nicht wecken.« Ich bückte mich und hob unsere Tochter, die mittlerweile schon ziemlich schwer war, auf meine Hüfte. »Ich bringe dich zurück ins Bett.«

»Ich will nicht mehr ins Bett.« Ella vergrub schmollend das Gesicht an meinem Hals. »Ich möchte mich vorbereiten.«

»Vorbereiten?« Ich lachte und strich ihr mit der Hand über den Rücken, während ich sie durch den Flur zu ihrem Zimmer trug. »Worauf vorbereiten, Peanut?«

»Auf die Aufführung, Mommy.«

Mist, die Aufführung. Der Kindergarten brachte *Die kleine Raupe Nimmersatt* auf die Bühne, und Ella spielte das Grüne Blättchen. Um elf Uhr sollte es losgehen. Es war nicht abzusehen, ob ich bis dahin zurück sein würde.

»Du bist garantiert zu müde für die Aufführung, wenn du jetzt aufbleibst, meine Süße. Es ist noch viel zu früh!«, sagte ich und schob mit dem Fuß die Tür zu ihrem Zimmer auf. »Du musst noch ein bisschen schlafen, sonst vergisst du nachher noch deinen Text.«

Ellas Augen waren bereits halb geschlossen, als ich sie unter die rosa-weiß karierte Bettdecke steckte, eingerahmt von einer farbenfrohen Plüschmenagerie. Meiner Tochter in diesem Bett vorzulesen, gab mir stets das Gefühl, das kleine Mädchen zu sein, das ich nie gewesen war. An guten Tagen gelang es mir sogar fast, mir einzureden, ich wäre die Mutter, die zu sein ich immer gehofft hatte.

»Mommy?« Ella kuschelte sich an ihren riesigen roten Frosch.

»Was denn, Liebes?« Ich lächelte angestrengt, versuchte, nicht daran zu denken, wie traurig sie sein würde, wenn ich nicht im Publikum saß.

»Ich hab dich lieb, Mommy.«

»Ich hab dich auch lieb, Peanut.«

Jetzt, da ich *endlich* wieder da war, zwar nicht perfekt wiederhergestellt – was wohl noch für längere Zeit nicht der Fall sein würde –, doch schon recht stabil, tat ich alles in meiner Macht Stehende, um sie nicht zu enttäuschen. Ich wollte mich gerade dafür entschuldigen, dass ich ihren Auftritt versäumte, und ihr zum Trost irgendetwas Schönes versprechen, da war es schon zu spät: Ella schlief tief und fest.

Als ich ins Schlafzimmer zurückkam, lag Justin im Bett. Ich wusste genau, dass er nicht schlief, obwohl er sich alle Mühe gab, so zu tun.

»Ellas Kindergartenaufführung findet heute um elf statt. Sie wird nicht lange dauern, fünfzehn Minuten vielleicht. Würdest du sie für mich auf Video aufnehmen?« Ich ging zu meiner Kommode. Hübsch, aber praktisch, so sollte ich gekleidet sein. Ich musste einen professionellen Eindruck machen und gleichzeitig vermitteln, dass ich nicht davor zurückschreckte, durchs Gelände zu stapfen. Ja, das war es: Ich musste unerschrocken wirken. »Ich hatte keine Gelegenheit, sie darauf vorzubereiten, dass ich es wohl nicht rechtzeitig schaffe. Glaubst du, ich soll sie wecken und es ihr sagen? Ich hasse es, sie derart zu überrumpeln.«

Ich spürte Justins Blick auf mir, als ich durchs Zimmer ging und meine Garderobe zusammenstellte. Ich zog meinen schönsten Pulli an – den blassblauen Kaschmirpullover, den Justins Mutter mir gekauft hatte und der so gut zu meinen Augen passte –, anschließend schlüpfte ich in meine beste Nicht-Mom-Jeans.

»Ich muss um zehn unterrichten, Babe«, sagte Justin. Ich drehte mich um und sah, dass er sich auf einen Ellbogen gestützt hatte. »Ich kann Ella zum Kindergarten bringen, aber ich kann nicht zur Aufführung bleiben. Tut mir leid, Molly, aber du weißt, dass der Uni-Präsident seit einiger Zeit Professoren, die ihre Seminare ausfallen lassen, auf dem Kieker hat – und ich habe den Eindruck, er befindet sich auf einem persönlichen Kreuzzug.«

»Einer von uns *muss* hingehen, Justin«, sagte ich mit übermäßigem Nachdruck. Mir war klar, dass er nicht einfach so ein Seminar sausen lassen konnte, vor allem dann nicht, wenn kein wirklicher Notfall vorlag. Ganz gleich, wie wichtig Ella die Aufführung war – als »Notfall« ging es nicht durch. »Ich muss so lange bei der Brücke bleiben, bis ich habe, was ich für die Story brauche. Das kann den ganzen Tag dauern.«

»Das verstehe ich«, sagte Justin. »Du fährst da hin und berichtest über die Sache. Das könnte eine echte Chance für dich sein, Molly, und du solltest sie beim Schopf packen. Kümmere dich um diese Story, denn sie ist tatsächlich noch wichtiger als *Die kleine Raupe Nimmersatt.*«

Er hatte recht. Dennoch wollte ich meine Tochter nicht im Stich lassen. »Und was ist mit Ella?« Panik stieg in mir auf. Panik, gegen die ich nicht ankam. *Du lässt sie schon wieder im Stich. Du lässt sie schon wieder im Stich,* ging es mir wie in einer Endlosschleife durch den Kopf.

»Komm schon, sie wird es überleben.« Justin lachte, aber nicht unfreundlich. »Nichts für ungut, aber es ist schließlich nicht ihr Broadway-Debüt. Außerdem: Wie viele Aufführungen hast du dir dieses Jahr schon angesehen? Zehn?«

Ich zuckte die Achseln. »Ich habe nicht mitgezählt.«

Justin setzte sich auf und schwang die Füße aus dem Bett. »Du weißt genauso gut wie ich, dass wir Ella keinen Gefallen tun, wenn wir ihr den Eindruck vermitteln, dass Liebe bedeutet, niemals enttäuscht zu werden.«

»Ich denke, sie wurde schon sehr oft enttäuscht, findest du nicht?«

»Ach, Molly.« Justin erhob sich und zog mich in eine Umarmung. Ich schmiegte mich an ihn und schlang die Arme um seinen starken Oberkörper. Er roch nach der Mentholsalbe, mit der er allabendlich seine angerissene Achillessehne massierte, während er über die Demütigungen des Alterns lamentierte. »Du bist eine gute Mutter«, flüsterte er mir ins Ohr. »Das musst du aber nicht ständig beweisen.«

Justin – mit seiner idyllischen Kindheit und Eltern, die ihn mit einer wahren Affenliebe überschüttet hatten – hatte kein Problem damit, in einer Welt voller Werteklischees und kalkulierten Risiken zu leben. Ebendas hatte mich zu ihm hingezogen. Im Gegensatz zu ihm, der seine Vaterrolle mit der ihm angeborenen Selbstverständlichkeit übernahm, fiel es mir schwer, die Mutterrolle so auszufüllen, wie ich es von mir erwartete, da ich selbst nie wirklich eine Mutter gehabt hatte. Sogar vor meiner Depression hatte ich mich daher stets auf eine einzige, todsichere Erziehungsstrategie verlassen: Ich wollte versuchen, perfekt zu sein.

»Na schön«, sagte ich jetzt, denn Justin hatte recht. Vom Verstand her wusste ich das, doch ich *fühlte* es nicht. »Aber du erklärst es Ella, wenn sie aufwacht, okay? Warum ich nicht kommen kann? Du bereitest sie darauf vor, dass keiner von uns beiden da sein wird?«

»Das mache ich, versprochen.« Justin gab mir einen Kuss. »Und jetzt geh und zeig diesen Schreiberlingen, was in dir steckt.«

Es war noch nicht richtig hell, die Welt in ein verwaschenes Grau getaucht, als ich durchs Stadtzentrum von Ridgedale fuhr. Die trendigen Boutiquen und teuren Coffeeshops in der gepflegten grünen Innenstadt waren alle noch geschlossen, die Gehsteige leer, bis auf einen alten Mann, der einen großen, gefleckten Hund Gassi führte, und zwei Frauen in reflektierenden Joggingoutfits und Sneakers. Als zu meiner Rechten hinter einem hohen schmiedeeisernen Zaun der

Campus auftauchte, leuchtete der Himmel am Horizont orangerot.

Im ersten Licht des Tages sah alles so wunderschön aus. Kaum zu glauben, wie sehr ich mich gegen den Umzug hierher gesträubt hatte, als Justin – der sich auf die englische Literatur des neunzehnten und zwanzigsten Jahrhunderts spezialisiert hatte – die Professur an der Ridgedale University zum ersten Mal erwähnte. Wäre da nicht die Universität gewesen, hätten wir niemals in Erwägung gezogen, nach Ridgedale zu gehen, ein beschauliches Städtchen, fünfundzwanzig Meilen nördlich und ein kleines Stück westlich von New York City gelegen. Ich hatte befürchtet, ich würde mich ohne die Millionenmetropole noch einsamer und verlassener fühlen, dabei war Ridgedale alles andere als ein abgelegenes Hinterwäldlerdorf. Es gab dort ein mit einem Michelin-Stern ausgezeichnetes Biorestaurant und ein gutes Dutzend Lokale mit internationalen Speisen, ganz zu schweigen vom Stanton Theatre, einer Bühne mit Spitzenniveau, einem exzellenten Uni-Krankenhaus sowie zwei unabhängigen Buchhandlungen. Die Einwohner von Ridgedale waren eine bunte Mischung aus Studierenden und Fakultätsmitgliedern aus aller Welt.

Man hatte mir erzählt, dass es hier nicht immer so kultiviert zugegangen war. Erst die leitenden Angestellten des BioPharma-Unternehmens Bristol-Myers, die drei Jahre zuvor aus Downtown Manhattan in die unmittelbare Umgebung von Ridgedale versetzt worden waren, hatten den Anteil der wohlhabenden Liberalen in der Bevölkerung deutlich erhöht. Einige alteingesessene Bewohner – im Allgemeinen weniger wohlhabend und weit konservativer – ärgerten sich immer noch über die zunehmende Verbreitung von Soja-Lattes und Pilates-Studios. Sie sehnten sich nach den guten alten Zeiten zurück, als die Studierenden einzig und allein im Campus-Laden oder in Ramseys Apotheke einkaufen konnten und die Restaurants in Ridgedale nur Pizza und Chicken Wings anboten oder Pfannkuchen bei Pat's.

Es war ein Konflikt, der oftmals über gepfefferte Kommentare in der Leserbriefsparte der Onlineausgabe ausgetragen wurde. Diese verbalen Schlagabtausche im *Ridgedale Reader* hatten meist wenig mit dem darüberstehenden Artikel zu tun, nichtsdestotrotz mutierten sie beinahe routinemäßig zu persönlichen Angriffen auf den jeweiligen Reporter oder die jeweilige Reporterin. Zumindest laut Elizabeth, die mir dringend ans Herz gelegt hatte, niemals die Kommentare zu meinen Onlineartikeln zu lesen, auch nicht die, die harmlos wirkten. Es war der einzige Rat, den sie mir je gegeben hatte, und ich befolgte ihn eisern. Ich war vielleicht bereit, mich als Journalistin zu versuchen, aber ich war nicht stabil genug, mich deswegen angreifen zu lassen.

Ich machte eine Links-, dann eine Rechtskurve, fuhr vorbei an all den majestätischen, efeubewachsenen Gebäuden der Ridgedale University zum westlichen Ende des Campus. Von hier aus war es nicht weit bis zur Essex Bridge, dennoch staunte ich darüber, wie weit sich das Universitätsgelände ausdehnte.

Als ich um die letzte Kurve bog, hatte sich der Himmel über mir in ein blasses Blau verwandelt, die Sonne versteckte sich hinter den Hügeln in der Ferne. Die Streifenwagen vor mir waren nicht zu übersehen. Drei standen halb auf der Straße, ein vierter parkte vor den Bäumen.

Erik hatte mich gewarnt, dass sich das Ganze womöglich als falscher Alarm entpuppte, und genau darauf hatte ich mich vorbereitet, doch da war ich nun, bei der Brücke, und die Polizei war ebenfalls vor Ort. Unter der Essex Bridge floss der Cedar Creek hindurch, und irgendwo am Ufer musste sich die Leiche befinden.

Niemand war zu sehen, als ich aus dem Wagen stieg, nur die roten und blauen Lichter der Lichtbalken zuckten durch die blätterlosen Äste. Alles war still, das einzige Geräusch waren meine Schritte auf dem Asphalt. Erst auf der Höhe des vordersten Streifenwagens hörte ich Stimmen, die aus dem Wald am Flussufer schallten. Ich blieb stehen und stellte fest, dass ich die Hände zu Fäusten geballt hatte.

»Geh behutsam vor«, hörte ich Erik am Telefon sagen, und genau das wollte ich tun. Trotzdem hatte ich mir die Sache irgendwie leichter vorgestellt, als ich noch im Auto saß.

Hallo, ich bin Molly Sanderson vom Ridgedale Reader. *Hat vielleicht jemand eine Minute, um mir einige Fragen zu beantworten?*

Nein, zu zögerlich. Nicht anmaßend zu sein, war sicher klug, doch das bedeutete nicht, dass ich meine Fragen so stellte, als ginge ich davon aus, ohnehin keine Antwort darauf zu bekommen. Nein, das wäre gar nicht gut. Ich musste keine erfahrene Reporterin sein, um das zu wissen.

Hallo, ich bin Molly Sanderson vom Ridgedale Reader. *Ich würde gern einige Fakten überprüfen.*

Viel besser. Etwas drängend, aber nicht allzu sehr. Außerdem stimmte es: Ich wollte, dass man mir den Leichenfund bestätigte. *Fakten*, Plural, war ein bisschen übertrieben, denn mehr hatte ich ja noch nicht in der Hand. Als gelernte Anwältin wusste ich jedoch, dass das Vortäuschen von Stärke nicht selten zum Erfolg führte.

Ich folgte einem Schotterweg zwischen den Bäumen hindurch und ging einige Schritte in Richtung der steilen Böschung, dann blieb ich stehen und blickte aufs Wasser. Jetzt war mir klar, was die besorgten Meteorologen gemeint hatten, als sie davor warnten, dass auf den letzten, in diesem

Winter noch sehr spät gefallenen Schnee ein früher Märzregen folgen würde. Akute Hochwassergefahr war nicht unbedingt etwas, was man in New York City auf dem Schirm hatte, denn diese beschränkte sich dort für gewöhnlich auf große, schmutzige Pfützen. Als ich jetzt das normalerweise kleine Flüsschen betrachtete, das heute eher einem reißenden Strom glich, der unter mir dahinschäumte und ganze Äste mit sich riss, erkannte ich das zerstörerische Potenzial des Wassers. Das diesseitige Ufer war fast nicht mehr vorhanden, und auch ein großer Teil der Böschung war bereits verschwunden, abgestürzt wie die zerklüftete Kante einer Klippe.

Auf der anderen Seite stand ein halbes Dutzend uniformierte Polizisten in der Nähe des Ufers. Mehrere Kollegen durchkämmten den dahinterliegenden Wald, vermutlich auf der Suche nach Spuren, Hinweisen oder Beweismitteln, allerdings schienen sie nicht sonderlich methodisch vorzugehen. Sie liefen im Zickzack vor und zurück, wirbelten Blätter auf und stocherten mit Stöcken im Boden, als wollten sie nur den Anschein erwecken, etwas Nützliches zu tun.

Etwas Blaues lag am Ufer, das mit gelbem Polizeiband abgesperrt war: eine Plastikplane. Mir stockte der Atem – all die nervöse Energie, die sich in mir aufgestaut hatte, verpuffte mit einem Schlag. Denn da lag sie, zwischen den nassen, vermodernden Blättern, zwischen all den kahlen, blattlosen Bäumen: die Leiche. Der tote Körper eines Menschen.

»Wenn Sie mich fragen, gehört dem Bastard, der das getan hat, das Licht ausgeknipst«, hörte ich jemanden hinter mir sagen. »Dabei bin ich eigentlich kein Befürworter der Todesstrafe.«

Ich drehte mich um und sah mich einem jungen Mann in einer schmal geschnittenen hellgelben Fleecejacke und schwarzen Bikershorts gegenüber. An seiner Brust war ein

Funkgerät befestigt, auf seiner Schulter prangte das Emblem der Campus-Polizei. Er strich sich mit einer behandschuhten Hand die dichten blonden Haare zurück und legte sie dann in den Nacken. Eigentlich hätte er gut aussehen müssen, hatte er doch alles, was es dafür brauchte: ein nettes Gesicht, einen muskulösen Körper. Trotzdem fand ich ihn nicht im Mindesten attraktiv, denn er kam mir vor wie ein überdimensionales Kind – als wäre er größer geworden, ohne zu reifen.

»Was ist passiert?«, fragte ich ihn und überlegte, ob ich ihm verschweigen sollte, wer ich war, was vermutlich gegen jegliche Reportermoral verstieß. Andererseits war das hier kein Interview – er war derjenige gewesen, der das Gespräch begonnen hatte.

Er musterte mich von oben bis unten. Seine Augen blieben an meinen teuren, brandneuen Wanderschuhen hängen. Ein Geschenk von Justin, das mich für unser neues »Landleben« begeistern sollte. Sie zeichneten ein falsches, naturverbundenes Bild von mir, was sich in diesem Kontext jedoch als nützlich erweisen konnte.

Endlich sah er wieder auf und mir in die Augen, dann fragte er leicht misstrauisch: »Wer sind Sie?«

»Molly Sanderson.« Ich streckte ihm die Hand entgegen. Er zögerte, bevor er sie nahm und schüttelte. »Und Sie sind ...?«

»Deckler«, antwortete er kurz angebunden. »Sie sind nicht von der Ridgedale Police. Ich habe Sie noch nie gesehen.«

»Ich schreibe«, sagte ich. Das klang neutraler als »Ich bin Reporterin«. Als er meine Hand losließ, fügte ich hinzu: »Jemand vom Department hat uns kontaktiert.«

Mist, warum hatte ich das gesagt? Eriks Kontakt war sicher nicht öffentlich bekannt. Es gab vermutlich nur eine Sache, die wichtiger war, als äußerst behutsam vorzugehen: keine kritischen vertraulichen Quellen meines Bosses preiszugeben.

»Jemand vom Department hat *Sie* kontaktiert? Sie *herbestellt?*«

»*Uns.* Ich bin nicht über irgendwelche Details informiert«, stellte ich klar, in der Hoffnung, er würde nicht weiter darauf eingehen. »Sie haben die Leiche entdeckt?«

Deckler hob abwehrend die Hand. »Kein Kommentar«, sagte er. »Wenn Sie eine offizielle Auskunft wünschen, müssen Sie sich an Steve wenden.«

»Und wo ist Steve?«

»Da unten.« Deckler nickte in Richtung Cedar Creek. Mitten im Fluss stand ein sehr großer Mann mit akkurat gebügeltem Hemd und Anglerhose. Er hatte die muskulösen Arme verschränkt und reckte das markante Kinn flussaufwärts, als wollte er per Willenskraft erzwingen, dass das reißende Wasser einen Verdächtigen in seine Richtung spülte. »Jetzt ist er zuständig.«

»Aha?«

»Er ist der Polizeichef von Ridgedale«, erklärte Deckler. Seine Stimme nahm einen leicht scharfen Ton an, als würde er nicht viel von ihm halten. »Die Campus-Polizei ist lediglich zur Unterstützung vor Ort.«

»Das heißt, die örtliche Polizei ist einfach hergekommen und hat übernommen?« Das war es, was seine Worte nahelegten, und es war nicht abzusehen, was herauskommen würde, wenn ich ein bisschen weiterbohrte.

Er spannte den Kiefer an. »Nur bei so was kommen sie.« Er schnaubte abfällig. »Die meisten Vergehen, die auf dem Campus begangen werden, bleiben auf dem Campus. Es gibt ein umfängliches Disziplinarverfahren mit Anhörungen, Beweisführung und so weiter. Wir regeln das selbst, vertraulich. Sie wissen schon: um die Studentinnen und Studenten zu schützen.«

»Um die Studentinnen und Studenten zu schützen, richtig«, sagte ich, darum bemüht, nicht spitz zu klingen. Denn das, was mir dazu einfiel, war: *oder um die Täterinnen und Täter zu schützen.* »In einem Fall wie diesem aber nicht?«

Er schüttelte den Kopf und blickte wieder aufs Wasser. »Nein, ich denke nicht.«

»Wofür genau ist der Polizeichef von Ridgedale denn jetzt zuständig?«, wollte ich wissen.

Deckler schüttelte abermals den Kopf und schnaubte erneut, fast so, als würde ihn meine Frage beleidigen. »Wie ich schon sagte: Wenn Sie Details erfahren möchten, müssen Sie sich an Steve wenden.«

»Okay.«

Ich lächelte freundlich und machte einen Schritt in Richtung Creek, während ich mir bereits ausmalte, wie ich an der bröckelnden Böschung stand und wie eine Verrückte winkte, um Steves Aufmerksamkeit zu erlangen. Selbst aus dieser Entfernung sah er nicht gerade so aus, als würde er sich darüber freuen.

»Moment mal!«, blaffte Deckler, kaum dass ich ein paar Schritte zurückgelegt hatte. »Sie können nicht einfach da runtergehen. Sie müssen ihn rufen, damit er zu Ihnen kommt.«

»O nein, das …«

Bevor ich meinen Einwand hervorbringen konnte, steckte Deckler zwei Finger in den Mund und stieß einen durchdringenden Pfiff aus, direkt neben meinem Ohr, als würde er nach einem Hund pfeifen. Steve sah gar nicht glücklich aus, als er den Kopf in unsere Richtung drehte.

»Wirklich, ich kann warten«, versicherte ich Deckler kleinlaut, doch es war zu spät.

»Aber nicht hier bei mir. Das ist nicht möglich.«

Als Steve ans diesseitige Flussufer watete, wirkte er verärgert. *Glauben Sie nicht, wir haben Wichtigeres zu tun, als mit Re-*

portern zu reden?, hörte ich ihn bereits sagen, während ich dabei zusah, wie er aus dem Wasser stieg, seine Polizeimütze aufsetzte, die er am Ufer zurückgelassen hatte, und anfing, die Böschung hinaufzuklettern. Es dauerte ziemlich lange wegen der Anglerhose und den damit verbundenen Stiefeln, die an jedem anderen albern ausgesehen hätten, nicht jedoch an ihm. Seine Schritte waren langsam, kraftvoll und selbstsicher. Als wüsste er bereits, wie sich die Dinge entwickeln würden.

Oben angekommen, nickte Steve knapp in meine Richtung, bevor er sich an Deckler wandte. Von Nahem wirkten seine kantigen Züge nicht mehr seltsam, sondern vielmehr interessant. Ganz anders als Justins fein gemeißeltes Gesicht. Justin gehörte zu der Sorte Mann, die von Frauen unverhohlen angestarrt wurde, während sie aber bei einem Notfall auf Männer wie Steve zählten.

»Gibt es ein Problem, Officer Deckler?«

»Das ist Molly Sanderson.« Deckler klang, als freute er sich darüber, mich in die Pfanne zu hauen. »Ein Schreiberling. Jemand aus Ihrem Department hat sie herbestellt.«

»Ich bin vom *Ridgedale Reader*.« Ich streckte die Hand aus und lächelte, in der Hoffnung, wir könnten die Frage, wer mich informiert hat, unter den Tisch fallen lassen. »Ich möchte Ihnen nicht die Zeit stehlen, sondern nur ein paar Fakten bestätigt bekommen.« Ich deutete auf die Plane am gegenüberliegenden Ufer. »Sie haben eine Leiche gefunden?«

Steve nahm meine Hand und schüttelte sie bedächtig. Seine Augen bohrten sich in meine. »Vom *Reader*, aha. Sind Sie neu dort? Ich kenne Ihren Kollegen. Robert, richtig?«

»Richard«, korrigierte ich mit kindischer Befriedigung, nur weil er Richards Namen falsch in Erinnerung hatte.

»Jemand vom Department hat Sie angerufen?«

»Ich kenne die Details nicht. Mein Chef hat mir aufgetragen, hierherzukommen. Ich springe bloß für meinen Kollegen ein, mein eigentlicher Schwerpunkt ist Kultur.« Auf hilfloses kleines Mädchen zu machen, erschien mir eine genauso wirkungsvolle Strategie wie alles andere, vor allem, weil es der Wahrheit am nächsten kam. Augenblicklich entspannten sich Steves Gesichtszüge. »Ich bitte um Entschuldigung, dass ich hier einfach so aufschlage. Mir ist bewusst, dass Sie Ihren Job machen müssen. Wenn Sie mir ein klitzekleines bisschen dabei helfen könnten, meinen zu erledigen, bin ich sofort wieder weg.«

Steve sah mich an, so lange, dass es sich für mich anfühlte wie eine halbe Ewigkeit, aber ich wusste, dass ich den Blick nicht abwenden durfte. »Wenn Sie nun schon mal hier sind und noch dazu aus der Stadt kommen, kann ich Ihnen genauso gut Auskunft geben«, sagte er schließlich und verschränkte erneut die Arme vor der Brust. »Schießen Sie los.«

Es dauerte einen kurzen Moment, bis ich verstand, dass er auf eine Frage wartete. »Haben Sie das Opfer schon identifizieren können?«, stieß ich schließlich hervor, um Fassung bemüht, während mein Herz immer schneller schlug.

Ich konnte das. Ich hatte auf der ganzen Fahrt hierher geübt. Eine Reporterin zu sein, war gar nicht so anders als meine Arbeit als Anwältin.

»Nein«, sagte Steve und schüttelte den Kopf, dann schaute er auf den Fluss.

Okay, nicht gerade die wortreiche Antwort, auf die ich gehofft hatte. Aber das war nicht schlimm, ich hatte weitere Fragen auf Lager. »Haben Sie irgendeinen Hinweis auf die Identität der toten Person?«

»Nein.«

»Ist die Person männlich oder weiblich?«

»Weiblich.«

Endlich eine richtige Auskunft. Ein weibliches Opfer. Das

war nicht viel, aber immerhin etwas. Ich hatte schon Sorge, Erik mit völlig leeren Händen begegnen zu müssen. »Geschätztes Alter?«

»Ich möchte nicht raten.« Steves Augen schweiften wieder zu mir, und ich stellte fest, dass sein Blick weicher geworden war. Beinahe traurig. »Da müssen wir die Einschätzung des Gerichtsmediziners abwarten.«

Deckler starrte zu uns herüber. Abschätzig. *Du wirst dich doch nicht etwa von seinem Machogehabe beeinflussen lassen, oder?*

»Noch zwei weitere Fragen«, sagte Steve, »dann müssen Sie den Fundort verlassen, damit wir unseren Job machen können.«

»Ist sie auf natürliche Weise ums Leben gekommen?«

»Unklar«, erwiderte er.

»Unklar?« Damit durfte ich ihn nicht davonkommen lassen. »Es gibt also keinerlei äußere Anzeichen für Fremdeinwirkung?«

»Nichts, was ich ohne offiziellen Bericht des Gerichtsmediziners kundtun würde.«

In diesem Augenblick erwachte das Funkgerät an Steves Hüfte zum Leben. »Sie brauchen einen kleineren Leichensack«, sagte eine knisternde Stimme. »Babygröße. Die für Erwachsene sind viel zu groß. Der Gerichtsmediziner will, dass *wir* einen besorgen.«

Steve zog eilig das Funkgerät aus der Halterung und hob es an die Lippen, den Blick erneut auf den stark angeschwollenen Fluss gerichtet. »Dann schick jemanden«, stieß er mit zusammengebissenen Zähnen hervor. »Und zwar umgehend.« Er schaltete das Funkgerät ab und befestigte es wieder an seinem Gürtel, ohne mich dabei anzusehen. Und ich war froh darüber, denn die Luft fühlte sich plötzlich dünn an.

Ich schlang die Arme um mich. Ein Baby? Ein *totes* Baby?

Schlagartig wurde mir übel, so übel, dass ich fürchtete, ich müsste mich auf die riesigen Gummistiefel an der Anglerhose des Polizeichefs von Ridgedale übergeben.

Ich dachte an Ella. Wie warm und lebendig sie gewesen war, als man sie mir das erste Mal auf die Brust gelegt hatte. Wie überrascht ich gewesen war, dass mein Körper tatsächlich funktioniert und dieses rosarote, schreiende, sich windende Wesen hervorgebracht hatte. Und ich dachte an das nächste Mal, als mein Körper nicht so funktioniert hatte, wie er sollte. Als ich in der sechsunddreißigsten Woche zur Routineuntersuchung zu meiner Gynäkologin gegangen war und sie keinen Herzschlag hatte feststellen können. An das Trauma der Wehen und der Geburt, die darauf folgte. Daran, dass ich ein Baby zur Welt gebracht hatte, das, wie alle wussten, bereits tot war. Alle, außer mir. Ich allein hielt an der Hoffnung fest, dass meine zweite Tochter husten und nach Luft schnappen, sich ins Leben kämpfen würde, wenn sie sich erst einmal von mir befreit hatte.

Doch das tat sie nicht. Nach der Geburt war nichts zu hören gewesen außer dieser grauenhaften klinischen Stille, dem Klang von Metall auf Metall, dem Schnappen von abgestreiften Gummihandschuhen. Wie sie sich in meinen Armen anfühlte … Als hätte man ihr ihr Inneres genommen und durch nasse Papiertücher und Sand ersetzt.

Nein. Das durfte ich nicht tun. Ich durfte nicht daran denken, durfte nicht an sie denken. Ich schloss die Augen und schüttelte den Kopf. Ich war nicht im Kreißsaal. Das war fast zwei Jahre her. Im Augenblick stand ich an der Böschung des Cedar Creek und hatte einen Job zu erledigen. *Das* würde ich tun, und zwar so, als hinge mein Leben davon ab.

»Es ist ein Baby«, brachte ich angestrengt hervor. Eine Feststellung, keine Frage.

Steve starrte schweigend zum Fluss hinunter. Sein Gesicht

war eine ausdruckslose Maske. »Hören Sie«, sagte er mit aufrichtiger, unerwarteter Freundlichkeit. Als er mich ansah, war sein Gesicht so ernst, dass ich dachte, ich würde gleich in Tränen ausbrechen und mich an seine breite Brust werfen. »Ich weiß, dass Sie nur versuchen, Ihren Job zu machen.«

»Ich *mache* meinen Job«, erwiderte ich, als müsste ich mir dies selbst in Erinnerung rufen. »Das ist richtig.« Am liebsten jedoch wäre ich zu meinem Wagen zurückgekehrt und hätte so getan, als wäre all das hier nie passiert. Als hätte Erik mich nie angerufen, als hätte ich niemals die Stelle beim *Ridgedale Reader* angenommen. Als wären wir nie in diese Stadt gezogen. Ich wollte nach Hause zurückkehren, ins Bett kriechen und mir die Decke über den Kopf ziehen. Vielleicht hätte ich das auch getan, wäre mir nicht bewusst gewesen, dass ich diesmal nicht wieder aufstehen würde.

»Ich schlage Ihnen einen Deal vor«, sagte Steve. »Sie stellen eine allgemeine Schlagzeile online – *Leiche gefunden, weitere Details folgen*. Verdammt, es ist mir sogar egal, wenn Sie schreiben, dass der Fundort auf dem Universitätsgelände liegt.«

»Moment, ich denke, das ist keine gute ...« Deckler verstummte, als Steve ihm einen Blick zuwarf.

»Sie sind aus reiner Gefälligkeit meinerseits hier, schon vergessen?«, fragte Steve.

Deckler presste die Lippen zusammen wie ein riesiges Kleinkind, das sich Mühe geben musste, keinen Wutanfall zu bekommen. Ich war überrascht, dass er nicht mit einem seiner großen Füße aufstampfte, die in schwarzen Sneakers steckten.

»Sie können sich immer noch auf die Story stürzen, und Sie bekommen ein Exklusivinterview, aber ich muss Sie bitten, dass Sie das letzte Detail vertraulich behandeln.« Als wäre es ein Detail, dass das Opfer ein Baby war, so wie die

Augenfarbe oder die Haarlänge. »Es könnte die Ermittlungen kompromittieren, wenn Sie jetzt damit an die Öffentlichkeit gehen. Ich würde gern die Fühler ausstrecken, bevor alle Welt davon erfährt. Es wäre daher schön, wenn Sie sich wenigstens ein paar Stunden gedulden.«

»Okay«, hörte ich mich sagen.

Steve warf einen Blick auf seine Armbanduhr. »Wie wär's, wenn wir uns um zehn im Präsidium treffen?«

Ich wollte »Nicht nötig« erwidern, wollte nicht zu ihm ins Präsidium fahren, aber das Baby da draußen war nicht mein Baby. Meine kleine Tochter war sicher im Kindergarten. Ich musste mich zusammenreißen – für *meine* kleine Tochter. Musste nach vorn blicken. Es fühlte sich falsch an, diese Geschichte – ausgerechnet diese – nicht weiterzuverfolgen. Als würde ich, wenn ich es nicht tat, das Einzige loslassen, was meinen Kopf über Wasser hielt.

»Sicher«, stieß ich hervor. »Klingt gut. Bis später.«

Aber ich bereute bereits jedes einzelne Wort.

Sandy

Sandy lag auf dem kurzen, klobigen Zweisitzer im Wohnzimmer, die Augen geschlossen, und wünschte sich, sie könnte wieder einschlafen. Vor allem, als es an der Wohnungstür klopfte. Es war nicht das übliche »Hey, jemand da?«-Klopfen, sondern eher ein zorniges *Bamm-bamm-bamm*.

Sandy hatte gelernt, die verschiedenen Klopfarten zu unterscheiden. Die Arschlöcher, die auf Kohle aus waren, hämmerten gegen die Tür. Sie gingen nie, wenn sie wussten, dass man zu Hause war. Lieber drückten sie sich den ganzen Tag und die ganze Nacht im Gang herum und veranstalteten einen Höllenlärm. Das war ihre Absicht: dafür zu sorgen, dass die Nachbarn einen hassten. Als könnte jemand, der nie Geld hatte, plötzlich welches aus dem Hut zaubern.

»Mach auf, Jenna!«, schallte eine Männerstimme von draußen zu ihr.

Sandy drehte das Gesicht zur Tür, aber sie erhob sich nicht. Sie hatte keine Angst, dass der Kerl sich gewaltsam Zutritt verschaffen würde, obwohl er das mühelos hätte tun können, denn das Türblatt war nicht dicker als Pappe. Aber so weit gingen sie nie. Die Ridgedale Commons waren der billigste, beschissenste Ort in ganz Ridgedale, der einzige Wohnblock weit und breit. Zweigeschossig, rechteckig, riesig. Ätzend. Als sie vor acht Monaten eingezogen waren, war ihr die Wohnung bei Weitem nicht so schlimm vorgekommen wie jetzt, vor allem im Vergleich mit den Absteigen, in denen sie zuvor gehaust hatten. Inzwischen war sie anderer Meinung.

»Komm schon, Jenna!«, rief die Stimme wieder, diesmal aus noch größerer Nähe, als würde der Kerl sein verschwitztes Gesicht – sie hatten immer verschwitzte Gesichter – gegen die Tür drücken. »Ich weiß, dass du da bist.«

Bullshit. Woher sollte er das wissen? Sandy wusste es ja selbst nicht. Wenn sie aufwachte, wusste sie nie, ob Jenna zu Hause war. Meistens war sie es, aber Sandy hatte schon vor langer Zeit gelernt, durchzuschlafen, ganz gleich, welche Geräusche sie nachts hörte. Jetzt schaute sie zu Jennas Schlafzimmertür. Sie war geschlossen, was bedeutete, dass Jenna da war, aber nicht allein. Ansonsten hätte sie splitternackt auf der Bettdecke gelegen, die Tür sperrangelweit geöffnet. Sie fühlte sich einsam, wenn sie Sandy nicht auf der Couch im Wohnzimmer sehen konnte.

Wäre es nach Jenna gegangen, hätte sie die Tür vermutlich selbst dann offen gelassen, wenn sie in Begleitung war. Aber die Männer, die sie mit nach Hause brachte, zogen etwas Privatsphäre vor. Gott sei Dank. Es gab zwar viele Dinge, die Sandy auf dieser Welt gern sehen wollte – den Sonnenuntergang über dem Pazifik, den Grand Canyon, das Great Barrier Reef –, aber Jenna mit einem besoffenen Wichser vögeln zu sehen, gehörte nicht dazu. Sie hatte ohnehin schon viel zu viel mitbekommen.

Sandy richtete sich auf und zuckte zusammen. Ihr Arm war verschorft und sah jetzt noch ekeliger aus als vorher, und wenn sie die Muskeln anspannte, schmerzte er höllisch. Ihr Knie war ein einziger lilafarbener Bluterguss. Es war schwer, zu vergessen, wenn einem der Körper ständig Signale schickte. Aber irgendwann würde sie vergessen. *Musste* sie vergessen. Und Sandy war gut im Vergessen. Hatte jede Menge Übung darin.

Sie zog den Ärmel über die riesige Kruste, dann nahm sie sich eine Zigarette aus der Schachtel, die Jenna auf dem

Couchtisch hatte liegen lassen. Sandy war keine große Raucherin. Sie war sich nicht einmal sicher, ob sie überhaupt gern rauchte. Allerdings gab es Momente, die förmlich nach einer Zigarette schrien. Momente wie dieser. Sie steckte sich eine Parliament zwischen die Lippen und zündete sie mit dem juwelenbesetzten *I-love-Tampa*-Feuerzeug an, das Jenna irgendwem geklaut haben musste.

Sandy nahm einen Zug, schaute auf ihr durchsichtiges Tanktop und die tief auf der Hüfte sitzende Jogginghose hinab, auf den dornigen Stiel des Rosen-Tattoos, der sich um ihren Arm bis zu der Blüte auf ihrem Schulterblatt wand. Sie drehte ihr langes, glattes schwarzes Haar im Nacken zu einem Knoten und blies eine lange Rauchwolke aus. Es gab Schlimmeres, als dass dieses Arschloch durch ihr Top schauen konnte. Ein kostenloser Blick könnte *die* Chance sein, ihn loszuwerden. Seit Sandy Brüste bekommen hatte, waren sie das Beste, was sie zu bieten hatte.

»Moment!«, rief sie, damit er nicht weiter draußen rumbrüllte. »Ich komme ja schon!«

Der Lärm, den der Scheißkerl machte, war genau das, was Mrs Wilson, ihre achtzigjährige Nachbarin, auf die Palme brachte. Mrs Wilson war eine wandelnde Beschwerdestelle – sie beschwerte sich über alles und jeden, als wäre das ihre Berufung. Und Jenna und Sandy hasste sie ganz besonders. Jedes Mal, wenn Sandy ihr zufällig begegnete, verzog sie das Gesicht, als hätte sie in eine saure Zitrone gebissen. Mrs Wilson wollte sie aus dem Haus haben, so viel stand fest. Und wenn sie ihr einen handfesten Grund lieferten, würde sie ihren Willen vermutlich bekommen.

Sandy legte die drei Schritte bis zur Wohnungstür zurück und griff nach dem Knauf. Ein letzter Zug, dann öffnete sie die Tür und blies den Rauch aus. »Jetzt komm mal runter«, sagte sie cool, das Kinn leicht vorgereckt. »Ich bin ja da.«

Die Sonne war noch nicht aufgegangen, der Himmel ein tristes Grau. Es war früher, als Sandy gedacht hatte. Also bestand durchaus noch die Chance, dass der Tag doch nicht der totale Horror werden würde, sobald dieser Scheiß hier vorbei war. Sandy musterte den Mann vor der Tür. Klein, dünn, verschlagen. Er hatte die fettigen Haare über den Schädel gekämmt und war einfach nur ekelhaft. Typen wie er waren immer ekelhaft.

»Du bist Jenna Mendelson?« Er warf einen skeptischen Blick auf sein Klemmbrett.

»Wer will das wissen?« Sandy zog an ihrer Zigarette und lehnte sich mit verschränkten Armen gegen den Türrahmen. Kein Grund, ihm jetzt schon ihre beiden Prachtstücke zu präsentieren. Das würde sie sich für später aufsparen. Wenn es denn nötig war.

»Nun, Ms Mendelson, Sie sind drei Monate mit der Miete im Rückstand.« Er riss eine Notiz von einem Block ab und reichte sie ihr, als würde er ihr einen Strafzettel fürs Falschparken verpassen.

Drei Monate? Das konnte nicht sein, sie waren nicht im Rückstand, nicht mal einen Monat! Doch bei der ganzen Lernerei und alldem, was in letzter Zeit passiert war, hatte Sandy einfach die Zeit gefehlt, sich wie sonst selbst um die Geldanweisung zu kümmern. Das hatte Jenna übernehmen wollen, aber wer wusste schon, was sie mit dem Bargeld angestellt hatte? Gut möglich, dass sie es für Alkohol, Zigaretten oder sonst was rausgeschleudert hatte. Es ärgerte Sandy, wie naiv sie manchmal war. Warum zum Teufel hatte sie Jenna vertraut? Sie hätte sich vergewissern müssen, dass die Kohle dort gelandet war, wo sie ankommen sollte.

Andererseits ... In Anbetracht der Umstände war dies vielleicht ein passender Zeitpunkt, um Ridgedale den Rücken zu kehren. Es wäre sicher nicht leicht, Jenna davon zu überzeugen, aber sie könnte es zumindest versuchen. Vor etwa einem Jahr hatte Jenna ihr erzählt, sie habe in Philadelphia einen Typen aus Ridgedale wiedergetroffen, den sie »von früher« kannte. Und dann hatte sie so getan, als wäre es ein Riesenzufall, dass sie ausgerechnet hier gelandet waren. Aber Sandy war nicht blöd. Es hatte sie lediglich überrascht, wie lange Jenna gebraucht hatte, bis sie Sandy nach ihrem Umzug hierher die ganze hässliche Geschichte erzählte. Sandy hätte schwören können, jedes einzelne von Jennas grauenvollen Geheimnissen zu kennen, aber sie war eines Besseren belehrt worden. Zu wissen, was Jenna vor vielen Jahren in Ridgedale zugestoßen war, änderte nichts an deren Verkorkstheit, aber es änderte Sandys Sichtweise. Jenna im Stich zu lassen – obwohl sie vermutlich genau das hätte tun sollen –, war jetzt ein Ding der Unmöglichkeit.

»Wir sind nicht im Rückstand«, behauptete Sandy. Wieder einmal. Selbst wenn der schmierige Typ recht hatte, war es am besten, zu leugnen. »Wir haben die Miete bezahlt. Pünktlich.«

»Können Sie das beweisen?«, fragte er skeptisch.

Sandy löste ihre Arme, sodass er vollen Ausblick auf ihr durchscheinendes Tanktop hatte. Dann verschränkte sie sie wieder, beugte sich ein klein wenig vor und drückte ihre Brüste zusammen. »Sie könnten *sagen,* dass Sie den Beleg gesehen haben.« Ihre Augen wanderten zu seinem Schritt. »Nur für ein paar Tage. Geben Sie uns etwas Zeit, okay?«

Der Typ musterte Sandy von oben bis unten, und sein Blick blieb an ihren Brüsten hängen. Dann schnaubte er verächtlich und schüttelte den Kopf. »Sie haben vierundzwanzig Stunden Zeit, Miss«, sagte er. »Danach ist hier Feierabend. An Ihrer Stelle« – er schielte ein letztes Mal auf ihre Titten – »würde ich packen.«

Sandy riss dem Scheißkerl den zerknitterten gelben Zettel

mit dem Aufdruck *Räumungsmitteilung* aus der Hand und sah ihm nach, als er auf seinen kurzen Beinen den Gang hinunter verschwand. Verdammt noch mal, Jenna! Ja, es war Zeit zu gehen, aber musste das immer mit einer verfluchten Pistole an der Schläfe sein? Gott sei Dank hatte Sandy etwas Geld für den Notfall gebunkert – etwa tausend Dollar, in einer Schachtel hinter der Couch. Das reichte zwar nicht, um die Miete für drei Monate zu bezahlen, aber es würde sie eine Zeit lang über Wasser halten. Anderswo. An irgendeinem Ort weit weg von Ridgedale mit all den grässlichen Erinnerungen.

Sandy knallte die Wohnungstür zu und stürmte zu Jennas Schlafzimmer, die Räumungsmitteilung in der Hand. »Jenna!«, schrie sie so laut, dass ihre Kehle brannte. »Verdammt, wach auf!«

Keine Reaktion, also stieß Sandy die Tür auf und wappnete sich gegen den Anblick eines nackten, behaarten Arschs, der unter die Decke abtauchte. Aber da war keiner. Niemand. Das Zimmer war leer, das Bett unberührt, als wäre Jenna die ganze Nacht über weg gewesen.

»Scheiße«, sagte sie leise. Wo zur Hölle war Jenna? Sandy griff nach ihrem Handy. Vielleicht hatte sie ihr eine Textnachricht geschickt, etwas wie: *Ich übernachte heute woanders. Bis morgen früh!* Nichts. Keine einzige beschissene Nachricht.

Das war's dann wohl mit ihren Hausaufgaben in Staatsbürgerkunde und Wirtschaft, die sie für Rhea erledigen sollte. Den Algebra-Test, für den sie unbedingt lernen musste, konnte sie ebenfalls knicken. Was im Grunde keine Überraschung war. Ihren Schulabschluss zu machen, um anschließend aufs College zu gehen, war eine ziemlich bescheuerte Idee gewesen. Ein Hirngespinst. Es war das, was andere Leute taten, aber nicht sie. Dennoch hatte sich Sandy von Rhea einwickeln lassen. Hatte sich bei dem Gedanken ertappt: *Warum nicht ich?* Wegen Jenna, deshalb.

Wo zum Teufel bist du?, tippte Sandy in ihr Handy ein und schickte die Nachricht an Jenna.

»Niemand ist perfekt, Sandy«, hatte Rhea im Oktober gesagt, als sie sich zum ersten Mal trafen. Das war jetzt fast sechs Monate her. Ihr Lächeln war so freundlich gewesen, dass sich ein Kloß in Sandys Kehle gebildet hatte. »Jeder, der so tut, als wäre er perfekt, ist ein Lügner.«

Es hatte Sandy große Überwindung gekostet, sich im Sekretariat der Ridgedale Highschool für das Community-Outreach-Tutoring-Programm anzumelden. Seit dem letzten Frühjahr, seit sie die zehnte Klasse in diesem Höllenloch von Highschool im Nordosten Philadelphias beendet hatte, hatte sie keine Schule mehr betreten. Als sie im September hierhergezogen waren, war ihr nicht mal der Gedanke gekommen, sich an der Ridgedale High anzumelden. Essen, Miete, Kaffee – alles war hier sehr viel teurer. Sandy würde mehr arbeiten müssen, um ihren Anteil zu stemmen.

Doch dann war Rhea eines Mittags während Sandys Schicht ins Winchester Pub gekommen. Sie hatte Sandy ihr freundliches Lächeln geschenkt, hatte sie mit ihren warmherzigen Augen angeblickt und ihr alle möglichen Fragen gestellt. Und Sandy, völlig überrascht, hatte, anders als sonst, nicht die üblichen Lügen auf Lager gehabt. Und so kam es, dass Rhea, während sie die Rechnung für ihr Mittagessen beglich, Sandy überreden konnte, sie in der Highschool von Ridgedale in ihrem kleinen Büro aufzusuchen, um sich dort über das von ihr ins Leben gerufene Förderprogramm für Highschool-Abbrecher zu informieren.

Sandy erzählte Jenna nichts davon. Sie hätte zwar nicht versucht, Sandy davon abzuhalten, sich zum GED-Test anzumelden – sogar Jenna wusste, wie wichtig es war, einen Abschluss in den Händen zu halten, der einem die Einschreibung an einem College ermöglichte. Aber ihr wären sicherlich jede Menge Gründe eingefallen, Sandy von den damit einhergehenden Verpflichtungen abzuhalten: »Geh mit mir ins Kino, Sandy«, »Kuschel dich ein bisschen mit mir auf die Couch, Sandy«, »Trink ein Bier mit mir«. Jenna konnte nicht anders. Sie konnte die Vorstellung, allein zu sein, nicht ertragen.

Wahrscheinlich war es ohnehin egal, dass Sandy Jenna nichts erzählt hatte. Sandy war überzeugt davon, dass Rhea Bullshit geredet hatte. Dass sie sich gar nicht an Sandy erinnern würde, wenn diese tatsächlich in ihrem Büro auftauchte.

Doch das tat sie.

»Ich freue mich so sehr, dass du gekommen bist!«, rief Rhea, sprang von ihrem Schreibtischstuhl auf und zog Sandy in eine feste Umarmung.

Als sie sich zum zweiten Mal trafen, hatte Rhea bereits einen Plan für Sandy ausgearbeitet. »Ich habe einen Blick in deine alten Zeugnisse geworfen. Bei den Kursen, die du belegt hattest, und deinen exzellenten Noten wette ich, dass du mit ein bisschen Unterstützung die Defizite bis Ende des Jahres aufholen kannst.« Rhea zwinkerte Sandy mit ihren großen blauen Augen zu. Sie sah so hübsch und adrett aus, dass Sandy am liebsten sofort unter die Dusche gesprungen wäre. »Du brauchst lediglich jemanden, der deine Fortschritte überwacht, was ich sehr gern tun werde. Außerdem organisiere ich dir bei einer Schülerin Nachhilfe für Mathematik und Naturwissenschaften, die mit dir für die Prüfungen lernt.«

»Nachhilfe bei einer Schülerin?« Sandy wurde übel. Sie konnte die Vorstellung nicht ertragen, mit irgendeiner reichen Bitch aus Ridgedale zusammengespannt zu werden, die doch nur auf sie herabsehen würde.

»Komm schon!« Rhea lachte. »So schlimm ist das nun auch nicht. Ich verstehe deine Bedenken, aber ihr müsst ja nicht gleich beste Freundinnen werden. Du musst dir einfach nur von jemandem helfen lassen. Kriegst du das hin?«

»Ich werde es versuchen«, sagte Sandy. Sie wusste, dass sie wie eine undankbare Göre klang, aber sie wollte nicht lügen. Vor allem wollte sie niemanden belügen, der so nett zu ihr war wie Rhea. »Wann fangen wir an?«

»Sofort!«, erwiderte Rhea. »Ich hole noch schnell die Bücher, die du brauchst, und deinen Stundenplan. Wenn wir alles zusammenhaben, können wir uns über verschiedene Möglichkeiten für College-Stipendien unterhalten. Ich denke, du würdest eine perfekte Kandidatin abgeben.«

Sandy hatte sich diesen Augenblick schon millionenfach vorgestellt, hatte sich ausgemalt, wie jemand wie Rhea in ihr beschissenes Leben platzte und sie daraus befreite. Allerdings hatte sie nicht geahnt, dass es sich so gut anfühlen würde. *Glaub ihr nicht. Du darfst ihr nicht glauben!* Aber es war zu spät.

»College?«, fragte Sandy und verspürte eine alberne Mischung aus Nervosität und Begeisterung.

Rhea zwinkerte erneut und stand lächelnd auf. »Ja, College. Du kannst es wirklich zu etwas bringen.«

Rhea war noch nicht zur Tür hinaus, als schon die erste Textnachricht von Jenna einging: *Wo bist du? Komm sofort nach Hause! Ich muss dir eine HAMMER-Story erzählen. Du wirst es nicht glauben.*

Bin in einer halben Stunde da, schrieb Sandy zurück.

Beeil dich. Und bring Cheetos mit! Xoxoxo

Verfluchte Jenna. Das Schlimmste aber war, dass Sandy sich schuldig fühlte, weil sie nicht bei ihr war. Das war bescheuert. Sandy wusste das. Dass es bescheuert war, änderte allerdings nichts an ihren Schuldgefühlen.

Rhea kehrte ins Büro zurück und knallte einen Stapel Bücher und Fotokopien auf den Tisch. »So, ich habe bereits eine *großartige* Nachhilfe für dich aufgetrieben«, sagte sie zu Sandy und reichte ihr ein Blatt Papier. *Hannah Carlson* stand darauf, mitsamt Adresse, Telefonnummer und E-Mail. »Hannah ist ein echter Schatz. Sie ist eine fantastische Pianistin, und sie ist im Mathe-Team. Außerdem kann sie ausgezeichnet schreiben. Im letzten Frühling hat sie schon an der Universität Seminare belegt, Englische Literatur, da war sie in der Elften.«

Was bedeutete, dass diese Hannah jetzt in der Zwölften ihren Abschluss machte. Dann war sie wenigstens ein Jahr älter als Sandy. Nachhilfe von jemandem zu bekommen, der jünger war als sie, hätte Sandy nicht ausgehalten.

»Klingt großartig«, sagte Sandy lahm.

»Oh, tut mir leid. Das war dumm von mir. Wer möchte schon von einer solchen Streberin unterstützt werden?« Rhea streckte die Zunge raus und tat so, als würde sie würgen, dann beugte sie sich verschwörerisch vor. »Ich werde dir ein Geheimnis verraten, Sandy. Hannahs Mutter ist ein absolutes Miststück. Auch Hannah hat ein Kreuz zu tragen.«

»Cool.« Sandy nickte und betrachtete den Namen auf dem Blatt Papier vor ihr. Sie wusste sehr genau, wie sie Rheas Bemerkung über die Mutter dieser Hannah einzuordnen hatte: Die Frau war vermutlich total harmlos.

»Ich weiß, dass das nicht leicht für dich ist, Sandy. Aber bitte gib nicht schon auf, bevor du es versucht hast«, sagte Rhea, als hätte sie Sandys Gedanken gelesen. Ihre Stimme klang jetzt anders. Ernster. Sie legte ihre Hände auf den Stapel mit Büchern und Unterlagen. »Auf den Ausdrucken stehen deine Aufgaben. Wenn wir uns nächste Woche treffen, erwarte ich, dass du sie erledigt hast. Du kannst das, daran habe ich keinerlei Zweifel.«

Sandy versuchte, den Stapel mit einer Hand anzuheben. Vergeblich. »Dann glaubt ja wenigstens eine von uns daran.«

Rhea legte ihre Hand auf Sandys und drückte sie so lange, bis Sandy aufblickte und ihr in die Augen sah. Rheas Augen waren glasig, ihr Lächeln wirkte traurig, doch gleichzeitig seltsam hoffnungsvoll. »Ich denke, du und ich wissen, dass das hier deine Chance ist.« Rhea zog die Hand weg und stieß die Fäuste in die Luft. »Du musst sie mit beiden Händen ergreifen.«

Als sie alles erledigt hatten, verließ Sandy die Schule durch einen Seitenausgang und betete, dass sie es schaffen würde, ohne in Tränen auszubrechen. Wenigstens war gerade Unterricht, der Parkplatz und die Rasenflächen des Schulhofs waren leer. Auch auf der Aschenbahn, die den grünen, sorgfältig gemähten Football-Platz umgab, trainierte im Augenblick niemand. Alles war totenstill, bis auf Sandys Handy, das mit einem leisen Pingen den Eingang einer weiteren Textnachricht verkündete. *WO BLEIBEN DIE CHEETOS!!! ICH BIN AM VERHUNGERN! Komm nach Hause!* Judge Judy *läuft im Fernsehen!*

Sandy schob das Handy in ihre Gesäßtasche, dann ließ sie sich gegen die kühle Ziegelmauer des Schulgebäudes sacken, wobei sie sich leicht den Rücken aufschrammte. »Autsch«, sagte sie laut, dann legte sie den Kopf in die Hände und wiegte sich vor und zurück. Warum fühlte sich ihr Leben immer dann am beschissensten an, wenn sie versuchte, es zu verbessern?

»Willst du eine?«, fragte jemand.

Als Sandy aufschaute, sah sie sich einem Jungen in ihrem Alter gegenüber: zerzauste blonde Haare, Sommersprossen, perfekte Zähne. Er war nicht Sandys Typ – zu hübsch. Aber er war süß, daran gab es nichts zu rütteln, und genau das wusste er auch. Was ihn blöderweise noch süßer machte.

Er hielt eine Zigarette in der Hand, die er Sandy entgegenstreckte, und eine zweite brennende in der anderen. »Du siehst aus, als könntest du eine gebrauchen.«

Sandy sah sich verstohlen um, dann nahm sie die Zigarette. Was sollte schon passieren? Rausschmeißen konnte man sie nicht, schließlich war sie keine Schülerin der Ridgedale High. Sie beugte sich vor, und er klappte sein Feuerzeug auf. Der Kerosingeruch brachte unerwünschte Erinnerungen an einen von Jennas Ex-Freunden mit sich. Sandy inhalierte tief und spürte, wie sie sich etwas entspannte.

»Ich bin Aidan«, sagte der Typ. Sie merkte, dass er sie von der Seite anstarrte. Jungs wie er fühlten sich immer zu ihr hingezogen: dem Badgirl, der Schlampe. Dem Mädchen, mit dem sie ihre Mütter auf die Palme bringen konnten. Manchmal war das lustig. Und manchmal war es schrecklich nervig. »Ich bin neu hier.«

Sandy nahm einen weiteren Zug. Sie sollte abhauen, weg von dem Typen, und nach Hause zu Jenna gehen. Sandy wusste das. Warum stieß sie sich nicht einfach von der Wand ab und verpisste sich? »Cool«, sagte sie.

Der Typ lächelte, das Leuchten eines Unruhestifters in den Augen, und trat dichter an sie heran. So dicht, dass Sandy sein Shampoo oder Rasierwasser riechen konnte – etwas Würziges, Frisches. Teures. »Verrätst du mir deinen Namen?«, wollte er wissen.

»Noch nicht.« Sandy stieß sich von der Mauer ab. Sie musste nach Hause, bevor Jennas Nachrichten die übliche finstere Wendung nahmen. Außerdem wusste Sandy, dass es keine gute Idee war, sich mit diesem Jungen einzulassen, doch das hieß ja noch lange nicht, dass er nichts von ihr wollen durfte. »Aber danke für die Zigarette.«

Jetzt sah sich Sandy in Jennas leerem Schlafzimmer um, dann kehrte sie ins Wohnzimmer zurück. Sie überlegte, ob sie Jenna eine WTF-Nachricht wegen der Miete schicken sollte. *What the fuck?* Allerdings würde Jenna erst recht nicht nach Hause kommen, wenn ihr bewusst wurde, dass sie in Schwierigkeiten steckte. *Hallooo?*, schrieb Sandy daher stattdessen. Eine Sekunde später vibrierte das Handy in ihrer Hand. »Wurde aber auch Zeit«, murmelte sie finster.

Aber die Textnachricht war nicht von Jenna, sondern von Hannah, die ihr zum ungefähr dreihundertsten Mal schrieb. Sandy fragte sich, ob Hannah diese Stalker-Nummer auch bei Jungs durchzog, die sie vermutlich sofort blockieren würden. Sandy hätte Hannah auch gern blockiert, aber das war zu riskant. Wem würde Hannah stattdessen schreiben? Und was, wenn sie demjenigen erzählte, was sie getan hatte?

Alles okay bei dir?, lautete Hannahs Nachricht, genau wie all die anderen in den vergangenen anderthalb Wochen.

Ja. Alles gut. Du musst nicht immer wieder fragen, tippte Sandy.

Ich mache mir bloß Sorgen um dich.

Ganz gleich, was Sandy zurückschrieb – es änderte nichts. Sie hatten das schon mehrfach durchgekaut, aber egal, welche Argumente Sandy vorbrachte, Hannah schickte ein paar Stunden später die nächste Textnachricht mit exakt derselben Frage. So würde es immer weitergehen, bis … Bis was? Irgendwann musste doch Schluss damit sein. Doch sosehr Sandy sich wünschte, dass Hannahs Textnachrichten aufhörten, so sehr fürchtete sie sich vor dem, was es bedeuten mochte, wenn tatsächlich keine mehr kamen.

???, schickte Sandy an Jenna und ignorierte Hannahs Nachricht. Wenn Jenna irgendwo ihren Rausch ausschlief, bestand immerhin die Chance, dass das Geräusch der eingehenden Textnachrichten sie weckte. *??????? Hallo????*

Sandy sah sich in dem abgewrackten Apartment um. Die beste Option wäre wirklich, sie würden verschwinden. Den ganzen Mist hinter sich lassen. Wenn sie allerdings kein Geld hatten, um ihre Miete zu bezahlen, dann hätten sie mit Sicherheit auch nicht das Geld für ein neues Dreckloch. Wohin auch immer sie gingen – sie würden sich neue Jobs suchen müssen, und das könnte einige Zeit in Anspruch nehmen.

In Ridgedale hatten sie beide eine halbwegs anständige Arbeit gefunden, und genau das wäre Jennas schlagendes Argument gegen einen Umzug. Sie würde alles daransetzen, dass sie blieben, das wusste Sandy, auch wenn der Job nicht der wahre Grund dafür war. Allerdings klang es sehr viel besser als die Wahrheit, auch das wusste Sandy.

Wo bist du?, tippte Sandy ein letztes Mal.

Sie wartete eine Minute. Noch immer keine Antwort. Dann versuchte sie, anzurufen. Ein Anruf kam einem Notruf gleich und bedeutete so viel wie »Es ist absolut dringend, ich brauche dich. Sofort«. Jennas Handy klingelte viermal, dann sprang die Mailbox an. Immerhin hatte Jenna sie eingeschaltet. Sandy hörte, wie Jenna mit der rauchigen Stimme, die sie für sexy hielt, hauchte: »Ich bin nicht da. Ihr wisst, was zu tun ist. Bye-bye.«

»Wo zur Hölle bist du? Ich habe dir eine Million Textnachrichten geschickt«, blaffte Sandy, darum bemüht, eher besorgt als sauer zu wirken. »Ich muss mit dir reden. Es handelt sich um eine Art ... Nein, es *ist* ein Notfall. Ruf mich so schnell wie möglich zurück. Okay, Mom?«

Das Wort »Mom« fühlte sich zu groß für Sandys Mund an. Sie musste die Lippen dehnen, damit sie es umschließen konnten. Es war lange her, dass sie Jenna so genannt hatte, und noch länger, dass das Wort in irgendeiner Weise von Bedeutung gewesen war. Es war ein Schuss ins Blaue, der Griff nach etwas, was sich komplett außer Reichweite befand.

Trotzdem bestand die Chance, dass sie einen Treffer landete. Dass das Wort etwas in Jennas Innerem berühren und etwas lange Totgeglaubtes erwecken würde. Etwas, was sie dazu brachte, an ihr verfluchtes Handy zu gehen.

Doch was, wenn das nicht passierte? Wenn Jenna nicht auf ihren Anruf reagierte? Sandy schüttelte den Kopf und versuchte, den Gedanken zu verdrängen. In ihrer Welt waren Sätze, die mit »Was, wenn« begannen, niemals hilfreich.

Sie musste sich konzentrieren. Musste das Geld aus dem Versteck holen und losziehen, um Jenna zu suchen. Das war die einzige Möglichkeit. Denn so gern sie die Stadt ohne sie verlassen würde, Sandy brachte es nicht über sich. Sie würde Jenna niemals im Stich lassen können.

Sandy kniete sich auf die Couch und griff zwischen die Polster der Rückenlehne, dann schob sie ihre Hand in die schmale Lücke, wo sie die Schachtel verstaut hatte. Als sie nichts fühlte, beugte sie sich vor und tastete nach allen Seiten. Ihr Herz schlug schneller. Es war ein paar Tage her, seit sie ihr Versteck das letzte Mal überprüft hatte, aber die Schachtel musste doch da sein! Sie konnte sich doch nicht in Luft aufgelöst haben!

Endlich streiften Sandys Fingernägel über die Pappe. Die Kiste war ein Stück zu weit nach hinten gerutscht, das war alles. Doch sobald sie sie zu fassen bekam und aus dem Spalt herauszog, spürte sie, dass etwas nicht stimmte. Sie öffnete den Deckel und sah, dass der Umschlag darin zu dünn war. Mit zitternden Händen zog sie einen kleinen Stapel Eindollarnoten hervor und breitete sie vor sich auf dem Couchtisch aus: Es waren sechsundzwanzig.

Neunhundertvierundsiebzig Dollar weniger, als sie versteckt hatte.

MOLLY
5. MÄRZ 2013

Dr. Zomer. Klingt wie eine Mischung aus Serienkiller und Antidepressivum. Ich bin froh, dass sie erst mal damit gewartet hat, mir das Tagebuchschreiben nahezulegen, zumal ich mich anfangs kaum auf die Therapie einlassen wollte. Aber das liegt nicht an ihr. Ich mag Dr. Zomer mit ihren großen braunen Augen und dem freundlichen, faltigen Gesicht. Sie ist nett, und ich spüre, dass sie helfen möchte.

Halt. Ich soll hier nicht über Dr. Zomer schreiben. Ich soll über mich schreiben.

Ich denke, es macht Justin glücklich, dass ich zu Dr. Zomer gehe. Erst heute Morgen hat er gesagt, ich würde wieder mehr wie ich selbst aussehen, aber manchmal frage ich mich, ob diese Person überhaupt noch existiert.

Jetzt schreibe ich über Justin. Ich soll über mich schreiben. Mich. Mich. Mich.

Oh, ja, ich habe heute nicht geweint! Ich gestatte mir nie, vor Ella zu weinen – Moment, das ist eine faustdicke Lüge. Warum mache ich mir eigentlich die Mühe, HIER zu lügen? Es wird doch ohnehin niemand diese Zeilen lesen!

WOCHENLANG habe ich nach dem Verlust des Babys geweint, habe mir vor Ella die Augen ausgeheult. Ich habe so viel geweint, dass es mich nicht überrascht hätte, wenn sie von dem Fluss meiner selbstsüchtigen Tränen fortgespült worden wäre.

Doch seit Justin wieder arbeitet, beherrsche ich mich, bis Ella in der Kindertagesstätte ist, von neun bis fünf. Und heute habe ich nicht eine einzige Träne vergossen!

Bis jetzt. Denn jetzt werde ich weinerlich. Verspüre Schuldgefühle, weil ich nicht geweint habe. Gott, manchmal hasse ich mich wirklich.

Nun, sehen Sie sich das an, Dr. Zomer. Ich habe eine ganze Seite gefüllt, die Sie nie lesen werden – die niemand lesen wird, weshalb ich nicht verstehe, was das soll. Aber die Seite ist voll, so oder so. Weil Sie mich darum gebeten haben. Weil ich versuche, das Richtige zu tun. Und ich gebe mir wirklich die allergrößte Mühe.

Molly

Nach einer fünfzehnminütigen Fahrt näherte ich mich der hübschen Einkaufsstraße, in der sich auch die Redaktionsräume des *Ridgedale Reader* befanden. Innerlich aufgewühlt, hatte ich unterwegs versucht, tief durchzuatmen und mich ein wenig zu beruhigen.

Der Parkplatz war fast leer, die Geschäfte – der Knit-Wit-Strickladen, ein Antiquitätenhändler und die Galerie von Peter Naftali – machten gerade erst auf. Ich setzte in eine freie Lücke, als mein Handy summte.

Eine Nachricht von Stella. *Hilfe – ihr habt hoffentlich eine lila Jogginghose??* Ihr Sohn Will spielte in *Die kleine Raupe Nimmersatt* eine Pflaume.

Mist. Ellas Kostüm. Das Grüne Blättchen. Ich hatte zu diesem Anlass sogar limettengrüne Leggins besorgt. Eilig schrieb ich an Justin. *Nimm die grünen Sachen mit, die ich herausgelegt habe!! xoxo*

Das Telefon vibrierte in meiner Hand. Ich zuckte zusammen. *Schon erledigt!*, schrieb Justin.

Er hatte auch ein Foto geschickt, ein Selfie von sich und Ella, die bereits in ihrem grünen Kostüm steckte, die Daumen in die Höhe gereckt, ein breites Grinsen im Gesicht. Ich durfte Justin nicht unterschätzen. Manchmal vergaß ich, wie intensiv er sich in den vergangenen zwei Jahren um Ella gekümmert hatte.

Nachdem ich das Baby verloren hatte, ließ Justin sich einen Monat von seiner außerplanmäßigen Professur an der Columbia University freistellen. In den ersten zwei Wochen kam außerdem seine Mutter, um uns zu unterstützen. Gott sei Dank, denn in jenen Tagen hatte Justin nichts anderes getan, als mich in den Armen zu halten, während ich weinte und weinte. Nachdem Justins Mutter weg war und es mir ein bisschen besser ging, übernahm er Ellas Versorgung. Obwohl er zuvor nicht zu der Sorte Väter gehört hatte, die sich aktiv um ihre Kinder kümmerten, bürstete er nun ohne Mühe, und ohne sich ein einziges Mal zu beschweren, Ellas Haare, kuschelte mit ihr und erlaubte ihr, ausgiebig zu baden und dabei jede Menge Unsinn zu machen. Er bezahlte sämtliche Rechnungen, erledigte den Papierkram, als unser Auto abgeschleppt wurde, schmiss unendlich viele Waschmaschinen an und kümmerte sich um all unsere Mahlzeiten, als läge der Schlüssel zu unserem Überleben in der erfolgreichen Bewältigung der häuslichen Pflichten. Und zwischendurch versuchte er, mir so viel Kraft zu geben wie möglich. Er fing erst wieder an zu arbeiten, als er sich sicher war, dass es mir gelingen würde, Ella und mich durch den Tag zu bringen. Nach sechs Wochen war ich so weit, doch ich konnte unmöglich meine frühere Arbeit bei den National Advocates for Pregnant Women wiederaufnehmen. Ganz gleich, wie sehr ich diesen Job geliebt hatte, ich hätte es nicht über mich gebracht, den ganzen Tag über Schwangerschaften zu reden.

Ich schloss Justins Nachricht und rief noch einmal die von Stella auf. *Ich habe keine lila Jogginghose. Tut mir leid!*, tippte ich.

Mist. Das hatte ich völlig vergessen, schrieb sie.

Sorry!

Es war typisch Stella, die Jogginghose zu vergessen – sie vergaß ständig etwas – und zu glauben, jemand anderes habe zufällig eine bei sich zu Hause rumliegen. Zum Glück kokettierte sie nicht mit ihren mütterlichen Unzulänglichkeiten. So wie ich aufgewachsen war, hatte mich so etwas immer schrecklich geärgert. Stella war jedoch auch nicht verlegen deswegen. Als äußerst erfolgreiche, äußerst attraktive Börsenmaklerin – fünf Jahre älter als ich, wenngleich sie um einiges jünger aussah – war sie nach dem Lehman-Crash nicht an ihren Arbeitsplatz zurückgekehrt. Stattdessen hatte sie ihren Sohn Will bekommen, der mittlerweile fünf war. Ihr älterer Sohn Aidan besuchte die Highschool.

Kurz vor Wills Geburt hatte Kevin, Stellas Ehemann, fünfzehn Kilo abgenommen, eine schicke Zweitwohnung in Chelsea gemietet und sich eine Freundin zugelegt, eine siebenundzwanzigjährige Yoga-Lehrerin. Kurz darauf hatten Stella und Kevin sich scheiden lassen, Will war damals sechs Monate alt gewesen. Laut Stella hatte Kevin die Ehe so dringend beenden wollen, dass er bereit gewesen war, ihre nahezu absurden finanziellen Forderungen zu erfüllen. Damals hatte er bereits seine dritte Freundin – diesmal eine Zumba-Lehrerin –, und er besuchte die Jungs nur ab und zu am Wochenende.

Vielleicht hatte Aidan deshalb so große Probleme. Erst vor Kurzem war er von der St Paul's School geflogen, der renommiertesten Privatschule weit und breit, und auch an der Ridgedale Highschool machte er schon bald Schwierigkeiten. Er war bereits zweimal vom Unterricht suspendiert worden. Trotzdem mochte ich Aidan, vielleicht weil er Stellas überbordendes Temperament und ihre unverblümte Offenheit geerbt hatte.

Verdammt. Will wird mich umbringen.

In diesem Moment klingelte mein Handy. Ich zuckte zusammen. *Erik Schinazy.*

»Ich wollte dich gerade anrufen«, log ich. Es war verblüffend, wie ruhig und souverän ich klang, vor allem wenn man bedachte, dass ich nahezu panisch vom Cedar Creek weggefahren war. »Ich stehe direkt vor der Redaktion.«

»Das soll jetzt nicht aussehen wie ein Kontrollanruf, aber

ich werde ja eine Zeit lang nicht zu erreichen sein«, sagte Erik in einem Ton, der mich nahezu aufforderte, mich nach dem Grund dafür zu erkundigen. »Ich wollte mich vorher nur noch mal melden.«

Ich schloss die Tür zur Redaktion auf, das Handy zwischen Schulter und Ohr geklemmt. Im Gebäude war es dunkel, nur in Eriks Büro brannte Licht, als wäre er mitten in der Nacht davongestürmt und hätte vergessen, es auszumachen. Wir anderen teilten uns einen großen Raum, in dessen Mitte vier Schreibtische zu einem Quadrat zusammengeschoben waren – einer für Elizabeth, einer für Richard und einer für mich. Der vierte war unbesetzt, seit das Internet die Printmedien mehr und mehr verdrängte.

Ich ging zu meinem tadellos aufgeräumten Schreibtisch, der, verglichen mit Elizabeths und Richards Stapeln von Recherchematerial, zusammengehefteten Notizen und Ausdrucken, erbärmlich leer aussah.

»Nun, es gibt tatsächlich eine Leiche«, teilte ich Erik mit, als ich meine Sachen auf die Schreibtischplatte legte. Dann atmete ich tief ein. Zeit, es laut auszusprechen, ohne dass meine Stimme dabei brach. »Es handelt sich um ein Baby.«

»Scheiße«, sagte Erik leise. Er klang aufrichtig besorgt. »Das hat meine Quelle nicht erwähnt. Das wäre ... Hätte ich das gewusst, hätte ich dich niemals ...«

»Noch weiß ich nichts Genaueres, abgesehen davon, dass das Baby ein Mädchen ist.« Ich versuchte, Eriks unbeholfene Stammelei zu ignorieren. Offenbar wusste er, dass ich ein Kind verloren hatte. »Allerdings habe ich versprochen, die Information, dass es sich um ein Baby handelt, noch für ein paar Stunden zurückzuhalten. Dieses Detail habe ich ›zufällig‹ mitbekommen.«

»Zufällig?«, hakte er nach. Er klang wenig erfreut. »Wie meinst du das?«

Ich hatte gedacht, meine Worte würden mich findig erscheinen lassen, einfallsreich, doch jetzt, da ich sie laut aussprach, wurde mir bewusst, dass sie eher nach unlauteren Methoden klangen.

»Ich stand mit Steve Carlson, dem Polizeichef, zusammen, als ein Officer via Funk erwähnte, es handele sich um ein Baby«, erklärte ich. Das konnte man tatsächlich als Zufall bezeichnen. »Er hat mir ein Exklusivinterview angeboten, sozusagen als Deal, damit ich dieses Detail vorerst nicht an die Öffentlichkeit bringe. Ich soll mich um zehn mit ihm im Präsidium treffen. Steve ist aber damit einverstanden, dass wir eine Onlinemeldung wegen des Leichenfunds herausgeben.«

»Oh, *Steve* ist damit einverstanden?«, fragte Erik scharf. »Dir ist aber schon klar, dass wir nicht für den Polizeichef von Ridgedale arbeiten, oder? *Wir* entscheiden, worüber wir in welcher Form berichten, nicht Steve.«

»Selbstverständlich.« Meine Wangen brannten. Ich war froh, dass ich mit Erik telefonierte, anstatt ihm persönlich gegenüberzustehen, denn so konnte er nicht sehen, wie verlegen ich war. »Ich habe lediglich deinen Rat befolgt und mich bemüht, ihn nicht zu verprellen.«

Aber Erik lag gar nicht so daneben. An meine journalistischen Pflichten hatte ich kaum gedacht. Vielleicht weil ich mich selbst nicht wirklich als Journalistin sah.

»Denk bei so etwas einfach daran, dass jeder, mit dem du sprichst, eigene Interessen verfolgt – Polizei, Eltern, Universität. Alles, was sie dir erzählen, ist in gewissem Sinne eigennützig, und zwar nicht, weil sie schlechte Menschen sind. Nein, das liegt in der menschlichen Natur. Als Journalistin ist es deine Aufgabe, diese individuell gefärbten Fäden zu etwas zu verweben, was der Wahrheit nahekommt.«

Das klang ziemlich hochgestochen. Aber die Wahrheit

war: Ich wollte Teil davon sein. Ein Teil, der herausfand, was dem Baby zugestoßen war, und den Menschen davon berichtete.

»Du hast recht«, sagte ich. »Ich werde beim nächsten Mal daran denken.«

»Ich weiß, es ist nicht fair, dich unvermittelt ins kalte Wasser zu stoßen. Möchtest du, dass ich Richard anrufe? Vielleicht kann er das von zu Hause aus handeln.«

Ich verspürte eine Woge der Panik. Ich wollte nicht, dass er mir die Story wegnahm! Das durfte ich unter keinen Umständen zulassen. »Nein«, widersprach ich daher, vielleicht etwas zu vehement. »Ich komme wunderbar klar. Ich *will* die Story machen.«

»Na dann.« Zum Glück klang Erik beeindruckt, nicht besorgt. »Übrigens, Molly, ich weiß besser als jeder andere, was es heißt, sich neu zu erfinden. Halte durch. Konzentriere dich darauf, einen Tag nach dem anderen zu bewältigen.«

»Danke, das ist ein guter Ratschlag.« Das war es tatsächlich, warum also fühlte ich mich so beschämt?

»Wir bringen jetzt erst mal online eine Kurzmeldung und kündigen ein Update für gleich nach deinem Interview an. Das dürfte funktionieren«, sagte er. So einfühlsam hatte ich ihn noch nie erlebt. »Mail mir den Artikel, sobald du ihn fertig hast, dann kann ich ihn direkt im Anschluss posten.«

»So machen wir es«, antwortete ich, dann wartete ich darauf, dass er das Gespräch beendete. Was er nicht tat. Es folgte ein langes Schweigen, dann ein merkwürdiges Rascheln. Ich fragte mich, ob er das Handy womöglich fallen gelassen oder schlichtweg vergessen hatte, dass ich noch dran war. »Hallo?«

»Ja«, sagte er brüsk, als versuchte er, zu verbergen, was am anderen Ende der Leitung vor sich ging. War jemand bei ihm? Um was für einen »familiären Notfall« handelte es sich eigentlich?« »Ich werde ein paar Fragen für Steve formulieren und sie dir schicken. Du kannst darauf zurückgreifen oder nicht – es ist deine Story. Allerdings weiß ich aus Erfahrung, dass es bei wichtigen Interviews ausgesprochen hilfreich ist, doppelt so viele Fragen wie nötig in petto zu haben.«

»Danke, alle Anregungen sind willkommen.«

»Kein Problem«, erwiderte Erik. »Glaub es oder nicht – ich weiß noch genau, wie es war, in dieses Spiel einzusteigen. Es ist eine steile Lernkurve, aber sie ist glücklicherweise kurz.«

Nachdem ich eine knappe Meldung für die Onlineausgabe verfasst hatte – zwei Sätze über die Leiche, denn mehr gab es nicht zu berichten –, blieb mir noch genügend Zeit, um für den ausführlichen Printartikel ein wenig über die Verbrechensrate in Ridgedale zu recherchieren, bevor ich mich mit Steve traf.

Ich war überrascht, wie viele Straftaten in Ridgedale begangen wurden – Körperverletzung, Autodiebstahl, Raub –, doch ich stieß in den letzten zwanzig Jahren nur auf zwei Morde. Esther Gleason hatte ihren betagten Ehemann erschossen, angeblich in Notwehr, außerdem war ein ehemaliger Häftling aus Staten Island in einer Studentenbude außerhalb des Campus bei einem aus dem Ruder gelaufenen Ritalin-Deal getötet worden. Während ich mich in die diesbezügliche Berichterstattung einarbeitete, stieß ich auf einen weiteren Todesfall, diesmal ein Unfall, in der Nähe der Essex Bridge.

Simon Barton, ein Highschool-Schüler, war bei einer Abschlussparty ein Stück südlich der Brücke ausgerutscht und zu Tode gestürzt. Anscheinend war er unglücklich mit dem Kopf auf einen Stein aufgeschlagen. Das machte insgesamt vier Todesfälle mit unnatürlicher Todesursache in zwanzig

Jahren, und zwei davon hatten sich scheinbar an fast derselben Stelle ereignet. *Simon Barton,* schrieb ich ganz oben auf meinen Notizblock.

Mein Handy summte und verkündete den Eingang einer Textnachricht. *Paket abgegeben,* schrieb Justin. *Es geht ihr mehr als gut, das verspreche ich dir. Und jetzt mach dich wieder an die Arbeit!*

Ich schaute noch aufs Display, als die Tür zur Redaktion aufschwang. Stella stand auf der Schwelle, in einem kurzen weißen Tennisrock und dazu passendem Sweatshirt. Sie hatte ihr dunkelbraunes Haar zu einem hohen Pferdeschwanz zusammengebunden, und ihr ebenmäßiges Gesicht – ausgeprägtes Kinn, lange, elegant geschwungene Nase – sah so schön aus wie immer.

Sie betrat den Raum mit großen Schritten, dann blieb sie stehen und spähte angestrengt in die Dunkelheit. Einen Augenblick später drehte sie um und kehrte zu der Lichtschalterleiste neben der Tür zurück, um energisch mit der offenen Handfläche darauf zu schlagen. Sämtliche Lichter flammten auf. »Warum zum Teufel sitzt du hier im Dunkeln?«

Stella war extrovertierter als meine anderen Freundinnen, aber sie war genau das, was ich in dieser Zeit brauchte: jemand, der mich mit Gewalt aus dem Haus zwang, wenn ich mich lieber in meinen vier Wänden eingeigelt hätte, jemand, der mich zum Reden animierte, wenn ich überzeugt war, kein Wort hervorbringen zu können. Wir kannten uns erst, seit Justin und ich im August nach Ridgedale gezogen waren, dennoch kam es mir so vor, als wären wir schon viel länger befreundet.

»Oh, ich hab wohl vergessen, das Licht anzumachen. Was machst du denn hier, Stella?«

»Ich hab Justin gesehen, als er Ella in den Kindergarten gebracht hat. Er wirkte ziemlich gestresst.«

Ich zuckte die Achseln. »Er darf das Seminar nicht verpassen.«

»Er sagte, man hätte dich wegen irgendeiner großen Story angerufen, und da dachte ich, ich schaue mal bei dir vorbei. Ich muss sowieso zu Target und eine dämliche lila Jogginghose kaufen. Vielleicht kann ich dich überreden, mich zu der *Kleinen Raupe Nimmersatt* zu begleiten. Du weißt, wie sehr ich es hasse, der Mütterbrigade allein gegenüberzutreten.« Sie schaute auf die Papiere, die ich auf meinem Schreibtisch ausgebreitet hatte. »Oh – sieht nicht so aus, als würdest du es schaffen, oder?«

»Ich kann nicht, tut mir leid«, bestätigte ich. »Ich habe in einer halben Stunde ein Interview.«

»Okay, dann werde ich dich nicht länger stören.« Doch anstatt zum Ausgang zu gehen, fing sie an, die Bleistifte, die in einem Köcher auf meinem Schreibtisch standen, einen nach dem anderen herauszuziehen und die stumpfen auszusortieren. Der mit dem fehlenden Radiergummi wanderte in den Papierkorb. »Vorausgesetzt, du erzählst mir, worum es bei dieser ›großen Story‹ geht.«

Ich sah sie an, eine Augenbraue in die Höhe gezogen.

»Wie du weißt, haben mir meine Klienten sogar millionenschwere Geheimnisse anvertraut.« Sie zuckte lässig die Achseln. »Diskretion ist eine meiner Stärken.«

Obwohl Stella Klatsch liebte, hatte sie bislang tatsächlich stets geschwiegen, wenn es um etwas Wichtiges ging. Daher hatte ich ihr von dem Verlust meines Babys und meiner Depression erzählt, hatte ihr sogar den Grund anvertraut, warum ich mich an Dr. Zomer gewandt hatte. Sie war respektvoll damit umgegangen, und sie war meinen Problemen mit einer tröstlichen Entspanntheit begegnet: *Hey, Liebes, wir sind doch alle ein bisschen abgedreht.*

»Man hat eine Leiche entdeckt, in der Nähe der Essex

Bridge. Ein Baby«, sagte ich. »Du darfst aber wirklich niemandem davon erzählen, solange der Artikel nicht offiziell erschienen ist. Die Polizei wird mich umbringen, sollte vorher etwas durchsickern.«

»Ach du liebe Güte!« Stella riss die Augen auf und schlug erschrocken die Hand vor den Mund. Ich sah, dass ihr die Tränen kamen. »Das ist ja grauenhaft!«

»Allerdings«, sagte ich, leicht verwundert über ihre heftige Reaktion. Aber hatte ich ernsthaft erwartet, sie würde einen Scherz machen, um mich aufzumuntern? Ein totes Baby war ein totes Baby. »Es ist furchtbar.«

Sie schloss die Augen und griff nach meiner Hand. »Wie geht es dir damit? Ausgerechnet das ist deine ›große Story‹ ...«

»Um ehrlich zu sein, geht es mir nicht besonders gut«, gab ich zu. »Ich hoffe, das Ganze hat zumindest eine therapeutische Wirkung.«

Jetzt war es an Stella, eine Augenbraue in die Höhe zu ziehen. »Meinst du das ernst?«

»Na ja, jedes Mal, wenn ich in Erwägung ziehe, die Story besser meinem Kollegen zu übergeben, fühle ich mich noch schlechter. *Viel* schlechter.«

Stella runzelte nachdenklich die Stirn. »Dann solltest du dranbleiben.« Sie beugte sich zu Elizabeths Schreibtisch hinüber, fischte die stumpfen Stifte aus dem Köcher und steckte sie in den elektrischen Anspitzer. Ich sah zu, wie sie jeden einzelnen Bleistift bis zum Anschlag spitzte, und ich war mir ziemlich sicher, dass sie auch noch ihre Finger anspitzen würde, wenn ich sie nicht irgendwie davon abbrachte. Entschlossen streckte ich die Hand aus und nahm ihr die verbliebenen Bleistifte ab. »Stella, was ist los?«

»Mist, ist es so offensichtlich?«, fragte sie mit brechender Stimme. Dann schlug sie die Hände vors Gesicht und fing an zu schluchzen.

»Mein Gott, Stella!« Stella war keine Frau, die in Tränen ausbrach. »Was ist denn los?«

»Oje, es tut mir leid. Ich weiß selbst nicht, wie mir das passieren konnte«, sagte sie mit einem erzwungenen, tränenerstickten Lachen. Sie schniefte, straffte die Schultern und wischte sich über die Augen. »Aidan wurde gestern in der Schule in irgendeine Auseinandersetzung verwickelt. Eine körperliche Auseinandersetzung. Angeblich sind Fäuste geflogen.« Aidan war ein großer Freund von Drohungen, doch für gewöhnlich machte er sie nicht wahr. »Und dann bin ich heute Morgen, als ich die Kinder zum Kindergarten und in die Schule gebracht habe, auch noch mit Coles Mutter, dieser Barbara, zusammengeprallt. Das war eine echt absurde Begegnung.«

Barbara war jemand, dem ich aus dem Weg ging. Sie stellte jede Übermutter in den Schatten, wohingegen ich nach anderthalb Jahren nahezu sträflicher Vernachlässigung meiner Tochter noch immer darum kämpfte, ihr eine halbwegs gute Mom zu sein.

»Inwiefern?«, hakte ich nach.

»Ich habe ihr erzählt, dass Will nicht gern andere Kinder zu Hause besucht, woraufhin Barbara auf die für sie typische abschätzige Art erwiderte: ›Nun, das ist definitiv nicht normal.‹ Als wäre sie die oberste Instanz in Sachen psychische Stabilität – dämliche Bitch.«

»Das war echt gemein«, pflichtete ich ihr etwas zögerlich bei. Es war wirklich nicht besonders nett von Barbara, so etwas zu behaupten, gleichzeitig war ich der Ansicht, dass Stella überreagierte.

Sie fuhr sich mit dem Handrücken über die Nase. »Herrgott, gibt es hier denn nirgendwo ein Taschentuch?«

»Oh, tut mir leid.« Ich nahm eine Packung Kosmetiktücher von Elizabeths Schreibtisch.

Stella zupfte eine Handvoll heraus, trocknete ihr Gesicht und presste die Lippen zusammen. Nach einer Weile fuhr sie fort: »Das schaffen auch nur Kinder – einen in ein schluchzendes Nervenbündel zu verwandeln. Eines frage ich mich allerdings: Woher zum Teufel weiß Barbara, was normal ist?«

»Ich glaube nicht, dass sie das weiß«, sagte ich, und das entsprach der Wahrheit. »Und oft machen Menschen nur dann solche Aussagen, wenn sie selbst kurz davorstehen, in Millionen Stücke zu zerspringen.«

»Siehst du, ich wusste, dass du es schaffst, mich aufzubauen.« Stella lächelte. Sie stand auf, wischte sich ein letztes Mal über die Augen, dann zog sie mich in eine Umarmung. »Und jetzt lasse ich dich allein, damit du den Pulitzerpreis abräumen kannst.«

Ich parkte direkt am unteren Ende der Grünanlage in der Nähe des alten Rathauses. Rechts davon, in einem kleineren, ebenso bezaubernden Kolonialgebäude war die Polizeistation untergebracht. Ich stieg aus, war aber zunächst unfähig, mich in Bewegung zu setzen. Es war lange her, seit ich das letzte Mal einen Fuß in ein Präsidium gesetzt hatte.

Dabei war das Police Department in Butler, Pennsylvania, einst wie ein zweites Zuhause für mich gewesen. Es war der Ort, an dem ich meine erste Limo getrunken hatte, Orange von Dr. Pepper, wo ich barfuß in meinem verwaschenen Einhorn-Nachthemd am Schreibtisch eines freundlichen, dicklichen Polizisten namens Max gesessen hatte, während zwei andere Officer meine Mom befragten.

Sie hatten uns aufgegabelt, als wir mitten in der Nacht die Route 68 entlangwanderten, auf der Suche nach meinem Vater. Er war bei Geraldine, seiner damaligen Freundin – und mittlerweile seit fünfundzwanzig Jahren seine Ehefrau –, wie so oft in den Monaten, bevor er die Scheidung einreichte. Ihr

Haus lag zwei Meilen von unserem entfernt, und mein Vater hatte das Auto genommen. Damals war ich zehn.

»Sie können uns nicht davon abhalten, einen Spaziergang zu machen«, hatte meine Mom die Officer angeschrien, noch bevor sie ausgestiegen waren. Ich kannte diese Stimme nur zu gut. Gleich würde sie schrill werden und meine Mutter völlig ausrasten. »Ein Spaziergang ist weder verboten noch ein Verbrechen.« Vielleicht hätte sie die Polizisten sogar überzeugen können, hätte ich Schuhe angehabt und nicht nur mein Nachthemd getragen.

»Macht deine Mom so etwas häufig?«, hatte Officer Max mich in jener Nacht gefragt.

Meine Mutter machte die meisten Dinge, die von einer Mutter erwartet wurden. Sie ging jeden Tag ihrer Arbeit als Verwaltungsangestellte im Bauamt von Butler nach, und sie kassierte ein anständiges Gehalt. Sie bezahlte die Hypothek und hielt unser Haus in Schuss. Sie kochte das Abendessen für mich und gab mir das Geld für das Schulmittagessen mit. Aber sie war wütend darüber.

Nachdem mein Vater sich von ihr hatte scheiden lassen, wurde es zu ihrer Lebensaufgabe, ihn zu hassen. Ihn dies spüren zu lassen, beanspruchte den Großteil ihrer Zeit (und damit auch meiner), bis sie im Sommer vor meinem zweiten College-Jahr beim Unkrautzupfen in unserem Garten einem Herzinfarkt erlag. Zu jener Zeit waren die Zwillinge von meinem Dad und Geraldine drei, aber er übernahm pflichtbewusst die Rolle des verbliebenen Elternteils und unterstützte mich, zumindest finanziell. Er rief mich außerdem zum Geburtstag an und lud mich ein, Feiertage wie Thanksgiving oder Weihnachten mit ihm und seiner neuen Familie zu verbringen, auch wenn ich »bestimmt schon etwas anderes« vorhätte. Ich hatte nie etwas anderes vor, trotzdem nahm ich seine Einladung nie an. Stattdessen führte ich das Leben einer Waise, und in Wirklichkeit hatte ich mich nie anders gefühlt. Und dann lernte ich Justin kennen.

»Was soll meine Mom häufiger machen?«, fragte ich Officer Max in jener Nacht, denn es schien unendlich viele Antwortmöglichkeiten auf seine Frage zu geben.

»Dich mitten in der Nacht mit nach draußen zu nehmen, um nach deinem Dad zu suchen.«

»Nein«, hatte ich erwidert und auf meine Hände geblickt. »Es war eine einmalige Sache.«

Das war eine Lüge. Nicht die erste über meine Mutter und nicht die letzte. Ich war zwar erst neun, aber eines wusste ich bereits: Es gab etwas, was noch schlimmer war, als eine Mutter wie meine zu haben – nämlich gar keine Mutter zu haben.

Ich betrat die Polizeistation von Ridgedale und stellte fest, dass der Fußboden durchhing und knarzte. Der Teppich war abgetreten, die Luft abgestanden. Hätten nicht Porträts uniformierter Officer an den Wänden gehangen, hätte ich gedacht, ich wäre beim örtlichen Geschichtsverein gelandet. Hinter einem schmalen, auf Hochglanz polierten Holzschreibtisch saß eine Frau mit grauem Fransenschnitt, unzähligen goldenen Armreifen und einem strahlenden Lächeln.

»Kann ich Ihnen helfen?«, fragte sie munter. Die Armreifen klimperten, als sie aufstand und das Namensschild auf der Empfangstheke vor ihr zurechtrückte. *Yvette Scarpetta, Polizei-Disponentin,* stand darauf.

»Ich habe einen Termin beim Polizeichef?« Meine Stimme wanderte am Ende des Satzes in die Höhe, als hätte ich eine Frage gestellt. Verdammt. Ich musste mich zusammenreißen. »Mein Name ist Molly Sanderson. Ich bin Reporterin beim *Ridgedale Reader.«*

Besser. Nicht perfekt, aber damit konnte ich leben. Damit *musste* ich leben.

»Nehmen Sie Platz.« Yvette deutete auf eine Reihe antik aussehender Holzstühle entlang einer Wand, dann griff sie zum Telefonhörer. »Ich gebe Steve Bescheid, dass Sie da sind.«

Frage Nr. 5: Verfügen Sie über ausreichende Ressourcen, den Umfang dieser Ermittlungen abzudecken, oder werden Sie die benachbarten Dienststellen um Unterstützung ersuchen? Diese Frage hatte Erik mir geschickt, und es war eine gute. Die meisten seiner Fragen wären mir niemals in den Sinn gekommen, und ich war dankbar, dass ich sie verwenden durfte.

»Steves Büro ist gleich dort hinten«, sagte Yvette, nachdem sie den Hörer aufgelegt hatte, und deutete auf eine Tür an der Rückseite des Empfangsraums. »Er erwartet Sie.«

Ich klopfte an und öffnete nach einem kurzen »Herein!«. Steve stand am Fenster und telefonierte. Ich zögerte, doch er winkte mich näher und deutete auf die Stühle vor seinem Schreibtisch. Hier, im Department, wirkte er älter als draußen am Cedar Creek, mindestens Anfang vierzig, mit seinem wettergegerbten Gesicht, das aussah, als hätte es einen Großteil der Zeit den Elementen trotzen müssen.

Nachdem ich Platz genommen hatte, nickte Steve erneut. Seine blauen Augen begegneten meinen, dann wandte er den Blick wieder zum Fenster. Dahinter erstreckte sich die Grünanlage. Der graue Himmel verwandelte sich mehr und mehr in Blau. Von hinten wirkten Steves breite Schultern noch breiter.

Der Typ könnte mich mühelos fertigmachen, würde Justin über Steve sagen. Es gefiel ihm, so etwas freiheraus zuzugeben, wann immer wir uns in Gesellschaft größerer, kräftigerer Männer befanden, was ziemlich oft vorkam. Natürlich ließ ein solches Eingeständnis Justin stets überlegen erscheinen.

Es war kalt in Steves Büro, und ich steckte die Hände in die Manteltaschen. Meine Fingerspitzen berührten einen kleinen Zettel. Eine von Justins Nachrichten. Ich wusste es, ohne nachsehen zu müssen. Er hatte vor ein paar Wochen damit angefangen, mir diese Papierschnipsel zu hinterlassen – etwas, was er schon in unserer Dating-Phase getan hatte. Damals beendete ich gerade mein Studium an der Juristischen Fakultät, und er steckte mitten in seiner Promotion. Er hatte Zitate aus Gedichten auf die Zettel geschrieben, meist über Liebe, und so deponiert, dass ich auf jeden Fall darüber stolpern musste. Absolut romantisch. Wäre ich nicht längst in Justin verliebt gewesen, hätte er mich damit bestimmt rumgekriegt.

Ich konnte mich nicht erinnern, wann genau er damit aufgehört hatte, aber die Schnipsel waren nach und nach weniger geworden und hatten sich schließlich auf Geburts- und Jahrestage beschränkt – genau wie spontaner Sex –, und irgendwann war auch damit Schluss gewesen. Dass er jetzt wieder damit begann, gab mir einen kleinen Kick, als würde ich mein angeschlagenes Ich mit dem neuen betrügen, das sich mehr und mehr erholte. In meinen Augen waren die Nachrichten Justins Art und Weise, mir »willkommen zurück« zu sagen. Lächelnd drehte ich den Schnipsel zwischen den Fingern, ohne ihn aus der Tasche zu ziehen.

»Ja, leider ist das im Moment alles«, sagte Steve in den Hörer. »Ich rufe Sie zurück, sobald es Neuigkeiten gibt. Ja.« Schweigen. Dann: »Ja, Sir.«

Sobald er aufgelegt hatte, stieß er hörbar die Luft aus, dann strich er sich gereizt mit der Hand über das Gesicht und setzte sich. Ich hätte ihn gern gefragt, mit wem er telefoniert hatte – mit dem Bürgermeister? Dem Gouverneur? Aber zum einen hätte ich ohnehin keine Antwort bekommen, zum anderen hätte das meine Professionalität infrage gestellt.

»Vielen Dank, dass Sie sich Zeit für mich nehmen«, sagte ich stattdessen, als wäre das Interview nicht Teil eines Deals, um nicht zu sagen, Teil einer Erpressung.

»Wenn irgendwer die Story zuerst bringen sollte, dann unsere Lokalzeitung«, sagte Steve. »Beim *Reader* kann ich darauf vertrauen, dass die Geschehnisse fair und angemessen dargestellt werden.«

Mir war klar, dass er mich mit dieser Bemerkung in die Pflicht nehmen wollte, ihn ja nicht zu enttäuschen. Erik hatte recht: Steve war gerissener und weitaus erfahrener, als ich erwartet hatte, aber Ridgedale war auch nicht gerade ein Kuhdorf.

»Ich werde mein Bestes geben«, sagte ich, ohne Steves Blick auszuweichen. »Man hat also die Leiche eines Babys entdeckt?«, kam ich gleich darauf zur Sache.

»Ja, eines weiblichen Kindes«, erwiderte Steve.

»Wie alt war es?«

»Die Bestätigung des Gerichtsmediziners steht noch aus«, sagte er. Und dann, als würde ihm plötzlich einfallen, dass er mir etwas für mein Schweigen schuldete, fügte er hinzu: »Ich tippe auf ein Neugeborenes.«

»Haben Sie irgendeine Idee bezüglich der Identität des Kindes?«

»Im Augenblick noch nicht«, sagte er. »Wir gehen sämtlichen Hinweisen nach. Sollte jemand irgendwelche Informationen über das Baby oder dessen Eltern haben, möge er sich bitte an das Ridgedale Police Department wenden. Ich nenne Ihnen gleich eine entsprechende Durchwahl.«

»Wurde das Kind tot geboren?«

Während der gesamten letzten Stunde hatte ich mich darauf vorbereitet, diese Frage laut auszusprechen, ganz besonders die beiden letzten Wörter. *Tot geboren.* Ich hatte befürchtet, sie nicht über die Lippen zu bringen. Nachdem meine zierliche Gynäkologin, die selbst schwanger gewesen war, meine Hand genommen und mir mitgeteilt hatte, dass das Herz meines Babys nicht mehr schlug, hatte ich mir eingeredet, ich könnte diese schmerzliche Wahrheit rückgängig machen, wenn ich sie nur niemals in Worte fasste.

»Das ist die naheliegendste Frage, und genau die habe ich mir auch gestellt«, antwortete er. »Um ehrlich zu sein: Wir wissen auch das noch nicht. Angesichts des Zustands der Leiche wird die Feststellung der offiziellen Todesursache nicht leicht werden.«

»In welchem Zustand befand sich die Leiche denn?«, bohrte ich nach.

»Sie haben selbst gesehen, wo sie gefunden wurde, und Sie wissen, welches Wetter wir hatten. Erst hat es gefroren, dann wurde es schlagartig warm und hat geschüttet, mehrere Tage lang. Ich überlasse es Ihnen, sich vorzustellen, wie das die Situation verschärft.«

»Wie lange hat sie da draußen gelegen?«

Es klopfte, dann ging die Tür auf, und ein schlaksiger, rothaariger Officer mit einem Gesicht voller Sommersprossen steckte den Kopf ins Zimmer.

»Wir sind in Vernehmungsraum eins, Chief«, sagte der Officer, dessen Stimme weitaus tiefer war, als seine schmächtige Gestalt vermuten ließ.

»Sehr gut, danke, Chris«, sagte Steve. »Ich bin in einer Minute bei euch.« Als der Officer weg war, wandte sich Steve wieder mir zu. »Um Ihre Frage zu beantworten: Wir wissen nicht, wie lange sie dort draußen gelegen hat. Auch das wird der Gerichtsmediziner herausfinden müssen.«

»Glauben Sie, der Fundort des Babys lässt auf eine Verbindung zur Universität schließen?«, fragte ich.

Steve runzelte die Stirn. »Sie meinen, eine der Studentinnen …« Er schüttelte den Kopf. »Es gibt keinen Grund, von einem möglichen Zusammenhang auszugehen.«

»Würde die Universität Meldung erstatten, wenn dem doch so wäre?«, hakte ich nach. »Soweit ich weiß, regelt die Campus-Polizei die meisten Gesetzesverstöße selbst.«

»Nicht ohne uns darüber zu informieren, und ganz sicher nicht ein solches Vorkommnis.« Steve lehnte sich auf seinem Schreibtischstuhl zurück und verschränkte die Arme. Seine Mundwinkel wanderten nach unten. Ich war einen Schritt zu weit gegangen, doch seine ablehnende Haltung minderte nicht meine Neugier. »Nun, ich fürchte, dabei müssen wir es für den Augenblick belassen. Ich habe einen weiteren Termin. Sie haben eine Stunde Zeit, die Story online zu stellen, bevor wir eine offizielle Pressemitteilung herausgeben. Klingt das fair?«

Ich dachte an meine lange Liste mit all den Fragen, die ich nicht hatte stellen können, einschließlich Eriks Frage bezüglich der notwendigen Ressourcen und Steves Erfahrung mit einer derart komplexen Ermittlung, aber irgendwie wirkten sie verfrüht oder etwas zu forsch. Ich wollte auf keinen Fall feindselig rüberkommen, daher sagte ich: »Darf ich Ihnen eine letzte Frage stellen?«

»Ich kann nicht versprechen, dass ich sie beantworte, aber schießen Sie los.« Der Polizeichef wirkte plötzlich erschöpft.

»Ich bin bei meinen Recherchen auf einen Todesfall gestoßen, der schon Jahre zurückliegt. Praktisch an derselben Stelle, wo heute das Baby gefunden wurde, kam ein junger Mann ums Leben.« Ich blickte auf meine Notizen. »Ein Schüler der Highschool namens Simon Barton …«

Steve nickte grimmig. »Aber ich würde da nichts hineininterpretieren. Die Gegend rund um die Essex Bridge ist ziemlich abgeschieden. Schon damals gab es in Ridgedale kaum Orte, an denen man sich unbemerkt herumtreiben konnte, und genau deshalb feiern die Jugendlichen dort seit Ewigkeiten heimliche Partys.«

»Glauben Sie denn, irgendwelche Partykids haben das Baby dort zurückgelassen?«

Er schüttelte erneut den Kopf und heftete den Blick auf die Schreibtischplatte. Als er wieder aufschaute, rechnete ich damit, dass er genervt sein würde, doch er sah aufrichtig traurig aus. »Nein. Nein, das glaube ich nicht. Wenigstens hoffe ich das inständig.« Er musterte mich mit schmal gezogenen Augen. »Sie sind neu in der Stadt?«

Der abrupte Themenwechsel überraschte mich. Meine Kehle war plötzlich trocken. »Ja, mein Ehemann hat eine Stelle an der Universität angeboten bekommen. Er ist Anglistik-Professor. Wir sind Ende August mit unserer Tochter hierhergezogen.«

»Eine Tochter, wie schön.« Steves Gesicht hellte sich auf. »Wie alt?«

»Fünf.« Ich hob meine Tasche vom Boden auf. Meine Gedanken wirbelten wild durcheinander. Warum wollte ich nicht, dass Steve diese persönlichen Details über mich erfuhr? Allerdings konnte ich ihm kaum eine Antwort schuldig bleiben. »Sie geht in den Kindergarten«, fügte ich daher hinzu.

»Ach, an der Ridgedale Elementary?« Sein Lächeln wurde breiter. »Mein Sohn Cole ist auch dort.«

Cole. Das bedeutete, dass Barbara seine Frau war. Nervös dachte ich daran, wie schlecht Stella über sie geredet hatte. Ich hatte ihr sogar noch beigepflichtet!

»Ich glaube, Cole ist in Ellas Gruppe«, sagte ich und wünschte mir inständig, nicht allzu schuldbewusst zu klingen. »Ich glaube, ich kenne Ihre Frau. Barbara?« Es war besser, ich legte gleich die Karten auf den Tisch.

»Ja, Barbara ist ...« Er zögerte. »Sie rettet mir den Hintern. Ich würde das mit den Kindern nicht so hinbekommen wie sie.« Er wirkte verlegen, keine Ahnung, warum. »Wie dem auch sei: Willkommen in Ridgedale. Ich bin schon lange hier, und es ist ein großartiger Ort zum Leben. Trotz dieser Sache.« Er deutete mit finsterer Miene auf einen Ordner auf seinem Schreibtisch. »Aber ich kann Ihnen versichern, wir werden herausfinden, was mit diesem Baby passiert ist, und die Person oder die Personen, die dafür verantwortlich sind, zur Rechenschaft ziehen. Sie können mich gern zitieren, Ms Sanderson.«

RIDGEDALE READER

<u>ONLINEAUSGABE</u>

17. März 2015, 09:12 Uhr

NICHT IDENTIFIZIERTE LEICHE GEFUNDEN

VON MOLLY SANDERSON

Eine nicht identifizierte weibliche Leiche wurde heute Morgen in Ridgedale um kurz nach fünf Uhr bei einem Routinekontrollgang der Campus-Polizei in einem Waldgebiet nahe der Essex Bridge entdeckt.

Die Polizei ist noch vor Ort, die Ermittlungen laufen. Weitere Details sind zu diesem Zeitpunkt nicht bekannt.

KOMMENTARE:

Samuel R.
vor 10 Minuten
»*Weitere Details sind nicht bekannt.« Das war's!?! Eine Leiche?!! Wurde jemand ermordet, oder was?*

Christine
vor 9 Minuten
Wie kann man so etwas posten, ohne irgendwelche Details zu nennen? Ist doch klar, dass uns das in Panik versetzt!

AYW
vor 7 Minuten
Finde ich auch. Das ist Sensationsjournalismus. Wo bleibt die persönliche Verantwortung? Warum wird die Öffentlichkeit nicht genauer informiert? Stattdessen lässt man mitten in der Stadt eine Bombe platzen, ohne sich um die Konsequenzen zu scheren?

Anonym
vor 5 Minuten
Sie wollen bloß die Auflage steigern und Anzeigen verkaufen. Was kümmern sie die Menschen, die ihren Müll lesen? Genau darum handelt es sich: um Müll. Das Ganze dient doch einzig und allein dazu, uns Angst einzujagen. Damit wir die Seite erneut aufrufen und sie mit jedem Klick mehr Profit machen können!

Erstgeborener
vor 3 Minuten
Habt ihr schon mal überlegt, dass sie nicht mehr darüber schreiben, weil sie nicht mehr darüber wissen? Nicht alles ist gleich eine Verschwörung!

Anonym
gerade eben
Oder du bist einfach zu dumm zu begreifen, dass es sich genau darum handelt – um eine Verschwörung.

Barbara

Barbara klopfte einmal, dann noch einmal. Als sie keine Antwort erhielt, öffnete sie die Tür zu den Räumlichkeiten der Kindergartengruppe und schlüpfte lautlos hinein. Sie würde nur schnell die Lernmaterialien für Rhea abliefern und gleich wieder verschwinden. Sie musste nämlich noch rasch bei der Reinigung vorbeifahren, ehe sie zur Aufführung von *Die kleine Raupe Nimmersatt* in den Kindergarten zurückkehrte. Cole spielte den Schmetterling. Er freute sich so sehr darauf, die Flügel zu tragen, die Barbara für ihn gebastelt hatte!

Sie hatte vor, Rhea die Materialien mit einem Post-it versehen – *Wäre das etwas?* – auf den Schreibtisch zu legen. Sie wollte nicht aufdringlich erscheinen. Es handelte sich lediglich um einen fachlich fundierten Vorschlag, *nicht* um Kritik.

Denn Barbara mochte Rhea. Sie war eine wirklich nette Frau und ganz offensichtlich eine engagierte Pädagogin. Ansonsten hätte Rhea wohl kaum ihre gesamte Freizeit damit verbracht, das Förderprogramm für Highschool-Abbrecher zu überwachen. Wenn Barbara ehrlich war, kam es ihr ein bisschen seltsam vor, dass Rhea keine eigenen Kinder hatte. Sie war verheiratet und ging auf die vierzig zu. Laut Barbaras siebzehnjähriger Tochter Hannah war Rhea stets freundlich, hilfsbereit und warmherzig, und sie hatte Hannah dazu überredet, als eine der freiwilligen Tutorinnen das sogenannte Community Outreach Tutoring zu unterstützen.

Barbara lächelte – ein Lächeln konnte so vielen Missverständnissen vorbeugen –, als sie Rhea und eine der anderen Erzieherinnen am hinteren Ende des Raums erblickte, umringt von ihren Schützlingen. Sie machten Turnübungen, und Rhea, die wie immer schwarze Leggins und ein eng anliegendes Strickoberteil trug, was ihre durchtrainierte, kurvige Figur und die muskulösen Oberschenkel betonte, bewegte sich so schwungvoll, dass ihre langen weißblonden Haare vor und zurück flogen.

Rhea liebte Sport. Und sie liebte es, den Kindern zu erzählen, wie viele Meilen sie zurücklegte und für welche Läufe sie sich angemeldet hatte. Cole hatte Barbara *alles* darüber erzählt. Es war süß von Rhea und inspirierend für die Kleinen, dass sie sie so miteinbezog, allerdings wirkte es manchmal ein wenig seltsam, wenn Cole so klang, als wäre er Rheas Trainingspartner und nicht ihr Schützling.

Barbara wandte sich wieder den Kindern mit ihren pausbäckigen Gesichtern und den tollpatschigen Bewegungen zu. Sie sahen Rhea mit großen Augen an, als würde sie ihnen einen Zaubertrick vorführen. Plötzlich war Barbara zum Weinen zumute. Seit Steve angerufen hatte, um ihr von dem armen Baby zu berichten, war sie nah am Wasser gebaut. Er wusste noch nicht viel mehr, nur, dass es sich um ein Baby handelte. Ein kleines Mädchen. Ein winziger Körper, abgelegt im Wald direkt am Fluss, wo er zusammen mit den modrigen Blättern verrottete.

Es gab keinen Grund zu der Annahme, dass es sich um eine vorsätzliche Tat handelte, dass etwa ein kaltblütiger Mörder, der es auf kleine Kinder abgesehen hatte, die Stadt unsicher machte, diesbezüglich hatte Steve sich klar ausgedrückt. Es gab auch keine Vermisstenmeldungen, in der Gegend waren keine schwangeren Frauen verschwunden – was bedeutete, dass die Mutter des Babys für dessen Tod verantwortlich sein musste. Barbaras Schlussfolgerung, nicht seine.

Und das in einer reichen Stadt wie Ridgedale, wo einem sämtliche Optionen offenstanden. Abscheulich, wirklich ekelhaft. Außerdem gab es einen todsicheren Weg, zu verhindern, dass man ein Baby bekam, für das man nicht sorgen konnte: Man musste einfach nur auf Sex verzichten. Und wenn man dazu nicht bereit war, sollte man um Himmels willen verhüten!

Barbara dachte an Hannah und Cole. Wie leicht sie als Neugeborene gewesen waren! Wie zerbrechlich. Die Vorstellung, dass ein winziges Baby dort draußen allein gelassen wurde und weinte und weinte, bis es keine Kraft mehr hatte ... Oder, schlimmer noch, bis jemand dem Weinen absichtlich ein Ende bereitete. Bei diesem Gedanken hätte Barbara sich am liebsten übergeben.

»Hat es gelebt, als es auf die Welt kam?«, hatte sie ihren Mann gefragt. »Ich meine, es wurde doch nicht *umgebracht*, oder?«

»Das wissen wir noch nicht.« Steves Stimme hatte heiser geklungen.

»Du hältst es also für möglich, dass jemand ...«

»Ich hoffe nicht, allerdings lässt der Zustand des Leichnams darauf schließen ... Sagen wir einfach, ich denke, dass der Gerichtsmediziner Schwierigkeiten haben dürfte, die Todesursache zu bestimmen.«

Meistens ersparte er ihr die grauenvollen Details. In Anbetracht des Berufs, den er gewählt hatte, entbehrte es nicht einer gewissen Ironie, dass Steve der Sensiblere von ihnen beiden war.

»Wie meinst du das?«, hatte sie daher nachgehakt. »In welchem Zustand befand sich die Leiche denn?«

»Ich glaube nicht, dass ...«

»Bitte, Steve. Ich muss es wissen.«

Er antwortete nicht direkt. Dann sagte er zögernd und unter dem Siegel der Verschwiegenheit: »Das Wasser und die Kälte verkomplizieren die Lage natürlich. Sieht so aus, als wäre das Baby vergraben worden und erst das Hochwasser hätte die Leiche freigelegt und mit sich geführt. Der Körper ist arg malträtiert. Einige der Hämatome und Schürfwunden sehen postmortal aus, das ist das Einzige, was der Gerichtsmediziner auf den ersten Blick sagen konnte. Die Knochenbrüche und der mehrfache Schädelbruch sind möglicherweise die Todesursache, doch er will sich nicht festlegen lassen. Er ist sich nicht sicher, ob er unter den gegebenen Umständen überhaupt zu einem eindeutigen Befund gelangen wird.«

Barbara zuckte zusammen. Die Köpfe von Neugeborenen waren so weich … Wie oft hatte sie Angst gehabt, sie könnte ihre beiden Kinder verletzen, sie beim Treppensteigen fallen lassen, und jetzt hatte jemand absichtlich einem Winzling den Schädel zertrümmert?

Am Ende des Raums ertönte lautes Gekicher. Barbara wischte sich über die Augen, die voller Tränen waren, dann betrachtete sie die Kinder lächelnd. Sie waren so kostbar. So klein. Und sie wurden so schnell groß. Noch besuchten sie den Kindergarten, doch bald würden sie in die Höhe schießen, ihre kindliche Sprache verlieren und die Schule besuchen. Und dann dauerte es nicht lange, und sie würden zu Teenagern mit eigenen Ansichten und Meinungen herangewachsen sein und mehr Zeit damit verbringen, sich von ihren Eltern zu lösen, als mit ihnen zu kuscheln.

Barbara hatte das bereits mit Hannah durchmachen müssen. Es war eine bittersüße Erfahrung gewesen und in gewisser Weise gesund. Vor allem für Hannah, die stets etwas unabhängiger hatte sein wollen als andere Kinder. Natürlich vermisste Barbara das kleine Mädchen, das sie einst gewesen war, und sie hätte sich gewünscht, Hannah würde für immer klein bleiben. Jetzt war sie siebzehn, hatte Freundinnen und Freunde, die Barbara nicht mochte, einen Kleidungsstil, den Barbara wohl nie verstehen würde – musste Hannah wirklich Tag für Tag nur ausgebeulte Sweatshirts tragen? –, und bald würde sie den Führerschein machen. Aber das lag nun einmal in der Natur der Mutterschaft: Man behütete die Kinder, um sie loszulassen.

Zumindest blieb Barbara noch ein wenig Zeit mit Cole, das war das Gute an dem großen Altersabstand zwischen ihren beiden Kindern. Nach einem frühen Abgang vor Hannahs Geburt und danach dem jahrelangen Bemühen, ein weiteres Kind zu empfangen, hatte sich Barbara damit abgefunden, dass Hannah kein Geschwisterchen bekommen würde. Doch dann wurde sie tatsächlich noch einmal schwanger. Zunächst war es ein Schock gewesen, eine Zwölfjährige und ein Neugeborenes zu haben, aber Cole war absolut pflegeleicht. Füttern, schlafen, kuscheln – er war ein Sinnbild der Zufriedenheit. So viel einfacher als Hannah mit all ihren »Befindlichkeiten« – ganz gleich, ob es um die Temperatur, die Etiketten in ihren T-Shirts oder Barbaras Tonfall ging. Niemand konnte es Hannah recht machen, schon gar nicht Barbara.

Barbara entdeckte Cole in seinem dunkelgrauen Raupenkostüm ganz hinten in der Gruppe. Er flüsterte seinem Freund Will hinter vorgehaltener Hand etwas zu. Will kicherte. Wie nett, diese Jungsfreundschaft, dachte Barbara, und Will war ein wirklich süßes Kind. Voller Energie, aber sehr, sehr niedlich. Er war nicht unbedingt der Junge, den Barbara für Cole ausgesucht hätte, aber das lag mehr an Wills Mutter.

Dabei ging es weniger darum, dass Barbara Stella nicht mochte – sie fand sie einfach sehr verwirrend. Es lag auch nicht daran, dass sie so verschieden waren. Ganz gleich, wie manche Leute darüber dachten – Barbara wählte ihre Freundinnen nicht danach aus, ob sie die gleichen Lebensentscheidungen getroffen hatten wie sie. Sie tendierte allerdings dazu, sich von Frauen mit »großen« Karrieren fernzuhalten. Aber das lag weniger an deren beruflichen Erfolgen als vielmehr daran, dass sie ihr so oft das Gefühl gaben, ein weniger wertvoller (und wesentlich dümmerer) Mensch zu sein, wenn sie von ihren Kindern statt von einer Karriere erzählte.

Das Schlimmste an Stella war jedoch nicht, dass sie ihre frühere Arbeit als Börsenmaklerin so oft erwähnte, dass Barbara sich mitunter insgeheim fragte, ob sie am Tourettesyndrom litt. Das Schlimmste war auch nicht, dass sie mit ihrer Scheidung prahlte, als hätte sie soeben ihren BH verbrannt. Selbst ihre aufgeplusterte Vita war nicht das, was Barbara für unerträglich hielt – nein, es war Stellas Unberechenbarkeit. Stella trug nicht selten eine völlig unverhohlene Gleichgültigkeit zur Schau, ehe sie im nächsten Moment beinahe überfürsorglich war, was eine simple Verabredung zum Spielen in ein Minenfeld verwandelte. Seit Neuestem behauptete Stella, dass Will nicht gern bei anderen Leuten zu Hause war, weil ihn das nervös machte. Eine dreiste Lüge, denn Will war das am wenigsten nervöse Kind, das Barbara je kennengelernt hatte.

Bei jedem Gespräch mit Stella hoffte Barbara inständig, sie würden eine gemeinsame Basis finden, nur damit sie nicht wieder das Gefühl hatte, Stella auf die Zehen zu treten. Es war wirklich albern. Die Tatsache, dass Stella und Barbara wohl niemals Freundinnen werden würden – und daran bestand kein Zweifel –, bedeutete keineswegs, dass sie nicht wenigstens *freundlich* miteinander umgehen konnten. Auch *höflich* hätte Barbara genügt.

Die Kinder zogen ihre Jacken an, und Barbara sah zu, wie sie im Gänsemarsch zur Tür zockelten. Sie deutete ein Winken in Coles Richtung an, aber er strebte schon die Stufen zum Garten hinunter und bemerkte sie nicht. Barbara trat an eines der Fenster. Die meisten Kids stürmten zu den Spielgeräten, ein paar drückten sich an die Mauer des Gebäudes, als hätte man sie in einem Furcht einflößenden Gefängnishof ausgesetzt. Cole rannte auf den hinteren Zaun zu und blieb erst stehen, als er dort angekommen war, dann steckte er die Finger durch den Maschendraht und starrte über die leeren, schlammigen Felder, die sich hinter dem Kindergartengelände erstreckten. Barbaras Herz zog sich schmerzhaft zusammen.

Sie verspürte sehr viel Liebe für ihre *beiden* Kinder, aber Cole war ihr weitaus ähnlicher als Hannah: unkompliziert, geradeheraus. Genau wie ihre Liebe zu ihm. Hannah war mehr wie Steve, eine verletzliche, empfindsame Seele. Tief im Innern wusste Barbara, dass die Leidenschaft der beiden gleichzeitig ihre Stärke war, doch ihre Fürsorge für fremde Menschen forderte einen Preis. Die Frage war nur, wer ihn bezahlte.

Hannahs Sensibilität hatte jedoch auch Vorteile. So setzte sie zum Beispiel alles daran, einen niemals zu enttäuschen. Sie trank keinen Alkohol, nahm keine Drogen und schleppte keine tätowierten älteren Jungs an. Bislang hatte sie zum Glück noch gar nichts mit Jungs am Hut. Barbara hatte ihr klar und deutlich zu verstehen gegeben, dass Mädchen, die schon in der Highschool Sex hatten, jeglicher Selbstachtung entbehrten. Und Hannah – typisch für sie – hatte auf sie gehört, ohne dass Barbara noch einmal auf das Thema zu sprechen kommen musste.

Barbara schaute mit zusammengekniffenen Augen in Richtung Cole, der noch immer über die Felder starrte. Was um alles in der Welt mochte er dort sehen?

»Oh, Barbara!«, riss Rhea sie aus ihren Gedanken. »Ich

bin froh, dass Sie hier sind. Ich hätte Sie sonst nachher angerufen.«

Überrascht wirbelte Barbara herum. »Mich angerufen? Warum?«

Rhea deutete lächelnd auf zwei kleine Stühle. »Ich würde mich gern einmal mit Ihnen über Cole austauschen.«

»Cole?« Barbara holte tief Luft, in der Hoffnung, so ihren sich abrupt beschleunigenden Herzschlag zu verlangsamen. Seltsam, dass ihr Herz so heftig pochte, wenngleich sie nicht einmal wusste, ob es tatsächlich ein Problem gab. »Er wird doch nicht etwa von den anderen Kindern gehänselt, oder? Ich mache mir schon seit dem Kindergarten-Picknick deswegen Sorgen. Mitunter fällt es Cole schwer, sich gegen einige der energiegeladeneren Jungs zu behaupten.« Barbara erwähnte bewusst nicht Wills Namen. So weit wollte sie nicht gehen, aber er war derjenige, an den sie dachte. Jungs wie Will hatten zwangsläufig eine dunkle Seite.

»Nein, Cole wird nicht gehänselt.« Rheas Lächeln wurde schmaler. »Ehrlich gesagt es ist eher andersherum. Cole ist der, der die anderen ... Nun, ›hänseln‹ ist nicht das Wort, das ich benutzen würde.«

»Verzeihung?« Barbara fühlte, wie ihr die Röte ins Gesicht stieg. »Ich fürchte, ich verstehe nicht, worauf Sie hinauswollen ...«

»In den letzten Tagen sind verschiedene Dinge vorgefallen.« Rheas Ton war jetzt vorsichtig, wachsam, was Barbara noch nervöser machte. »Dinge, die ganz und gar untypisch für Cole sind.«

Barbara ließ sich schwer auf einen der kleinen Stühle sacken. *Lass dich nicht in die Defensive drängen,* schärfte sie sich selbst ein. Selbst wenn Rhea falschlag – was definitiv der Fall war, denn Barbara hatte noch nie einen Anruf wegen eines ihrer Kinder bekommen –, war sie ganz offensichtlich überzeugt von dem, was sie sagte. Rhea versuchte nur, zu helfen. Sich auf sie zu stürzen, wäre nicht besonders klug.

»Entschuldigen Sie, aber was genau soll Cole denn getan haben?«, erkundigte Barbara sich daher, bemüht, nicht allzu interessiert zu erscheinen.

»Er hört nicht zu, gibt Widerworte, stört.« Rhea ratterte Coles Missetaten herunter, als wären sie nur die Spitze eines wahrhaft gewaltigen Eisbergs. »Er wollte letzten Donnerstag nicht am Morgenkreis teilnehmen und hat am Freitag unerlaubt den Gruppenraum verlassen. Als ich ihm hinausgefolgt bin, stand er direkt vor der Tür, aber es dauerte einige Minuten, bis er bereit war, wieder reinzugehen. Bei einem anderen Kind hätte ich mir nicht viel dabei gedacht – zumindest nicht bei einem einzelnen Zwischenfall. Doch mittlerweile entwickelt sich eine Art Muster, dabei ist Cole ein so liebenswürdiger, gut erzogener Junge. Er ist derjenige, auf dessen Unterstützung ich zählen kann, wenn alle anderen aus dem Rahmen fallen.«

»Das ist der Cole, den ich kenne«, bestätigte Barbara, froh darüber, dass sie sich in diesem Punkt einig waren.

»Könnte es sein ... Ist in letzter Zeit zu Hause irgendetwas vorgefallen? Ein Jobwechsel oder ein Todesfall in der Familie? Fällt Ihnen irgendein Stressfaktor ein?« Rheas Lippen formten sich zu einem fragenden O. Sie blinzelte ein paarmal mit ihren braunen Rehaugen, dann blickte sie auf ihren Schoß. »Für ein so sensibles Kind wie Cole genügt oft ...«

»Cole ist nicht sensibel«, blaffte Barbara. Sie konnte nicht anders. Was Rhea da vorbrachte, klang doch sehr nach einem persönlichen Angriff. Es hätte jeden in die Defensive getrieben. »Darüber hinaus: Bei uns zu Hause ist nichts ›vorgefallen‹.«

Am schlimmsten war, dass das nicht ganz stimmte. Möglicherweise war da doch etwas: die Kommode. Genauer gesagt, der alberne Streit um besagte Kommode, den Steve und sie vor einigen Wochen ausgetragen hatten.

»Wie konntest du das vergessen?«, hatte Barbara geschrien, als Steve an jenem Abend nach Hause gekommen war. Al, Barbaras Vater, hatte schon seit Ewigkeiten gedroht, die alte Kommode selbst zu verrücken, und Steve hatte dafür sorgen sollen, dass es nicht so weit kam. »Du hast es versprochen, Steve. Er wird einen weiteren Herzinfarkt bekommen, wenn er sich mit dem verdammten Möbelstück übernimmt!«

Steve hatte den Kopf hängen lassen, die Augen geschlossen. »Du hast recht. Es tut mir leid«, hatte er ruhig erwidert, die Hände abwehrend erhoben. »Ich hatte es total vergessen.«

Vergesslich, das war er, ihr Ehemann. Seit Steve vor sechs Jahren den Posten des Polizeichefs von Ridgedale übernommen hatte, vergaß er ständig etwas. Manchmal fragte sich Barbara, ob Steve die Beförderung vorschob, um weniger Zeit mit ihr verbringen zu müssen. Er war stets freundlich zu ihr, und sie stritten selten, aber in letzter Zeit brachte er weit mehr Leidenschaft für seine Arbeit auf als für Barbara.

Womöglich war seine Zerstreutheit also gar nicht seinem Job geschuldet. Barbara machte sich Sorgen, dass es um *sie* ging.

Als sie die Frau das erste Mal in der Innenstadt entdeckt hatte, war sie überzeugt gewesen, dass sie sich täuschte. Barbara war der anderen ganze sieben Blocks weit gefolgt, nur um sicherzugehen, dass sie sich tatsächlich irrte. Aber nein. Barbara bildete sich nichts ein. Sie war es, definitiv. Nach all den Jahren war sie zurückgekehrt, und sie sah immer noch aus wie eine abgehalfterte Prostituierte. Wie lange war sie schon wieder in Ridgedale? Seit Wochen? Seit Monaten? Schwärend wie eine eitrige Streptokokken-Infektion. Barbara hatte Steve nichts davon erzählt. Es hätte ohnehin zu nichts geführt. Dennoch belastete diese Begegnung seither jede ihrer Interaktionen mit Steve.

»Ich habe dir heute zwei Textnachrichten wegen der verdammten Kommode geschickt!«, hatte Barbara gekeift, immer wütender werdend.

Es war erstaunlich, wie heftig man sich nach zwanzig Jahren Ehe streiten konnte, ohne den eigentlichen Grund für seinen Zorn zu benennen. Dabei führte Barbara eine gute Ehe, mit einem Mann, den sie liebte. Barbara liebte Steve sehr. Mehr als alles andere.

»Ich fahre sofort los«, hatte Steve gesagt und seine Autoschlüssel geholt.

Er hatte weder zurückgeschnauzt noch wütend gewirkt. Eher wie ein zurechtgewiesener Untergebener als wie ein Mann, der seine Frau liebte. Was Barbara noch zorniger machte.

»Jetzt?« Barbara hatte übertrieben auf ihre Armbanduhr getippt. »Es ist fast zweiundzwanzig Uhr, Steve. Meine Eltern schlafen längst. Vorausgesetzt, mein Vater ist noch nicht tot!«

»Wer ist tot, Mommy?«, hatte Cole von der Kinderzimmertür aus gefragt, seinen Plüschdinosaurier unter dem Arm. Er hatte nicht sonderlich aufgeregt gewirkt, eher ein wenig neugierig.

Nein, diese Auseinandersetzung vor drei Wochen hatte nichts mit Coles momentanem Verhalten zu tun. Sie glaubte nicht einmal, dass er sich daran erinnerte. Rhea spielte auf etwas an, was erst vor Kurzem, in den letzten Tagen, passiert sein musste.

»Es tut mir leid, ich wollte Ihnen nichts unterstellen ...« Rhea schüttelte den Kopf und lächelte verlegen. Barbara war froh, dass sie sich unbehaglich zu fühlen schien. Wie konnte sie sich anmaßen, intakten Familien irgendwelche Probleme anzudichten, und noch dazu davon ausgehen, dass dies keinerlei Konsequenzen nach sich ziehen würde?« »Vielleicht ist es am besten, wenn wir uns eine Strategie zurechtlegen«, schlug die Erzieherin jetzt vor.

»Eine Strategie? Ist das nicht ein bisschen übertrieben?« Barbara musterte sie mit schmal gezogenen Augen. »Dieses Verhalten mag vielleicht ungewöhnlich sein für ein Kind wie Cole, aber deshalb liegt es noch lange nicht außerhalb des Normbereichs.«

»Heute Morgen hat Cole Kate vom Stuhl geschubst.«

»Bestimmt ein Versehen«, hielt Barbara dagegen.

»Kate ist Gott sei Dank nichts passiert«, fuhr Rhea fort, als habe sie Barbaras Worte gar nicht gehört. »Zumindest nichts, was ein bisschen Eis und ein Pflaster nicht behoben hätten. Allerdings hätte das Ganze wesentlich schlimmer ausgehen können – Kate stand auf dem Stuhl, um ein Buch aus dem Regal zu ziehen, was selbstverständlich nicht erlaubt ist. Was, wenn sie nicht nach vorn, sondern nach hinten gekippt wäre?« Rhea legte schaudernd eine Hand auf den Hinterkopf.

»Cole würde das niemals einfach so tun«, sagte Barbara mit fester Stimme. »Das Mädchen muss ihn provoziert haben. Vermutlich hatten sie zuvor gestritten.«

»Nein, das hatten sie nicht. Ich habe den Vorfall mit angesehen. Cole ist hinter sie getreten, und dann hat er sie aus heiterem Himmel geschubst.«

»Nein«, sagte Barbara unmissverständlich. »Das ist nicht möglich.«

Rhea sah Barbara traurig an. Beinahe so, als habe sie Mitleid mit ihr.

Barbaras Gesicht brannte. Sie verschränkte die Arme fest vor der Brust. »Warum erfahre ich erst jetzt davon?«, erkundigte sie sich.

»Ich wollte Sie nicht unnötig aufregen. Wie Sie selbst wissen, gehen solche Phasen oftmals schnell vorbei. Vor allem bei einem Kind wie Cole. Doch nun hat sich die Situation leider verändert.«

Barbara spannte die Kiefermuskeln an. »Was soll das heißen?«

Rhea holte tief Luft und straffte die Schultern, dann begegnete sie zögernd Barbaras Blick. »Wegen des Zwischenfalls mit Kate sind wir gezwungen, an die Sicherheit der anderen Kinder zu denken.«

»An die *Sicherheit*?« Barbara lachte auf, doch sie konnte Rheas Gesichtsausdruck entnehmen, dass sie nicht scherzte. »Entschuldigung, aber das ist absurd. Ich habe die anderen Jungs aus der Gruppe beobachtet, und Sie machen sich Sorgen wegen Cole? Sie sollten lieber Will im Auge behalten – *er* ist doch derjenige, der völlig außer Rand und Band ist.«

Barbara hatte definitiv nicht vorgehabt, jemanden namentlich zu erwähnen, schon gar nicht Will. Das Letzte, was sie jetzt gebrauchen konnte, war, dass Stella davon Wind bekam. Aber Will war neu in Coles Leben. Er war in den vergangenen Wochen mehrmals bei Will zu Besuch gewesen, auf Stellas ausdrücklichen Wunsch hin ohne Barbara. Anschließend hatte sie jedes Mal genau wissen wollen, was er gegessen hatte, wo Wills Mutter gewesen war, was sie gespielt hatten. Aber Cole war erst fünf. Gott allein wusste, was er ihr nicht erzählt hatte.

»Barbara, ich weiß, das alles kommt völlig unerwartet und ist erst einmal verwirrend. Allerdings besteht kein Grund zur Panik. Ich werde mit Kates Eltern reden. Sie sind sehr nett. Ich kann mir nicht vorstellen, dass sie die Angelegenheit weiterverfolgen möchten.« Das Mitleid in Rheas Stimme war unerträglich. Barbara spürte, wie ihr schwindelig wurde. »Fürs Erste werden wir einfach ein paar Vorsichtsmaßnahmen ergreifen.«

Vorsichtsmaßnahmen? Als wäre Cole ein wildes Tier, das man gegebenenfalls mit einer Betäubungsspritze außer Gefecht setzen musste! Das ergab keinen Sinn. Ein perfektes Kind verwandelte sich nicht über Nacht in einen gefährlichen Rabauken. Davon war Barbara überzeugt. Sie brauchte dringend frische Luft. »Wenn Sie mich bitte entschuldigen«, sagte sie und stand auf. »Ich glaube, ich ...«

Rhea lächelte und legte ihre Hand aufmunternd auf Barbaras Unterarm. Barbara starrte auf Rheas Finger, die sich in ihre Haut drückten. Wie um alles auf der Welt war sie zu dieser Frau geworden, dieser Mutter, die einer stützenden Hand bedurfte?

»Abwarten und beobachten ist in einem Fall wie diesem oft der beste Ansatz«, versicherte ihr Rhea. »Solche Phasen sind meist schneller vorbei, als man denkt. Sollten Sie in der Zwischenzeit jedoch den Eindruck gewinnen, etwas unternehmen zu müssen – manchmal spürt man so etwas einfach –, kann ich Ihnen jemanden empfehlen.« Rhea stand auf, ging zu ihrem Schreibtisch und kehrte mit einer Visitenkarte zurück. Barbara nahm sie ihr zögernd aus den Fingern. *Dr. Peter Kellerman, Entwicklungspsychologe für Kinder.* »Er hat einen wirklich ausgezeichneten Ruf.«

Barbara holte erst wieder Luft, als sie die Hälfte des Flurs hinter sich gelassen hatte, die Faust fest um Dr. Kellermans Visitenkarte geschlossen. Eine Hitzewelle schwappte über sie hinweg, gefolgt von Kälte. Weil sie fürchtete, ohnmächtig zu werden, eilte Barbara zum Ende des Flurs und schlüpfte ins Mädchen-WC, wo sie sich in eine der Kabinen einschloss.

Anschließend ließ sie sich auf den Toilettendeckel sinken. Unter der Abtrennung zur Nachbarkabine waren die Füße eines Mädchens in abgetragenen rosa Sneakers zu sehen. Glitzerturnschuhe, wie Hannah sie sich in der Grundschule sehnlichst gewünscht hatte. Barbara hatte sie ihr nie gekauft, auch wenn sie sich nicht mehr an den Grund dafür erinnern konnte.

Barbara schaute auf ihre eigenen, sehr viel größeren Schuhe. Was tat sie hier, und warum war sie derart außer sich? Nun – was, wenn es tatsächlich etwas gab, woran Cole arbeiten musste? Früher oder später kam bei jedem Kind eine Schwachstelle zum Vorschein. Hatte ihre Mutter nicht immer wieder gesagt, man müsse glückliche Kinder heranziehen, keine perfekten?

Barbara spürte, wie ein Schluchzer in ihrer Kehle aufstieg. Schnell presste sie eine Hand vor den Mund, um ihn zurückzuhalten.

Sie wartete, bis das Mädchen mit den rosa Glitzerturnschuhen die Kabine verlassen hatte und am Waschbecken gewesen war. Sobald sich die Tür hinter der Kleinen schloss, nahm Barbara die Hand weg, doch es kam kein Geräusch. Sie zwang sich aufzustehen und zu lächeln, aber das mulmige Gefühl, das sich seit dem Gespräch mit Rhea in ihrer Magengrube eingenistet hatte, wollte nicht weichen.

Endlich trat sie aus der Kabine, richtete ihre blonden Haare, die sie neuerdings zu einem eleganten Bob frisiert trug, und strich ihre frisch gebügelte weiße Bluse glatt. Ihr Blick fiel auf den Spiegel über dem Waschbecken. Sie lächelte erneut, aber ihr Gesicht wirkte in dem grellen Neonlicht aschfahl und verängstigt. Als gehörte es jemandem, den sie nicht mehr kannte. Jemandem, den sie nicht einmal kennen wollte.

Molly Sanderson, 7. Sitzung, 29. März 2013
(Audiotranskription, Sitzung mit Wissen und
Zustimmung der Patientin aufgezeichnet)

F.: Haben Sie mit Ihrem Vater über das, was mit dem Baby passiert ist, gesprochen?

M. S.: Sie machen Witze, oder?

F.: Nein, das sollte kein Witz sein. Was wäre denn so komisch an einem Gespräch mit Ihrem Vater?

M. S.: Wir kennen einander kaum. Und bevor Sie falsche Schlüsse ziehen: Nein, ich mache ihn nicht dafür verantwortlich. Okay, vielleicht mache ich ihn verantwortlich. Aber es ... es interessiert mich nicht mehr. Zumindest momentan nicht. Nachdem wir das Baby verloren hatten, hat er mir eine Beileidskarte geschickt und eine Spende für meine Arbeit überwiesen – meine frühere Arbeit. Wir bitten nicht um Spenden, allerdings gibt es nicht viel, was ein Fremder in einer solchen Situation tun kann.

F.: Und das ist in Ordnung für Sie? Dass der verbliebene Elternteil ein Fremder für Sie ist?

M. S.: Was für einen Unterschied macht es, ob das für mich in Ordnung ist oder nicht? So ist die Lage nun mal.

Ich habe aktuell schon genug Probleme, auch ohne die alten Geschichten. Meine Kindheit war schwirig und meine Mutter kalt und zornig. Sie ist gestorben, als ich achtzehn war. Daran kann ich jetzt nichts mehr ändern.

F.: Aber Sie könnten zugeben, dass diese Situation umso schwieriger für Sie ist, *weil* Sie keine Eltern haben.

M. S.: Sie meinen, es geht mir besser, wenn ich mich selbst bemitleide?

F.: Möglich. Was ist mit Justins Eltern? Wie ist Ihre Beziehung zu den beiden?

M. S.: Gleich danach ist Justins Mutter gekommen und für zwei Wochen geblieben. Ich weiß nicht, was wir ohne ihre Unterstützung gemacht hätten.

F.: Das klingt nicht so, als würden Sie sich besonders nahestehen.

M. S.: Sollten wir das? Uns nahestehen? Justins Eltern sind … Sie wirken einschüchternd auf mich. Seine Mutter hat mal behauptet, ich wäre anders als Justins frühere Freundinnen. Schwungvoller, das hat sie gesagt. Ich denke, sie meinte es als Kompliment – dass ich ihn besser bei Laune halte als seine Verflossenen. Doch ich kam mir vor wie ein Zirkuspferd. So sind Justins Eltern: wohlwollend, aber immer irgendwie übers Ziel hinausschießend.

F.: Haben Justin und Sie darüber gesprochen, ob Sie versuchen sollten, ein weiteres Kind zu bekommen?

M. S.: Wie könnte ich ein weiteres Kind bekommen, wenn ich mich noch nicht einmal um das eine kümmern kann, das ich habe?

F.: Ich meinte auch nicht jetzt. Irgendwann. Manchmal hilft es, Pläne für die Zukunft zu schmieden.

M. S.: Das kann ich nicht. Noch nicht.

F.: Haben Sie dem NAPW mitgeteilt, dass Sie nicht in Ihren alten Job zurückkehren?

M. S.: Ja. Sie sagten, ich könne mir eine so lange Auszeit nehmen wie nötig, aber ich brauche nicht mehr Zeit. Ich brauche Klarheit, dass es vorbei ist. Dass ich nie mehr dorthin muss.

F.: Was werden Sie tun, wenn Sie nicht mehr zur Arbeit gehen?

M. S.: Versuchen, zu überleben. Im Augenblick fühlt sich das an wie ein Vollzeitjob.

Molly

Vom Präsidium aus ging ich auf direktem Weg ins Black Cat Café am gegenüberliegenden Ende der Grünanlage. Ein tristes Grau hatte den Himmel zurückerobert und ihn von Frühlingsanfang in Winterende verwandelt. Ich zog meinen Mantel enger um mich und hängte den Riemen meiner großen Handtasche über die Schulter.

Ich war froh, dass ich meinen Laptop mitgebracht hatte. Es blieb nicht viel Zeit, bis alle an der Story dran wären, was bedeutete, dass ich in meinem zweiten Post etwas Handfestes liefern musste. Die Kriminalstatistiken und die Hintergrundrecherche über Simon Barton würde ich noch nicht bringen, sonst hätte ich kaum noch etwas für die Printausgabe. Ich hatte bereits in der Gerichtsmedizin angerufen, doch wie erwartet, war ich mit einem knappen »Kein Kommentar, bis uns die offiziellen Ergebnisse vorliegen« abgefertigt worden.

Trotz meiner anfänglichen Befürchtungen hatte ich keine Bedenken mehr, an der Story dranzubleiben. Ich wollte darüber berichten, *musste* darüber berichten, und zwar mit einer Intensität, die sogar in meinen eigenen Augen etwas beunruhigend war. Ich konnte mir vorstellen, was Justin sagen würde, wenn er wüsste, was ich empfand, und genau aus diesem Grund beschloss ich, ihm nichts davon zu erzählen.

Zeit für einen Kaffee?, schrieb Justin, noch bevor ich die Grünanlage durchquert hatte. Er wollte sich rückversichern, wie es mir ging. Tat so, als ginge er davon aus, dass alles okay

bei mir war, doch insgeheim wollte er es mit eigenen Augen lesen.
Super. Im Black Cat? In dreißig Minuten?, schrieb er.
Bis dahin müsste ich das Web-Update fertiggestellt haben. *Werde da sein!*

In dem rustikalen Café war es warm, und der Duft von zehn verschiedenen Sorten Free-Trade-Kaffee hing in der Luft. Das Black Cat war mein Lieblingscafé in Ridgedale, der Ort, an den ich ging, wenn ich nicht zu Hause schreiben wollte, was in letzter Zeit fast immer der Fall war. Das war das Problem, wenn man wochenlang das Bett nicht hatte verlassen können: Wenn man endlich wieder aufstehen konnte, entwickelte man eine regelrechte Phobie gegen das Arbeiten zu Hause.

Das Black Cat war ein echter Unitreff – Professoren, Studentinnen und Studenten saßen hier an wackligen Holztischen. An den Wänden hingen verblasste Konzertplakate, die WCs sahen nicht gerade sauber aus. Die Mütter zogen allesamt das Norma's um die Ecke vor, wo leuchtend bunte Art-déco-Kissen auf langen Sitzbänken lagen und es in den Toilettenräumen Lavendelseife gab. Man bekam dort sogar frische Biosäfte, zwei Sorten vegane Muffins, und ab sechzehn Uhr wurde Wein ausgeschenkt. Das Black Cat dagegen bot noch nicht einmal entkoffeinierten Kaffee an, genauso wenig wie fettarme Milch oder Süßstoff.

Beim ersten Mal, als Stella mich hierherbegleitete, wurde sie frech, als man ihr ihren Wunsch nach Stevia mit einem spöttischen Lächeln abschlug. Das Wortgefecht zwischen ihr und dem Barista artete derart aus, dass ich fürchtete, er würde jeden Moment sein Skateboard nach ihr werfen.

Ich mochte das Black Cat. Es erinnerte mich an die unprätentiösen Cafés in der Nähe von Columbia, in denen Justin und ich uns während unserer ersten Zeit getroffen hatten.

Ich bestellte einen Latte macchiato und setzte mich ans Fenster. Fünfzehn Minuten später hatte ich den Entwurf für die Onlineausgabe fertig. Er war kurz, keine hundertfünfzig Wörter.

Ich las den fertigen Post ein weiteres Mal durch, stellte fest, dass ich zufrieden war, und schickte ihn Erik, versehen mit der Bemerkung: *Ausführlicher Printartikel folgt.* Doch wie ausführlich sollte der Artikel werden, und vor allem: Womit sollte ich ihn füllen?, überlegte ich, stand auf und holte mir einen weiteren Latte. Dabei prallte ich beinahe mit Nancy zusammen, die auf dem Weg zur Tür war.

»Oh, hi, Molly«, sagte sie lächelnd, doch nicht mit ihrer üblichen Leichtigkeit.

Ihre Miene wirkte angespannt, ihre Augen waren verquollen. Sie hatte die langen dunkelblonden Haare zu einem unordentlichen Pferdeschwanz gebunden. So sah jemand aus, der in einer Familienkrise steckte.

»Das mit dem Baby ist schrecklich«, sagte sie. Ihr Gesicht spiegelte Traurigkeit und Mitleid. »Erik hat mir gesagt, dass du an der Story dran bist.«

Ich konnte nicht einschätzen, ob Nancy wegen ihrer eigenen Angelegenheiten aufgeregt war oder aus Sorge um mich. Wir hatten nie über das Baby, das ich verloren hatte, gesprochen, aber ich wusste, dass sie jetzt genau daran dachte. Nach alldem, was Erik und sie durchgemacht hatten – drei Fehlgeburten, gefolgt von zwei erfolglosen In-vitro-Fertilisationen, einer Leihmutter, die sich in letzter Sekunde anders entschied, und einem zermürbenden, immer noch erfolglosen Adoptionsverfahren –, musste ein totes Baby auch in ihr alle möglichen Gefühle getriggert haben. Ich hätte sie gern gefragt, wie es ihr ging, aber sämtliche Worte, die mir in den Sinn kamen, erschienen mir peinlich oder unangemessen.

»Ich gebe mir alle Mühe«, sagte ich und spürte, wie mir

die Tränen kamen. Das musste an dem einfühlsamen Ausdruck in Nancys Augen liegen. Bei ihr passierte mir das jedes Mal. »Es ist schrecklich. Schrecklich für … nun, für alle Beteiligten.«

Nancy nickte, dann wandte sie Gott sei Dank den Blick ab und schaute durch die große Glastür auf die Grünanlage. Ich reihte mich in die Schlange vor dem Tresen ein, doch anstatt zu gehen, blieb Nancy, als wollte sie mir noch etwas anderes mitteilen. Nach einer Weile fühlte ich mich unbehaglich, hier mit ihr zu stehen und zu schweigen.

»Ich hoffe, mit eurer Familie ist alles okay«, sagte ich schließlich, um die Stille zu füllen.

Nancy drehte sich zu mir und sah mich durchdringend an. »Wie meinst du das?«

Verdammt. Warum hatte ich bloß den Mund aufgemacht? Damit ich mich wieder einmal in dem unsichtbaren Stacheldraht verhakte? Was, wenn Erik in Wirklichkeit auf irgendeiner Sauftour oder sonst was war, wovon Nancy nichts wusste? Elizabeth hatte mir mal erzählt, dass sie Erik im Blondie's, einer üblen Spelunke in der Innenstadt, gesehen hatte. Allerdings, so hatte sie hinzugefügt, sei sie selbst ziemlich betrunken gewesen – »sturzbesoffen«, hatte sie gesagt, als wäre sie sechzehn und nicht sechsundzwanzig –, deshalb hatte ich sie nicht ernst genommen. Doch Nancys Gesichtsausdruck nach zu urteilen, war in der Tat etwas Kompliziertes im Gange.

»Es tut mir leid, ich dachte, Erik hätte gesagt, er müsse aus irgendwelchen familiären Gründen die Stadt verlassen – das habe ich wohl missverstanden. Diese ganze Sache nimmt mich ganz schön mit.«

»Nein, nein, du hast recht«, widersprach Nancy eilig. »Danke der Nachfrage.« Sie lächelte wieder, wenngleich weniger überzeugend. »Es geht um Eriks Cousin. Sein Haus ist abgefackelt, Kabelbrand. Zum Glück ist niemand verletzt worden, aber seine Familie hat alles verloren.« Sie blickte sich um, als suchte sie jemanden oder etwas, woran sie sich festhalten konnte, doch vergeblich. Also schaute sie auf ihre Armbanduhr. Als sie mich wieder ansah, war ihr Blick sanft und voller Mitgefühl, nicht Mitleid. Sie drückte meinen Arm. »Ich sollte jetzt besser gehen. Pass auf dich auf, Molly. Und arbeite nicht zu viel.«

»Bestimmt nicht«, versicherte ich ihr und wandte mich ab, damit sie nicht die Tränen bemerkte, die mir mit unerwarteter Heftigkeit in die Augen schossen. »Danke, es war schön, dich zu treffen.«

Ich beobachtete, wie Nancy mit erschöpftem Gesicht an den großen Scheiben vor dem Black Cat vorbeihastete. Gleich darauf ging die Tür auf, und Justin kam herein, in Jeans, Vans und einem offenen, leicht zerknitterten Button-down-Hemd – die typische Uniform eines jungen Literaturprofessors. Ich strich mir mit den Händen übers Gesicht, darum bemüht, die verräterischen Tränen abzuwischen.

»He, du.« Er schlang einen Arm um meine Taille und beugte sich zu mir, um mich zu küssen. »Alles okay?«

»Ja.« Ich versuchte zu lächeln. »Und nein.«

Er nickte verständnisvoll, dabei wusste er nicht einmal ansatzweise, worum es ging. »Setz dich doch wieder. Ich bringe dir deinen Kaffee«, schlug er vor. »Einen Latte?«

Jetzt lächelte ich richtig. »Klar.«

Ich kehrte zu meinem Fensterplatz zurück und beobachtete Justins schnellen Schlagabtausch mit dem Mädchen hinter der Theke. Sie hatte ein schlichtes, quadratisches Gesicht und die kräftige Statur einer Sportlerin. Justin deutete auf das Gebäck, und sie lachte etwas zu laut über eine Bemerkung, die er gemacht hatte. Alle fuhren auf seinen Charme ab – Frauen und Männer gleichermaßen, egal, wie alt oder jung. So war Justin eben, er konnte nicht anders.

Das wusste ich seit dem Tag, an dem wir uns kennenlernten. Ich war in der Ungarischen Konditorei, ein altmodisches Café ohne Schnickschnack in der Nähe der Columbia University. Eigentlich versuchte ich, mich auf Strafprozessrecht zu konzentrieren, doch in Wirklichkeit hörte ich Justin zu, der ein paar Tische weiter saß und mit einem Mann um die sechzig neben ihm sprach. Anscheinend teilten die beiden ein ausgeprägtes Sammlerinteresse: Im Fall des älteren Herrn ging es um mechanische Spardosen, während Justin Flaschenverschlüsse sammelte.

»Sammelst du auch etwas?«, hatte Justin mich gefragt, als der Mann weg war.

»Nein«, antwortete ich und gab mir alle Mühe, auszublenden, wie gut er aussah.

»Ich auch nicht«, erwiderte Justin.

»Aber ich habe dich doch gerade sagen hören ...«

»Siehst du, ich wusste, dass du lauschst!« Er grinste verschmitzt, was ihn nur noch attraktiver machte. »Aber nein, ich bin kein Sammler. Ich habe lediglich Konversation betrieben.«

»Dann hast du also gelogen«, stellte ich fest.

Laut meiner Studienfreundin Leslie, einer fröhlichen Fußballspielerin, der es nicht an Freunden mangelte, war das der Grund dafür, dass mich die Männer nie zu einem zweiten Date einluden: Ich war zu stur. Zu ernst, zu pedantisch. Humorlos. Es wäre besser, ich würde zumindest etwas von ihrem harmlosen Gequatsche über mich ergehen lassen, Männer wollten nicht wegen jeder Kleinigkeit zur Rechenschaft gezogen werden, behauptete sie.

Es war nicht das erste Mal, dass ich das hörte. Immer wieder sagten mir meine Freunde – vor allem die männlichen –, wie viel ausgefüllter mein Liebesleben sein könnte, wenn ich mich nur mal etwas lockerer machen würde. Manchmal verspürte ich das Bedürfnis, mich zu verteidigen, und dann fragte ich, wer von ihnen so aufgewachsen war wie ich. Denn ehrlich gesagt, wäre ich lieber allein geblieben, als jeden Tag wütend zu sein – wie meine Mutter.

Witzigerweise verliebte sich Justin ausgerechnet in meine Ecken und Kanten. Es gefiel ihm, dass ich ihn zur Rede stellte, wenn er Unsinn von sich gab.

»Wie gesagt: Ich war nur freundlich«, hatte Justin an jenem Tag im Café behauptet. »Allerdings hängt das vermutlich davon ab, aus welcher Perspektive man die Welt betrachtet.«

Sosehr Justin die Klarheit meiner Schwarz-Weiß-Sicht schätzte, sosehr war ich von seiner Welt der Grautöne berauscht. Von seiner Unerschrockenheit, seiner Freiheit und von seiner Bescheidenheit. Justin hatte nie das Gefühl, ständig alles hundertprozentig richtig machen zu müssen; er musste nicht perfekt sein, um geliebt zu werden. Ich sehnte mich inständig danach, genauso zu empfinden.

Zweifellos hatte Justin es um einiges leichter gehabt bei Judith und Charles, seinen wohlwollenden Eltern, die jeden seiner Erfolge, ganz gleich, wie groß oder klein, in ihrem Bilderbuchhaus in New Canaan im Bundesstaat Connecticut feierten. Zusammen mit seiner vollkommenen, liebevollen Schwester Melissa hatte Justin Lacrosse gespielt und an Schwimmwettbewerben teilgenommen. Er hatte die Sommer auf Cape Cod verbracht und die Winterferien in Vail. Er hatte einen Golden Retriever namens Honey besessen. All dies hatte ihm Gott sei Dank zu seinem unerschütterlichen Optimismus verholfen. Ohne diesen Optimismus hätte ich niemals den Mut gehabt, eine eigene Familie mit ihm zu gründen.

»Nicht alles, was du anstrebst, Molly, muss etwas mit deiner Vergangenheit zu tun haben«, hatte er einmal zu mir gesagt, als wir noch eifrig debattierten, ob wir das erste Mal schwanger werden sollten.

Und ich hatte ihm geglaubt – der Beweis dafür, wie sehr ich ihn damals schon geliebt hatte.

»Es ist ein *Baby!*«, platzte ich heraus, als Justin mit unserem Kaffee zu mir kam. So viel zum Thema »Ich werde mich nicht aufregen«. Er hatte noch nicht mal Platz genommen.

»Wie bitte?« Justin sah mich verwirrt an.

»Die Leiche, die man gefunden hat«, erklärte ich. »Es handelt sich um ein Baby!«

Sichtlich angespannt ließ er sich auf den Stuhl mir gegenüber sinken. »Wie furchtbar! Erzähl mir davon.« Er drehte die Kaffeetasse in den Händen und gab sich alle Mühe, es sich nicht anmerken zu lassen, aber er machte sich Sorgen. Das war offensichtlich. »Weiß man schon, um wessen Baby es sich handelt?«

Ich schüttelte den Kopf und drängte erneut die Tränen zurück. »Von jemandem, der schreckliche Angst hatte, da bin ich mir sicher.«

Das wusste ich von meiner Arbeit beim NAPW. Ich hatte mich nicht mit der kriminellen Seite der Dinge befasst; mein Fokus hatte auf Gesetzesänderungen, Amicus-Curiae-Briefen und der Arbeit mit Lobbyisten gelegen. Aber ich hatte mit Kolleginnen und Kollegen gesprochen, die Mandantinnen vertraten, deren Schwangerschaften in einer Tragödie geendet hatten. Fast immer waren diese Frauen missbraucht worden. Meistens waren sie arm und allein, immer verängstigt und überfordert. Unter diesen Umständen war es nicht annähernd so einfach, Schuldzuweisungen vorzunehmen, wie manche Leute gern glaubten.

Justin legte seine Hand auf meine. »Geht es dir gut?«

Ich zuckte mit den Achseln, dann nickte ich und gab mir abermals alle Mühe, nicht zu weinen. Denn sosehr ich mich auch bemühte, mir einzureden, ich wäre außer mir wegen dem, was die bedauernswerte Mutter dieses Kindes wohl durchgemacht hatte – vorausgesetzt, sie war tatsächlich für dessen Tod verantwortlich –, so dachte ich doch mehr an mich selbst. Dachte an das, was *ich* durchgemacht hatte. Was ich immer noch durchmachte, genügte immerhin zumindest, dass ich noch nicht bereit war, eine weitere Schwangerschaft auch nur in Erwägung zu ziehen. Ich war mir nicht sicher, ob ich jemals bereit dafür sein würde. Aber ich musste vorsichtig sein. Wenn es so aussah, als verlöre ich erneut den Boden unter den Füßen, würde Justin mich nicht aus den Augen lassen. Und ich war doch gerade dabei, mein altes, sehr viel unabhängigeres Ich wiederzufinden.

»Natürlich wäre es besser, es ginge nicht ausgerechnet um ein Baby«, sagte ich und bemühte mich um eine zuversichtliche Miene. »Aber ich komme damit klar.«

Justin schloss die Lider und holte tief Luft. Er schwieg eine ganze Weile, dann öffnete er die Augen und wandte den Kopf in Richtung Fenster. »Bist du sicher, dass du diese Story machen willst, Babe?« Als er mich wieder ansah, hatte er diesen bestimmten Ausdruck im Gesicht: tragisch, als wäre *ich* die Tragödie. »Ich weiß, dass es eine Chance für dich ist, und das ist wichtig. Aber womöglich ist es das nicht wert.«

»Ich muss das tun«, beharrte ich, vielleicht mit etwas zu viel Nachdruck, daher versuchte ich, meine Worte mit einem Lächeln abzumildern. »Es fühlt sich ... ach, keine Ahnung ... Es fühlt sich irgendwie so an, als gäbe es eine Verbindung. Zu dem, was uns passiert ist.«

»Aber da gibt es keine Verbindung!« Justin sah mich ernst an. »Das weißt du, oder? Dass das nichts mit uns zu tun hat?«

»Natürlich weiß ich das, Justin.« Ja, das wusste ich. Oder nicht?

»Ich … ich möchte nur nicht, dass du …« Er wirkte überaus besorgt. Fast so, als stünde er unter Schock. »Wo ist eigentlich Richard? Sollte er nicht bald zurück sein?«

Justin liebte mich und wollte mir nur helfen. Aber es gab einen Unterschied zwischen mich beschützen und mir das Gefühl zu vermitteln, einen irreparablen Schaden davongetragen zu haben.

»Das ist meine Story, Justin«, sagte ich. »Es ist meine Verantwortung. Und ich verfüge über das nötige Fachwissen, sowohl persönlich als auch beruflich, um damit umzugehen. Ich werde die Story nicht Richard überlassen, nur weil sie ein bisschen ›unbequem‹ für mich ist.«

Mein Handy summte, was mich vor weiteren Nachfragen bewahrte. Ich wappnete mich gegen eine Nachricht von Erik. Vielleicht hatte Nancy ihm mitgeteilt, dass sie mich für zu labil hielt, um eine derart wichtige Story übernehmen zu können. Aber es war nicht Erik, es war Stella.

Kannst du dich mit mir im Uni-Krankenhaus treffen? Bitte?

»Wer schreibt?« Justin deutete mit dem Kinn auf das Handy.

»Stella«, antwortete ich und fragte mich, ob ich mir Sorgen machen musste.

»Worum geht es diesmal?« Seine Stimme klang angespannt.

»Sie ist im Krankenhaus. Wegen Aidan, vermute ich.«

»Lass mich raten«, sagte Justin. »Es handelt sich um einen Notfall.«

Von Anfang an hatte Justin Stella als die Dramaqueen abgestempelt, die sie war. Allerdings hatte er sie bisher mit einem gutmütigen Grinsen toleriert. In letzter Zeit jedoch schien sie ihm zunehmend auf die Nerven zu gehen, genau wie ihre spätabendlichen Anrufe. Wahrscheinlich wollte er nicht, dass sie mich mit ihrer spleenigen Art wieder in den Abgrund zog.

»Sie ist in der Tat unterhaltsam«, hatte Justin gesagt, als wir von dem ersten gemeinsamen Abendessen nach Hause zurückkamen. Nicht, dass wir oft zu dritt zu Abend aßen – wäre es nach Stella gegangen, hätten wir das ruhig sehr viel öfter tun können. Es machte ihr überhaupt nichts aus, das fünfte Rad am Wagen zu sein. Justin war derjenige, der zögerte.

»Stella ist total abgedreht, das merkt man aus zehn Meilen Entfernung! Das muss dir doch auch aufgefallen sein.«

Ich hatte gelacht. »Total abgedreht ... Ist das nicht etwas melodramatisch?« Wir standen Seite an Seite in unserem großen, glänzend weißen Badezimmer mit dem blitzblanken Doppelwaschbecken. Ein weiterer Vorteil, wenn man in Ridgedale wohnte – saubere, großzügige Räumlichkeiten.

»Freunde dich mit ihr an, mir ist das gleich«, sagte Justin, den Mund voller Zahnpasta. Er spuckte ins Waschbecken. »Allerdings kannte ich früher so einige Mädchen wie Stella, und ich sage dir ...«

»Bäh, bitte! Müssen wir jetzt in Erinnerungen an all die Mädchen schwelgen, mit denen du geschlafen hast?« Bevor wir uns kennenlernten, hatte Justin nicht gerade wie ein Mönch gelebt, aber er hatte das auch nicht vor mir geheim gehalten.

»Ich sage doch nur, dass es lustig ist, sich mit Frauen wie Stella zu umgeben. Bis es irgendwann gar nicht mehr lustig ist.«

Doch es war mir egal, dass es in Stellas Sonnenhalo ein paar dunkle Flecken gab. Ich war bereit, den Preis für ein bisschen Drama zu bezahlen.

Bitte, ging jetzt eine weitere Nachricht von Stella ein. *Komm so schnell du kannst.*

»Ist schon okay«, sagte Justin, der die Anspannung auf meinem Gesicht offenbar bemerkt hatte. »Kümmere dich um deine verrückte Freundin.« Er drückte meine Hand. »Aber erst siehst du mir in die Augen und versicherst mir, dass du mit dieser Story klarkommst.«

»Ach Justin, du kennst mich doch.« Ich lächelte verschmitzt, dann stand ich auf und beugte mich zu ihm, um ihn zu küssen. »Wann bin ich jemals wirklich klargekommen?«

Stella hatte mich in ein Zimmer im zweiten Stock des Uni-Krankenhauses bestellt. Als ich eintraf, saß sie auf einem Stuhl neben dem hinteren Bett. Sie hatte die Arme verschränkt, ihr schönes Gesicht wirkte verkniffen und grau. Das Bett vorn bei der Tür war leer. Ich wappnete mich gegen Aidans Anblick in dem Bett am Fenster – zertrümmertes Gesicht, ein Schlauch, mit dem er künstlich beatmet wurde. Doch es lag nicht Aidan darin, sondern eine dunkelhaarige Frau, jung, vielleicht Anfang zwanzig, und hübsch. Oder vielmehr: Sie hätte hübsch ausgesehen, wenn ihr Gesicht nicht so geschwollen und voller Hämatome rund um die Augen gewesen wäre.

»Oh, Molly!« Stella sprang auf und kam auf mich zugeeilt. »Danke, dass du gekommen bist.« Sie umarmte mich und drückte ihre glatte, kühle Wange an meine. Ihr Parfüm duftete nach Blumen und Zitrusfrüchten.

Die Frau im Bett hob eine Hand und deutete ein Winken an.

»Hi«, sagte ich und lächelte höflich. Ich hatte keinen blassen Schimmer, wer sie war.

»Rose hatte heute Morgen einen Autounfall, die Arme«, sagte Stella, trat zu der Frau und legte ihr mit einer beschützenden Geste die Hand auf den Arm.

»Das ist furchtbar«, sagte ich.

Stellas Worte klangen so, als ginge sie davon aus, dass ich Rose kannte, aber dem war nicht so. Stella hatte in Ridgedale keine Verwandten, und das Mädchen sah zu jung aus, um eine Freundin zu sein. Ich hätte es Stella durchaus zugetraut, im Krankenzimmer einer fremden Frau aufzutauchen, aber der Art und Weise, wie Rose ihre mit Schläuchen versehene Hand auf Stellas legte, konnte ich entnehmen, dass die beiden tatsächlich eine schon länger bestehende Beziehung verband.

»Ein Lkw-Fahrer hat eine Nachricht in sein Handy getippt«, sagte Rose. Ihre Stimme klang heiser. Das Sprechen schien sie große Mühe zu kosten. »Aber mir geht es den Umständen entsprechend gut. Man hat mich wieder zusammengeflickt, und die hässlichen Blutergüsse werden auch irgendwann verschwinden.«

»Wie lautet noch gleich dieser Zen-Spruch, den du immer bringst, Rose? ›Lass los, wenn du nicht mitgeschleift werden willst.‹ Ich denke, wir sollten den Fahrer ausfindig machen und vor Gericht schleifen.«

»Ich liebe dich dafür, dass du mich liebst, Stella.« Rose lächelte. »Allerdings bin ich mir ziemlich sicher, dass der Leitspruch nicht so gemeint ist, wie du ihn auslegst.«

»Rose würde gern nach Hause gehen.« Stella strich der Frau über den Arm. »Niemand kann uns einen vernünftigen medizinischen Grund nennen, warum man sie nicht entlassen will, aber unverständlicherweise sträuben sich die Ärzte. Inkompetenz? Ich dachte, vielleicht könntest du erwähnen, dass du für die Lokalzeitung arbeitest, du weißt schon ... Mal sehen, ob sie darauf anbeißen. Nichts geht über die Angst vor schlechter Presse.«

Deshalb hatte Stella mich herbestellt? Damit ich mich wichtigmachte? Ich fühlte mich geschmeichelt und gekränkt zugleich. Mit zusammengebissenen Zähnen lächelte ich Rose an, dann wandte ich mich Stella zu. »Kann ich kurz im Gang mit dir reden?«

»Aber sicher doch«, sagte Stella und sah Rose an. »Ich bin gleich wieder da, Liebes. Brauchst du etwas? Vielleicht eins von diesen Schundblättern, um dir die Zeit zu vertreiben, bis diese Schwachköpfe endlich nachgeben?«

»Nein, nein, danke«, lehnte Rose ab und drückte Stellas Hand. »Du hast schon so viel für mich getan.«

»Wer ist das?«, flüsterte ich, als ich die Tür des Patientenzimmers hinter mir zugezogen hatte.

»Das ist Rose«, erwiderte Stella mit voller Lautstärke und zog ihre elegante, preiselbeerrote Strickjacke vor der Brust zusammen. Auch als sie den Namen ein zweites Mal aussprach, klang er für mich nicht vertrauter. »Ich sage dir, Molly, irgendetwas stimmt hier nicht. Zuerst haben die Ärzte behauptet, sie müssten weitere Laborergebnisse abwarten, jetzt haben sie angeblich ein Problem mit Rose' Versicherung. Was definitiv nicht stimmt, denn sie ist nach wie vor über ihre Eltern versichert. Rose hat extra angerufen und nachgefragt. Mit der Versicherung ist alles in Ordnung, aber das Krankenhaus lässt sich einen Vorwand nach dem anderen einfallen, um sie hierzubehalten.«

»Aber Stella, wer *ist* Rose denn eigentlich?«

»Oh, Rose ist meine Reinigungskraft.« Stella sah mich leicht überrascht an. »Du hast sie kennengelernt, Molly. Erinnerst du dich nicht?«

Jetzt, da Stella es erwähnte, erinnerte ich mich tatsächlich vage an ein Zusammentreffen, kurz nachdem Stella und ich uns angefreundet hatten. Ich war bei ihr zu Hause gewesen, und ihre Putzhilfe war durch die Küche gehuscht. Stella hatte mir mit gedämpfter Stimme zugeflüstert, dass Rose eine herausragende Psychologiestudentin an der Ridgedale University gewesen war, die später mit autistischen Kindern wie ihrem jüngeren Bruder arbeiten wollte. Doch dann hatten ihre Eltern ihr den Geldhahn zugedreht, weshalb sie die Uni verlassen musste. Kriminell sei so etwas, hatte Stella sich echauffiert. Absolut kriminell.

Die Geschichte überraschte mich nicht. Die meisten Menschen, die Stella kannte, blickten auf eine eher traurige Vergangenheit zurück – auch ich selbst.

»Ich habe sie wegen der Schwellung und der vielen Hämatome nicht erkannt«, log ich.

»Das dachte ich mir.« Stella schnitt eine Grimasse. »Grauenhaft, findest du nicht? Das arme Ding hat schreckliche Schmerzen, aber sie will nichts dagegen nehmen, weil sie zu diesen verrückten Ökos zählt. Du weißt schon: alles naturbelassen, Rohkost, Meditation. Gerade jetzt, wo sie stillt, verzichtet sie darauf.«

Rose stillt. Jetzt klingelte etwas. *Aus irgendeinem verrückten Grund wollen sie sie nicht entlassen. Inkompetenz?* Nein, nicht Inkompetenz, sondern eine polizeiliche Anordnung. Mit Sicherheit hatte Steve das Krankenhauspersonal angewiesen, nach frischgebackenen Müttern ohne Babys Ausschau zu halten.

»Rose hat einen *Säugling?*«

»Ja, und er ist erst drei Wochen alt«, antwortete Stella. »Eigentlich hätte sie noch nicht wieder arbeiten dürfen, aber ich nehme an, für Menschen, die am Rande der Gesellschaft stehen, gilt der Mutterschutz nicht. Ihre Eltern sind solche Arschlöcher!«

Als ich Rose das erste Mal begegnet war, hatte man ihr die Schwangerschaft nicht angesehen, doch seitdem waren rund sechs Monate vergangen.

»Wo ist Rose' Säugling denn jetzt?«, wollte ich wissen.

»Wieso fragst du …?« Ich konnte förmlich sehen, wie Stella ein Licht aufging. »O mein Gott. Sie denken, es ist *ihr* Baby, das sie gefunden haben?«

»Davon gehe ich aus. Es würde erklären, warum man sie nicht gehen lässt.«

»Das ist absurd.« Stella verschränkte die Arme, doch sie wirkte verunsichert. »Ich meine, ich bin mir sicher, dass Rose' Baby zu Hause ist. Bei ihrer Mitbewohnerin.«

Bevor ich Genaueres in Erfahrung bringen konnte, kam ein Arzt auf uns zu, blieb vor der Tür von Rose' Zimmer stehen und nahm die Patientenakte aus einem Halter. Er hatte volles, graues Haar, trug eine große Brille und gab sich alle Mühe, keinen Augenkontakt mit uns herzustellen. Als könnte er sich unsichtbar machen, indem er uns nicht ansah.

»Oh, hallo«, sagte Stella und verstellte ihm den Weg. »Fangen Sie gerade Ihre Schicht an?«

»Ja«, erwiderte er, nicht besonders freundlich, die Augen weiter auf Rose' Patientenakte geheftet.

»Wir sind mit Rose befreundet. Nun, genau gesagt, arbeitet sie für mich«, teilte Stella ihm mit. »Und Molly ist Reporterin beim *Ridgedale Reader*.«

Wieder einmal musste ich feststellen, dass Stella machte, was sie wollte. Nicht, dass ich davon ausging, der Arzt würde sich in irgendeiner Weise von der unterschwelligen Drohung, dass ich investigativen Journalismus betrieb, beeindrucken lassen. Obwohl … So wie seine Augen von Rose' Patientenakte zu mir schnellten, hatte ich mich wohl getäuscht.

»Eine Reporterin? Wenn Sie eine Stellungnahme wünschen, sollten Sie sich an unsere Pressestelle wenden.«

Eine Stellungnahme? Dann steckte also tatsächlich eine Story dahinter. Die Bemerkung des Arztes wies eindeutig darauf hin, dass er vorbereitet war. Als hätte man ihn gebrieft, was er sagen sollte, wenn die Presse im Krankenhaus auftauchte. Was selbst in Ridgedale bei den üblichen Verkehrsunfällen nicht vorkam.

»Es ist doch ganz einfach«, sagte Stella mit ruhiger, aber fester Stimme. »Rose möchte das Krankenhaus verlassen, und zwar sofort. Es gibt keinen plausiblen Grund, warum das nicht möglich sein sollte. Entlassen Sie Rose. Falls nicht, wird Molly vor Ort bleiben, und wer weiß, über welche Storys sie da stolpert. Gab es nicht eben erst einen weiteren Fall von MRSA? Ach ja, kurz nachdem dieser Junge letztes Jahr seine Hand verloren hatte?«

Ich warf Stella einen wütenden Blick zu. Das war so typisch für sie – obwohl sie nicht einmal wusste, ob Rose tatsächlich unschuldig war, stürzte sie sich (und mich) bereitwillig ins Gefecht. Der Arzt musterte mich durch seine großen Brillengläser. Ich lächelte. Er schob die Tür zu Rose' Patientenzimmer auf.

»Aha, eine reißerische Story über Krankenhauskeime«, sagte er. »Und Ihre Zeitung billigt so etwas? Ich nenne es Erpressung.«

Ich zwang mich, weiterzulächeln. Etwas anderes hätte ich auch nicht tun können. Erpressung war genau das, was Stella im Sinn gehabt hatte. Ich konnte nur hoffen, dass der Arzt sich nicht an Erik wenden würde. Erik hatte bereits moralische Bedenken, sich unsere Art der Berichterstattung von Steve vorschreiben zu lassen – wie würde er da erst über diese Sache hier denken? Endlich wandte der Arzt sich ab und betrat Rose' Zimmer. Die Tür schlug hinter ihm zu.

Ich drehte mich mit weit aufgerissenen Augen zu Stella um und wartete darauf, dass sie sich bei mir entschuldigte. Doch sie starrte nur nachdenklich auf die geschlossene Tür. »Vielleicht hat der Vater von Rose' Baby etwas damit zu tun«, überlegte sie. »Ich meine, vorausgesetzt, das Kind ist nicht

bei der Mitbewohnerin. Vielleicht ist ihm ja tatsächlich etwas zugestoßen, obwohl ich mir das nicht vorstellen kann.«
»Wovon redest du, Stella?«
»Rose hat mir erzählt, wie es zu der Schwangerschaft gekommen ist. Natürlich nicht die Details, und sie hat auch nicht das Wort ›Vergewaltigung‹ benutzt, aber genau danach hat es geklungen.«
»Wer ist der Vater?«
»Keine Ahnung. Vermutlich ein Kommilitone. Zweifelsohne ein privilegierter Scheißkerl. Du weißt ja, wie es an Universitäten wie Ridgedale zugeht: bloß keine Fragen stellen und alles schön unter den Tisch kehren.« Stella schüttelte den Kopf. »Rose hat sich so auf das Baby gefreut, ungeachtet der Umstände, unter denen sie schwanger geworden ist ...« Als Stella mich ansah, glänzten ihre Augen. »Ich sage dir, Molly, das Ganze ergibt keinen Sinn. Absolut nicht.«

RIDGEDALE READER

<u>ONLINEAUSGABE</u>

17. März 2015, 10:25 Uhr

UPDATE: NICHT IDENTIFIZIERTER SÄUGLING WEIBLICHEN GESCHLECHTS IN DER NÄHE DER ESSEX BRIDGE ENTDECKT

VON MOLLY SANDERSON

Die Polizei bestätigte, dass auf dem Universitätsgelände in der Nähe der Essex Bridge die Leiche eines nicht identifizierten weiblichen Säuglings sichergestellt wurde.

Laut Polizeiquellen handelt es sich um ein Neugeborenes. Diese Angabe kann jedoch erst bestätigt werden, wenn das abschließende Gutachten des Gerichtsmediziners vorliegt. Die Todesursache ist zum aktuellen Zeitpunkt nicht bekannt.

Polizeichef Steve Carlson bittet jeden, der Hinweise auf die Identität des Säuglings oder seiner Eltern geben kann, die Polizei von Ridgedale unter der Nummer 888-526-1899 zu kontaktieren.

In den vergangenen zwanzig Jahren gab es in Ridgedale nur zwei gewaltsame Todesfälle. 2001 erschoss Esther Gleason ihren Ehemann, angeblich aus Notwehr. Fünf Jahre später wurde ein Mann bei einem Drogengeschäft in einer Wohnung außerhalb des Campus tödlich verletzt, ebenfalls mit einer Schusswaffe.
Allerdings gab es vor zwei Jahrzehnten schon einmal einen Todesfall bei der Essex Bridge: Simon Barton, Schüler der Abschlussklasse der Ridgedale Highschool, starb an einem Schädel-Hirn-Trauma, als er während einer Party ausrutschte und unglücklich stürzte. Vermutlich war Alkohol im Spiel.

KOMMENTARE:

sarahsutton
vor 4 Stunden
O mein Gott, das arme Baby tut mir so leid! Hat man es einfach dort draußen ausgesetzt? Wer macht so was? Das ist einfach abscheulich! Es gibt so viele Menschen, die liebend gern ein ungewolltes Kind zu sich nehmen würden! Es bricht mir das Herz.

abby
vor 3 Stunden
Ich persönlich wünschte mir, mir wäre nach Beten zumute, aber alles, was ich mir stattdessen im Augenblick wünsche, ist, die Person in die Finger zu bekommen, die das getan hat, und sie irgendwo verrecken zu lassen.

msheard
vor 3 Stunden
Es sollte einen Test für moralischen Anstand und Freundlichkeit geben, bevor Menschen sich fortpflanzen dürfen.

Carla Shrift
vor 3 Stunden
Ich für meinen Teil werde mich erst wieder wohlfühlen, wenn bewiesen ist, dass tatsächlich die Eltern des Säuglings für dessen Tod verantwortlich waren. Irgendwelche Statistiken, die zeigen, wie lange es in Ridgedale keinen Mord mehr gab, genügen mir nicht. Bis dahin werde ich die alte Alarmanlage abstauben und lernen, mit einem offenen Auge zu schlafen.

sssuzy
vor 2 Stunden
Ich habe es satt, ständig über all die Teenager hinwegzusteigen, die vor dem 7-Eleven rumlungern. Ich weiß, es ist politisch unkorrekt, aber könnte es nicht sein, dass die Eltern des Babys zu den Kids aus den Ridgedale Commons gehören, die die Innenstadt belagern? Wo sind eigentlich deren Eltern?

FSH
vor 2 Stunden
Ich werde nicht mutmaßen, woher die Eltern des Babys kommen, aber nur Teenager sind dumm genug, einen Säugling dort auszusetzen, wo jeder ihn finden kann. Warum haben sie das Baby überhaupt bekommen? Abtreibung ist schließlich nicht in allen Bundesstaaten verboten.

realdeal
vor 2 Stunden
Vielleicht hat sie darauf gewartet, dass der Daddy des Babys ihr einen Antrag macht. Ist junge Liebe nicht großartig?

Eric
vor 2 Stunden
Ich weiß, es kommt nicht gut an, in diesem intellektuellen Städtchen das Thema Religion anzuschneiden, aber manche Leute – mich selbst eingeschlossen – glauben nun mal, dass das Leben zum Zeitpunkt der Empfängnis beginnt.

Maureen
vor 2 Stunden
Dann ist es also besser, einen Säugling zu töten, als eine Abtreibung vornehmen zu lassen? Das kann doch nicht dein Ernst sein!

Dawn D.
vor 1 Stunde
Ich will bloß sagen, wenn wir angstvoll reagieren, werden unsere Kinder Angst haben. Kinder saugen alles in sich auf.

246Barry
vor 1 Stunde
ER STECKT DAHINTER.
FINDE HERAUS, WER ER IST.
BEVOR ER DICH NOCH WEITER VERARSCHT.

Kara
vor 57 Minuten
»Bevor er dich noch weiter verarscht?« Willst du mich verarschen, 246Barry? Wer ist »er«? Der Mörder des Babys? Ich weiß, dass das hier eine öffentliche Diskussion ist, aber ich gehe doch davon aus, dass die Leute die Situation ernst nehmen. Ich bin eh nicht gerade begeistert von dem, was hier bislang gesagt wurde, aber das ist definitiv ein neuer Tiefpunkt.

Piper Lee
vor 42 Minuten
Noch ein Mord in Ridgedale? Macht es denn nur mir Angst, dass ein weiterer Mord an EXAKT derselben Stelle passiert ist? Ganz gleich, wie lange das her ist, aber für einen Zufall ist das einfach zu verrückt.

Harry S
vor 40 Minuten
HALLO? In dem Artikel steht TODESFALL, nicht Mord. Klingt mir eher nach einem Unfall.

KellyGreen
vor 37 Minuten
Davon geht man anscheinend aus. Aber vielleicht stimmt das gar nicht. Vielleicht war die Person, die das getan hat, im Gefängnis oder so. Das passiert doch ständig: Ein Serienmörder hört nur deshalb auf zu morden, weil er wegen irgendeiner anderen Sache, die gar nichts damit zu tun hat, hinter Gitter wandert.

JENNA
25. APRIL 1994

Heute hat der Team Captain endlich Hi zu mir gesagt. Ich weiß: verdammt abgefahren.

Aber es ist wirklich passiert. Ich ging durch den Gang bei den Naturwissenschaften, bei dem Abschnitt, wo keine Spinde stehen. Die Clique hängt immer dort ab. Er war dort, mit einigen Jungs aus dem Team. Ein paar Mädchen waren auch da. Der Captain sah HAMMER aus, wie immer. Diese Haare! Diese Augen! Wie das Ebenbild von Rob Lowe. Ganz genau so. Nein, eigentlich sieht er noch besser aus. Der Captain ist der perfekteste Typ, den ich kenne. Und – geben wir's zu – ich kenne so einige.

Außerdem ist er total klug. Ich hätte nie gedacht, dass Klugsein so heiß ist, aber das ist es. TOTAL! Ich habe zwar noch nie ein Wort mit ihm gewechselt, aber es war so sexy, als er vor zwei Jahren am Presidents' Day die Gettysburg Address, eine der berühmtesten Reden von Abraham Lincoln, auswendig vortrug. Herrgott! Ich habe masturbiert, als ich später noch mal daran dachte. (Tut mir leid, Gott, dass ich das schreibe, nachdem ich gerade deinen Namen zu Papier gebracht habe, aber es ist nun mal die Wahrheit.)

Und da war ich also, ging den Gang entlang, und der Captain und ich machten das, was wir nun schon eine ganze Weile machen: Wir starrten einander an, ganz gleich, wie viele Leute um uns herum waren, als gäbe es nur uns beide. Wenn das passiert, kann ich an nichts anderes denken als daran, wie es wohl wäre, ihm auf dem Klo einen zu blasen.

Aber das werde ich nicht tun. Diesmal werde ich es anders machen. Mich so verhalten wie die anderen Mädchen. Wer sagt, dass ich keinen festen Freund haben kann?

Anders als sonst, wendete er heute nicht den Blick ab, als ich in seine Nähe kam. Heute hob der Captain die Hand und winkte mir. Und dann sagte er Hi. Laut und deutlich. Und Tex' Freundin sah so aus, als würde sie jeden Moment auf ihre Schuhe kotzen.

Sandy

Am Ende war es der Schmerz in Sandys Oberschenkel, der sich als hilfreich erwies. Je fester sie in die Pedale trat, je mehr ihre Beine schmerzten, desto weniger dachte sie über irgendetwas nach – über Jenna, über Hannah, über das, was beim letzten Mal passiert war, als sie auf dem Fahrrad gesessen hatte. Das grässliche Gefühl, als ihr Körper in die eine Richtung und das Rad in die andere geflogen war, wie zwei Hälften einer explodierenden Bombe. Das grausige Brennen, als sie über den Asphalt geschlittert und sich am Unterarm einen großen Streifen Haut abgeschürft hatte.

Zwei Stunden lang fuhr Sandy sämtliche Orte in der Stadt ab, an denen sie Jenna vermutete. Hielt im Sommerfield's (die einzige andere Bar außer dem Blondie's, die Jenna besuchte) nach ihr Ausschau, im Park an der Stanton Street, wo Jenna mindestens einen Aufriss gemacht hatte (die Details hatte sie Sandy wie üblich in aller Ausführlichkeit mitgeteilt), und in der schäbigen Absteige in der Taylor Avenue, wo Jenna manchmal Gras kaufte. Aber weder Jenna noch ihr Wagen waren irgendwo zu sehen. Sandy schwitzte, und ihre Kehle brannte, als sie auf den Parkplatz vom Blondie's einbog. Dort arbeitete Jenna an der Bar.

Das Blondie's war der am wenigsten schicke Ort im schicksten Teil der Innenstadt von Ridgedale. Es hatte eine verschossene grüne Markise über dem Eingang und Milchglasfenster. Drinnen sah es nicht viel besser aus: fleckiger Teppich, rissige Lederbänke, das ganze Jahr über St-Patrick's-Day-Dekoration. Schon seit dreißig Jahren gehörte der Laden Monte. Monte hatte einen dicken Bauch und einen raspelkurzen weißen Bürstenhaarschnitt, und er arbeitete fast jede Nacht dort, zusammen mit seinem Sohn Dominic, der eine dünnere, jüngere Ausgabe von ihm war. Sowohl Monte als auch Dominic waren große, nette Kerle, und Sandy wünschte sich inständig, Jenna würde sich zur Abwechslung mal in so einen Typen verlieben. Aber Jenna interessierte sich nicht für Männer, die nett zu ihr waren.

Jahrzehntelang war das Blondie's das Stammlokal von Ridgedales Arbeiterschaft gewesen, Leuten wie Jenna. Doch seit einigen Monaten erfreute es sich bei den Studierenden der Ridgedale University immer größerer Beliebtheit, und spätestens seit irgendein Campus-Blog das Truth – eine Bar mit kleiner Tanzfläche, üppigen Polstersesseln und einem »Mixologen«, was immer man sich darunter vorstellen mochte – als »kitschige Angeber-Kaschemme« bezeichnet hatte, ließen sich die angehenden Akademikerinnen und Akademiker lieber an einem »bodenständigen« Ort volllaufen. Bodenständig war das Blondie's allemal.

»Weißt du, was einer von diesen Schnöseln heute zu mir gesagt hat?«, hatte Jenna Sandy gefragt, als sie neulich Abend nach der Arbeit – Jenna hinter dem Tresen vom Blondie's, Sandy als Kellnerin im Winchester's Pub – nach Hause fuhren. Sandy hatte das Fahrrad eine Woche lang stehen und sich von Jenna mitnehmen lassen. »›Das Blondie's hat etwas Tragikomisches.‹ Was zur Hölle bedeutet das?«

»Dass der Typ ein Wichser ist«, hatte Sandy erwidert und die Schuhe abgestreift. Ihre Füße schmerzten am Ende ihrer Schichten stets so sehr, dass sie spürte, wie das Blut darin pulsierte.

»Ha, *das* ist komisch!« Jenna hatte laut gelacht und mit der flachen Hand aufs Lenkrad geschlagen. »Du hast recht, Kleines. Das sind alles Wichser. Jeder Einzelne von denen.«

Sandy stellte ihr Fahrrad in der schmalen Gasse neben dem Blondie's ab. Als sie die Stufen hinaufstieg, pingte ihr Handy. Das musste Jenna sein. Auf den allerletzten Drücker, wie immer.

Alles okay? Ich mache mir Sorgen.

Hannah, nicht Jenna. Herrgott. Sandy holte tief Luft und atmete sie in einem Stoß wieder aus. Sie konnte ihren Frust nicht an diesem Mädchen auslassen, so gern sie es auch getan hätte.

Mir geht's gut, tippte Sandy unwirsch. *Ehrlich.*

Sicher?

Die Textnachrichten machten alles nur noch schlimmer. Vielleicht waren sie sogar das Schlimmste an der ganzen Situation. Nein, das waren sie nicht. Sie waren schlimm, aber sie waren nicht das Schlimmste. Absolut nicht.

Beim ersten Mal hatten sie sich zum Lernen im Black Cat getroffen. Hannah hatte das Café ausgesucht.

Sandy war zehn Minuten zu spät gekommen, völlig außer Atem. Sie hatte wie verrückt strampeln müssen, um die zwanzig Minuten wiedergutzumachen, die sie damit vertrödelt hatte, tatenlos herumzusitzen und zu grübeln, ob sie sich nun mit Hannah treffen sollte oder nicht. Vielleicht sollte sie das Förderprogramm einfach vergessen. Aber dann hatte sie daran denken müssen, wie Rhea sie angesehen hatte, an die Hoffnung, die in ihrem Blick lag. Niemand hatte Sandy jemals so angesehen. Als hätte sie tatsächlich eine Chance.

Sie entdeckte ein Mädchen, das Hannah sein konnte: Es saß am Fenster und hatte vor sich auf dem Tisch Bücher ausgebreitet. Das Mädchen war groß und ziemlich hübsch, mit glänzenden, schulterlangen braunen Haaren und leuchtend blauen Augen. Sie trug einen Oversize-Yale-Hoodie und hatte die langen Beine etwas unbeholfen unter dem Tisch übereinandergeschlagen. Ihre Lippen waren zu einem feinen Lächeln verzogen, als amüsiere sie sich über irgendeinen Insider-Witz.

»Sandy?«, hatte Hannah gefragt, als Sandy auf sie zugegangen war. »Alles okay?«

Sandy schwitzte und stemmte die Hände auf die Knie, um durchzuschnaufen. Wahrscheinlich war ihr Gesicht knallrot. »Mir geht's gut«, stieß sie schließlich hervor und ließ sich auf den Stuhl Hannah gegenüber fallen. Sie überlegte, ob sie erwähnen sollte, dass sie mit dem Fahrrad da war, aber sie entschied sich dagegen. Hannah ließ sich wahrscheinlich in einer Limousine mit Chauffeur durch die Gegend kutschieren.

»Oh, prima«, erwiderte Hannah, aber sie wirkte noch immer etwas besorgt. Nervös schob sie die Bücher und Unterlagen auf dem Tisch hin und her. »Sollen wir mit Mathe anfangen? Das wäre doch lustig.« Sandy musste unwillkürlich eine Grimasse geschnitten haben, denn sie sah, wie Hannahs Lächeln verrutschte. »Entschuldige, das ist natürlich nicht lustig. Nichts daran ist lustig. Ich bin bloß ein bisschen aufgeregt, weil ich noch nie Nachhilfe gegeben habe.«

»Schon gut«, hatte Sandy erwidert, und diesmal lächelte sie wirklich. Die Art und Weise, wie Hannah mit ihr sprach, war in der Tat lustig. Vielleicht würde sie dieses Mädchen am Ende doch nicht hassen. »Du musst übrigens nicht aufgeregt sein: Ich hatte nämlich noch nie Nachhilfe.«

Bevor sie anfangen konnten, klingelte Hannahs Handy. Sie starrte aufs Display und wirkte alles andere als glücklich. »Entschuldige, kleinen Augenblick noch.« Sie nahm das Gespräch an, drückte das Telefon ans Ohr und steckte einen Finger ins andere, vermutlich um die Geräusche im Café auszublenden, obwohl es gar nicht laut war. »Hi, Mom.«

Ihre Stimme schnellte in die Höhe und klang wie die eines

kleinen Mädchens, als sie sagte: »Hm-hm, hm-hm ...« Dann: »Tut mir leid, ich hab's vergessen. Okay ... ja. Okay, Mom. Okay, ja. In einer Stunde.« Nachdem sie aufgelegt hatte, lächelte Hannah wieder, aber ihr Lächeln wirkte traurig. »Tut mir leid.«

»Alles okay?«, erkundigte sich Sandy. Sie war neugierig. Sie hatte immer schon mal wissen wollen, worüber Kinder wie Hannah – gute, normale Kinder – mit ihren Müttern stritten. Bei ihnen war stets sie diejenige, die Jenna zurechtwies, und sie konnte sich gar nicht vorstellen, wie es andersherum sein mochte.

Hannah wirkte verlegen. »Meine Mutter ist manchmal ... nun ...«, sie zuckte die Achseln, »nun ja, sie ist manchmal etwas ... beharrlich.«

Sandy sah Hannah fragend an. Sie brauchte Details, um sich Hannahs Alltagsleben vorstellen zu können. »Was hast du denn vergessen?«

»Meine Krimskrams-Schublade aufzuräumen.«

Sandys Augenbrauen schossen in die Höhe. »Was zur Hölle ist eine ›Krimskrams-Schublade‹?« Es schien unendlich viele Dinge zu geben, die andere Kids besaßen – nur Sandy nicht.

»Du weißt schon, eine Schublade, in die man den ganzen ...« Hannah fuchtelte hilflos mit den Händen, als wüsste sie nicht recht, wie sie eine solche Schublade beschreiben sollte.

»... Scheiß reinschmeißt, den man eigentlich auch wegwerfen könnte?«, brachte Sandy den Satz für sie zu Ende.

»Ja.« Hannah lachte. »Das trifft es vermutlich ganz gut.«

»Krass.«

Hannah sah sie verwirrt an. »Dass man eine Krimskrams-Schublade hat?«

»Dass deine Mom dich deswegen anruft und dich blöd

anmacht.« Zum ersten Mal kam es Sandy nicht ganz so schlimm vor, dass Jenna ihr ständig hinterhertelefonierte und sie anflehte, nach Hause zu kommen, weil sie sie so sehr vermisste.

Hannah nickte. »Stimmt. Manchmal hab ich das Gefühl, ich kann ihr einfach nichts recht machen.« Sie zuckte die Achseln und lächelte, als würde ihr das nicht wirklich etwas bedeuten. »So ist meine Mom nun mal. Sie hat bestimmte Vorstellungen.«

Sandy hatte laut aufgelacht. »Haben sie das nicht alle, Sis? Haben sie das nicht alle?«

Sandy betrat das Blondie's. Um diese Zeit war hier noch nicht viel los. Zwei alte Männer hockten am hinteren Ende der Bar und lauschten einer von Montes haarsträubenden Geschichten. Geradeaus saß ein jüngerer Typ mit längerem braunem Haar, einer Art Anzugjacke und einer großen, teuer aussehenden Armbanduhr. Es war die Uhr, die Sandy ins Auge stach. Im Blondie's sah man so etwas nicht oft. Er war ein attraktiver Kerl, soweit Sandy das von hinten beurteilen konnte. Sie schloss das aus der Art, wie er dasaß – als würde ihm der Barhocker gehören.

»He, Kindchen!«, rief Monte mit seiner volltönenden Stimme und kam zu Sandy herüber. »Was machst du denn hier?«

Sandy liebte es, wenn Monte sie »Kindchen« nannte, denn für gewöhnlich sahen Männer sie nicht mehr so: als Kind. Monte schien sich stets aufrichtig zu freuen, wenn sie im Blondie's vorbeischaute. Plötzlich bildete sich ein Kloß in ihrer Kehle und drohte, sich in ein Schluchzen zu verwandeln. *Nicht weinen, Sandy. Nicht weinen. Nicht weinen.*

»Hast du Jenna gesehen?«, erkundigte sie sich.

Monte schüttelte den Kopf und runzelte die Stirn, dann

wischte er mit einem weißen Putzlappen über die Theke. Der Lappen wirkte winzig in seiner riesigen Hand. »Sie ist heute erst später eingeteilt, Kindchen.« Er zog die Augenbrauen zusammen. »Beschwert sich immer über die mageren Trinkgelder bei der Tagschicht, und du weißt ja, wie schlecht Jennas Gemecker zu ertragen ist.«

»Ja.« Sandy zwang sich zu einem Lachen. Es klang fremd.

»Stimmt was nicht, Sandy?«

Monte nannte sie nur dann Sandy, wenn er sich Sorgen machte. Wie damals, als er ihr eindringlich eingeschärft hatte, sich von Fremden fernzuhalten, als wäre sie erst fünf Jahre alt. Er hatte von Hundewelpen und Süßigkeiten geschwafelt – total sinnlos und total süß.

»Ich kann Jenna nicht erreichen, das ist alles. Wahrscheinlich ist bloß ihr Akku leer«, sagte Sandy, »aber ich dachte, es könnte nicht schaden, nachzusehen, ob sie hier ist.«

»Hm.« Monte verengte die Augen, dann fuhr er sich mit der Zunge über die Innenseiten seiner Wangen. Er hatte die Antennen bereits ausgefahren. »He, Dom, hast du Jenna heute schon gesehen?«, rief er seinem Sohn zu und winkte ihn zu sich herüber.

Dom schlenderte zu ihnen und schüttelte den Kopf so vehement, dass seine fleischigen Wangen wackelten. Auch er sah besorgt aus. »Nein. Warum, Pop?«

Dom und Monte wussten, wie verkorkst Jenna war. Viele Leute wussten es. Man musste nicht gerade ein Genie sein, um das zu erkennen. Die beiden jedoch waren die einzigen Männer in Jennas Leben, die nicht versuchten, das auszunutzen.

»Ich bin mir sicher, dass sie bald nach Hause kommt«, sagte Sandy. »Aber ich ... Unser Vermieter hat sich gemeldet, und es gibt etwas, worüber ich dringend mit ihr reden muss.« Das war die Wahrheit, wenn auch nicht die ganze, aber es klang sehr viel besser als die Tatsache, dass man sie mehr oder weniger auf die Straße gesetzt hatte.

»Das letzte Mal habe ich sie gestern Nacht kurz vor der Sperrstunde gesehen«, sagte Dom.

»Hat sie gesagt, wohin sie nach der Arbeit wollte?«, fragte Monte.

»Nö, sie hat sich mit jemandem unterhalten«, antwortete Dom. »Ich hab ihr angeboten, ein paar Minuten früher zu gehen.«

Dom war höflich. Bei den meisten »Jemands« handelte es sich um One-Night-Stands. Allerdings bestand nun die Chance, dass Sandy den Typen ausfindig machen konnte. »Wie hat er denn ausgesehen?«, wollte sie wissen.

»Kein Er, sondern eine *Sie*«, stellte Dom klar. »Ich hab nicht so genau hingeschaut.« Was bedeutete, dass *Sie* nicht besonders attraktiv war. »Du könntest Laurie fragen. Sie war gestern Abend auch hier. Ich hab gesehen, dass sie kurz mit den beiden geredet hat.«

Laurie war die einzige Studentin, die im Blondie's arbeitete. Sie war quasi aus dem Nichts aufgetaucht und suchte dringend einen Job, um die Studiengebühr bezahlen zu können. So wie's aussah, würde sie ein paar Jahre länger benötigen, um ihren Abschluss zu machen. Sie war dreiundzwanzig und brauchte noch einige Scheine, aber sie hatte sich fest vorgenommen, es zu schaffen. Sandy glaubte an sie, und das gab ihr Hoffnung.

Laurie war der lebende Beweis dafür, dass man es schaffen konnte, selbst wenn man bei null anfing. Sie wohnte mit einer anderen jungen Frau zusammen, Rose, in einem Apartment ein paar Blocks entfernt. Rose hing ständig im Blondie's ab, sogar als sie hochschwanger gewesen war. Die anderen Gäste hatten ihr Vorwürfe gemacht – schwanger in einer Bar zu sitzen, ging offenbar gar nicht –, dabei hatten sie nicht einmal bemerkt, dass Rose stets nur Wasser trank.

»Okay, danke«, sagte Sandy. »Wenn ihr Jenna seht, könntet ihr ihr bitte ausrichten, dass sie mich anrufen soll?«

»Selbstverständlich, Kindchen«, versicherte ihr Monte. »Wenn sie nicht bald auftaucht, kommst du wieder her, hast du gehört? Wir werden dir helfen, sie zu finden.«

»Mach ich«, versprach Sandy, obwohl sie jetzt schon wusste, dass sie ihr Versprechen brechen würde. Um Hilfe zu bitten, erwies sich am Ende doch immer nur als demütigend.

Gerade als Sandy sich zur Tür umwandte, ging eine weitere Textnachricht ein – wieder nicht von Jenna. Aber wenigstens auch nicht von Hannah. Die Nachricht war von Aidan.

Treffen wir uns nach dem Mittagessen?

Hast du denn keinen Unterricht?, schrieb Sandy zurück.

Nee, scheiß drauf. Schule steht eh auf meiner Abschussliste.

So schlimm?, tippte sie.

Schlimmer. Komm. Häng mit mir ab. Scheißen wir zusammen drauf.

Sandy schmunzelte. Trotz allem – Jenna spurlos verschwunden, aus der Wohnung geflogen, ganz zu schweigen von der einen Sache, die alles andere toppte und die sie unbedingt vergessen wollte – brachte Aidan sie zum Lachen. Genau deshalb mochte sie ihn so. Nachdem Sandy Aidan begegnet war, hatte sie angefangen, an morgen zu denken, sogar an übermorgen. Sicher, es war ein verdammtes Risiko. Aber es war schöner, als sie gedacht hatte.

Nicht, dass Sandy und Aidan wie Romeo und Julia waren oder so 'n Scheiß. Manchmal hatte sie vielmehr den Eindruck, dass sich zwischen ihnen ein gewaltiger Canyon auftat. Ein falscher Schritt, und einer von ihnen würde für immer im Abgrund verschwinden. Klar, auch Sandys Abschussliste füllte sich immer mehr, mit albernem, unnützem Scheiß, doch hätte sie nur ein Viertel von dem besessen, was Aidan hatte – Haus, Geld, eine perfekte Zukunft –, hätte sie niemals erwogen, das alles in den Sand zu setzen, nicht einmal im Scherz.

Bis sie Aidan das erste Mal bei ihm zu Hause besuchte, hatte Sandy keine Ahnung, wie unterschiedlich ihrer beider Leben aussahen. Es war beinahe so, als stolperte man in ein fremdes Land, in dem man kein einziges Wort verstand.

»Komm wieder ins Bett«, hatte Aidan an jenem Tag gesagt.

Er lag nackt auf der Decke, die Hände hinter dem Kopf verschränkt. Sandy bemerkte das Flechtarmband an seinem Handgelenk und seine leichte Bräune – Mitbringsel aus dem letzten Familienurlaub auf Nantucket. Er beobachtete Sandy, die nur in Höschen und seinem karierten Hemd durchs Zimmer schlenderte und interessiert seinen schicken Krempel beäugte: Basketball-, Schwimm- und Tennispokale, Bücher, die Pinnwand mit Fotos und Auszeichnungen.

»Megasportlich, hm?«, fragte sie in einem Ton, als wäre das etwas, wofür man sich schämen müsste.

In Wirklichkeit war sie neidisch. Seit sie ihr Fahrrad bei der Heilsarmee gekauft und hergerichtet hatte, hatte sie eine Ahnung davon bekommen, was hätte sein können. Auf dem Fahrrad war sie schnell. Und stark. Und das ohne Training und ohne richtige Ausrüstung. Was hätte sie erreichen können mit all den Möglichkeiten, über die Aidan verfügte? Und was tat er? Er schiss darauf. Sie streckte die Hand nach der Stammkundenkarte vom Scoops aus, einer Eisdiele in der Innenstadt, die an Aidans Pinnwand hing. Sie war halb voll, verblasst und zerknittert. »Du scheinst es ja nicht eilig zu haben, dir dein Bonuseis abzuholen«, sagte Sandy.

Ihr Blick wanderte weiter zu einer Postkarte aus Barcelona und drei Fotos von mehreren Jungs, die von einem Steg in einen See sprangen. Eine weitere Aufnahme zeigte sie grinsend zusammengekauert unter einem Haufen Handtücher, Aidan in der Mitte. Er grinste am breitesten.

»Mein Dad und ich gehen hin, wenn er zu Besuch kommt«, sagte Aidan. Seine Stimme klang seltsam. So seltsam, dass Sandy sich zu ihm umdrehte, aber er starrte an die Decke. »Das letzte Mal ist schon eine Weile her.«

»Oh, Shit«, sagte Sandy, die sich plötzlich mies fühlte.

Sie wollte nicht, dass Aidan sich schlecht fühlte wegen seines Dads, der offenbar seinen Vaterpflichten nicht nachkam. Sandy waren Väter egal, was vermutlich daran lag, dass sie nie einen gehabt hatte. Ihrer war ein Marine, den Jenna ein paar Monate gedatet hatte, bevor er auf dem Rückweg zu seiner Militärbasis bei einem Autounfall ums Leben kam. Jenna hatte erst nach der Beerdigung festgestellt, dass sie schwanger war.

»Scheiß drauf«, sagte Aidan. »Scheiß auf ihn.«

»Ja«, pflichtete Sandy ihm bei. Sie wollte ihn aufmuntern, aber sie wusste nicht, wie. »Ich sollte jetzt besser gehen«, sagte sie daher. »Deine Mom kommt bald nach Hause.«

»Scheiß drauf. Scheiß auf sie.«

»Du hast leicht reden. *Ich* bin diejenige, die sie blöd anmachen wird.«

Allerdings ging es Sandy nicht um das, was Aidans Mom *sagen* würde – es ging um die Art und Weise, wie sie sie *ansehen* würde. Als wäre sie Abschaum. Viele Leute sahen Sandy so an – die Männer, die sie ficken wollten, und die Frauen, die wollten, dass sie sich verpisste. Schwer zu sagen, was schlimmer war.

»Warum kümmert es dich, was sie denkt?«, fragte Aidan.

»Kümmert es dich etwa nicht? Irgendwie hab ich den Eindruck, du willst nur, dass ich bleibe, damit du sie wütend machen kannst.« Sandy hoffte inständig, dass das nicht der Fall war. Sie hatte mit aller Kraft versucht, sich dagegen zu wehren, aber sie hatte bereits angefangen, ihn zu mögen. Leider. »Verrate mir eine Sache: Was zum Teufel ist so schrecklich an all dem hier?«

Aidan hatte den Blick für eine Minute durchs Zimmer schweifen lassen, dann hatte er sie mit ernstem Gesicht angesehen. »Der Schein kann trügen«, hatte er gesagt. »Das solltest *du* doch am besten wissen.«

Sandy las Aidans Textnachricht ein zweites Mal. Er wollte sich mit ihr treffen, aber ihn zu sehen, war nicht das, was sie im Augenblick brauchte, ganz gleich, wie viel leichter es ihr fallen würde, so zu tun, als ob.

Geh zum Unterricht, schrieb sie zurück. *Schick mir eine Nachricht, wenn du fertig bist.*

»Schrecklich, nicht wahr?«, sagte jemand.

Sandy blickte von ihrem Handy auf und stellte fest, dass der Typ mit der teuren Uhr zu ihr herüberschaute. Das Licht aus den Fenstern zur Straßenseite spiegelte sich in seinen braunen Augen. Er war nicht so jung, wie sie gedacht hatte, aber ihre Einschätzung war richtig gewesen: Er sah gut aus. Auf diese ganz bestimmte Arschlochweise, die in Sandy den Wunsch weckte, unter die Dusche zu springen.

»Was haben Sie gesagt?«, fragte sie.

»Ich sagte, das ist schrecklich«, wiederholte er und nickte in Richtung des Fernsehers über der Bar.

Sandy schaute hoch. Die Nachrichten liefen. Polizeiwagen. Vielleicht ein Autounfall? Sandy flehte Jenna ständig an, nicht zu fahren, wenn sie getrunken hatte, aber Jenna tat es trotzdem. Stieg stockbesoffen in ihre alte Klapperkiste, bei der die Bremsen nicht mehr richtig funktionierten. Es war kein Geld da, um sie reparieren zu lassen.

Jenna machte so viele gefährliche Dinge.

»Brauchst du was, Kumpel?«, fragte Monte, der aus dem Nichts auftauchte.

Es gefiel ihm nicht, wenn fremde Männer mit Sandy redeten. Jedes Mal, wenn sie im Blondie's war, quatschte irgendwer sie an. Und jedes Mal erschien wundersamerweise Monte auf der Bildfläche. Für gewöhnlich genügte das. Monte war ein Riese von Mann, der andere wortlos einschüchtern konnte.

Der Wichser schien die Botschaft zu verstehen. Klar und deutlich. Er hob die Hände und zog den Kopf ein. »Nein, ich hab alles, vielen Dank. Ich wollte gerade gehen.«

Sandy wandte sich wieder dem Fernseher zu, den Polizeiwagen, die anscheinend in einem Waldgebiet standen. Plötzlich schwenkte die Kamera auf die Essex Bridge. Und Sandy meinte, unter ihr würde sich der Boden auftun. Ihre Hände umschlossen Halt-suchend den Messingrahmen der Theke. »Was ist da passiert, Monte?«, fragte sie.

»Ach, man hat im Wald beim Cedar Creek ein Baby gefunden.« Monte schaute kopfschüttelnd auf den Fernseher. »Das arme Ding. Die Welt ist voller Monster, und genau deshalb musst du gut auf dich aufpassen, Kindchen.«

»He, Pop!«, rief Dom von der anderen Seite des Tresens. »Komm mal kurz her!«

»Ruf an, wenn du irgendwas brauchst, Kindchen«, sagte Monte und warf dem Arschlochtypen mit der teuren Uhr einen strengen Blick zu. »Du weißt, dass du wie eine Tochter für uns bist. Nein, du *bist* eine Tochter für uns. Und wir kümmern uns um die Familie.«

»Danke«, brachte Sandy angestrengt hervor und heftete die Augen wieder auf den Fernseher. Am liebsten hätte sie den Ton lauter gestellt, um die Berichterstattung mitzubekommen. Monte verschwand ans andere Ende der Bar. Als er außer Hörweite war, murmelte der Wichser etwas, doch

Sandy bekam nur einen Teil davon mit. »... genau wie sie aus.«

Sie riss den Blick von den Nachrichten los und sah zu ihm hinüber. Er trank sein Bier aus und legte ein paar Scheine auf die Bar, dann rutschte er vom Hocker und strich sein Jackett glatt. »Na, dann werde ich mal lieber gehen«, sagte er zu niemand Bestimmtem.

»Was haben Sie gerade gesagt?«, wollte Sandy wissen, die sich nicht sicher war, ob sie sich seine Worte nur eingebildet hatte.

»Dass ich jetzt lieber gehe.«

»Nein, davor, meine ich.«

»Ach das.« Er machte einen Schritt auf Sandy zu und flüsterte dicht an ihrem Ohr: »Ich habe gesagt, dass du genauso aussiehst wie Jenna.«

FRAT CHAT

Hier chatten Leute aus deiner Gegend. Sei nett, befolge die Regeln, hab Spaß! Solltest du die Regeln nicht kennen: LIES SIE! Du musst 18 sein, um am Frat Chat teilnehmen zu können.

Ich glaube, es geht um Sadie Cresh. Sie hatte in letzter Zeit ordentlich zugelegt, vor allem am Bauch.

Glaub ich nicht. Die ist einfach nur fett. Warum überprüfen die nicht einfach alle fetten Mädchen?

1 Antwort
Weil es zu viele davon gibt.

Was ist mit Ellie Richards und Jonathan Strong? Sie würden definitiv ein Baby umbringen, bevor sie Harvard aufs Spiel setzen.

2 Antworten
Jonathan Strong ist absolut schwul.
Er hat versucht, mir in der Umkleide an den Hintern zu fassen!

Unsinn, Leute, es war Harry Trumble, der seine
Mom geschwängert hat. Habt ihr sie gesehen? Sie
ist verdammt heiß.

Ihr seid echt versaut.

>   **3 Antworten**
>   *Finde ich auch. Ich kann nicht fassen, dass ich*
>   *euch kenne.*
>   *Mimöschen.*
>   *Ihr seid echt kranke Scheißkerle. Lustig, aber*
>   *total krank.*

Du weißt, dass du im COLLEGE sein musst, damit du
hier mitmachen kannst, oder?

>   **1 Antwort**
>   *Verpiss dich, du Loser.*

Ich denke, es war Aidan Ronan. Er hat sein Baby
gekillt.

>   **9 Antworten**
>   *Ich hab gehört, er hat in seiner alten Schule*
>   *irgendeinen echt abgedrehten Scheiß gebaut.*
>   *Habt ihr mal seine Mom gesehen? Angeblich*
>   *vögelt sie mit jedem. Vielleicht hat ihn das*
>   *fertiggemacht.*
>   *Ich hab ihn letzte Woche mit irgendeiner*
>   *Nutten-Bitch in der Innenstadt gesehen.*
>   *Ich auch. Crack-Schlampe.*
>   *Angeblich hat er mal versucht, seinen kleinen*
>   *Bruder zu killen.*

Das hab ich auch gehört! Hat ihn so fest gewürgt, dass er ins Krankenhaus musste.
Das ist Bullshit. Er war im Knast.
Kein Bullshit. Seine Eltern lügen ständig für ihn. Also ich weiß, dass er von der St Paul geflogen ist, weil er ein Jagdmesser in die Schule mitgenommen hat.

MOLLY
17. APRIL 2013

Justin und ich haben uns heute zum ersten Mal gestritten. Zum ersten Mal, seit wir das Baby verloren haben. Wegen einer Nichtigkeit. Es ging darum, was wir an unserem Hochzeitstag machen, dabei ist mir das völlig egal.

Wir haben das Baby verloren. Wir haben das Baby verloren. Wir haben das Baby verloren. Ich soll das immer wieder schreiben. Nein, das stimmt nicht. Dr. Zomer sagt mir nie, was ich tun »soll«. Aber sie sagt, ich müsse das Erlebte normalisieren.

Aber wie kann es normal sein, sein eigenes Baby getötet zu haben? Denn das, was passiert ist, ist meine Schuld. Das weiß ich. Wessen Schuld sollte es sonst sein? Ich war diejenige, die hätte mitverfolgen müssen, wie oft es sich bewegte. Ich war diejenige, die sofort hätte merken müssen, wann es damit aufhörte.

Doch das tat ich nicht. Ich merkte gar nichts. Noch dazu hatte ich mich am Abend davor so stressen lassen. Das ganze Wochenende. So albern, wenn ich jetzt darüber nachdenke. Die Ärztin erwähnte ausdrücklich, dass nichts davon für den Tod des Babys verantwortlich war. Dass das Herz der Kleinen nicht deshalb stehen geblieben war, weil ich mich so aufgeregt hatte. Doch wie kann sie das behaupten, wenn sie nicht einmal mit Bestimmtheit weiß, wann genau *es aufgehört hatte zu schlagen?*

Das Traurigste an meinem heutigen Streit mit Justin war, wie erleichtert er wirkte. So glücklich, dass wir endlich wieder eine Auseinandersetzung hatten, wie früher. Bevor wir das Baby verloren hatten. Bevor wir Ella bekommen hatten, bevor es überhaupt ein richtiges »Wir« gab. Genau an dem Punkt stehen wir: an einer Stelle, an der uns ein Streit als unsere größte Hoffnung erscheint.

Molly

Als ich am Hauptverwaltungsgebäude der Ridgedale University eintraf, fiel mein Blick auf Deckler, den Officer der Campus-Polizei, der das Baby entdeckt hatte. Er sah genauso aus wie bei unserer ersten Begegnung, nur dass er diesmal ein zitronengelbes Langarm-Elastanhemd zu seinen eng anliegenden Bikershorts trug. Wieder fiel mir auf, wie unglaublich muskulös er war. Er stand neben den Eingangsstufen, die Hände in die Hüften gestemmt, als hätte er mich erwartet. Vielleicht hatte er auch nur *jemanden* wie mich erwartet. Mehrere Nachrichten-Vans parkten neben der Grünanlage, und in der Stadt waren mir einige Leute aufgefallen, die ich für Journalisten hielt. Vermutlich war das bloß der Anfang. Wie groß die Story werden würde, hing vermutlich von den unschönen Details ab.

»Ich hab mich schon gefragt, wann Sie wohl hier auftauchen«, sagte Deckler.

»Oh, hi«, erwiderte ich, in der Hoffnung, er würde mir abkaufen, dass ich mich freute, ihn zu sehen, was ich nicht tat. »Deckler, richtig?«

»Ja, Molly Sanderson vom *Ridgedale Reader*«, sagte er auf diese seltsame roboterhafte Weise, die lustig sein sollte, aber ausgesprochen unheimlich rüberkam.

»Ja, das ist korrekt.« Ich zwang mich zu einem Lächeln. »Ich bin Molly Sanderson. Was meinten Sie, als Sie sagten, Sie hätten sich schon gefragt, wann ich wohl auftauchen würde?«

Er zuckte die Achseln. »Sie sind Reporterin, Sie werden

alles für wichtig halten, auch, dass das Baby auf dem Universitätsgelände gefunden wurde.«

Das war nicht der Grund. Er hatte etwas anderes gemeint, und jetzt wünschte er sich, er könnte seine Bemerkung rückgängig machen. Außerdem täuschte er sich. Den Campus aufzusuchen, war nicht meine Idee gewesen. Erik hatte den Vorschlag gemacht, nachdem ich ihm von Rose berichtet hatte.

Studentin im Krankenhaus, hatte ich ihm getextet. *Ist vor Kurzem Mutter geworden. Krankenhaus verweigert die Entlassung.* Ich hatte mich irgendwem mitteilen wollen, ohne mir über die Auswirkungen bewusst zu sein. *Womöglich besteht ein Zusammenhang.*

Okay, kam umgehend Eriks Antwort. *Recherchiere auf dem Campus. Finde heraus, was dahintersteckt. Versuch es beim Dekan. Normalerweise gibt er einen Kommentar ab, ohne auf die Pressestelle zu verweisen.*

Als Reporterin, die auf eine Spur gestoßen war, wusste ich, was ich zu tun hatte: die Spur verfolgen. Aber ich war zwiegespalten. Es war leicht gewesen zu behaupten, ich wolle herausfinden, was dem Baby zugestoßen war, die Wahrheit ans Tageslicht bringen. Doch was, wenn die Wahrheit die Mutter des Babys miteinbezog? Was, wenn sie zu all jenen verängstigten, verzweifelten Frauen gehörte, die ich so gut kannte? Ganz davon abgesehen, dass es sich falsch anfühlte, mit dem Finger auf Rose zu zeigen, wenn ich nicht einmal wusste, ob die Polizei sie tatsächlich offiziell verdächtigte. Das war eine Sache, die Qualitätsjournalismus voraussetzte: keine moralischen Verstrickungen.

Doch auf dem Campus ein paar Fragen über Rose zu stellen war kaum das Gleiche, wie eine Schlagzeile zu verfassen, in der sie als Babymörderin dargestellt wurde. Es war anzunehmen, dass die Polizei bereits auf sie aufmerksam geworden war, genau wie andere. Also konnte ich zumindest ein bisschen herumschnüffeln. Mal sehen, was ich herausfinden würde.

»Es überrascht mich, dass man Sie hat gehen lassen.« Ich versuchte, freundlichen Small Talk mit Deckler zu machen, obwohl er etwas an sich hatte – ich tippte auf seine beinahe unheimliche Art, mich anzusehen –, was Unbehagen in mir hervorrief. »Das Gelände ist groß, ich dachte, die Polizei benötigt unten am Fluss sämtliche Hilfe, die sie bekommen kann.«

»Mich hat *gehen* lassen?«, fragte Deckler. »Ich bin vielmehr überrascht, dass man mich nicht mit einem der Streifenwagen überrollt hat.«

Zur Verteidigung der Polizei von Ridgedale musste ich sagen, dass es auch mir schwerfiel, Deckler mit seinem Babygesicht und dem hautengen Bikeroutfit ernst zu nehmen.

»Klingt so, als würden Sie nicht viel von den örtlichen Behörden halten«, stellte ich fest.

Deckler zuckte mit den Achseln. »Stellen Sie sich die Polizei vor wie einen Klub, bei dem einige schon seit sehr langer Zeit Mitglied sind.« Er starrte mich unverblümt an. »Sie behandeln uns von der Campus-Polizei wie Polizisten zweiter Klasse, obwohl wir dieselbe Ausbildung durchlaufen und dieselben verdammten Prüfungen absolviert haben wie sie. Außerdem werden wir doppelt so hoch bezahlt und bekommen eine mietfreie Unterkunft zur Verfügung gestellt.«

»Klingt doch gut«, sagte ich und fragte mich, warum er so angepisst wirkte, wenn bei der Campus-Polizei doch alles viel besser war.

»Das ist es auch«, sagte Deckler und sah mich an, als wollte er herausfinden, ob ich ihn auf den Arm nahm.

»Okay, na schön.« Ich machte einen Schritt an ihm vorbei auf das Gebäude zu. »Das Büro des Dekans finde ich dort drinnen, oder?«

»Warum wollen Sie zum Dekan?«, erkundigte sich Deckler misstrauisch.

Tja, warum eigentlich?, fragte ich mich. Ich hätte nicht erwähnen sollen, wohin ich wollte. Ich hatte lediglich nach einem Vorwand gesucht, ihn stehen lassen zu können. »Ich habe ein paar Fragen wegen einer ehemaligen Studentin.«

»Um wen geht es denn?«

Warum sagte ich eigentlich immer Dinge, die unweigerlich zu weiteren Fragen führten? Am liebsten hätte ich Deckler an den Kopf geworfen, dass ihn das nichts anging, aber es bestand durchaus die Möglichkeit, dass ich später seine Kooperation benötigte. Ein Themenwechsel erschien mir als die beste Taktik, eine Konfrontation zu umgehen. »Nun, wenn ich ehrlich bin, hatte ich gehofft, ich könnte zunächst etwas mit Ihnen besprechen.«

»Ach ja?«, fragte Deckler interessiert. »Was denn?«

»Sie erwähnten, dass manche Vergehen direkt auf dem Campus ›geregelt‹ würden. Heißt das, sie werden gar nicht erst der örtlichen Polizei gemeldet?«

Ich hatte den Verdacht, dass die Diskrepanz zwischen Steves Behauptung, sämtliche Verstöße gegen das Gesetz, die auf dem Campus stattfanden, würden der Polizei von Ridgedale gemeldet, und Decklers Behauptung, dass genau das Gegenteil der Fall war, mit dem enormen Druck zu tun hatte, der auf dem jungen Campus-Polizisten lastete. Nichtsdestotrotz oder gerade deswegen fragte ich mich, ob Rose Gowan – Stella hatte mir nur zögernd ihren Nachnamen genannt – von dem Vater ihres Babys, möglicherweise des toten Babys, vergewaltigt worden war. Lag der Campus-Polizei eine Anzeige vor, den Kollegen von der örtlichen Polizei dagegen nicht? Ridgedale wäre mit Sicherheit nicht die erste Uni, die Diskretion über eine faire, umfassende Ermittlung stellte.

»Das Leben auf dem Campus kann mitunter kompliziert sein, das ist alles«, erwiderte Deckler. »So viele junge Leute ...« Sein Blick ließ erkennen, dass er davon ausging, ich würde verstehen, was er meinte. »Doch wenn Sie genauer wissen möchten, wie wir die Dinge hier handhaben, müssten Sie sich an den Direktor wenden.«

»Als Officer bekommen Sie doch sicher mit, was passiert. Ihre Bemerkung gerade eben klang so, als wäre hier alles Mögliche im Gange. Ist die örtliche Polizei darüber informiert?«

Deckler musterte mich mit zusammengekniffenen Augen. »Hören Sie, ich habe keine Ahnung, was Sie hier suchen oder worauf Sie hinauswollen, aber wenn Sie glauben, dass ich mich im Namen der Universität dazu äußere, dann müssen Sie mich für strohdumm halten.«

Rate mal, wo ich bin?, schrieb ich Justin, während ich im Vorzimmer des Studiendekans saß und darauf wartete, dass seine Bulldogge von Sekretärin herausfand, ob er einen Moment Zeit für mich erübrigen konnte. Vorhin war mir der Gedanke gekommen, Justin zu informieren, dass ich auf dem Campus war, um mit dem Dekan zu reden. Oder es zumindest zu versuchen. Justin war ihm nicht unterstellt, aber dieser Dekan stand in enger Verbindung mit dem Dekan seiner Fakultät und dem Präsidenten der Universität, und die beiden waren nun mal Justins Vorgesetzte.

Ich erhielt keine Antwort auf meine Nachricht. Auch keinen Hinweis darauf, dass er mir zurückschrieb. Ich warf einen Blick auf die Uhr. Aller Wahrscheinlichkeit nach steckte Justin mitten in seiner Sprechstunde. Wenn er einen Termin mit einem seiner Schützlinge hatte, schaute er nie aufs Handy.

Ich versuchte es erneut. *Bin auf dem Campus wegen eines*

Interviews mit dem Studiendekan. Ich schickte die Nachricht ab und wartete. Noch immer keine Reaktion.

»Ms Sanderson? Sie wollen mich sprechen?« Ich schaute auf und sah mich einem Mann mit längeren braunen Haaren gegenüber, der eine Sportjacke trug. Er streckte mir die Hand entgegen. »Ich bin Thomas Price, der Studiendekan.«

Er war *sehr* viel jünger und attraktiver, als ich erwartet hatte. Ein echter Hingucker – verwegen, so hätte ich ihn beschrieben. Was Justin zum Würgen gebracht hätte. Er mochte Thomas Price nicht besonders, das hatte er mehr als einmal erwähnt. Als ich Price nun kennenlernte, verstand ich, warum. Justin war im Allgemeinen nicht sonderlich begeistert von verwegen aussehenden Männern, sie waren ihm zu prätentiös. Abgesehen davon, dass Price verdammt gut aussah, umgab ihn eine Aura lässiger Kultiviertheit – hervorgerufen durch einen Überschuss an Geld und Bildung, der vermutlich über Generationen zurückreichte. Bis ich Menschen wie ihm begegnet war, hatte ich Justin und seine Familie für überspannt gehalten, doch erst Price wurde dieser Bezeichnung wirklich gerecht.

»Ja, vielen Dank, dass Sie sich Zeit für mich nehmen.« Ich schüttelte seine Hand. »Sie haben bestimmt sehr viel zu tun.«

»Da haben Sie recht«, sagte er mit einem freundlichen, aber erschöpften Lächeln. Ich stellte fest, dass er keinen Ehering trug.

Price winkte mich in sein Büro und warf einen Blick auf seine Armbanduhr: groß, teuer. »Ich habe gleich eine Konferenz, aber ein paar Minuten kann ich erübrigen.«

Das Büro von Thomas Price war geräumig und hell, ein Sprossenfenster nahm den Großteil der hinteren Wand ein. Die Aussicht ging auf das Sportzentrum und das Krankenhaus. In der Ferne war der Wald zu sehen, durch den sich der Cedar Creek schlängelte.

»Bitte, nehmen Sie Platz.« Er deutete auf zwei rote Ohrensessel vor seinem Schreibtisch.

»Vielen Dank.« Ich warf einen bewundernden Blick auf die vom Boden bis zur Decke reichenden Bücherregale. »Ihre Bibliothek ist ausgesprochen beeindruckend.«

»Vielen Dank, dass Sie nicht gleich mit der Tür ins Haus fallen«, erwiderte er, als er sich hinter seinen wunderschönen Mahagonischreibtisch setzte. »Sie sind nicht die erste Reporterin, mit der ich heute spreche, aber Sie sind definitiv die freundlichste. Ich kann mich nicht erinnern, dass die Medien jemals so aggressiv waren. Sie können sich gar nicht vorstellen, wie viele Leute schon gedroht haben, den Campus zu belagern, wenn sie nicht sofort Antworten bekommen. Antworten, die wir nicht haben. Antworten, die meines Erachtens niemand hat. Auf alle Fälle wird es hier ziemlich eng werden, wenn sie ihre Drohungen wahr machen.«

»Nun, ich wette, keine der anderen Reporterinnen ist mit einem Professor verheiratet, der erst vor Kurzem seine Stelle hier angetreten hat«, sagte ich. »Wenn der Lebensunterhalt des Partners auf dem Spiel steht, besinnt man sich schnell auf sein gutes Benehmen.«

»Sanderson, natürlich.« Price schlug die Hand vor die Stirn. »Sie sind Justins Frau, richtig? Er hat mir erzählt, dass Sie beim *Ridgedale Reader* anfangen werden. Willkommen in der Stadt. Ich weiß, dass es nicht leicht war, Sie dazu zu bringen, New York zu verlassen – was ich gut verstehen kann –, aber Ridgedale ist ein wunderbarer Ort zum Leben. Ich bin selbst erst seit ein paar Jahren wieder hier, aber ich bin in dieser Stadt zur Highschool gegangen, und mein Vater war hier Professor im Fachbereich Anglistik. Bitte entschuldigen Sie, dass ich die Verbindung nicht sofort hergestellt habe. Es ist ein ziemlich anstrengender Tag.«

»Noch ein Grund für mich, nicht allzu viel von Ihrer Zeit in Anspruch zu nehmen.«

»Danke. Der Präsident der Universität hat uns einberufen, um das Problem, dass die Polizei auf dem Universitätsgelände ermittelt, zu diskutieren.« Thomas Price holte tief Luft und rieb sich mit der Hand übers Gesicht wie jemand, der versuchte, sich wach zu halten. »Wie er sich vorstellt, dass wir dieses wirklich große, wirklich schwerwiegende Problem aus der Welt schaffen sollen, steht auf einem anderen Blatt.«

»Das klingt nach Stress.« Und das war es auch, aber meine Worte wirkten irgendwie gekünstelt.

»Stress, genau.« Price lächelte mich an und hielt den Augenkontakt etwas länger, als würde ihm gerade etwas auffallen. Was mochte es sein? Dass ich hübsch war? Früher hatten Männer oft so auf mich reagiert. Vielleicht hatte das nicht aufgehört, ich hatte es nur nicht mehr bemerkt. »Es tut mir leid, ich sitze hier und lamentiere, dabei sind Sie gekommen, um mir Fragen zu stellen.«

»Eine junge Frau namens Rose Gowan hat an dieser Universität studiert«, kam ich auf den Grund zu sprechen, aus dem ich hier war. »Wissen Sie, warum sie ihr Studium im vergangenen Jahr geschmissen hat?«

Er runzelte die Stirn. »Hat das etwas mit dem Baby zu tun?«

»Ich frage im Rahmen einer breit angelegten Recherche.«

Gut. Das stellte Rose nicht unnötig bloß, und es war nicht gelogen.

»Mit anderen Worten: Sie wollen es mir nicht sagen.« Sein Blick verschränkte sich mit meinem.

»Nein, das stimmt nicht.« Ich hielt ihm stand.

»Na gut«, erwiderte er mit einem kleinen Lächeln, als würde er unseren Schlagabtausch genießen. »Das wäre vermutlich unprofessionell. Allerdings gilt das leider auch für eine Antwort meinerseits.« Thomas Price verengte leicht die

Augen, abwägend, dann wandte er sich dem Monitor auf seinem Schreibtisch zu. »Aber weil Sie so freundlich waren und weil Sie zur Universitätsfamilie gehören, wollen wir doch mal sehen, ob wir etwas finden, was Ihnen weiterhelfen könnte.« Er deutete mit dem Zeigefinger auf mich. »Das verstößt gegen die Vorschriften. Ich werde daher eher behaupten, Sie wären in mein Büro eingebrochen und hätten meine Dateien durchforstet, bevor ich zugebe, dass ich Ihnen etwas verraten habe.«

»Schon klar«, sagte ich. Erik wäre damit vermutlich nicht einverstanden gewesen. »Gegen die Vorschriften zu verstoßen« schien für ihn ein No-Go zu sein, aber hatte ich eine Wahl?

Wir schwiegen, während Price durch verschiedene Fenster auf seinem Computer klickte. »Ah, da ist es ja. FE. Freiwillige Exmatrikulation. Das hilft Ihnen wahrscheinlich nicht viel, denn eine freiwillige Exmatrikulation kann verschiedene Gründe haben: persönliche, finanzielle – da ist eigentlich alles möglich. Eine FE bedeutet aber auch, dass Ms Gowan jederzeit an die Ridgedale University zurückkehren kann, sollte sie ihre Meinung ändern. Sie wurde nicht wegen mangelnder Leistungen oder irgendeines Fehlverhaltens zwangsexmatrikuliert.«

»Liegt ein Vermerk oder eine Aktennotiz – irgendetwas – dazu vor, dass sie sich über einen Kommilitonen beschwert hat?«

»Nein, hier nicht«, sagte Price. »Aber das wäre auch nicht in dieser Datei gespeichert. Ich kann hier ausschließlich ihren akademischen Werdegang aufrufen. Beschwerden jedweder Art werden vertraulich behandelt. Sollte es diesbezüglich irgendwelche Akten geben, wären sie bei der Campus-Polizei – ich gehe allerdings nicht davon aus, dass man Ihnen Einsicht gewähren würde.«

Ich wartete darauf, dass er mich fragte, warum ich all das wissen wolle, doch das tat er nicht. Stattdessen warf er einen Blick auf seine Uhr. »Unsere Zeit ist leider um. Glauben Sie mir, ich würde gern noch länger mit Ihnen plaudern, aber der Präsident erwartet mich.« Wieder hielt er meinen Blick etwas zu lange fest. Er ... nun, er flirtete nicht unbedingt mit mir, aber er nahm mich wahr. Als Frau. Davon war ich überzeugt. Im nächsten Moment lächelte Price etwas verlegen, fast so, als hätte er gemerkt, dass ich seine Blicke registriert hatte. »Schicken Sie mir gern eine E-Mail, sollten Sie weitere Fragen haben.«

Das war respektvoll. Er sagte nicht: Sie können mich gern noch einmal aufsuchen. Das wäre unangemessen gewesen. Er wusste, dass ich verheiratet war.

»Vielen Dank, ich werde auf das Angebot zurückkommen«, sagte ich und ließ mich von ihm zur Tür bringen.

»Tun Sie das«, sagte er, schüttelte meine Hand und hielt sie ebenfalls etwas zu lange fest. »Und grüßen Sie Justin von mir. Vielleicht treffen wir uns mal außerhalb der Universität? Auch ich habe für eine Weile in New York gelebt. Wir könnten in Erinnerungen schwelgen.«

Gerade als ich das Gebäude verlassen wollte, sah ich Deckler in der Eingangshalle stehen. Er schien auf mich zu warten.

»Der Chef der Campus-Polizei möchte Sie jetzt sprechen«, sagte er, als hätte ich bei unserem Gespräch vorhin darum gebeten, einen Termin für mich zu vereinbaren. »Ben LaForde.«

»Weswegen möchte er mich denn sprechen?«, erkundigte ich mich.

Deckler verstellte mir den Weg zum Ausgang und deutete auf ein Büro, ein paar Türen von Price' Dekanat entfernt. Ich war erfreut darüber, LaForde ein paar Fragen stellen zu können, dennoch hatte ich das Gefühl, ich würde zum Direktor zitiert, der *mir* Fragen stellen wollte.

»Sie haben sich nach der Kriminalberichterstattung auf dem Campus erkundigt, dem Informationsfluss zwischen örtlicher Polizei und Campus-Polizei, und Ben LaForde ist der Mann, der Ihnen diesbezüglich am besten Auskunft erteilen kann. Er erwartet Sie bereits.«

Ben LaForde schien tatsächlich schon auf mich zu warten. Er sprang von seinem Schreibtischstuhl auf, als ich den Kopf durch die offene Tür zu seinem Büro steckte – ein kleiner Mann in den Sechzigern mit dichtem, weiß-grau meliertem Haar und ordentlich gestutztem Schnäuzer. Mit ausgestreckter Hand kam er auf mich zu.

»Sie müssen Ms Sanderson sein«, sagte LaForde. »Kommen Sie herein und nehmen Sie Platz. Deckler meinte, Sie hätten ein paar Fragen an mich?«

»Ich würde mich gern über das Vorgehen der Universität bei einem Vergehen auf dem Campus informieren, speziell darüber, wie eine kriminelle Handlung mit der örtlichen Polizei kommuniziert wird.«

Ich machte mich auf ein defensives »Warum?« oder ein »Was wollen Sie damit unterstellen?« gefasst, aber LaFordes Gesicht blieb völlig entspannt.

»Sie meinen, wie wir uns verhalten, wenn wir Kenntnis von einem Vergehen erhalten oder wenn sich jemand, der Opfer einer Straftat geworden ist, an uns wendet?«, hakte er nach, als wollte er sich vergewissern, dass er die Frage richtig verstand, um mir so gut wie möglich weiterhelfen zu können. »Selbstverständlich kann der oder die Betroffene sich direkt mit der örtlichen Polizei in Verbindung setzen, das steht jedem frei. Die meisten kommen zu uns, wenn sie möchten, dass der Vorfall zusätzlich oder anstatt einer Strafanzeige als Disziplinarverstoß erfasst werden soll. Die Studentinnen und Studenten haben selbstverständlich ein Anrecht darauf, dass wir ihre Angaben vertraulich behandeln. Liegt ein schwerwiegendes Vergehen vor, melden wir das der örtlichen Polizei aus Gefälligkeit, doch wir geben die Namen der Beteiligten nicht preis. Im Falle eines sexuellen Übergriffs zum Beispiel würde eine solche Offenlegung gar nicht erfolgen, es sei denn auf ausdrücklichen Wunsch der Studentin oder des Studenten.«

»›Aus Gefälligkeit‹ legt nahe, dass dies gesetzlich nicht vorgeschrieben ist.«

»Das ist es in der Tat nicht, doch für gewöhnlich informieren wir die örtliche Polizei unverzüglich, sobald eine Straftat vorliegt. Bei Bagatellvorkommnissen wie einem verschwundenen Handy allerdings halten wir uns zurück, zumal dabei meist herauskommt, dass es nicht gestohlen, sondern lediglich verlegt wurde. Ich glaube kaum, dass sich das Ridgedale PD dafür interessiert.« Obwohl er so mitteilsam war, hatte ich doch noch keine genaue Vorstellung vom Ablauf eines möglichen Verfahrens. LaForde fuhr unbeirrt fort: »Manche Taten sind so schwerwiegend, dass wir sie zusätzlich mit einem Disziplinarverfahren ahnden, selbst wenn sie nicht uns, sondern der örtlichen Polizei gemeldet wurden, die die Informationen in einem solchen Fall an uns weiterleitet. Umgekehrt übernimmt das Ridgedale PD bei Kapitalverbrechen oder in Situationen wie jetzt, mit dem Baby. Diskretion ist eine Sache, die Sicherheit unserer Studentinnen und Studenten eine andere. Die jungen Menschen müssen sich bei uns sicher fühlen.«

Vor allem die, die Dreck am Stecken haben, wollte ich hinzufügen, doch ich verkniff es mir.

»Es gab vor Jahren schon einmal einen Todesfall auf dem Campus-Gelände, ist das korrekt?«, fragte ich stattdessen. Es war zu früh für eine aggressivere Gangart, so gern ich diese angeschlagen hätte. »Ein Schüler der Ridgedale Highschool?«

LaForde schüttelte den Kopf. »Das war eine furchtbare Tragödie. Ein Unfall, kein Mord, nur um das klarzustellen, aber deswegen nicht minder tragisch. Es wäre schlimm für die Eltern des Jungen, wenn das Ganze jetzt wieder hochgekocht würde.«

»War die Campus-Polizei an den Ermittlungen beteiligt?«

Er nickte. »Teenager, die zu viel Alkohol getrunken hatten. Das endet häufig in einer Katastrophe.« Er verstummte, dann drehte er sich zu dem hinter ihm stehenden Aktenschrank um und nahm eine Broschüre heraus, die er mir zuschob. »Wenn Sie mehr über unsere Verfahrensweise erfahren möchten – die Universitätssatzung ist öffentlich einsehbar. Allerdings kann ich mir nicht vorstellen, dass Sie all das durchkämmen möchten. In dieser Broschüre, die wir auch unseren Studentinnen und Studenten aushändigen, finden Sie alles, was Sie brauchen. Die mündliche Zwei-Minuten-Version lautet wie folgt: Es handelt sich um ein kompliziertes Verfahren – zunächst gibt es eine Untersuchung, dann eine Anhörung vor einem Untersuchungsausschuss, gefolgt von einem Urteil, das wir als ›Feststellung‹ bezeichnen. Die Feststellung muss mehrheitlich erfolgen.«

»Wer sitzt in einem solchen Untersuchungsausschuss?«

»Fünf Personen, die vom Studiendekan ernannt werden. Zwei Professorinnen oder Professoren, ein Vertreter der Campus-Polizei – in diesem Falle ich – und zwei Studierende. Wir alle haben uns einer eingehenden Überprüfung sowie einem intensiven Bewusstseinstraining unterziehen müssen. Die Studierenden wechseln jedes Jahr, die Professorinnen oder Professoren verpflichten sich für fünf Jahre. Im Augenblick sitzen Miles Cooper, ein Anglistik-Professor, und Maggie Capitol, Fachschaft Biologie, im Ausschuss, beide am Ende ihrer fünfjährigen Amtszeit. Den Vorsitz hat der Studiendekan.«

»Und wer geht eventuellen Beschwerden nach?«

»Die Officer der Campus-Polizei.«

»Wie Deckler?«

»Ja.« Bei der Erwähnung von Decklers Namen verspannten sich LaFordes Gesichtszüge. »Unter anderem. Bei der Campus-Polizei sind zehn Officer beschäftigt, dazu kommen Supervisoren. Steht alles in der Broschüre.«

»Hat eine Studentin namens Rose Gowan jemals eine wie auch immer geartete Beschwerde eingereicht?«

»Hat das etwas mit dem Baby zu tun?«

Lüg! »Nein«, antwortete ich mit fester Stimme. »Es hat nichts mit dem Baby zu tun.«

»Oh.« Er runzelte die Stirn und sah mich an. Verwirrt und gleichzeitig beunruhigt. »Wie dem auch sei, Ms Sanderson, ich darf mögliche Beschwerden einer einzelnen Studentin nicht einfach so öffentlich machen. Ich würde Ihnen gern weiterhelfen, aber mir sind die Hände gebunden. Der Umgang mit Informationen dieser Art ist vertraulich, ich bin mir sicher, Sie verstehen das. Offiziell Auskunft erteilen darf ich nur bei einer Befragung vor Gericht, was bedeutet, dass dieses Gespräch hiermit leider beendet ist.«

Als ich aus LaFordes Büro trat, fiel mein Blick auf Deckler, der sich immer noch in der Eingangshalle aufhielt. Er stand einfach nur da und gaffte in meine Richtung, als hätte er darauf gewartet, dass ich wieder auftauche. Ich winkte, dann strebte ich auf den Ausgang zu, in der Hoffnung, eine neuerliche direkte Begegnung mit ihm zu vermeiden. Was mir auch gelang. Ich verlangsamte meine Schritte erst, als ich die Tore des Universitätsgeländes hinter mir gelassen hatte.

Auf dem Gehweg zog ich mein Handy hervor, um nachzusehen, wie viel Zeit mir noch blieb, bis ich Ella abholen musste. Ein kleiner Zettel flatterte zu Boden – Justins Nachricht. Ich hatte vergessen, sie zu lesen, nachdem ich sie in Steves Büro in meiner Manteltasche bemerkt hatte. Ich bückte mich und hob den Papierschnipsel auf, und tatsächlich war er mit Justins krakeliger Schrift versehen.

*Auf dass zwei unvollkommene Seelen
zur Vollkommenheit gelangen möchten.*
E. M. Forster

Ich strich mit den Fingerspitzen über die Worte und spürte die Rillen, die Justins Kugelschreiber im Papier hinterlassen hatte. Er musste mir den Zettel heute Morgen in die Tasche geschoben haben, kurz bevor ich das Haus verließ, vielleicht auch schon gestern Abend. Womöglich fragte er sich, warum ich nicht schon im Black Cat darauf zu sprechen gekommen war. Ob er dachte, ich hätte ihn gelesen, würde mir aber nichts daraus machen? Das durfte nicht sein!

Ich wollte mich mit einer Textnachricht bei ihm für den Zettel bedanken, deshalb zog ich mein Handy erneut hervor und warf unwillkürlich abermals einen Blick auf die Uhrzeit. Kurz nach halb drei – es blieb kaum noch genug Zeit, um rechtzeitig bei Ella zu sein.

Ich entdeckte eine ungeöffnete Nachricht von Stella, die sie mir vor einer halben Stunde geschickt hatte. *Du hattest recht,* las ich. *Die Polizei hält Rose fest, um sie zu befragen. Ruf mich so schnell wie möglich an!*

Dienstags war das Abholen keine große Sache, weil viele der Kinder nachmittags an einer Schwimmveranstaltung teilnahmen. Barbara und Stella waren nirgendwo zu sehen, nur etwa ein Dutzend Eltern, die ich vom Sehen, aber nicht beim

Namen kannte. Während ich im Gang darauf wartete, dass Rhea die Nachmittagsrunde beendete, beobachtete ich Ella durch das kleine Fenster in der Tür. Sie saß mit den anderen im Kreis, die Hand erhoben, noch immer in ihr hellgrünes Outfit gekleidet, die Augen weit aufgerissen vor Eifer. Was immer Ella sagte, brachte Rhea dazu, in die Hände zu klatschen und laut zu lachen, woraufhin Ella anfing zu kichern.

Justin hatte recht. Sie *war* ein glückliches kleines Mädchen. Sosehr ich sie in meinen finstersten Momenten auch im Stich gelassen hatte, musste ich doch auch etwas richtig gemacht haben.

»Mommy!«, rief Ella, als Rhea die Tür zum Gruppenzimmer öffnete.

Ich bückte mich, während sie mit vollem Tempo auf mich zustürmte und sich in meine ausgebreiteten Arme stürzte. Ich vergrub mein Gesicht in ihren dichten Locken und drückte sie an mich. Sie duftete nach Blaubeershampoo.

»Hi, Süße«, sagte ich. »Wie war die Aufführung?«

»Toll, Mommy!« Ich wartete kurz auf ein Aber – aber du warst nicht da, aber ich habe dich vermisst, aber ich war traurig –, doch sie erwiderte nur meine Umarmung, so fest, dass ich kaum atmen konnte. »Ich bin so froh, dich zu sehen!«

»Geht mir genauso, Peanut.« Ich holte tief Luft. Schon jetzt ging es mir sehr viel besser. Die Gedanken, die mich bedrückt hatten – das tote Baby, Rose, Stella, *mein* totes Baby –, schwebten bereits auf und davon, als hätte jemand eine Lüftungsklappe aufgestoßen. »Wie wär's, wenn wir beide zu Scoops fahren und ein Eis essen?«

Es war schon nach vier, als Ella und ich bei der einladenden Eisdiele von Ridgedale ankamen, die sich an einem sonnigen, baumbestandenen Abschnitt der Franklin Street gegenüber der Universität befand. Bei Scoops gab es hausgemachte Eigenkreationen wie Kakao-Kaos oder Erdbeer-Strudel, außerdem durften die Kinder samstags mit der berühmten Fahrrad-Eismaschine ihr eigenes Eis herstellen. Es war ein magischer Ort, den ich mir als Kind nicht hätte vorstellen können.

»Was möchtest du, Ella?« Ich hätte ihr alles gekauft, wenn sie mir nur versprach, weiterzulächeln.

»Vanille!«, rief Ella, als hätte sie nie eine aufregendere Geschmackssorte kennengelernt. »Im Hörnchen!«

»Nur Vanille?« Ich lachte. »Bist du dir sicher? Keine Streusel, gar nichts?«

»Nein«, bekräftigte sie und schaukelte auf den Füßen vor und zurück. Dabei hielt sie sich an der Kante der Eistheke fest. »Vanille schmeckt am besten!«

Während sich die hübsche Teenagerin an die Arbeit machte, legte ich eine Hand auf Ellas Kopf und staunte, wie perfekt er hineinpasste. Durch das große Ladenfenster sah ich, dass das Licht der Spätnachmittagssonne die Universität golden leuchten ließ. Der Moment war so schön, so perfekt – Ella und das Eis und die Sonne ... Dennoch fühlte er sich nicht so an, als würde er mir gehören, nicht in einem dauerhaften Sinne. Glück war meine Wahlheimat, nicht mein Heimatland. Ich rechnete stets damit, ohne Vorwarnung ausgewiesen zu werden.

Gerade wollte ich mich vom Fenster wegdrehen, als ich Steve Carlson mit großen Schritten zum Präsidium laufen sah. Er nickte einem Mann zu, der in die Gegenrichtung ging, doch erst, als sie offenbar kurz Höflichkeiten austauschten, wurde mir klar, dass es sich bei dem anderen um Thomas Price handelte. Keiner von beiden wollte wohl ein richtiges Gespräch beginnen, was unter den gegebenen Umständen nur allzu verständlich war. Je nachdem, wie sich die Dinge entwickelten, war es denkbar, dass sie gezwungenermaßen zu Gegnern wurden.

»Bitte schön«, sagte die Eisverkäuferin und reichte der strahlenden Ella zwinkernd das Hörnchen. »Du hast vollkommen recht: Vanille schmeckt am besten.«

Wir suchten uns eine freie Bank vorn im Laden, und Ella nahm einen großen Bissen von ihrem Eis, was mich frösteln ließ. Als wir uns aneinanderkuschelten, spürte ich, dass das Handy in meiner Tasche vibrierte. Eine Sprachnachricht, kein Text. Von einer Nummer, die ich nicht kannte.

Ich tippte auf »Nachricht abspielen« und drückte mir das Telefon ans Ohr, während ich mit den Fingern der freien Hand Ellas Locken zwirbelte und sie die Beine vor und zurück schwang, als säße sie auf einer Schaukel.

»Molly Sanderson? Hier spricht Officer Deckler«, begann die Nachricht. »Ich möchte mich nur vergewissern, dass Sie heute auf dem Campus sämtliche Informationen bekommen haben, die Sie benötigen.« Deckler machte eine Pause und atmete laut ins Telefon. Mir schnürte sich der Magen zusammen. Woher kannte er meine Nummer? Hatte er sie in Justins Akte nachgeschlagen? »Ähm, falls Sie weitere Fragen haben, rufen Sie mich an. Meine Handynummer müsste zu sehen sein. Also dann, auf Wiederhören.«

Der zweite Teil der Nachricht hatte gedämpft, nervös geklungen, als wäre ihm beim Reden aufgefallen, dass er nicht hätte anrufen sollen. Er hatte recht. Deckler benahm sich wie jemand, der etwas zu verbergen hatte.

»Mommy?«, sagte Ella, während ich das Telefon in die Tasche zurückschob. Sie hielt inne, um an ihrem Eis zu lecken.

»Was denn, Süße?«

»Was ist eine Schlampe?«

Ich verschluckte mich an meiner eigenen Spucke und fing

an zu husten. Als ich mich wieder gefangen hatte, fragte ich: »Mein Gott, Ella, wo hast du denn das Wort aufgeschnappt?«

»Bei Will«, sagte sie mit einem Achselzucken, als hätte ich es mir eigentlich denken können, und widmete sich wieder ihrem Eis. »Seine Mom hat es zu Aidan gesagt.«

»Stella hat Aidan eine *Schlampe* genannt?«

Es war klar, dass Stella irgendwann die Beherrschung verlieren würde – wer konnte es ihr verdenken? Allerdings war es seltsam, dass sie mir einen Streit, bei dem es zu einer solchen Äußerung gekommen war, verschwiegen hatte. Stella erzählte mir alles, mitunter beinahe zwanghaft. Warum das nicht? War die Auseinandersetzung weiter eskaliert? War etwas Schlimmes geschehen, so schlimm, dass nicht einmal ich davon erfahren sollte?

»Komm schon, Mommy, erklär's mir.«

»Was soll ich dir erklären?«

»Was eine Schlampe ist.«

»Ach, Ella«, sagte ich, darum bemüht, nicht allzu entsetzt zu klingen, doch die Art und Weise, wie das ekelhafte Wort schon wieder aus ihrem unschuldigen kleinen Mund kam, bereitete mir Übelkeit. »Bitte sag das nicht noch einmal. Es ist kein nettes Wort.«

»Warum hat Wills Mommy es dann gesagt?«

»Oh, vielleicht war sie sehr müde, als sie Aidan so genannt hat«, versuchte ich mich an einer Erklärung. »Manchmal sagen Menschen unschöne Dinge, wenn sie müde sind.«

»Du tust das nie. Außerdem hat sie nicht Aidan eine Schlampe genannt, Mommy«, fuhr Ella fort, als hätte ich sie nicht gerade eben gebeten, das Wort nicht mehr in den Mund zu nehmen. Sie konzentrierte sich darauf, den Rand des Hörnchens abzulecken und die daran herablaufenden Tropfen mit der Zunge aufzufangen. »Sie hat seine *Freundin* gemeint.«

Seine Freundin? Ich hatte gehört, dass Aidan trank, Drogen nahm und Geld stahl. Dass er verhaftet worden war und Stella nichts dagegen gehabt hätte, wenn er im Gefängnis verrottet wäre. Es waren keine schönen Dinge, die Stella mir erzählt hatte, trotzdem hatte sie es bereitwillig getan. Und dann verschwieg sie mir etwas so Unschuldiges wie die Tatsache, dass Aidan eine Freundin hatte? Wieso? Wer war diese Freundin?

»Und dann hat sie sein Handy kaputt gemacht«, fügte Ella hinzu.

»Stella hat Aidans Handy kaputt gemacht?«, wiederholte ich ungläubig.

»Bumm!«, rief Ella. »Es ist auseinandergeflogen wie bei einer Explosion. Das hat mir Will erzählt. Aber als Daddys Telefon kaputtgegangen ist, ist es nicht explodiert. Ich glaube, Will lügt. Er lügt oft.«

Stella hatte sich tatsächlich darüber beklagt, dass sie Aidan ein neues Handy besorgen musste. »Wie heißt denn Aidans Freundin?«, wollte ich wissen.

Ella zuckte die Achseln. »Will nennt sie das Blumenmädchen«, antwortete sie und verdrehte die Augen. »Ich weiß natürlich, dass das nicht ihr richtiger Name ist. Niemand heißt so. Da lügt er mal wieder.«

Rose – das Blumenmädchen.

RIDGEDALE READER
<u>ONLINEAUSGABE</u>
17. März 2015, 17:03 Uhr

TODESURSACHE DES BABYS NACH WIE VOR UNBEKANNT

VON MOLLY SANDERSON

Der Gerichtsmediziner hat es abgelehnt, sich zur Todesursache des an der Essex Bridge aufgefundenen weiblichen Säuglings zu äußern. Die Polizei konnte bestätigen, dass der Zustand des Babys Mord nicht ausschließt.

Das Ridgedale PD bittet erneut jeden, der Informationen zur Identität oder Todesursache des Säuglings hat, sich so bald wie möglich unter der Nummer 888-526-1899 ans Präsidium zu wenden.

KOMMENTARE:

Mae Koeler
vor 37 Minuten
Eine Freundin von mir arbeitet in der Verwaltung des Uni-Krankenhauses. Sie sagt, dass sich unter den Patien-

tinnen eine Frau befindet, die von der Polizei wegen ihres Babys vernommen wird. Anscheinend ist es verschwunden. Das hat ihr eine Schwester erzählt, die während der Vernehmung ins Zimmer kam.

Eastern Elijah
vor 36 Minuten
Eine Frau und ihr verschwundenes Baby? Im Ernst? Sind das nicht exakt die Dinge, von denen die Polizei uns in Kenntnis setzen sollte?

Darren C.
vor 30 Minuten
Ein paar Kids haben mein Auto demoliert, als ich letzte Woche über Nacht an der Franklin Street parkte. Ich habe mich beim Campus-Sicherheitsdienst beschwert, aber der hat mich auflaufen lassen. Ist wie bei der NSA – alles wird vertuscht.

Cara Twin
vor 15 Minuten
Das finde ich auch. Der Sohn meiner Freundin ist auf die Ridgedale University gegangen, und er hat gesagt, dass auf dem Campus sehr oft Einbrüche passieren. Ich habe keine Ahnung, ob die jemals der Polizei gemeldet werden. Aber nur weil die Polizei nicht informiert ist, heißt das nicht, dass die Universität nicht Bescheid weiß.

246Barry
vor 12 Minuten
WÄRMER WIRD'S NICHT!
MACH DIE AUGEN AUF UND FINDE HERAUS, WER ER IST.
BEVOR ES ZU SPÄT IST!

James R.
vor 10 Minuten
Hör auf damit, 246Barry. Alle haben genug von dir. Du solltest lieber hoffen, dass wir nicht herausfinden, wer du bist. Die Leute in dieser Stadt nehmen so etwas nicht auf die leichte Schulter.

Colleen M.
vor 8 Minuten
Was stimmt nicht mit dir, 246Barry? Wenn du wirklich etwas weißt, geh zur POLIZEI. Wenn nicht, lass uns in Ruhe.

JENNA
3. MAI 1994

Der Team Captain hat sich beim Lunch zu mir gesetzt! Ich war zum Essen nach draußen auf den Schulhof gegangen, zusammen mit Tiffany und Stephanie, und er kam ebenfalls raus. Es sah so aus, als hätte er NACH MIR Ausschau gehalten!

Gott sei Dank sind Steph und Tiff abgehauen, als er sich neben mich stellte. Ganz unauffällig und so, als hätten sie eh gerade gehen wollen.

Sie halten den Captain immer noch für einen Arsch und denken, dass er mich vögelt, aber nachdem sie mir ihre Meinung gesagt haben, mischen sie sich nicht mehr ein. Denn anders als meine Eltern machen sich die Mädels echt was aus mir.

Meine Eltern dagegen denken bloß daran, wie sie »aufsteigen« können. Vor allem jetzt, da mein Dad der brandneue Nacht-Manager des Stanton Hotels ist. Meine Mom flippt deswegen so aus, als wäre er der neue Präsident der Vereinigten Staaten. Er hat längst nicht so ein Aufheben gemacht, als sie ihren Bürojob bei der Kirche antrat. Aber es ist wichtig, dass wir eine Bilderbuchfamilie sind, damit wir es »in der Gemeinschaft zu etwas bringen«.

Besser gesagt: Ich muss perfekt werden. Denn meine Eltern sind der Ansicht, dass sie es längst sind. Was, wenn mich ihre Vorstellung von meiner Perfektion – still, süß, mädchenhaft (was ich nicht bin) – fertigmacht? So ein Pech. Für mich.

Aber der Captain beurteilt die Menschen nicht derart oberflächlich wie sie. Weil er nicht vorgibt, jemand zu sein, der er nicht ist.

Als Tiff und Stephanie weg waren, unterhielten der Captain und ich uns für eine Weile. Er meinte, sein Aufsatz in Geschichte würde ihn umbringen, was ich kaum glauben kann. Er ist doch so klug! Es gefiel mir, dass er mit mir über die Schule redete. Normalerweise denken die Jungs, man könnte sich mit mir nur betrinken und vielleicht noch über Musik reden. Dabei interessiere ich mich für viele Dinge, und es zeigt, wie schlau der Captain ist, weil er erkennt, wie verdammt schlau auch ich in Wirklichkeit bin.

Das war alles. Ganze dreißig Minuten lang haben wir uns nur unterhalten. Was nett war. Süß. Und am Schluss hat der Captain gesagt: »War schön, mit dir zu reden. Wir seh'n uns.«

Ich hoffe, wir sehen uns bald.

Barbara

»Hallo?«, rief Barbara, an die Kinder gerichtet, als sie das Haus betrat.

Keine Antwort – weder von Hannah noch von Cole. Doch genau genommen konnten sie noch gar nicht hier sein. Hannah holte Cole dienstagnachmittags vom Schwimmen ab, und heute würden die beiden sogar noch später kommen, weil Cole anschließend mit Will hatte spielen wollen. Barbara hatte diese alberne Verabredung nicht abgesagt, was sie jetzt bereute. Sie hätte Cole gleich nach der Aufführung von *Die kleine Raupe Nimmersatt* mit nach Hause nehmen sollen, das wäre das Einfachste gewesen. Er hätte nichts Wichtiges verpasst, schließlich war er erst im Kindergarten. Aber Cole war furchtbar gern dort. Er liebte die Routine. Er wäre außer sich gewesen, wenn er ohne eine Erklärung früher hätte gehen müssen.

Barbara schaute aus dem Küchenfenster auf die Reihe kahler Bäume, die den kleinen Garten umstanden. Die Sonne war bereits nicht mehr zu sehen, ein breiter Streifen aus Rosa- und Violetttönen markierte die Stelle, wo sie untergegangen war. Bald würde es dunkel werden.

»Ich bin überzeugt, dass mit Cole alles in Ordnung ist«, hatte Steve ihr versichert, als sie ihn nach ihrem Termin bei Rhea vom Parkplatz der Ridgedale Elementary angerufen hatte, wo sie auf den Beginn der Aufführung von *Die kleine Raupe Nimmersatt* wartete. Die sie auch noch über sich ergehen lassen musste. »Rhea meint es gut, daran besteht kein Zweifel, aber das bedeutet noch lange nicht, dass sie recht hat. Alle Kinder verhalten sich mitunter seltsam. Selbst die ganz normalen spielen irgendwann verrückt.«

Steve versuchte, ihre Sorgen zu zerstreuen, aber es war nicht schwer zu durchschauen, dass er gleichzeitig nach einer Möglichkeit suchte, das Gespräch so schnell wie möglich zu beenden, damit er sich wieder dem zuwenden konnte, was ihn tatsächlich beschäftigte: seine Arbeit. »Ich hoffe, du hast recht«, hatte Barbara erwidert, nicht wirklich überzeugt.

»Entschuldige, Barb, aber könnten wir weitersprechen, wenn ich nach Hause komme? Ich habe im Augenblick beide Hände voll zu tun.«

Nach dem Vorfall mit dem bedauernswerten Baby konnte sie Steve kaum vorwerfen, dass er anderes im Kopf hatte als ihr Familienleben; die Ermittlungen würden ihm einiges abverlangen. Vorausgesetzt, seine Gedanken galten tatsächlich dem Fall. Barbara wollte lieber nicht über die Alternativen spekulieren, es wäre ohnehin nichts Gutes dabei herausgekommen.

»Sicher, das verstehe ich«, versicherte sie ihm. Es war richtig, ihn zu unterstützen, auch wenn sie ihn am liebsten angefleht hätte, sofort zu ihr zu fahren. »Weißt du schon, wann du heute nach Hause kommen kannst?«

»Ich beeile mich, versprochen. Mach dir keine allzu großen Sorgen um Cole, Barb«, hatte Steve gesagt, bevor er auflegte. »Alles wird gut. Der Junge ist eine harte Nuss, genau wie seine Mom.«

Endlich hörte Barbara einen Schlüssel in der Seitentür.

»Hi, Leute!«, rief sie eine Spur zu fröhlich und setzte ein breites Lächeln auf.

Die Tür öffnete sich. Die Kinder traten ein. Im selben Moment schnürte sich Barbaras Brust zusammen. Hannah wirkte blass und zutiefst bestürzt, als sie ihren kleinen Bruder in die Küche schob. Cole klammerte sich an sie und vergrub das Gesicht an der Schulter ihres weiten Brown-University-Sweatshirts.

»Was ist passiert?«, fragte Barbara, stürzte auf die beiden zu und zog ihn in ihre Arme. »Cole, was ist los?«

Er fühlte sich bleischwer an. Er weinte nicht, doch der aufgequollenen kleinen Narbe unter einem Auge nach zu urteilen, musste er vorher mächtig geheult haben. Cole drückte den Kopf in Barbaras Halsbeuge, aber er antwortete nicht.

»Hannah, was um alles in der Welt ist passiert?«, fragte Barbara mit scharfer Stimme. Sie versuchte, nicht vorwurfsvoll zu klingen, was ihr jedoch nicht gelang. Hannah hatte ihn nur abholen sollen. War das wirklich zu viel verlangt? Wieso schaffte sie das nicht, ohne dass er hysterisch wurde?

»Ich habe ihn mindestens hundertmal gefragt, aber er will mir nichts sagen.« Hannah klang, als würde sie jeden Moment in Tränen ausbrechen, was nicht sonderlich hilfreich wäre. »Wills Mom sagt, sie hätten Lego gespielt, als Cole plötzlich ausgeflippt ist.«

»Ausgeflippt?«, blaffte Barbara. »Hannah, ich bin mir sicher, dass sie sich anders ausgedrückt hat.«

»Aber sie hat genau das gesagt!« Hannahs Augen glänzten wässrig. »Ich finde das ziemlich fies, noch dazu von einer Mutter!«

Barbara holte tief Luft und wiegte Cole in ihren Armen. *Das liegt daran, dass Stella keine normale Mutter ist,* hätte Barbara am liebsten erwidert. *Sie ist eine sexbesessene Narzisstin, die sich allem Anschein nach mehr darum kümmert, einen neuen Lover zu finden, als um ihre eigenen Kinder.* Stella war der Grund dafür, dass Will derart neben der Spur war. Man musste sich nur Wills Bruder Aidan anschauen. *Ein verkorkstes Kind konnte ein Zufall sein, zwei* dagegen waren ein

Muster, das direkt zu den Eltern zurückverfolgt werden konnte.

»Oh, das hat sie gewiss nicht so gemeint«, entgegnete Barbara und strich in einer beschützenden Geste über Coles Kopf. *Sie hat es definitiv so gemeint, diese gedankenlose Schlampe.* »Mach dir keine Sorgen, Hannah.« *Auch wenn es dir vermutlich wichtiger war, diesem Miststück zu gefallen, anstatt für deinen Bruder einzustehen.* »Cole geht es bestimmt bald besser, Liebling. Er ist nur müde. Lauf ruhig nach oben und fang mit deinen Hausaufgaben an.« Auf diese Weise würde Barbara nicht in Versuchung geraten, etwas zu ihrer Tochter zu sagen, was sie hinterher bereute. »Das Abendessen ist bald fertig.«

»Bist du dir sicher, dass er okay ist?«, fragte Hannah und machte einen Schritt auf ihren Bruder zu.

Instinktiv zog Barbara ihn enger an sich und schluckte angestrengt gegen ihre Gereiztheit an, die ihr die Kehle zuzuschnüren drohte. »Ganz sicher, Liebling.«

Sie war bereit zu übersehen, welche Rolle Hannah bei Coles Tränenausbruch gespielt haben könnte, doch sie würde nicht zulassen, dass ihre Tochter nun selbst »ausflippte«. Mitunter konnte sie sich des Verdachts nicht erwehren, dass Hannahs »Einfühlsamkeit« nicht zuletzt dazu diente, Aufmerksamkeit zu bekommen.

»Morgen ist deine Physik-Klausur, richtig?« Barbara hatte sich sämtliche Prüfungstermine ihrer Tochter eingeprägt – ein weiterer Beweis dafür, dass sie den Grund für Coles seltsames Benehmen, sollte er sich denn tatsächlich anders aufführen als sonst, ganz bestimmt nicht übersehen hätte. Sie war *aufmerksam* – das gehörte zu ihren Aufgaben als Mutter. »Du musst dich auf deine Klassenarbeit konzentrieren, Hannah. Zulassungsbescheid hin oder her – die Cornell University wird sich deine Abschlussnoten ansehen.«

»Okay«, erwiderte Hannah so zögernd, als fürchtete sie, etwas Schlimmes würde passieren, sobald sie den Raum verließ. Sie versuchte, Blickkontakt zu Cole herzustellen, doch der hatte sein Gesicht noch immer an Barbaras Hals vergraben.

Also machte sie sich endlich auf den Weg nach oben. Sie war erst ein paar Stufen hinaufgestiegen, als es klingelte.

»Du meine Güte, wer kann denn das sein?«, fragte Barbara in Coles Haare, in der Hoffnung, dass ihre Stimme nicht besorgt, sondern nur neugierig klang. Sie zog einen der Küchenstühle unter dem Tisch hervor und drückte ihn darauf. »Bleib hier sitzen, Schätzchen. Ich bin gleich zurück. Rühr dich nicht vom Fleck!«

Es sah jedoch nicht so aus, als hätte Cole vor, irgendwohin zu gehen, weder jetzt noch zu einem späteren Zeitpunkt.

Mit gestrafften Schultern ging Barbara zur Haustür. *Nicht perfekt, nur glücklich. Nicht perfekt, nur glücklich.* Doch wie sollte ihr dieser Spruch ein besseres Gefühl geben, wenn Cole nicht einmal ansatzweise glücklich zu sein schien?

Durch die quadratischen Scheiben rechts und links neben der Haustür sah Barbara ihre eigene Mutter, Caroline, auf der obersten Treppenstufe stehen. Es war Dienstag, der Tag, an dem ihre Eltern jede Woche zum Abendessen kamen. Was Barbara diesmal komplett vergessen hatte. Sie liebte ihre Mutter von Herzen, aber dass ihre Eltern ausgerechnet heute zu Besuch kamen, machte es nicht leichter.

Barbara zwang sich, die Mundwinkel in die Höhe zu ziehen. »Alles beginnt mit einem Lächeln«, war Carolines zweitliebster Spruch, gleich nach »Nicht perfekt, nur glücklich«. Sie vertrat die Einstellung, dass die Wahrheit nur so weit von Bedeutung war, wie man sie zuließ.

»Das hat aber lange gedauert!«, rief Caroline, als Barbara

endlich die Tür öffnete. Der rote Mantel ließ ihre vollen Wangen besonders rosig erscheinen, ein Eindruck, der unterstrichen wurde von ihrer neuen, kinnlangen Frisur. Sofort machte Barbara sich Sorgen, dass ihr eigener kürzerer Haarschnitt denselben Effekt hatte – und sie aufgedunsen wirken ließ. Caroline schwenkte die Auflaufform in den Händen und drückte ihre Wange gegen Barbara. Einen Kuss gab sie ihrer Tochter nie, nur die Wange.

»Wie oft hast du denn geklingelt? Ich habe es nur einmal läuten hören.« Barbara ging bereits in die Defensive. Sie musste sich entspannen. Durfte sich nicht immer alles so zu Herzen nehmen. Ihre Mutter dachte sich nichts dabei. Sie sprudelte immer sofort hervor, was ihr durch den Kopf ging. Außerdem – wenn sie auf Carolines Worte reagierte, lenkte sie deren Aufmerksamkeit doch nur auf ihre verletzlichsten Stellen. »Ich war mit Cole hinten«, sagte sie daher.

»Lass mich raten: Dieser schreckliche SpongeBob hat wieder mal alles auf den Kopf gestellt.«

»Cole schaut die Sendung nicht, Mom«, entgegnete Barbara, während sie gleichzeitig spürte, wie sie ihrer Mutter auf den Leim ging. »Der Fernseher war gar nicht an. Wo ist Dad?«

»Oh, sein Rücken bereitet ihm wieder mal Probleme.« Caroline wedelte verärgert mit der Hand. »Das kommt davon, wenn man sich den ganzen Tag lang über Autos beugt. Ich sage ihm immer wieder, er soll das die Jungs machen lassen, dafür bezahlt er sie schließlich. Viel zu großzügig, wenn du mich fragst. Aber du kennst deinen Vater; die Firma ist für ihn wie eine kostbare Orchidee, die ständig seine Aufmerksamkeit braucht. Dabei sind das doch bloß Autos, um Himmels willen!«

»Nun, ich freue mich, dass wenigstens du es geschafft hast, zu kommen«, sagte Barbara, wenngleich sie sich insgeheim inständig wünschte, sie könnte ihre Mutter nach Hause schicken, ohne sie vor den Kopf zu stoßen, damit sie sich um ihren Vater kümmern konnte.

Stattdessen ging sie ihr voran Richtung Küche, zurück zu Cole, um den sie sich wirklich Sorgen machte. Plötzlich fingen ihre Beine an zu zittern, und sie musste sich mit der Hand an der Wand abstützen.

»Stimmt etwas nicht, Liebes?« Caroline trat näher, die Auflaufform in den Händen. »Hast du heute noch nichts gegessen? Du weißt doch, dass dir schwindelig wird, wenn du nichts im Magen hast.«

Barbara zwang sich, tief durchzuatmen, dann stieß sie sich von der Wand ab. »Ich bin nicht hungrig, Mom«, sagte sie und setzte sich wieder in Bewegung. »Es geht um Cole. Irgendetwas ... Er hatte einen schlechten Tag. Ich denke, alles war ein bisschen viel heute. Wahrscheinlich bin ich einfach nur müde.«

»Er hatte einen schlechten Tag?«, rief ihre Mom ihr nach. »Was um alles in der Welt soll das denn heißen?«

In der Küche schenkte sich Barbara ein Glas kaltes Wasser ein, das sie mit großen Schlucken leerte, während sie versuchte, Caroline zu ignorieren, die sich an der Küchentür herumdrückte und Cole beobachtete.

»Ist er verletzt?« Caroline klang besorgt, doch gleichzeitig ein wenig entrüstet. In ihren Augen war körperlicher Schmerz die einzig legitime Rechtfertigung für jede Art von Ausbruch.

Barbara kniete sich vor Cole und strich ihm die Haare aus den Augen. Er hatte sich ein Gummiband übers Handgelenk gestreift, das er wieder und wieder straff zog und gegen die Haut schnalzen ließ. Nicht fest, trotzdem legte Barbara ihre Hand darauf, damit er aufhörte. Mit der anderen hob sie sein

Kinn. Endlich sah Cole sie an. Seine braunen Augen, feucht und rot gerändert, glühten. Barbara strich ihm mit dem Daumen über die Wange, die grau verschmiert war, dort, wo sich seine Tränen mit Spielplatzstaub vermischt hatten.

»Kannst du mir erzählen, was passiert ist, Cole?«, fragte sie ihn. »Bei Will?«

Coles Unterlippe fing an zu zittern. Dann presste er die Augen zusammen und begann, vor und zurück zu schaukeln, die Hände auf die Ohren gedrückt, als wollte er irgendein furchtbares Geräusch ausblenden.

»Hör auf damit, Cole!«, rief Caroline, die nun näher trat, noch immer die alberne Auflaufform tragend. »Was um alles in der Welt ...?«

Ohne die Hände von den Ohren zu nehmen, tauchte Cole in Barbaras Ellbeuge ab. Ihr wurde übel. Es war so schrecklich! Alles.

Am liebsten hätte sie seine Hände weggerissen, ihn angebrüllt, er solle damit aufhören, doch das würde sie ihrem Sohn nicht antun. Was immer das hier zu bedeuten hatte – es war nicht seine Schuld. Irgendetwas war ihm zugestoßen. In Stellas Horrorhaus. Barbara holte tief Luft und legte ihre Hände auf seine, dann fing sie wieder an, ihn sanft zu wiegen. Carolines Stimme drang wie aus weiter Ferne zu ihr, doch ihr war klar, dass sie sich auf ihren Sohn konzentrieren musste. Er war ganz steif in ihren Armen, als wäre er aus Metall. Barbara presste ihre Nase in seine Haare. Zumindest der Geruch stimmte: Salz und Sand und Schweiß. Er roch wie jeder andere normale kleine Junge. Sie drückte ihre Lippen auf seine feuchte Wange. Selbstverständlich roch er so, denn Cole *war* normal, das wusste sie.

»Es hat meinen Augen wehgetan«, murmelte Cole endlich. »Und meinen Ohren. Es hat meinen Ohren wehgetan.«

»Was hat dir wehgetan?«, fragte Barbara, um eine sanfte,

ruhige Stimme bemüht, dabei hätte sie am liebsten geschrien. Alles, woran sie denken konnte, war, wie sie Stella die Meinung geigen würde. Die Frau konnte ihre Kinder gern so schlecht erziehen, wie sie wollte, solange die Folgen dieser nahezu sträflichen Vernachlässigung niemand anderem schadeten. »Hat Will dir etwas getan, Cole?«

»Wie er mich angesehen hat ...«, wisperte Cole.

»Um Himmels willen, wie hat er dich denn angesehen?«, rief Caroline verärgert.

Barbara gab sich alle Mühe, nicht loszubrüllen. Caroline hatte bestimmt nicht so schroff klingen wollen; sie verlor nun mal leicht die Geduld, wenn sie sich Sorgen machte. Dagegen kam sie einfach nicht an. Und Cole führte sich tatsächlich so auf, als wäre er von Sinnen.

»Wie hat Will dich denn angesehen, Cole?«, wiederholte sie ruhig die Frage ihrer Mutter.

Er rückte ein kleines Stück von ihr ab, um ihr in die Augen zu schauen. Blickkontakt war ein Fortschritt. Doch dann schüttelte er den Kopf. »Nicht Will.«

Großartig. Was hatte denn das schon wieder zu bedeuten? Ging es um Aidan? Um irgendeinen von Stellas Liebhabern? Barbara zog scharf die Luft ein. »Wer denn dann, Cole?«, fragte sie mit heller Stimme, in der Hoffnung, so würde sie weniger besorgt klingen. »*Wer* hat dich angesehen?«

Cole schüttelte wieder nur den Kopf.

»Das ist doch lächerlich, Barbara. Wie kann er das nicht wissen? Er will es nur nicht sagen.« Caroline klang jetzt richtig sauer. Dann brüllte sie plötzlich: »Cole, sag deiner Mutter sofort, was passiert ist!«

Cole zuckte zusammen und verkroch sich wieder in Barbaras Armen. Barbara überlegte, ob sie ihre Mutter auffordern sollte, zu gehen. Überlegte, ob sie ihrer Mutter verbieten sollte, in diesem Ton mit Cole zu reden. Nicht in ihrem

Haus. Das würde Barbara nicht tolerieren. Wenn Caroline nicht sofort damit aufhörte, wäre sie hier nicht länger willkommen. Nie mehr.

Aber vielleicht sollte sie subtiler vorgehen. Sie könnte Caroline signalisieren, dass sie sich sanfter geben sollte. Sie könnte ihre Mutter höflich bitten, nicht die Stimme zu erheben. Doch Barbara wusste bereits, dass sie nicht einmal das tun würde. Sie würde gar nichts tun.

»Schon gut, Schätzchen, hab keine Angst«, flüsterte sie in Coles Ohr. »Du bist jetzt in Sicherheit. Du bist bei mir. Alles wird gut.« Die ganze Zeit, während sie ihren Sohn wiegte, spürte sie die Augen ihrer Mutter in ihrem Rücken. Sie wusste, dass Caroline darauf brannte, Cole aufzutragen, sich ein Taschentuch zu holen, um Barbara zu sagen, dass ihr Sohn kein Kleinkind mehr war. Doch zum Glück hielt sie den Mund.

Endlich entspannte sich Cole, und Barbara dachte schon, er wäre vielleicht eingeschlafen, doch dann rückte er von ihr ab und wischte sich die Nase am Ärmel ab. »Darf ich jetzt *Bob der Baumeister* sehen?«, fragte er, als wäre nichts gewesen.

»Okay«, willigte Barbara reflexartig ein. Im Augenblick hätte sie zu allem Ja gesagt, auch wenn in ihrem Haus eigentlich die Regel galt: kein Fernsehen während der Woche. »Aber nur ein paar Minuten.«

»Einverstanden, Mommy!«, jubelte Cole, sprang auf und rannte fröhlich ins Wohnzimmer.

Als er weg war, lachte Caroline laut auf. »Das hat ja prima funktioniert. Den Auftritt wird er von jetzt an hundertprozentig öfter hinlegen. Fernsehen als Belohnung für einen Wutanfall – diese Erziehungsmethode gab es zu meiner Zeit nicht.«

Barbara schaffte es nicht, Caroline anzusehen. Sie liebte

ihre Mutter. Aufrichtig. Dennoch wäre es besser, wenn sie verschwinden würde. Nur für ein paar Minuten. So lange, bis Barbara sich gefasst hatte. Ihren Humor und vielleicht eine kleine Portion Geduld wiedergewonnen hatte.

»Mom, könntest du uns bitte ein Baguette besorgen?«, fragte sie daher und schaute in Richtung Küchentür.

»Selbstverständlich«, antwortete Caroline erfreut und stellte die Auflaufform auf der Anrichte ab. Sie liebte nichts mehr, als etwas erledigen zu dürfen. »Während ich weg bin, muss das hier für zwanzig Minuten bei hundertachtzig Grad in den Ofen. Ich schlage vor, du isst jetzt erst mal eine Kleinigkeit, vielleicht ein paar Mandeln oder Rosinen. Etwas mit Protein. Trink ein Glas Milch! Du musst deinen glykämischen Index ausgleichen.« Sie nahm den Autoschlüssel aus der Handtasche. »Bin in zehn Minuten wieder da!«

»Lass dir Zeit, Mom.«

Als ihre Mutter fort war, trank Barbara absurderweise tatsächlich ein Glas Milch, doch davon wurde ihr schlagartig übel. Sie stellte das Glas in die Spüle und hörte die Klänge von *Bob der Baumeister* aus dem Wohnzimmer zu ihr herüberschallen. Es war tröstlich, Cole vor dem Fernseher in Sicherheit zu wissen. Vielleicht sollte sie sich ebenfalls eine Ablenkung gönnen. Nur solange Caroline weg und Cole beschäftigt war. Ein bisschen Raum für sie selbst, bis sie sich wieder gefasst hatte.

Den ganzen Tag über hatte sie wissen wollen, ob es etwas Neues wegen des toten Babys gab. Nichts konnte die Probleme des eigenen lebenden Kindes derart relativieren wie der Gedanke an das tote Kind von jemand anderem. Barbara würde wahrscheinlich mehr von Steve erfahren, wenn er denn endlich nach Hause kam, doch vorerst konnte sie online nach Informationsschnipseln und Leserkommentaren

Ausschau halten. Für gewöhnlich hatten die Bürger von Ridgedale zu allem eine Meinung und legten Wert darauf, diese auch kundzutun.

Barbara nahm ihren Laptop von der Anrichte und setzte sich damit an den Küchentisch. Eine Schnellsuche förderte mehrere Storys über das Baby zutage, doch erst als Barbara die Website des *Ridgedale Reader* aufrief, stieß sie auf etwas, was ihr Interesse weckte. Es waren bereits einige Kommentare zu den fraglichen Artikeln erschienen, die meisten, wie üblich, von den Wichtigtuern, die nur sich selbst reden hören wollten. Einige der Kommentare ließen Barbara jedoch innehalten. Es war durchaus möglich, dass jemand eine Mutter mitsamt ihrem Baby getötet hatte, wie einer der Kommentatoren nahelegte, und vielleicht würde die Leiche der Mutter ja noch auftauchen. Obwohl Steve diese Möglichkeit fürs Erste ausgeschlossen hatte, war Barbara nicht mehr unbedingt von seiner Meinung überzeugt.

Sie scrollte die Kommentare zum zweiten Artikel durch und erblickte einen Beitrag, der sie erstarren ließ.

FINDE HERAUS, WER ER IST.
BEVOR ER DICH NOCH WEITER FERTIGMACHT.

Ihre Nackenhärchen stellten sich auf. Was zum Teufel hatte das zu bedeuten? Die Worte klangen erschreckend, beinahe bedrohlich. Als würde ein heimtückischer Killer Ridgedale unsicher machen. Barbara betrachtete die Worte mit leicht zusammengekniffenen Augen, als plötzlich etwas auf ihren Schultern landete. Etwas Schweres, Warmes. Zwei große Hände. Sie sprang auf und stieß dabei ihren Stuhl um, der mit einem lauten Krachen auf den Boden prallte.

»Hey! Ganz ruhig!«, rief Steve in einem Ton, als versuchte er, ein verschrecktes Fohlen einzufangen.

»Verdammt noch mal, Steve! Warum schleichst du dich so an?« Barbara schlug eine Hand auf ihre Brust. Der Adrenalinschub ließ ihr Herz rasen. »Warum hast du nicht geschrieben, dass du schon unterwegs bist? Und warum kommst du nicht durch die Garage?«

»Tut mir leid. Die Batterie im Taurus ist leer, genau wie der Akku in meinem Handy. Heute ist irgendwie alles schiefgegangen.« Steve schüttelte den Kopf und legte seinen Hut auf dem Küchentisch ab. Er sah total erschöpft aus, aber immer noch attraktiv in seiner Paradeuniform. Er musste an einem wichtigen Treffen teilgenommen haben – mit dem Bürgermeister oder der Presse. »Ein Streifenwagen hat mich hergebracht. Ich wollte dich nicht erschrecken.«

Barbara atmete ein paarmal tief durch und spürte, wie sich ihr Herzschlag verlangsamte. Sie kam sich schlecht vor, weil sie ihn angeschrien hatte. Ja, es war kein leichter Tag gewesen – doch das galt nicht nur für sie, sondern auch für die anderen.

»Nein, *mir* tut es leid. Ich hätte dich nicht so anschnauzen dürfen. Ich war nur gerade in diesen Beitrag vertieft ...« Der unheimliche Kommentar würde Steve nicht glücklich machen. Wenn er ihn las, wäre er in Gedanken bestimmt sofort wieder bei der Arbeit, dabei brauchte sie ihn hier, und zwar sofort. Sie konnte ihm später immer noch davon erzählen. Vielleicht würde sie aber auch gar nicht mehr davon anfangen. Das Ganze war ohnehin Unsinn. »Mein Gott«, sagte sie daher. »Was für ein furchtbarer Tag. Du musst völlig erschöpft sein.«

»Das kannst du laut sagen«, pflichtete er ihr bei, beugte sich vor und küsste Barbara auf die Stirn – schon wieder auf die Stirn, immer auf die Stirn! Anschließend hob er den Stuhl auf, damit sie sich wieder setzen konnte.

»Ich bringe dir etwas zu trinken«, bot sie ihm an, doch er

schüttelte den Kopf und ließ sich mit gerunzelter Stirn ihr gegenüber am Küchentisch nieder.

Der Fernseher im Wohnzimmer wurde lauter gedreht, dann schnell wieder leise.

»Fernsehen an einem Dienstag?«, fragte er mit einem müden Lächeln. Er stand hinter Barbaras Regeln, akzeptierte sie, vor allem vor den Kindern, aber es waren immer noch Barbaras Regeln.

»Wie ich schon sagte: Es war ein furchtbarer Tag. Für alle.«

Steve nickte, dann stand er auf und holte sich etwas zu trinken, obwohl er zuvor abgelehnt hatte. Mit dem Rücken zu ihr stand er an der Spüle und füllte ein Glas mit Leitungswasser. Barbara sah zu, wie er sich gegen die Anrichte lehnte, so stark, so unerschütterlich. Der Mann, von dem sie immer gewusst hatte, dass er für sie eintreten, sich um sie kümmern würde. Und auch sie würde alles tun, um ihn zu beschützen. Ganz gleich, was. Zum dritten Mal an diesem Tag hatte Barbara das Gefühl, sie müsste in Tränen ausbrechen. Was albern war.

»He, was ist los?«, fragte Steve, als er sich wieder zu ihr umdrehte.

»Oh, es ist nur dieses ganze Fiasko mit Cole und das Gespräch mit Rhea, und dann ...« Die Worte sprudelten nur so aus Barbaras Mund, als hätte sie viel zu lange die Luft angehalten. Steve trat zu ihr und legte ihr die Hand abermals fest auf die Schulter. »... und dann, gerade eben, hat Hannah ihn von Will abgeholt, und er war regelrecht hysterisch. Er hatte eine Art *Anfall* – ich weiß nicht, wie ich es anders nennen soll –, direkt hier.« Sie deutete auf den Küchenboden, als wäre er ein Tatort. »Es war schrecklich! Einfach grauenvoll, Steve. Irgendetwas stimmt nicht. Soweit wir wissen, wurde er dort misshandelt. *Belästigt.*«

»Belästigt?« Steve runzelte die Stirn. Skeptisch. »Woher weißt du das?«

»Wenn Kinder anfangen, sich auffällig zu benehmen, liegt das für gewöhnlich daran, dass man ihnen etwas angetan hat. Wer weiß schon, was bei dieser Frau und ihren Liebhabern vorgefallen ist? Vielleicht war es ja auch ihr älterer Sohn ...«

»Moment, von welcher Frau redest du?«

»Von Stella! Komm schon, Steve, das hab ich doch schon gesagt. Hast du mir überhaupt zugehört?« Hier ging es um ihren Sohn! Steve musste sich wirklich zusammenreißen und sich auf Cole konzentrieren. Sollte sich der Rest der Stadt doch hinten anstellen!

»Noch einmal von vorn«, sagte Steve und setzte sich Barbara gegenüber. Zumindest hatte sie jetzt seine Aufmerksamkeit. »Cole hatte einen schlechten Tag. Das habe ich verstanden, aber so etwas kommt bei jedem mal vor, richtig?«

»Aber hier geht es nicht ...«

Er hob eine Hand, um sie zum Schweigen zu bringen. »Eins nach dem anderen. Hast du irgendeinen Beweis dafür, dass dies nicht bloß eine Spinnerei ist? Dass es sich hierbei nicht um so etwas handelt wie bei Hannah mit den Brücken? Erinnerst du dich daran? Eines Tages konnten wir plötzlich über keine Brücke mehr fahren, ohne dass sie sich die Seele aus dem Leib brüllte. Sie hat *gebrüllt,* falls du das vergessen haben solltest! Und dann war auf einmal alles wieder gut. Also noch einmal: Hast du irgendeinen Beweis dafür, dass es sich bei Cole nicht um etwas Ähnliches handelt?«

Barbara starrte in Steves klare, strahlend blaue Augen. Es lag so viel Gefühl darin, so viel Fürsorge. Manchmal ärgerte es sie, dass Steve weitaus emotionaler war als sie, doch meistens war sie davon fasziniert. Das große Herz hatte er ganz sicher nicht von seiner Mutter geerbt, einer Witwe, die an Brustkrebs gelitten hatte und schon zu Lebzeiten kalt wie eine Leiche gewesen war. Trotzdem verbarg sich unter Steves harter, maskuliner Fassade ein weicher Kern. Dafür liebte Barbara ihn mit jeder Faser ihres Herzens, doch Steve konnte mitunter allzu vertrauensselig und zu großzügig sein. Allerdings half ihm seine Feinfühligkeit dabei, Dinge zu verstehen, die Barbara nicht verstand. Im Augenblick wollte sie einfach nur glauben, dass er recht hatte. Steve stand auf und trat hinter Barbara, um ihr den verspannten Nacken zu massieren. Langsam lockerten sich ihre Schultern.

»Ich nehme an, du hast recht«, sagte sie und schloss für einen Moment die Augen.

Vielleicht war es wirklich etwas Ähnliches wie bei Hannah und den Brücken. Barbara hatte das Ganze tatsächlich vergessen, doch jetzt fiel es ihr wieder ein. Als Hannah in Coles Alter gewesen war, hatte es immer wieder wegen der einen oder anderen Sache Zwischenfälle gegeben. Sie heischte noch immer häufig nach Aufmerksamkeit, doch für einen Teenager lag sie durchaus im Normalbereich. Vielleicht war die Lage gar nicht so ernst, wie Barbara befürchtete. Vielleicht sollte sie einfach mal einen Gang runterschalten. Sie versuchte, sich auf Steves Finger in ihrem Nacken zu konzentrieren, auf das Gefühl, wie ihre Muskeln sich entspannten.

»Warte, was ist das?«, fragte Steve. Die schläfrige Trägheit war schlagartig aus seiner Stimme verschwunden. Barbara schlug die Augen auf und sah, dass er auf ihren geöffneten Laptop blickte. »›Finde heraus, wer er ist. Bevor er dich noch weiter verarscht.‹ Was hat das denn zu bedeuten?«

Barbara hatte die Beiträge im *Ridgedale Reader* ganz vergessen. Das Letzte, was Steve jetzt brauchte, war noch etwas, worum er sich Gedanken machen musste. Sie wusste, dass sie ihn gerade wieder an seine Ermittlungen verloren hatte. Er würde für den Rest des Abends fort sein, ohne dafür das Haus zu verlassen.

»Irgendwer hat einen dummen Kommentar abgegeben«, erwiderte Barbara. Jetzt war sie sich ganz sicher, dass hinter den Worten keine wohlkalkulierte Drohung steckte. Es handelte sich lediglich um einen schlechten Scherz. »So läuft es doch immer in dieser Stadt: Keiner weiß, was Sache ist, aber alle wollen ihren Senf dazugeben.«

»Worum geht es denn?« Steve beugte sich zum Computer vor. »Woher ist das?«

»Ach, das sind nur die Kommentare zu den Onlineartikeln im *Reader*«, erwiderte sie. »Du weißt doch, wie sehr die Leute es lieben, sich dort die Köpfe heiß zu reden. Sie finden sogar eine Möglichkeit, sich wegen des jährlichen Erntedankfestlaufs anzufeinden.«

»Großartig. Das hat mir gerade noch gefehlt: jemand, der Panik verbreitet.« Er schüttelte angewidert den Kopf. »Gibt es noch mehr solcher Kommentare?«

»Mir sind keine aufgefallen, aber ich bin auch nicht dazu gekommen, alle zu lesen.« Barbara strich mit den Fingern über das Touchpad und scrollte weiter runter. »Kannst du nicht einfach beim *Reader* anrufen und ihnen sagen, dass sie den Kommentar löschen oder zurückverfolgen sollen?«

Er schüttelte den Kopf. »Das ist nicht möglich, solange niemand konkret bedroht wird. Laut Verfassung hast du das Recht, ein Arschloch zu sein. Außerdem wird der *Ridgedale Reader* der Polizei keinen Zugriff auf sein System gestatten, nicht wegen so etwas.« Er fuhr mit dem Finger über den Bildschirm, dann stieß er die Luft aus. »Verdammt. Ich habe die Artikel gelesen. Da stand nichts drin, was eine solche Drohung provozieren könnte. Die Leute schaffen es tatsächlich, aus einer Mücke einen Elefanten zu machen.«

»Sie machen sich bloß Sorgen«, versuchte Barbara, Steve zu beschwichtigen, da sie den Eindruck hatte, er würde sie damit meinen. Was zum Teil verständlich war.

»Warte, stopp.« Steve tippte auf den Bildschirm.

Noch ein Mord in Ridgedale?, war dort zu lesen. Als das tote Baby in der Nähe der Essex Bridge entdeckt worden war, hatte Barbara gewusst, dass Simon Bartons Tod irgendwann wieder zur Sprache kommen würde. Dennoch war sie überrascht, dass dies so schnell passierte. *Ganz gleich, wie lange das her ist – es scheint doch ein seltsamer Zufall zu sein.*

»Diese Molly Sanderson scheint absolut versessen darauf, irgendeinen Zusammenhang zu konstruieren«, sagte Barbara.

»Ich denke, das Problem ist, dass sie tatsächlich glaubt, hinter Simons Tod würde mehr stecken«, erwiderte Steve ruhig.

»Nun, dann sag ihr, dass sie unrecht hat.«

»Das habe ich bereits getan.« Seine Augen waren auf den Monitor gerichtet.

»Dann sag es ihr noch einmal und sorg dafür, dass sie dir zuhört, Steve.« Barbaras Stimme klang barsch. Sie würde nicht dulden, dass eine dahergelaufene Reporterin ihnen weitere Probleme bereitete, indem sie längst vergessene Dinge ausgrub. »Du bist der Polizeichef – und wer ist sie?«

»Ich glaube, du kennst sie. Zumindest kennt sie dich«, antwortete er. »Die Familie ist erst letzten August nach Ridgedale gezogen. Ihre Tochter geht mit Cole in den Kindergarten.«

»Du machst Witze.« *Ellas Mutter.* Es musste Ellas Mom sein. Ella war das einzige neue Kind in Coles Gruppe. Barbara hatte Höflichkeiten mit der Frau ausgetauscht, mehr nicht. Molly war mit Stella befreundet, mehr musste Barbara nicht wissen, um ihr aus dem Weg zu gehen. »Nun, so macht sie sich bestimmt keine Freunde.«

Steve schwieg. Er starrte immer noch auf den Bildschirm, dabei musste er die Kommentare längst gelesen haben. An seinem Kiefer zuckte ein Muskel. »Würdest du das bitte für mich ausdrucken?« Seine Stimme war so tief, dass sie gar nicht wie seine klang.

»Du warst damals noch nicht mal bei der Polizei«, sagte Barbara, denn offenbar fühlte er sich wieder einmal verantwortlich für alles und jeden. Vermutlich war er überzeugt davon, dass er Simon an jenem Abend davon hätte abhalten müssen, sich derart zu betrinken. Steve selbst hatte nie viel getrunken. »Wir waren alle außer uns wegen dem, was Simon zugestoßen ist. Doch was immer damals hätte getan werden sollen oder können – es hat nichts mit dir zu tun!«

Ihr war klar, dass sie gut reden hatte – Barbara war in der fraglichen Nacht weit weg gewesen, auf der anderen Seite des Waldes. Dort hingen die Mädchen ab, zumindest diejenigen, die nicht mit den Jungs im nassen Laub herummachten. Auf den kreisförmig angeordneten Baumstämmen konnten sie sitzen, ohne schmutzig zu werden. Die Jungs verschwanden immer wieder im Wald, um ein Spiel zu spielen, das sie »Rauschparcours« nannten. Dabei ging es darum, wer am schnellsten eine Strecke mit Hindernissen aus Zweigen oder Baumstämmen zurücklegen konnte – obwohl es im Wald stockfinster war. Typisch Highschool: Für die Sport-Cracks musste alles auf Wettbewerb ausgerichtet sein. Steve hatte nie über die Einzelheiten sprechen wollen – es regte ihn zu sehr auf –, doch er und einige andere Jungs hatten gesehen, wie Simon ausrutschte.

Steve nickte. »Bitte druck das für mich aus, okay?« Er richtete sich auf. »Ich gehe kurz nach oben und unter die Dusche, um den Geruch nach dem Fluss loszuwerden. Er scheint mir aus allen Poren zu dringen.«

»Beeil dich!«, rief Barbara ihm nach. »Meine Mutter kommt in ein paar Minuten zurück. Sie hat noch Brot fürs Abendessen gekauft. Heute ist Dienstag, falls du das vergessen haben solltest.«

Sie sah, wie Steve auf der Treppe stehen blieb und sich mit gesenktem Kopf am Geländer festhielt. »Okay«, sagte er, dann schaute er auf und zwang sich zu einem Lächeln. »Okay.«

Als er sich wieder in Bewegung setzte, wünschte sich ein Teil von ihr, er hätte darauf bestanden, dass sie das gemeinsame Abendessen absage. In letzter Zeit beschlich sie zunehmend das Gefühl, dass er immer mehr das tat, was sie wollte, während er gleichzeitig immer weniger für sie empfand.

Barbara ging ins Wohnzimmer hinüber. Cole hockte nicht mehr vor dem Fernseher, ein klares Zeichen dafür, dass sie ihn viel zu lange dort hatte sitzen lassen. Sie entdeckte ihn an dem kleinen Ecktisch, den Rücken Barbara zugekehrt. Von der Tür aus konnte sie nicht erkennen, was er machte.

»Cole, Schätzchen«, sprach Barbara ihn an und blieb in der Mitte des Raums stehen. Sie wollte ihn nicht erschrecken. Mit lauterer Stimme fügte sie hinzu: »Dann ist Bob heute also nicht so spannend?«

Cole antwortete nicht. Er regte sich auch nicht, saß einfach nur stocksteif da. Barbara konnte nicht mal sehen, ob er atmete.

»Es gibt Nanas Lasagne zum Abendessen, Cole.« Barbara sprach betont munter, dann trat sie näher, die Hände so fest geballt, dass sie zu pochen begannen. »Ohne Grünzeug, genau so, wie du sie am liebsten magst.«

Da sah sie die Filzstifte, die kurzen, dicken. Alle fünfzig waren auf dem Tisch und auf dem Fußboden verstreut, die meisten ohne Kappen, als hätte jemand sie in die Luft geworfen und herabregnen lassen. Doch warum sollte er das tun? Cole war ein ordentlicher, umsichtiger Junge. Er würde sich Sorgen machen, dass die Filzstifte austrocknen könnten. Jetzt stand Barbara dicht hinter ihm.

»*Bauarbeiter, können wir das schaffen?*«, sangen Bob und seine Freunde.

»Cole«, sagte sie mit fester Stimme und streckte die Hand nach ihm aus. »Bitte, Cole, sieh mich an.«

Er rührte sich noch immer nicht, und sie hatte Angst, ihn zu berühren. Angst vor dem, was er dann tun könnte. Sie hatte Angst vor ihrem Sohn. Aber warum? Es ergab keinen Sinn, doch es war die Wahrheit. Und dafür hasste sie sich.

»*Yo, wir schaffen das!*«

Zumindest sah sie nun, dass Cole atmete. Keuchend. »Schätzchen? Alles okay? Bitte sag etwas!«

Die einzige Antwort war sein Atmen. *Pfff, pfff, pfff.*

Und dann konnte Barbara es sehen. Dort, auf dem Tisch. Das Bild, das Cole gemalt hatte. Es entsprach den Fertigkeiten eines Kindergartenkindes, unordentliche Linien, unproportioniert, dennoch konnte sie nicht so tun, als sähe sie etwas anderes als das, was sie sah.

Das Bild eines Jungen mit abgeschnittenem Arm.

Molly Sanderson, 10. Sitzung, 1. Mai 2013
(Audiotranskription, Sitzung mit Wissen und
Zustimmung der Patientin aufgezeichnet)

F.: Denken Sie, Sie sind bereit, über das zu reden, was in jener Nacht passiert ist?

M. S.: Sie meinen die Nacht, in der ich das Baby verloren habe? Wir haben schon ein paarmal darüber gesprochen. Wenn Sie möchten, können wir erneut darüber reden.

F.: Ich meinte danach. Nach der Nacht, die Sie dazu bewogen hat, zu mir zu kommen.

M. S.: Aus Ihrem Mund klingt das ernster, als es war.

F.: Justin musste einen Krankenwagen rufen.

M. S.: Er *hat* einen Krankenwagen gerufen – nicht, er *musste* einen Krankenwagen rufen.

F.: Was ist in jener Nacht geschehen, Molly?

M. S.: Justin hat Panik bekommen. Ich mache ihm keine Vorwürfe, aber genau das ist geschehen. Es waren fünf Stiche. Ich brauchte keinen Krankenwagen.

F.: Ich halte es für wichtig, dass wir darüber reden. Sie haben hier gute Fortschritte erzielt, aber ich möchte nicht über die Tatsache hinwegsehen, dass wir uns einigen recht schwerwiegenden Themen nur sehr vorsichtig genähert haben.

M. S.: Ich habe ein Glas fallen lassen. Es ist zerbrochen. Als ich aufräumen wollte, bin ich ausgerutscht.

F.: Und auf Ihren Arm gefallen?

M. S.: Ja. Genau das ist passiert.

F.: Und Ella?

M. S.: Ich habe erst gemerkt, dass ich blute, als Justin nach Hause gekommen ist. Denken Sie wirklich, ich hätte versucht, mich umzubringen, obwohl ich mit meiner Tochter allein zu Hause war?

F.: Das hätten Sie nicht getan?

M. S.: Nein. Ich hätte gewartet, bis ich allein gewesen wäre. Und dann hätte ich es richtig gemacht.

Molly

Vom Wohnzimmer aus hörte ich, wie die Eingangstür aufging. Justin. Ich lauschte den vertrauten Geräuschen, wie er seine Tasche fallen ließ und die Jacke aufhängte, dann schaute ich an meinem Laptop vorbei auf Ella, die tief und fest neben mir auf der Couch schlief. Justin hieß es nicht gut, wenn ich sie hier einschlafen ließ, anstatt sie nach oben ins Bett zu bringen. Wenn es ums Schlafen ging, war ich die Schwachstelle. Ich brachte es einfach nicht über mich, Gute Nacht zu sagen. Ich brauchte Ellas warmen, kleinen Körper, der sich an mich drückte. Kurz überlegte ich, ob ich sie hochnehmen und die Treppe hinaufhuschen sollte, um das Ganze zu vertuschen, doch dann bekam ich eine Textnachricht von Erik.

Gibt es irgendwas Neues über diese ehemalige Studentin im Krankenhaus?

Die Polizei hält sie fest, um sie zu befragen, antwortete ich. *Es geht wohl nicht zuletzt darum, wo sich ihr Kind im Augenblick befindet, vorausgesetzt, es lebt. Ich brauche erst noch eine offizielle Bestätigung, bevor ich darüber berichte.*

Je länger ich mir das Ganze durch den Kopf gehen ließ, desto unwohler fühlte ich mich, über Rose' Rolle in der Geschichte zu berichten. Es war unwahrscheinlich, dass sich das änderte, selbst wenn ich die Bestätigung erhielt, dass Rose tatsächlich die Mutter des toten Babys war und sie der Tat verdächtigt wurde. Ich hielt sie für eine der Frauen, für die ich mich jahrelang eingesetzt hatte – verängstigt, allein, traumatisiert. Nicht fähig, auch nur einen klaren Gedanken zu fassen. Das war etwas, womit ich mich auskannte. Wie sollte es mir daher möglich sein, Öl in die Flammen des Polizeifeuers zu gießen? Ich wünschte mir, Stella hätte mich niemals angerufen, wünschte mir, ich wäre Rose nie begegnet. Vor allem nicht nach dem, was Ella mir erzählt hatte. Hatte Stella die Geschichte über Rose' Vergewaltigung erfunden, um Aidan zu schützen? Es fiel mir schwer zu glauben, dass Stella eine so gute Schauspielerin oder derart berechnend sein konnte.

Erwähn sie erst, wenn wir wissen, in welche Richtung die Ermittlungen gehen, schrieb Erik zurück. *Wir dürfen nichts überstürzen.*

Okay, tippte ich, froh, weil ich vom Haken war, und gleichzeitig überrascht von seiner plötzlichen Zurückhaltung. Der Erik, den ich kennengelernt hatte, schreckte vor keinem Risiko zurück.

Weißt du schon, wann du zurückkommst?, schrieb ich.

Bald, hoffe ich. Ich helfe bei den Beerdigungsvorbereitungen für meinen Onkel, antwortete er umgehend.

Dein Onkel?

Ja, er war schon älter. Lange Krankheit.

Oh. Mein Beileid für deine Familie.

Danke. Melde mich.

Nancy hatte gesagt, das Haus von Eriks Cousin sei niedergebrannt. Jetzt sprach er plötzlich von einem älteren, toten Onkel. Nun, vielleicht hatte Nancy etwas missverstanden. Möglich, aber unwahrscheinlich. Überhaupt war mir Eriks abruptes Verschwinden von Anfang an suspekt gewesen. Mittlerweile war ich überzeugt davon, dass Erik weder mit einem toten Onkel noch einem abgebrannten Haus beschäftigt war.

Ich hielt einen Finger vor die Lippen, als Justin in der Tür zu unserem Wohnzimmer erschien, dann deutete ich schuldbewusst auf Ella. Er lächelte – und anders als erwartet, wirkte er ganz und gar nicht verärgert. In dem Anzug, den er trug, sah er ganz besonders gut aus. Die Cocktailparty der Fakultät – die hatte ich völlig vergessen. Nachdem ich mich mit ihm im Black Cat getroffen hatte, musste er noch einmal zu Hause gewesen sein und sich umgezogen haben. Erst jetzt warf ich einen Blick auf die Uhr: fast elf. Ich war so damit beschäftigt gewesen, erfolglos eine Verbindung zwischen Rose und Aidan zu suchen, dass ich mein Zeitgefühl verloren hatte.

Auf Rose' Instagram-Account (auf dem sie seit Tagen nicht aktiv gewesen war) hatte ich keine Fotos von Aidan gefunden, und sie wurde auch nicht auf Aidans dürftiger Facebook-Seite erwähnt, die für alle Welt sichtbar war, da es keinerlei Datenschutzeinstellungen gab. Ich war auf Rose' Rohkost-Blog gestoßen, der Informationen über ihre Mitbewohnerin Laurie und eine Handvoll Fotos von ihren Freunden enthielt. Ein fester Freund wurde nicht erwähnt.

Justin lockerte seine Krawatte und bedeutete mir, ihm in die Küche zu folgen. Als ich mich vorsichtig, um Ella nicht zu wecken, von der Couch hochgerappelt hatte und die Küche betrat, stand Justin an der Anrichte, den Rücken zu mir gedreht, und schenkte zwei Gläser Scotch ein. In seins füllte er doppelt so viel wie in meins.

»Anstrengender Tag, hm?«, fragte ich.

»Nicht unbedingt mein bester.« Seine Stimme klang bedrückt.

»Möchtest du darüber reden?«, fragte ich.

»Das käme mir falsch vor an einem Tag wie diesem«, antwortete er kopfschüttelnd und deutete auf mich – er spielte auf das tote Baby an, über das ich schreiben musste. »Andere Universität, die altbekannte Politik. Das ist alles. Nicht besonders interessant.« Er nahm einen großen Schluck von seinem Whisky, so groß, dass ich schon meinte, er würde alles in einem Zug in sich hineinschütten.

»Wow, muss echt schlimm sein.« Ich drückte mich an Justins Rücken und schlang die Arme um ihn. »Komm schon, rede mit mir.«

Ich wollte, dass er mir alles erzählte. Es war so lange her, dass ich für Justin da sein und mir seine Probleme anhören konnte, ganz gleich, wie trivial sie auch sein mochten. Es war eine schöne Vorstellung, dass unsere Ehe langsam, aber sicher das Gleichgewicht wiederfand, auf das ich einst so stolz gewesen war.

»Es ist einfach schwer, mithalten zu können, wenn man der Neue an Bord ist. Miles Cooper hat nicht halb so viel veröffentlicht wie ich, aber der Universitätspräsident war sein Professor in Yale. Außerdem spielt er jeden Mittwoch Basketball mit dem Studiendekan.«

»Du könntest auch Basketball spielen«, schlug ich ihm vor und küsste seinen Nacken. »Du bist ziemlich gut.«

»Ich denke, es wäre besser, wenn *du* dich bei Thomas Price einschmeichelst«, erwiderte er. »Er war heute Abend auch da. Offenbar hast du ihn ganz schön beeindruckt.«

»Es tut mir leid, dass ich dich auf den letzten Drücker mit einer Textnachricht gewarnt habe. Ich wusste selbst erst zwei Sekunden vorher, dass der Termin tatsächlich stattfinden würde.«

Justin drehte sich um und sah mich an, dann strich er mir die Haare aus dem Gesicht. »Ich hoffe, dass sich Thomas Price unter dem Druck deiner scharfsinnigen Fragen so richtig unwohl gefühlt hat.«

»Leider verlief das Gespräch furchtbar höflich.« Im Nachhinein betrachtet, vielleicht zu höflich. Ich hätte Price vermutlich stärker zusetzen sollen mit der Frage, wie die Universität mit Beschwerden ihrer Studentinnen und Studenten umging, vor allem was sexuelle Übergriffe betraf. »Wie meinst du das – ich hätte ihn beeindruckt?«

»Er fand dich ›absolut charmant‹, genau so hat er sich ausgedrückt – wie redet der eigentlich? Egal, ich denke, er steht auf dich.«

Ich verspürte einen Anflug kindischer Freude. Das passierte, wenn man sich monatelang von der Welt abkapselte: Man entwickelte sich zurück. Kurz malte ich mir aus, wie Justin und Thomas Price um meine Zuneigung kämpften. Am Ende landete ich natürlich bei Justin, aber darum ging es jetzt nicht.

»Ach, bitte«, sagte ich. »Er war nur höflich, weil ich mit dir verheiratet bin.«

»Und ob er auf dich steht.« Justin grinste, dann leerte er mit einem weiteren großen Schluck das Glas. »Wenn es uns nur gelingen würde, dass der Uni-Präsident von mir genauso schwärmt wie Thomas Price von dir!«

»Vielen Dank übrigens für deine Nachricht«, sagte ich und barg mein Gesicht in seiner warmen Halsbeuge. »Das hab ich gebraucht.«

»Ich hätte nicht aufhören sollen, dir welche zu schreiben.« Seine Stimme klang ernst. »Nie.«

»Tja, ich denke, wir beide wünschen uns, wir hätten eine Menge Dinge anders gemacht.«

Justin stellte das leere Glas auf die Anrichte, dann legte er die Hände um mein Gesicht und strich mir mit den Daumen über die Wangenknochen. »Ich bin so froh, dass du wieder da bist, Molly Sanderson«, sagte er und lächelte mich auf diese ganz spezielle Weise an, die mir stets das Gefühl gab, ein kostbarer Schatz zu sein, den er gehoben hatte. »Versprich mir, dass ich dich nie wieder verliere, ganz gleich, was geschieht.«

»Ich verspreche es«, sagte ich und sah ihm tief in die Augen.

Er schien sich immer noch Sorgen zu machen, ob ich mit der Story wirklich klarkam. Aber das musste er nicht: Es würde mir guttun, weiterhin über das Baby zu berichten, auch wenn ich selbst nicht genau wusste, warum.

Justin beugte sich vor, seine Finger glitten zu meinem Nacken, dann zog er mich an sich. Er küsste mich heftig, so wie früher, bevor er Angst hatte, ich könnte zerbrechen. Und ich gab mich seinem Kuss hin, was ich schon sehr lange nicht mehr getan hatte. Plötzlich wollte ich, dass wir uns ineinander verloren. Wollte, dass alles von uns abfiel – die Vergangenheit, die Zukunft. All meine Fehler und Unzulänglichkeiten. All meine Versäumnisse – Justin und Ella und mich selbst betreffend. Und *sie,* meine kleine Tochter, die nie das Licht der Welt erblickt hatte. Ich musste mich vergewissern, dass wir mehr getan hatten, als nur zu überleben. Ich musste daran glauben, dass wir wiedergeboren waren.

Justin trat die Küchentür zu, während er mir mein Shirt abstreifte und ich an seiner Anzugjacke zerrte. Eine Sekunde später hatte er mir das Höschen ausgezogen, und ich lehnte nackt an der Anrichte und knöpfte seine Hose auf, während seine Finger unter meinen BH glitten. Ich drückte meinen offenen Mund gegen seinen Nacken, um so die Laute, die ich von mir gab, zu ersticken. Schließlich durften wir Ella nicht wecken. Während Justin in mich stieß, betrachtete ich unser Spiegelbild im Küchenfenster.

Anschließend lagen wir auf dem Küchenboden, Justins Anzug zerknittert zwischen uns auf den kalten Fliesen, kichernd und schwitzend, die Körper ineinander verschlungen, als wären wir zurückgeschlüpft in unser sehr viel jüngeres Selbst. Mein Kopf ruhte auf Justins feuchter, nackter Brust.

»Erinnerst du dich noch an das erste Mal, als du bei mir

übernachtet hast?«, fragte Justin. Seine Stimme vibrierte dicht an meinem Ohr.

»Wie könnte ich das vergessen?« Ich richtete meine Wange neu aus, bis ich eine weichere Stelle unter seinem Schlüsselbein gefunden hatte. »Es kommt schließlich nicht alle Tage vor, dass man das Vergnügen hat, mit dem Kopf gegen den Kühlschrank gelehnt zu schlafen.«

»Es war nun mal ein kleines Apartment. Ich weiß noch genau, dass ich mitten in der Nacht aufwachte und dich dabei ertappte, wie du in deine Sachen schlüpftest.«

»Es war sechs Uhr morgens, nicht mitten in der Nacht, und ich wollte mich rausschleichen, bevor du mir irgendwelche Sprüche drücken konntest«, entgegnete ich. »Ich mochte dich, und ich wollte nicht, dass sich das ändert.«

»Aber mein unwiderstehlicher Charme konnte dich überzeugen, zu bleiben.«

»Pfannkuchen am frühen Samstagmorgen, das war angeblich dein Ding. Nur hattest du leider keine Ahnung, wo man die um diese Uhrzeit bekommen konnte.«

»Ja, genau darauf hast du mich aufmerksam gemacht, nachdem ich endlich einen Laden ausfindig gemacht hatte, der schon offen war. Du hast die köstlichen Pfannkuchen in dich hineingeschaufelt und mich einen Schwindler genannt.«

»Tatsächlich?« Ich lachte. »Leslie hatte recht: Ich *war* stur – ein ziemlich harter Brocken. Ich bin überrascht, dass du mich wiedersehen wolltest.«

»Komm schon, Molly, du weißt, dass ich deine direkte Art immer geliebt habe.«

»Zu deinem Glück bin ich mit zunehmendem Alter sanfter geworden.«

»Du wirst eine großartige Reporterin abgeben, daran habe ich keinen Zweifel.« Justin holte tief Luft. »Aber nicht bei dieser Story, okay? Ich möchte, dass du Erik bittest, dich davon abzuziehen, Molly. Tu's für mich.«

Das war eine solche Bombe, dass ich zunächst vermutete, ich hätte ihn falsch verstanden. Ich hob den Kopf und sah ihn an, doch er starrte an die Decke. »Was hast du gesagt?«

»Ich mache mir zu große Sorgen darüber, was das für dich bedeutet – was du ans Licht holen wirst«, sagte er und schaute mir in die Augen. »In letzter Zeit haben sich die Dinge so gut entwickelt, Molly. Ich möchte das, was wir uns zurückerkämpft haben, nicht wieder verlieren.«

Es war meine Schuld. Ich hätte im Black Cat niemals derart emotional werden dürfen. Wahrscheinlich hatte ich den Eindruck erweckt, erneut am Rand einer Klippe zu stehen, dabei fühlte ich mich so viel gefestigter. Die Story war einfach nur das: eine Story. Eine, die mir etwas bedeutete, ja. Aber es ging darin nicht um mich.

»Ich war zunächst überrascht, dass es sich um ein Baby handelte, das ist richtig«, stellte ich klar. »Doch mir geht es gut. Tatsächlich fühlt es sich so an, als würde mich die Story dazu bringen ...«

»... damit abzuschließen, stimmt's?«, beendete er den Satz für mich. »Ja, ich weiß, das hast du schon einmal gesagt. Und genau das bereitet mir Sorgen.«

»Das habe ich nicht schon einmal gesagt«, widersprach ich. Oder doch?

»Nein, hast du nicht«, räumte er ein, und seine Augen wurden traurig. »Du hast gesagt, es gäbe da eine ›Verbindung‹ zu dem, was uns passiert ist.«

Er hatte recht. Genau das waren meine Worte gewesen. Ich konnte ihn nur anstarren. Etwas zu meiner Verteidigung hervorzubringen, hatte ich nicht.

»Wir haben das alles schon durchgekaut, Molly – es wird nie einen Abschluss geben. Nicht bei dem, was wir verloren haben. Du wirst einfach lernen müssen, damit zu leben. Wir beide müssen das tun. Überlass Richard die Story, er ist der Nachrichtenreporter, nicht du.«

»Ich werde die Story niemandem überlassen, Justin«, erwiderte ich und spürte, wie unerwartet Ärger in mir aufflackerte. Es war mir egal, dass Justin es nur gut meinte. Was er da tat und wie er es tat, war falsch. Er war mein Ehemann. Er sollte mich unterstützen. »Ich muss das tun. Ich weiß, dass das in deinen Augen keinen Sinn ergibt, aber wenn ich herausfinden kann, was diesem Baby widerfahren ist, finde ich vielleicht einen Sinn in ...«

Wie war ich wieder auf dieses Thema gekommen? Das wurde ja langsam zum Wahn! Ganz gleich, worum es ging, am Ende drehte es sich immer wieder um mich und mein Baby. Justin ließ meinen unvollendeten Satz in der Luft hängen – er war Beweis genug, dass er recht hatte.

»Ich verstehe, dass du diese Story bringen möchtest, und ich verstehe sogar, warum«, sagte er schlussendlich. »Aber was, wenn du dich täuschst, und es geht dir dabei nicht gut? Was, wenn du gar nicht am besten beurteilen kannst, wie du dich fühlst?«

»Das beleidigt mich.« Ich zog mein Shirt an, dann stand ich vom Fußboden auf. »Du redest über mich, als würde ich an einer chronischen Krankheit leiden. Ich war depressiv, Justin. Und das aus einem guten Grund, wie ich hinzufügen möchte. Jetzt bin ich nicht mehr depressiv. Ende der Geschichte.«

»Ich bitte dich doch nur, nicht ausgerechnet diese Story zu übernehmen, Molly«, sagte Justin und streifte sich ärgerlich sein Hemd über. »Habe ich mir das Recht dazu nicht verdient?«

»Weil du dich um mich gekümmert hast?« Meine Brust schmerzte, als ich mich von der Stelle entfernte, an der wir gelegen hatten. »Willst du das wirklich als Verhandlungsmittel einsetzen? Findest du das fair?«

Justin stand ebenfalls auf. »Weißt du, was tatsächlich nicht fair ist, Molly?« Seine Stimme klang ruhig und bedacht. Er würde seine Glaubwürdigkeit nicht aufs Spiel setzen, indem er die Geduld verlor. »Dass du versuchst, mir aus meiner Fürsorge für dich einen Strick zu drehen und mich zum Arschloch zu machen.«

»Nun, tut mir leid, dass ich nicht so leicht über den Tod unseres Kindes hinwegkomme wie du.« Meine Stimme war zu schrill und zu laut, doch ich wollte ihn verletzen.

Justin blickte zu Boden, die Stirn gerunzelt, kopfschüttelnd. »Ich gehe nach oben«, sagte er und marschierte, ohne mich anzusehen, zur Tür. »Aber erst bringe *ich* Ella ins Bett.«

Als er weg war, stand ich allein in der Küche, in Shirt und Unterwäsche, zornig und voller Reue. Ich wollte ihm nachlaufen und mich entschuldigen, und gleichzeitig wollte ich weiterstreiten.

Ein Anruf bewahrte mich vor einer Entscheidung. Auf dem Display erschien eine Nummer, die ich nicht kannte. Ich hoffte, dass es nicht wieder Deckler war.

»Hallo?«, fragte ich unwirsch.

»Hier spricht Polizeichef Steve Carlson. Entschuldigen Sie, dass ich Sie so spät störe, Ms Sanderson.«

»Kein Problem.« Ich bemühte mich um einen sanfteren Ton. »Worum geht's?«

»Sie waren heute im Krankenhaus?«

Es gefiel mir gar nicht, wie das Gespräch begann, noch weniger, weil ich wusste, wohin es führen würde. »Ähm, ja, die Reinigungskraft meiner Freundin war in einen Autounfall verwickelt, und meine Freundin brauchte moralische Unterstützung.« Warum hatte ich das gesagt? Das klang ja so, als wäre Stella involviert. »Sie brauchte Gesellschaft, ich glaube, das trifft es besser. Meine Freundin wird schnell ein wenig dramatisch, sogar in Situationen, die nicht direkt sie selbst betreffen.«

Großartig. *Dramatisch*. Was war nur los mit mir? Nur weil das der Wahrheit entsprach, musste ich es noch lange nicht der Polizei auf die Nase binden. Dass ich Stellas Namen unerwähnt ließ, machte es nicht besser, ganz gleich, was ich mir einzureden versuchte.

»Um wie viel Uhr haben Sie das Krankenhaus verlassen?«

»So gegen eins«, antwortete ich. »Anschließend bin ich zu einem Gesprächstermin an der Uni gefahren.«

»Darf ich Sie um den Namen Ihrer Freundin bitten?«

Nein, dürfen Sie nicht, wollte ich erwidern. »Ungern«, sagte ich.

»Hm«, machte er, und ich sah beinahe vor mir, wie er sich bedächtig übers Kinn strich. »Okay. Würden Sie mich dann bitte anrufen, wenn Sie etwas von Stella Ronan hören?«

Ich stockte. Er wusste also, mit wem ich im Krankenhaus gewesen war. »Sicher«, willigte ich zögernd ein. »Verraten Sie mir, warum?«

»Rose Gowan ist verschwunden«, teilte Steve mir mit. »Und wie es aussieht, auch Ihre Freundin Stella.«

Ich träumte von Babys. Toten Babys. Eins davon war meins, aber ich wusste nicht, welches, als ich in einem Raum voller kleiner Särge stand. Erschrocken wachte ich auf und setzte mich in der Dunkelheit aufrecht. Ich konnte den Umriss von Justin erkennen, der neben mir schlief. Vorsichtig legte ich ihm die Hand auf die Wange, um mich zu vergewissern, dass er atmete, dann kuschelte ich mich an ihn und versuchte so zu tun, als hätten wir uns nicht zuvor gestritten. Das Ganze kam mir jetzt vollkommen überflüssig vor. Außerdem konnte ich angesichts meines Traums nicht länger behaupten, dass mir die Story nicht naheging.

Als ich das nächste Mal aufwachte, war es fast sieben und Justin bereits fort. Er hatte mir eine Nachricht hinterlassen: *Konferenz in der Columbia University, bin spät zurück.* Daneben lag eine weitere Nachricht, einer von seinen kleinen Zetteln. Ich verspürte ein schlechtes Gewissen wegen unseres Streits gestern Nacht.

> *Die Hoffnung ist das Federding,*
> *Das in der Seel' sich birgt ...*
> *Emily Dickinson*

Ich drehte mich auf die Seite, nahm mein Handy vom Nachttisch und schickte Justin eine Nachricht.

Ich weiß, dass du nur versuchst, mir zu helfen. Tut mir leid wegen gestern Abend.

Ich rechnete nicht damit, dass er antworten würde, aber das tat er. Und zwar sofort.

Mir tut es auch leid. Ich glaube an dich, Molly. Mehr, als du ahnst.

Als ich nach unten ging, spürte ich, wie Erleichterung in mir aufstieg. Ich war froh darüber, dass Justin und ich nicht länger stritten. Außerdem war ich froh darüber, keine Nachricht von Stella bekommen zu haben, die sauer auf mich war, weil ich mit Steve gesprochen hatte.

Ella schlief länger als gewöhnlich, sodass mir sogar noch Zeit blieb für eine ruhige Tasse Kaffee, bevor wir zur Morgenroutine übergingen.

Ich hatte kaum das Wohnzimmer betreten, als mir etwas ins Auge stach, was sonst nicht dort stand. Es handelte sich um einen kleinen Pappkarton, ein, zwei Meter von unserer Haustür entfernt. Ein Geschenk von Justin? Aber war die

Verpackung nicht ziemlich seltsam? *Molly Sanderson* war in großen, schwarzen Buchstaben auf den Deckel geschrieben, und die Schrift sah nicht nach der meines Ehemanns aus.

Ich schickte Justin eine weitere Textnachricht.
Ist der Karton ein Friedensangebot?
Welcher Karton?, kam umgehend zurück.
Komm schon. Der Karton neben der Haustür?, tippte ich.
Friedensangebote sind immer gut, aber von einem Karton weiß ich nichts.

Zwei Stufen auf einmal nehmend, stürmte ich die Treppe hinauf. Jemand war in unserem Haus gewesen. Möglicherweise war noch immer jemand in unserem Haus. Möglicherweise schlief Ella gar nicht. Möglicherweise hatte man ihr etwas angetan. Ich stieß die Tür zu ihrem Zimmer so heftig auf, dass sie gegen die Wand prallte.

Ella schreckte aus dem Tiefschlaf hoch. »Mommy!«, rief sie und brach in Tränen aus.

Aber es ging ihr gut. Das war das Wichtigste. Ich schnappte nach Luft. Jetzt musste ich mich zusammenreißen und dafür sorgen, dass wir zwei rasch das Haus verließen – nur für den Fall, dass wir nicht allein waren.

»Alles in Ordnung, Süße«, sagte ich beschwichtigend und versuchte, ruhig zu bleiben, als ich Ella aus dem Bett hob. Doch meine Stimme klang atemlos. Wahrscheinlich wirkte auch ich zu Tode erschrocken. Zum Glück war Ella noch schlaftrunken. »Ich dachte, wir fahren zum Frühstück irgendwohin und essen Pfannkuchen. Du weißt schon – ganz besonders leckere.«

»Aber ich bin noch müde«, jammerte Ella, rieb sich die Augen und schlang die Beine um meine Taille. »Ich will nicht frühstücken, ich will weiterschlafen!«

»Ich weiß, Peanut, ich weiß.« Ich streichelte ihren Rücken und trug sie die Treppe hinunter.

Unten schnappte ich mir die Autoschlüssel und meine Handtasche, doch ich übersah dabei völlig, dass es draußen schüttete. Ich hatte also keinen Regenschirm bei mir, als ich über die Platten vor der Haustür zum Wagen hastete, Ella in ihrem Hello-Kitty-Schlafanzug auf dem Arm. Immerhin trug ich eine Yoga-Hose und ein Sweatshirt.

Klatschnass schnallte ich Ella in ihrem Kindersitz an, wobei ich die ganze Zeit lächelte, als könne ich sie dadurch überzeugen, dass sie das alles nur träumte. Anschließend sprang ich auf den Fahrersitz und verriegelte die Türen von innen. Dann wischte ich mir den Regen aus dem Gesicht und lächelte Ella im Rückspiegel an. Sie drehte ihr kleines, verschlafenes Gesicht zur Seite. Ich legte den Rückwärtsgang ein und rollte langsam aus der Ausfahrt. Erst als ich drei Straßen von zu Hause entfernt war, fühlte ich mich sicher genug, um rechts ranzufahren. Ich stellte die Scheibenwischer aus und beobachtete, wie der Regen auf die Windschutzscheibe prasselte.

Als ich in den Rückspiegel blickte, sah ich, dass Ella den Daumen in den Mund gesteckt hatte und tief und fest schlief.

»Steve Carlson«, meldete er sich nach dem ersten Klingelzeichen. Er klang, als hätte ich ihn geweckt. Bestimmt lag er noch mit Barbara im Bett. Obwohl ich mir das nur schwer vorstellen konnte.

»Hier spricht Molly Sanderson. Es tut mir leid, dass ich Sie so früh störe«, fing ich an. »Aber ich ... Ihre Nummer war noch von unserem Telefonat gestern Abend in meinem Handy gespeichert. Außerdem wusste ich nicht, wen ich sonst anrufen sollte. Ich glaube, jemand war in unserem Haus.«

»Sind Sie gerade zu Hause?«, fragte er ernst, offiziell, ganz im Cop-Modus.

»Nein, ich sitze mit meiner Tochter im Auto, ein paar Blocks entfernt. Jemand hat einen Karton in meinem Wohnzimmer hinterlassen, während wir schliefen. Bestimmt reagiere ich über, aber ...«

»Bleiben Sie, wo Sie sind«, sagte Steve. »Geben Sie mir Ihre Adresse, ich werde nachsehen.«

Nachdem der Anruf von Steve kam, ich könne nach Hause zurückkehren, klarte der Himmel auf.

Er lehnte an einem Zivilfahrzeug – vielleicht sein eigenes Auto –, als ich eintraf, und wirkte in Jeans und dem langärmeligen T-Shirt um einiges jünger. Ich parkte hinter ihm, löste lautlos meinen Gurt und ließ den Motor im Leerlauf, dann stieg ich aus, in der Hoffnung, Ella würde weiterschlafen.

»Guten Morgen«, begrüßte er mich und nickte, dann wanderten seine Augen missbilligend zu meinem Wagen.

»Ich wollte nicht, dass meine Tochter aufwacht«, erklärte ich.

Steve nickte, doch seine Augenbrauen blieben gefurcht. »Nun, in Ihrem Haus ist niemand.«

»Gott sei Dank«, sagte ich. »Ich war mit Ella allein; mein Mann ist früh zur Arbeit gegangen. Und als ich runterkam, stand da dieser seltsame Karton in unserem Wohnzimmer. Ich habe Panik bekommen.«

»Hat Ihr Mann die Tür nicht abgeschlossen, als er ging?«

»Das weiß ich nicht«, antwortete ich. *Wieso? Weil es keine große Sache ist, wenn man ein fremdes Haus betritt, nur weil die Tür nicht abgeschlossen war? Immerhin war jemand in* meinem *Haus und hat da was auch immer hinterlassen! Ein Baby,* meldete sich mein überdrehtes Gehirn zu Wort. *Ein totes Baby in einem Karton.* Ich war froh, dass Steve nicht meine Gedanken lesen konnte. »Wir schließen die Tür nachts ab und für gewöhnlich auch, wenn wir weg sind. Doch wenn tagsüber jemand zu Hause ist ...«

Niemand in Ridgedale schließt seine Haustür ab, wollte ich hinzufügen. *Aus diesem Grund wohnt man doch hier.*

»In Zukunft würde ich immer abschließen, wenn ich Sie wäre. Ridgedale ist zwar keine Großstadt, aber vernünftige Vorsichtsmaßnahmen sind überall sinnvoll.« Er nickte in Richtung meines Wagens. »Ich würde übrigens auch niemals ein schlafendes Kind unbeaufsichtigt in meinem Auto lassen.«

»Natürlich nicht«, sagte ich zutiefst verlegen. »Haben Sie, ähm, nachgeschaut, was in dem Karton ist?«

»Ich habe einen Blick hineingeworfen. Es befinden sich irgendwelche Papiere darin. Akten.« Er hob abwehrend die Hände. »Keine Ahnung, was drinsteht. Ich tippe darauf, dass irgendwer den Karton ins Haus geschoben hat, damit er nicht nass wird.«

Wir hatten kein Vordach, und es hatte geschüttet. Die Pappe wäre völlig durchweicht gewesen. Hatte deshalb jemand unsere Haustür geöffnet – um den Karton in Sicherheit zu bringen? Steve tat beinahe so, als wäre das völlig normal. Aber es war nicht normal. Nicht einmal in Ridgedale.

»Und was nun?«

»Das ist Ihre Entscheidung. Ich nehme gern Ermittlungen auf, doch Sie sollten wissen, dass wir den Karton in dem Fall als Beweismittel beschlagnahmen müssen.«

»Daran habe ich noch gar nicht gedacht.«

»Deshalb erwähne ich es ja. Ich versuche nicht, Sie von einer Anzeige abzuhalten – das liegt ganz bei Ihnen. Doch solche Dinge kommen nun mal vor. Vor Jahren hat jemand während einer Bürgermeisterwahl eine tote Ratte in Jim McManus' Briefkasten gelegt – er war damals Chefredakteur beim *Reader*.« Steve schüttelte den Kopf. »Seine Frau war völlig außer sich. Ich gehe übrigens davon aus, dass der Karton etwas mit Ihren Artikeln zu tun hat. Ist es denn nicht genau das, was ihr provozieren wollt? Eine Reaktion?«

Steve schien sich an etwas zu stören, was ich geschrieben hatte, das war offensichtlich. »*Ihr*?«

»Sie, der Herausgeber, der Chefredakteur – was weiß ich.« Er rieb sich die Stirn, noch immer gereizt, wenngleich ungewollt. »Das geht nicht gegen Sie persönlich, aber offenbar findet Erik Schinazy es gut, dass Sie bereit sind, Bewegung in das Ganze zu bringen. Auf diese Weise schießen die Verkaufszahlen oder Klicks, oder was immer man heutzutage braucht, in die Höhe.«

Hm. Meine Artikel waren alles andere als kontrovers.

»Haben Sie ein Problem mit etwas, was ich geschrieben habe?«, erkundigte ich mich.

»Ich benenne nur die Fakten. Und Fakt ist, dass Sie die Leute aufgepeitscht haben. Dieser ganze ›Finde heraus, wer er ist, er ist da draußen, in Ridgedale ist ein weiterer Mord geschehen‹-Unsinn. Die Leute drehen völlig durch in den Kommentaren zu Ihren Artikeln.«

Ich spürte ein mulmiges Ziehen im Magen. Ich wollte nichts von diesen Kommentaren wissen. In Anbetracht des ominösen Kartons und des Drucks von Justin sollte ich vielleicht doch über einen schnellstmöglichen Rückzug aus dem Journalismus nachdenken …

»Das wusste ich nicht«, sagte ich. »Die Kommentare zu meinen Artikeln lese ich nicht.«

Steve runzelte die Stirn. Sein Blick wurde verlegen. Er war nicht meinetwegen frustriert, stellte ich fest. Er war allgemein frustriert.

»So, wie sieht's aus?«, fragte er und warf einen Blick auf die Uhr.

Ich war nicht scharf darauf, den Inhalt des Kartons zu sichten, doch ich wollte auch nicht, dass die Polizei dies übernahm, bevor ich überhaupt einen Blick darauf geworfen hatte. Was, wenn es sich um etwas Wichtiges handelte?

»Ich glaube nicht, dass ich Anzeige erstatten werde. Aber danke, dass Sie gekommen sind.« In der Tat wusste ich es zu schätzen, dass Steve sich sofort ins Auto gesetzt hatte, ohne weiter nachzufragen.

Er nickte, stieß sich von seinem Wagen ab und ging zur Fahrertür. »Kein Problem. Rufen Sie mich an, sollte sonst noch etwas sein.«

»Bevor Sie gehen – gibt es etwas Neues von dem Baby?«, fragte ich.

»Sie wollen mich doch nicht etwa interviewen? Ausgerechnet jetzt?« Steve zog eine Augenbraue in die Höhe.

»Wenn Sie schon mal da sind ...« Ich zuckte mit den Achseln. »Sie sagten doch, ich dürfe nachfragen ...«

Er schüttelte den Kopf. »Der Gerichtsmediziner sagt, es dauert noch ein paar Tage, bis wir das endgültige Gutachten erhalten.«

»Bedeutet das, dass er noch immer Schwierigkeiten bei der Bestimmung der Todesursache hat?«

Steves Gesicht verhärtete sich. »Es bedeutet, dass es noch ein paar Tage dauert.«

»Mord ist nach wie vor nicht ausgeschlossen?«

Er schüttelte abermals den Kopf. »Ein weiterer Grund dafür, dass wir unbedingt die Mithilfe der Bevölkerung benötigen. Ich hoffe, dass Sie genau das schreiben: Irgendwer da draußen weiß, wem dieses Baby gehört, und derjenige sollte sich dringend bei uns melden.«

Mein Handy vibrierte. Bestimmt wollte Justin sich nach meiner ominösen Nachricht wegen des ominösen Kartons vergewissern, dass bei Ella und mir alles okay war.

Kaffee, sobald du Ella in den Kindergarten gebracht hast?

Stella. Mist. Warum musste sie mir ausgerechnet dann eine Nachricht schicken, wenn Steve direkt neben mir stand und mich ansah? Er hatte mich explizit gebeten, ihn zu kontaktieren, sobald ich von ihr hörte.

»Stella.« Ich hielt mein Handy hoch. »Sie ist wieder aufgetaucht.« Warum klangen meine Worte so, als wäre sie auf der Flucht? »Vielleicht war sie ja auch gar nicht weg – mir hat sie jedenfalls nicht gesagt, dass sie irgendwohin wollte.«

»Ich habe gestern am späten Abend noch mit Stella gesprochen«, teilte Steve mir mit. »Sie behauptet, sie weiß nicht, wo Rose sich aufhält. Angeblich hatte sie keine Ahnung, dass sie verschwunden ist.«

»Sie klingen nicht so, als würden Sie ihr glauben.«

Er hatte bereits einen Fuß in den Wagen gestellt, drehte sich aber noch mal zu mir um. »Glauben *Sie* ihr?«

RIDGEDALE READER

PRINTAUSGABE

18. März 2015

TOTER SÄUGLING NAHE ESSEX BRIDGE ENTDECKT

VON MOLLY SANDERSON

Gestern am frühen Morgen wurde von der Campus-Polizei der Ridgedale University der Leichnam eines weiblichen Säuglings in einem Waldstück nahe der Essex Bridge entdeckt. Genauere Angaben zur Todesursache sowie zum exakten Alter des Babys können bislang nicht gemacht werden, der endgültige Befund der Gerichtsmedizin steht noch aus. Möglicherweise handelt es sich um ein Neugeborenes.
Für viele in der Gemeinde ist der grausige Fund der Babyleiche ein Schock.
»Ich kann nicht glauben, dass so etwas hier passiert ist«, äußert sich Stephanie Kelsor schockiert, Mutter von zwei Kindern, die seit sieben Jahren in Ridgedale lebt. »Was für eine Tragödie.«
Andere sehen die Situation anders.
»Die Leute hier tun gern so, als wären sie perfekt«, sagt Patrick Walker, Besitzer von Pat's Pancakes. »Allerdings

haben sie dieselben Probleme wie alle anderen, sie haben nur mehr Geld, um dies zu vertuschen.«

Tatsächlich ist die Kriminalitätsrate in Ridgedale sehr niedrig, bei den meisten Straftaten handelt es sich um geringfügige Eigentumsdelikte. Kapitalverbrechen kommen in der Stadt so gut wie nicht vor. Während der beiden vergangenen Jahrzehnte wurden nur zwei Morde sowie sechs Vergewaltigungen angezeigt.

Diese Zahlen spiegeln jedoch möglicherweise nicht alle auf dem Campus begangenen Straftaten wider. Trotz der bundesstaatlichen Meldepflicht werden Gesetzesverstöße, an denen Studierende beteiligt sind, nicht selten allein als Verstoß gegen die Disziplinarordnung der Universität geahndet.

Die Polizei von Ridgedale bittet die Bevölkerung um Mithilfe. Sollten Sie Informationen zur Identität des Babys oder den möglichen Todesumständen haben, melden Sie sich bitte so schnell wie möglich unter der Nummer 888-526-1899.

JENNA
20. MAI 1994

Heute hingen wir nach der Schule im Wald ab, ganz in der Nähe von dem Haus, in dem der Captain mit seinen Eltern wohnt. Er holte Bier, und ich wollte ablehnen, damit er mich nicht für eine trinkende Loserin hält, aber dann dachte ich, wenn er auch etwas trinkt ...

Er fragte mich nach meinen Eltern und erzählte mir von seinen. Es klang so, als wären sie stockkonservativ, aber er meinte, sie würden mich bestimmt mögen.

Hast du das gehört? Er denkt, SEINE ELTERN WÜRDEN MICH MÖGEN!!! Welcher Typ redet davon, dich seinen Eltern vorzustellen, wenn er nicht ernsthaft in dich verknallt ist?

Er fragte mich auch nach Tex. »Der Typ würde seine Freundin sofort für dich abservieren«, behauptete der Captain, und es klang so, als wären sie gar nicht so gut befreundet, was seltsam ist, denn genau das dachte ich. Aber wer weiß? Jungs sind seltsam.

Ich sagte dem Captain die Wahrheit: Ich würde Tex als Freund mögen, aber eben nur als Freund.

Warum sollte ich ihn auch nicht mögen? Tex sagt mir immer, dass er mich umwerfend findet, weil ich so heiß bin und nicht etwa eine unangepasste Spinnerin, wie meine Eltern denken. Denen ist alles zu viel: Ich bin ihnen zu verrückt, zu laut, zu wild – meine Stimme, meine Kleidung, meine Freunde, meine Gedanken. Unterm Strich bedeutet das: Ich bin ihnen peinlich. So war es schon immer, und es wird auch immer so bleiben.

Also ja, ich mag es, dass er mich versteht und dass er süß und nett ist und versucht, auf mich aufzupassen (auch wenn er mir dadurch manchmal im Weg steht). Allerdings tut er NICHT alles für mich (obwohl ich mir das hin und wieder irgendwie wünschte). Nein, so ist es zwischen uns nicht. Man kann kein Feuer entfachen, indem man so tut, als gäbe es einen Funken.

Weißt du, was der Captain gesagt hat, nachdem ich ihm mitgeteilt hatte, dass Tex und ich nur Freunde sind? Er hat gesagt: »Gut.« Und dann hat er mich geküsst, sanft und süß und lange. Und weißt du, was ich daraufhin gemacht habe?

Ich habe ihm einen geblasen. So wie ich noch keinem Typen einen geblasen habe.

Sandy

Es war noch früh, erst kurz nach neun, als Sandy auf den Eingangsstufen von Lauries Apartmenthaus wartete. Sie hatte schon dreimal geklingelt, aber niemand hatte reagiert, genau wie bei den letzten Malen. Sandy war schon öfter hier gewesen, weil Laurie die letzte Person war, die mit Jenna gesprochen hatte. Wichtiger noch: Sie hatte mit dieser Frau gesprochen, vielleicht eine »Freundin« von Jenna, die vermutlich die letzte Person war, die Jenna gesehen hatte.

Zwischen ihren Abstechern zu Laurie war Sandy weiter durch die Gegend geradelt, hatte nach ihrer Mutter gesucht und sie immer wieder angerufen. Weiterhin wurde sie stets direkt an die Mailbox weitergeleitet. Sandy hatte damit gerechnet, dennoch machte es ihr noch mehr Angst.

Monte hatte Sandy angerufen und ihr mitgeteilt, dass er ebenfalls losfahren würde, um Ausschau nach Jenna zu halten. Am liebsten hätte Sandy behauptet, sie würde seine Hilfe nicht brauchen, aber das stimmte nicht. Sie *brauchte* seine Hilfe, und Jenna brauchte sie auch.

Sandy setzte sich auf eine Stufe, schloss die Augen und reckte das Gesicht in die Sonne, in der Hoffnung, ihre Haut würde anfangen zu brennen. Dann würde sie wenigstens wieder etwas fühlen, denn sie wurde langsam taub – erst ihre Zehen, dann die Füße, dann die Beine. Jetzt kroch das Taubheitsgefühl in ihre Arme.

Das Handy summte in ihrer Tasche. Mittlerweile wusste sie, dass sie sich besser keine Hoffnung machen sollte. Und richtig – die Nachricht war von Hannah.

Muss dich sehen. Bitte.
Das Mädchen brachte sie *buchstäblich* um.
Kann jetzt nicht. Bin verabredet. Melde mich anschließend.
Okay. Mach so schnell, wie du kannst!
… oder ich werde etwas erzählen. Den zweiten Teil des Satzes schrieb Hannah nicht, dennoch nahm Sandy die Drohung klar und deutlich wahr.

Kopfschüttelnd stand sie auf und sprang die Stufen hinunter. Gerade als sie sich fragte, was sie als Nächstes tun, wohin sie als Nächstes gehen wollte, ging endlich die Tür auf.

»Was zur Hölle ist los?«, schnauzte Laurie, noch bevor sie überhaupt einen Blick nach draußen geworfen hatte. Ihr Gesicht war verzerrt vor Ärger und gerötet. »Oh, du bist 's.« Sie blinzelte Sandy an, dann atmete sie tief durch und ließ sich gegen den Türrahmen sacken. »Entschuldige, Sandy, ich dachte, es wäre wieder jemand von der verfluchten Polizei. Die Sprechanlage ist kaputt, deshalb musste ich schon mindestens sechsmal alle vier Treppen runterrennen. Ich höre schon gar nicht mehr hin, wenn es klingelt, aber die Cops lassen nicht locker.«

»Die Cops?«, fragte Sandy. Hoffentlich hatte das nichts mit Jenna zu tun!

»Sie suchen nach Rose, meiner Mitbewohnerin, und sie glauben, dass ich sie anlüge, wenn ich sage, sie ist nicht hier. Also kommen sie immer wieder. Rose ist aber wirklich nicht da, und selbst wenn sie es wäre – warum sollte sie ihnen die Tür öffnen?«

»Was wollen die Cops denn von Rose?«, fragte Sandy.

»Oh, das verraten sie mir natürlich nicht. Wer weiß, vielleicht haben Rose' Eltern sie geschickt. Du weißt, dass ich Rose liebe, sogar als sie mir mit dem Baby ankam. Dieses Geschrei – glaub mir, das waren die drei längsten Wochen meines Lebens. Und dann tauchte vor einigen Tagen auch noch dieser Stalker hier auf … Aber jetzt sind die beiden ja weg.«

»Weißt du, wohin sie gegangen sind?«

Laurie schüttelte den Kopf. »Keine Ahnung. Rose hat ihre Sachen gepackt und ist mit der Kleinen abgehauen. Angeblich wollte sie eine Freundin besuchen oder irgendwen aus ihrer Familie – ich hab echt keinen Schimmer.« Laurie verdrehte die Augen. »Du kennst mich, ich stelle nicht gern Fragen.«

»Und wer ist ihr Stalker?«, fragte Sandy und dachte an die blonde Frau, die Dom erwähnt hatte. Vielleicht war es ja eine Stalkerin, dieselbe, die mit Jenna geredet hatte.

»Der Typ ist megagroß und hat superkurze Haare, ziemlich auffällig. Zuerst hab ich ihn für einen Polizisten gehalten oder für einen Soldaten, keine Ahnung. Ziemlich verkrampft. Hat behauptet, er würde Erik heißen. Kann mir gut vorstellen, dass er der Daddy von Rose' Baby ist, auch wenn sie mir das nie gesagt hat. Ich hoffe um ihretwillen, dass er es nicht ist, denn der Typ ist schon steinalt.« Sie verdrehte erneut die Augen. »Aber sie bringt ja öfter ziemlich schräge Sachen. Sag mal, was machst du hier eigentlich?«

»Ich suche nach Jenna«, antwortete Sandy, jetzt noch nervöser. Denn Laurie war ihre letzte Hoffnung. »Monte sagt, du hast vorletzte Nacht nach der Sperrstunde mit ihr gesprochen?«

Laurie verzog nachdenklich das Gesicht. »Nein, ich glaube nicht …« Plötzlich schien ihr ein Licht aufzugehen. »Oh, warte, doch, das habe ich tatsächlich.« Sie nickte, schien ein wenig überrascht, dass ihr das jetzt einfiel. »Ungefähr 'ne Minute. Ich hätte gern länger mit ihr geplaudert, aber es war diese Freundin von ihr dabei.« Jenna schüttelte den Kopf und stieß einen leisen Pfiff aus. »Ich bin mir sicher, dass sie ein netter Mensch ist und so, sonst wäre sie ja nicht mit deiner Mom befreundet, aber sie hatte etwas an sich ... Sie war nicht unhöflich, trotzdem wirkte sie auf mich wie ein Miststück.«

»Weißt du, wie sie heißt?«

Laurie schüttelte den Kopf und schnitt eine angewiderte Grimasse. »Blonde Haare, aufgedunsene Wangen, unmoderne Jeans. Ganz und gar nicht so wie Jenna. Hat ein Sodawasser getrunken. Schon seltsam, dass die zwei zusammen abhängen. Aber du kennst Jenna ja: Vielleicht wollte sie etwas von ihr. Deshalb liebe ich Jenna – sie will immer etwas von einem.«

»Und sie haben das Blondie's zusammen verlassen?«

»Wenn Monte das sagt.« Laurie warf einen Blick auf die Uhr. »Ich habe mich ablenken lassen, von so einem dämlichen Idioten. Demselben Idioten, der jetzt nicht aus meinem Bett aufstehen und seinen Arsch zurück auf den Campus bewegen will.«

»Wenn du was von Jenna hörst, richte ihr bitte aus, sie soll mich anrufen, okay?«

»Klar, Süße. Mach dir nicht zu viele Sorgen.« Laurie wedelte mit der Hand. »Ganz bestimmt trudelt Jenna jede Minute ein, mit grauenhaften Kopfschmerzen und einer komplett absurden Geschichte – das ist doch immer so.«

Sandy stand gegenüber der Polizeistation und schüttelte ihre Hände, damit sie sich nicht klamm anfühlten, sollte einer der Officer ihr die Hand geben. Das Letzte, was sie jetzt wollte, war, die Höhle des Löwen zu betreten, aber ihr gingen die Optionen aus. Insgeheim hoffte sie sogar, Jenna dort anzutreffen, auf einer Pritsche in der Ausnüchterungszelle, wo sie ihren Rausch ausschlief.

»Hey.«

Sie drehte sich um und erblickte Aidan, eine dunkle Silhouette im hellen Sonnenschein. Schnell beschirmte sie mit einer Hand die Augen, um ihn besser sehen zu können. Sie ärgerte sich, weil sie so glücklich war, ihn zu treffen. Ihr Herz setzte tatsächlich einen Schlag aus, dabei war *sie* diejenige gewesen, die seit gestern seine Textnachrichten und Anrufe ignoriert hatte, und zwar mit Absicht. Aidan und sie hatten Spaß zusammen, aber Sandy war nicht so dumm zu glauben, dass er in dieser Situation, im *echten* Leben, irgendeine Rolle spielte.

»Was tust du hier?«, fragte sie. »Und warum siehst du so scheiße aus?«

Aidan war blass, unter seinen Augen lagen dunkle Ringe, seine Haare waren völlig zerzaust. Er verschränkte die Arme vor der Brust und steckte die Hände in die Achselhöhlen. »Es fällt mir schwer, gut zu schlafen, wenn meine Freundin versucht, mit mir Schluss zu machen.«

»Deine *Freundin*?« Sandy lachte. Sie war fest davon überzeugt, dass er sie auf den Arm nahm. Aber er sah sie eindringlich an. Seine Augen glänzten in der Sonne wie poliertes Ebenholz. »Dann ist diese Begegnung also kein Zufall?«

»Wir waren nach der Schule verabredet, schon vergessen?«

»Dann stalkst du mich?«

»Ich denke, ich sehe mich eher beim Such- und Rettungstrupp.«

Sandy wandte sich ab. Sie spürte bereits, wie sie innerlich wankte und der Versuchung erlag. Sie hätte ganz einfach sagen sollen: *Verpiss dich, ich muss nicht gerettet werden.* Musste sie auch nicht. Trotzdem hätte sie gern losgelassen, hätte gern alles einfach über sich hinwegspülen lassen, damit sie endlich frei davon war. Dabei konnte sie Aidan das Schlimmste gar nicht erzählen – das konnte sie *niemandem* erzählen –, aber vielleicht konnte sie ihm einen Teil anvertrauen, ein kleines bisschen. Dann wäre sie nicht länger mit alldem allein, und sei es auch nur für eine Sekunde.

»Es passiert gerade ziemlich viel Scheiße«, sagte sie daher.

»Zum Beispiel?«

»Zum Beispiel, dass wir aus unserer Wohnung fliegen.« Sandy starrte Aidan an, forderte ihn stumm heraus, die Situation zu vermasseln, indem er schockiert und betroffen dreinschaute. Er blinzelte nicht einmal. »Und jetzt kann ich Jenna nicht finden.«

»Wie meinst du das?« Er wirkte besorgt, aber nicht auf eine unangenehme Weise.

»Ich meine, dass ich Jenna nicht finden kann, verdammte Scheiße! Ich habe sie überall gesucht, und ich hab sie eine Million Mal angerufen. Sie wurde zuletzt vor anderthalb Tagen gesehen.«

»Hast du es der Polizei gesagt?«

»Was?«

»Na, dass deine Mutter verschwunden ist.« Er musterte Sandy durchdringend, als wollte er herausfinden, ob sie sich absichtlich dumm stellte.

»Ich überlege noch.« Sie nickte in Richtung Präsidium. »Aber was, wenn sie high oder sonst wie drauf ist? Wir reden hier von meiner Mom, nicht von deiner.«

»Nun ja, ich glaube, meine Mom ist bei der Polizei im Augenblick auch nicht besonders beliebt.«

»Wieso denn nicht?«

»Die Cops sind gestern Abend bei uns aufgekreuzt und haben sie gesucht.« Aidan zog eine Schachtel Zigaretten hervor und bot Sandy eine an. Sie lehnte ab, war zu nervös zum Rauchen. »Meine Mom fand das total lustig, anschließend hat sie in einer Tour geplappert.« Er schnitt eine Grimasse und ahmte seine Mutter nach: »›Die Polizei ist so dämlich, die kauft einem einfach alles ab.‹ Dabei labert sie eh nur

Scheiße. Sie tut so, als wüsste sie etwas, was irgendwen interessieren könnte.«

»*Was* weiß sie denn angeblich?« Sandy hatte das Gefühl, er würde ihr etwas verschweigen.

»Ich glaube, es geht um das Baby, das man gefunden hat«, sagte er leise. Er wirkte verlegen. »Wie ich schon sagte: In Wahrheit weiß sie gar nichts.«

Schweigend standen sie eine weitere Minute vor dem Präsidium, dann sagte Aidan: »Lass mich dir helfen, deine Mom zu suchen.«

Sandy spürte, wie er sie von der Seite anstarrte, aber sie blickte zu Boden. In ihrer Kehle bildete sich ein Kloß. »Ich glaube nicht …«

»Komm schon, gib mir eine Chance zu beweisen, dass ich nicht das Arschloch bin, für das mich alle halten. Du bist mir nichts schuldig, falls du das denkst. Ich will nur helfen.«

Genau das war es, was Sandy sich im Augenblick am meisten wünschte: jemanden, der ihr half. Der sich um sie kümmerte. Sie wünschte sich eine Mutter. Und damit meinte sie nicht Jenna, ganz egal, wie dringend sie sie finden wollte. Das war die Wahrheit, auch wenn Sandy es nur ungern zugab. Was Sandy wirklich wollte, war eine richtige Mom. Eine normale Mom. Was sie hatte, war Aidan. Und das war immerhin etwas.

»Okay«, willigte sie daher ein. Ihn helfen zu lassen, war nicht dasselbe, wie ihn zu brauchen. »Du bekommst deine Chance.«

Entspann dich, rief Sandy sich zur Ruhe, als sie die muffige alte Polizeistation betrat. Allein. Mit Aidan hineinzugehen, wäre verdächtig gewesen. Nicht, dass man sie beide noch für die Eltern des toten Babys hielt! Also hatte sie ihn losgeschickt, damit er im Krankenhaus nach Jenna fragte. Auch davor hatte sie sich bislang gedrückt.

Der knarzende Fußboden und die abgestandene Luft erinnerten sie an einen Schulausflug als Kind, als sie ein Jahr lang in South Jersey gelebt hatten. Sie waren in einem Haus aus der Kolonialzeit gewesen und hatten gelernt, wie man Butter stampfte, auch wenn es keiner so richtig hinbekam. Der einzige Unterschied zum Ridgedale PD bestand darin, dass hier Fahnen an den Wänden hingen und gerahmte Fotos von all den freundlichen Menschen in Uniform, die sie jederzeit verhaften konnten, wenn ihnen der Sinn danach stand.

Reiß dich verdammt noch mal zusammen.

»Tacker, Tacker, wo ist der Tacker?«, murmelte ein großer Mann hinter dem Schreibtisch am Empfang, halb an sich selbst, halb an Sandy gerichtet. »Man sollte nicht meinen, dass die schwierigste Aufgabe bei diesem Job darin besteht, Büromaterial aufzutreiben, aber manchmal …« Er streckte die Hand nach etwas aus. »Ah, da ist er ja.«

Sandys Augen wanderten zu dem Namensschild auf der Empfangstheke. *Yvette Scarpetta, Polizei-Disponentin.* Nun, der große Typ war ganz sicher nicht Yvette. Jetzt richtete er einige Seiten aus und tackerte sie zusammen, dann blickte er Sandy an. Schlagartig wurde sein Blick misstrauisch. Ein Teenager allein in einem Präsidium? Natürlich fragte er sich, was sie hier wollte.

»Kann ich dir helfen?«, erkundigte er sich.

Es war definitiv zu spät, um einen Rückzieher zu machen. Nun galt es, ruhig zu bleiben.

»Ähm, ja«, antwortete sie leise. »Ich suche nach meiner Mom. Sie ist vorgestern Nacht nicht nach Hause gekommen. Kurz nach Feierabend wurde sie noch mit einer Freundin gesehen – das heißt, ich weiß nicht, ob es wirklich eine Freundin war. Die Kollegen meiner Mutter sagen, sie hätten sie mit einer Frau mit blonden Haaren gesehen, aber sie kannten ihren Namen nicht. Ich weiß auch nicht, wer sie ist, deswegen habe ich keine Ahnung, wie ich sie finden soll.« Als Sandy einmal angefangen hatte zu reden, konnte sie nicht wieder aufhören. »Und ja ... ähm, meine Mom ist nicht gerade der zuverlässigste Mensch, aber sie kommt immer heim, irgendwann.«

»Hm.« Der Officer furchte die Brauen. Er wirkte jetzt eher besorgt als misstrauisch. »Wann hast du zum letzten Mal mit ihr gesprochen?«

»Vorgestern«, antwortete sie.

»Und wie alt bist du?«

Shit. Die Kinderschutzbehörde – daran hatte Sandy gar nicht gedacht. Aber sie durfte jetzt nicht lügen. Das Risiko, dabei ertappt zu werden, war zu groß. Sie konnte nur hoffen, dass es kein Verbrechen war, ein Kind in ihrem Alter allein zu lassen.

»Sechzehn. Aber ich möchte meine Mom nicht in Schwierigkeiten bringen. Sie ist eine großartige Mutter. Wirklich.«

Leider hatte sie bereits erwähnt, dass Jenna nicht besonders zuverlässig war. Warum hatte sie das bloß gesagt? Der Officer sah sie lange an, mit leicht verengten Augen, als überlegte er, wo er sie schon einmal gesehen hatte. Sie kannte ihn nicht. Da war sie sich ganz sicher. Schließlich streckte er ihr die Hand entgegen. »Ich bin Steve«, stellte er sich vor. »Und wie heißt du?«

»Sandy.«

»Okay, Sandy. Zu deinem Glück habe ich ein weiches Herz, wenn es um Töchter geht.« Er gab einer Kollegin Bescheid – wahrscheinlich besagter Yvette Scarpetta –, die soeben aus einer der Türen weiter hinten trat, verließ den Empfang und ging Sandy voran durch einen Flur. »Wenn ich eine Vermisstenanzeige schalte, kann es passieren, dass die Kinderschutzbehörde darauf aufmerksam wird, und das könnte die Dinge kompliziert machen, sollte deine Mutter innerhalb der nächsten Stunden wieder auftauchen. Ich schlage daher vor, dass wir erst einmal nachsehen, ob sie vielleicht in einen Unfall verwickelt war oder sonst eine Meldung vorliegt.«

»Danke«, sagte Sandy. »Ganz herzlichen Dank.«

»Kein Problem«, erwiderte Steve und hielt ihr die Tür zu einem geräumigen Büro auf.

Sandy nahm auf dem Stuhl vor Steves Schreibtisch Platz, der eine Lesebrille aufsetzte und dann umständlich seinen Computer hochfuhr. Anschließend starrte er auf den Monitor, wartete wohl, dass er zum Leben erwachte.

Sandy beobachtete ihn ungeduldig. Wenn er in diesem Tempo fortfuhr, würde sie Stunden hier verbringen müssen.

Nach einer ganzen Weile drehte er sich zu ihr um und lächelte. »Wie du siehst, mache ich so etwas nicht sehr oft.«

Und angesichts der Größe seines Büros war Steve auch kein gewöhnlicher Officer, dachte Sandy. Es war eindeutig, dass er hier das Sagen hatte. Ihr Blick schweifte zu dem Regal hinter ihm: Ganz oben standen mehrere gerahmte Auszeichnungen, ein Diplom sowie ein Basketballpokal, darunter Dutzende Schnappschüsse. Ihr Blick blieb an einem Foto in der Mitte hängen: eine vierköpfige Familie am Strand, lächelnd im Sonnenschein. Eines der Gesichter kannte sie: Hannah.

Herr im Himmel! Es wäre schön gewesen, wenn sie das gewusst hätte. So nach dem Motto: *Hey, keine Ahnung, ob dich das interessiert, aber mein Dad ist der Polizeichef.* Allerdings hatte Hannah ihr diese Information sicher nicht mit Absicht vorenthalten. Sie hatten einfach nie über ihre Väter gesprochen, nur über ihre Mütter. Immer nur über ihre Mütter.

»Warte, deine Mom erlaubt dir *was* nicht?«, hatte Sandy gefragt, nachdem sie schon ein, zwei Monate miteinander lernten, und sich an ihrem Kaffee verschluckt. Hannah hatte ihr eine weitere absurde Geschichte über ihre Mutter erzählt – und das Absurdeste daran war, dass Hannah sie für völlig normal zu halten schien. Sandy *wusste* wenigstens, dass Jenna komplett verkorkst war.

Sie hatten sich wieder im Black Cat getroffen. Hannah wollte zum Lernen immer dorthin gehen, behauptete, sie würde sich unter den Studentinnen und Studenten wohlfühlen, obwohl Sandy stets den Eindruck hatte, Hannah hoffte, jemanden dort zu treffen. Vielleicht stand sie auf einen der Baristas. Doch wann immer Sandy sie danach fragte, hatte Hannah sie mit der Antwort »Du weißt doch, dass ich mich noch nicht mit Jungs treffe« abgespeist.

»Meine Mom hat mir nicht erlaubt, Glitzer-Sneakers zu tragen«, wiederholte Hannah.

»Glitzer-Sneakers? Wie alt bist du?«

Hannah musste so sehr lachen, dass sie knallrot wurde. »Ich meinte, als ich klein war«, stieß sie hervor, als sie wieder Luft bekam. »Ich wollte immer diese hübschen glitzernden Turnschuhe tragen, weißt du?«

»Nee, weiß ich nicht«, sagte Sandy. Erst eine Krimskrams-Schublade, jetzt Glitzer-Sneakers – so etwas gab es in ihrem Leben nicht. »Um ehrlich zu sein, klingt das ziemlich grässlich.«

»Ja«, pflichtete Hannah ihr bei, diesmal mit einem gezwungenen Lachen. Sie wirkte plötzlich traurig, als sie sich abwandte und aus dem Fenster blickte. Sie sah hübsch aus in dem sanften Licht. Zart und weich, wie Sandy es nie sein würde. »Ja, vermutlich waren sie grässlich. Trotzdem habe ich ewig geweint, als sie Nein gesagt hat. Ich konnte gar nicht mehr aufhören, aber das hat sie nur wütend gemacht.« Ihre Augen weiteten sich bei der Erinnerung. »Als würde sie mich hassen.«

Ich bin mir sicher, sie hasst dich nicht, wollte Sandy widersprechen, doch dann fiel ihr ein, dass sie selbst es nicht mochte, wenn andere so einen Bullshit zu ihr sagten. Als würde die Welt zu einem perfekten Ort werden, wenn sie nur fest genug daran glaubten.

»Das ist ja echt schräg. Und was hast du dann getan?«

»Was ich getan habe?« Hannah sah Sandy verwundert an. »Bei meiner Mom kann man nichts tun, außer zu versuchen, sie beim nächsten Mal nicht wütend zu machen. Daran halte ich mich, indem ich mir Mühe gebe, so zu sein, wie sie mich gern hätte.«

»Funktioniert das?«

»Nicht wirklich.« Hannah schüttelte den Kopf. Ihre Augen waren glasig.

»Willst du stattdessen nicht manchmal einfach nur ›Leck mich!‹ sagen?«, fragte Sandy. »Ist nicht böse gemeint, aber sollte sie nicht der Mensch sein, der dich am meisten liebt, ganz egal, wie du bist?« Sogar Jenna tat das.

»Darüber denke ich auch manchmal nach – oft sogar.« Hannah senkte den Blick und schwieg eine Weile, dann sah sie auf. »Aber wenn ich so was zu ihr sage, wird sie mich endgültig hassen!«

»Vielleicht nicht. Vielleicht ändert sie sich dann.« Sandy war sich nicht sicher, von wem sie sprach: von Hannahs Mom oder von Jenna.

»Nein«, hatte Hannah leise gesagt, ihren Bleistift genommen und sich wieder auf den Lernstoff konzentriert. »Meine Mom wird sich niemals ändern.«

»Du liebe Zeit!«, rief Steve und deutete auf die Schürfwunde an ihrem Arm. »Was ist denn da passiert?«

Mist. Sandy hatte nicht gemerkt, dass ihr der Ärmel hochgerutscht war. »Oh, ich bin vom Fahrrad gestürzt.« Sie krauste die Nase, als wollte sie sagen: »Tja, so was kommt nun mal vor.« Ihr Herz hämmerte. *Atme. Atme, verdammt noch mal! Er hat dir nur eine Frage gestellt. Eine Frage, die jeder stellen würde, nicht nur ein Cop.* »Zum Glück ist das Rad heil geblieben.«

»Na ja.« Steve schüttelte den Kopf. »Ein Fahrrad kann man ersetzen, dich nicht. Ich hoffe nur, du fährst abends nicht ohne Reflektoren durch die Dunkelheit. Es passieren immer wieder tödliche Radunfälle, du solltest wirklich vorsichtig sein.«

»Nein, ich meine, ja. Ich habe Reflektoren.« Sandy nickte. Sie fühlte sich elend.

»Gut. So, jetzt lass mich den Namen von deiner Mom eingeben. Würdest du ihn mir bitte buchstabieren?« Steves Finger schwebten über der Tastatur.

»Jenna Mendelson. M-e-n-d-e-l-s-o-n«, erwiderte Sandy, doch Steve tippte nicht. Regte sich nicht. Wie erstarrt verharrten seine Hände in der Luft.

Sandy spürte, wie ihr schlecht wurde. War Jenna bereits tot, und Steve wusste es? Hatte es bei ihm klick gemacht, als er ihren Namen hörte? Langsam nahm er die Lesebrille ab und musterte Sandy. Der Freundlicher-Daddy-Ausdruck auf seinem Gesicht war verschwunden. Jetzt blickte sie in die Augen eines Cops. Was ihr eine Höllenangst machte.

»Ich denke, wir sollten noch einmal von vorn anfangen«, sagte er mit todernster Stimme. »Wann genau hast du deine Mutter zum letzten Mal gesehen?«

MOLLY
18. MÄRZ 2013

Was ich Dr. Zomer erzählt habe, war nicht die ganze Wahrheit. Die hatte ich nicht einmal Justin erzählt, aber ich denke, er kannte sie. Natürlich kannte er sie.

Ich hatte tatsächlich ein Glas fallen lassen und mich an der Hand verletzt, als ich aufräumen wollte. Das entspricht der Wahrheit. Als ich das Blut an meiner Hand bemerkte, war ich weder aufgeregt noch erschrocken. Ich fühlte mich erleichtert. Als wäre die Welt wieder im Gleichgewicht.

Ich erinnere mich nicht, wie es dazu kam, dass ich mich mit einer der Scherben in den Arm schnitt. Ich musste mich geschnitten haben. Ich erinnere mich, dass ich sorgfältig darauf achtete, keinen wirklichen Schaden anzurichten, soweit ich das mit meinen laienhaften Medizinkenntnissen beurteilen konnte. Denn das hätte ich tun können, hätte ich es gewollt. Ich hätte so viel mehr anrichten können.

Und dann hatte Ella angefangen zu weinen – wegen einer ihrer Albträume. Sie hatte immer wieder Albträume. Und ich rannte, ohne zu überlegen, zu ihr, denn das konnte ich – ich konnte sie trösten, wenn sie wieder einmal schlecht geträumt hatte. Mir war gar nicht bewusst, wie sehr die kleinen Schnitte bluteten.

Ich hielt Ella in den Armen, als Justin etwas später nach Hause kam. Sobald er uns sah, fing er an zu schreien: »Wo blutet sie? Wo blutet sie?« Erst da bemerkte ich, dass Ellas Kopf blutverschmiert war.

Eine Sekunde später wurde ich ohnmächtig. Zum Glück fing Justin mich auf – und Ella ebenfalls, als ich zu Boden ging. Als Nächstes erinnere ich mich daran, dass die Rettungssanitäter mich in den Krankenwagen schoben. Auf halbem Weg ins Krankenhaus kamen sie zu dem Schluss, dass der Schnitt in meinem Arm nichts Ernstes war. Dass ich nicht wegen des Blutverlusts das Bewusstsein verloren hatte, sondern wegen des Anblicks meiner blutüberströmten Tochter.

Justin hatte die Rettungssanitäter belogen, hatte behauptet, er wäre zu Hause gewesen und hätte alles mit angesehen. Es wäre ein Unfall gewesen, das zerbrochene Glas, die Verletzung an meiner Hand und der Schnitt in meinem Arm. Als ich sah, wie er das für mich tat, wie er log, als hinge sein Leben davon ab, als hinge mein Leben davon ab – was möglicherweise sogar stimmte, denn in einem solchen Fall hätte man mich gegen meinen Willen einweisen können –, liebte ich ihn mehr als je zuvor.

Deshalb hatte ich eingewilligt, als er am nächsten Tag darauf bestand, dass ich Dr. Zomer aufsuchte. Das war das Mindeste, was ich tun konnte.

Molly

»Ich habe dir einen Latte bestellt«, sagte Stella, als ich ins Black Cat kam. Sie saß an einem Tisch am Fenster, zwei Tassen Kaffee vor sich. »Natürlich mit Vollmilch, denn das ist alles, was sie in diesem gottverdammten Café anbieten.« Ihre Nasenflügel bebten. »Ich verstehe echt nicht, warum du es hier so toll findest.«

»Es erinnert mich an New York«, sagte ich, als ich mich ihr gegenübersetzte und versuchte, nicht an den Karton voller Akten zu denken, den Steve in unserem Wohnzimmer hatte stehen lassen. Den irgendein Fremder in unser Haus geschafft hatte. Vielleicht ein Leser des *Ridgedale Reader*. Ein verärgerter Leser? Ein zufriedener? Was wollte er mir sagen? Bei der Vorstellung, dass der Karton noch immer dort stand, stieg ein beklemmendes Gefühl in mir auf. Ich war mir nicht sicher, ob ich das Richtige getan hatte, als ich mich entschied, auf eine Anzeige zu verzichten.

Nachdem Steve gefahren war, hatte ich Ella aus dem Wagen geholt und das Haus betreten, doch ich war nicht lange geblieben. Wir zogen unsere Schlafsachen aus und machten uns eilig für den Tag fertig, ohne dass ich auch nur einen Blick in den Karton warf. Sobald ich Ella in den Kindergarten gebracht hatte, wollte ich nach Hause zurückkehren und mir den Inhalt vornehmen. Was ich doch nicht getan hatte. Stattdessen war ich Stellas Einladung gefolgt. Ich war so gestresst wegen der Sache mit dem Karton, dass ich ihr um ein Haar davon berichtet hätte. Allerdings zählte das genau zu den Geschichten, die sie liebte. Ich war mir sicher, dass sie mich drängen würde, unverzüglich zu uns nach Hause zu fahren und jede einzelne Akte durchzusehen.

»Auch Kakerlaken würden dich an New York erinnern«, erwiderte Stella. »Aber das heißt noch lange nicht, dass wir scharf darauf sein sollten, sie zu importieren. Oh, warte, hab ich dir das eigentlich schon erzählt?« Sie beugte sich verschwörerisch zu mir vor. »Zachary und ich werden heute nach meiner Stunde zusammen zu Mittag essen.«

»Tatsächlich?« Ich war erleichtert, über etwas so Belangloses wie Stellas endlose und eher halbherzige Jagd auf ihren einunddreißig Jahre jungen Tennislehrer zu plaudern, denn so musste ich ihr nicht die Fragen stellen, die ich wegen Rose und ihrem Baby und Aidan an sie hatte. Ich war mir nicht sicher, ob ich für die Antworten bereit war.

Ich zuckte zusammen, als mein Handy auf dem Tisch summte.

»Oh, du bist aber schreckhaft«, bemerkte Stella. »Wer ruft an?«

Richard Englander. Ich war überrascht, dass Richard bis halb zehn gebraucht hatte, um sich erneut zu melden, doch bei genauerem Hinsehen stellte ich fest, dass dies sein dritter Anruf war. Es waren außerdem mehrere Textnachrichten von ihm eingegangen. Er war wieder in der Redaktion und wollte auf den neuesten Stand bei der größten Story gebracht werden, die Ridgedale seit Jahren erlebte. Ich will fair bleiben – hätte er sich nicht an der Gallenblase operieren lassen müssen, wäre es seine Story gewesen. Seine erste Nachricht – die von gestern Abend – hatte freundlich geklungen, er erkundigte sich lediglich, ob ich Hilfe gebrauchen konnte. Anschließend war er von Nachricht zu Nachricht aufdringlicher geworden.

Ich ließ die Mailbox drangehen, auch wenn ich mir ziemlich sicher war, dass ich sie nicht abhören würde. Genauso wenig, wie ich ihm die Story überlassen würde. Es sei denn, Erik entzog sie mir.

»Was hast du gerade gesagt?«, wandte ich mich wieder Stella zu. »Du hast vor, mit Zachary zu Mittag zu essen? Wirklich?«

»Augenblick mal, versuch nicht, das Thema zu wechseln.« Sie richtete ihren Zeigefinger auf mich. »Was ist los? Wer war das?«

»Ach, nur ein Kollege. Ein Reporter vom *Reader*. Der jüngere.«

»Das Arschloch?«

»Ja, genau der. Er ist Nachrichtenreporter. Die Baby-Story wäre seine gewesen, wäre er nicht krank geworden«, sagte ich. »Und jetzt will er, dass ich sie ihm überlasse.«

»Sag ihm, er kann dich mal. Du machst einen großartigen Job. Ich habe heute früh deinen Beitrag über – wie heißt das noch gleich? – Neonatizid, Neugeborenentötung, gelesen. Er war wirklich ...« – sie suchte nach dem richtigen Wort – »... leidenschaftlich.«

»Tja, Justin wäre glücklich, wenn ich Richard übernehmen ließe.«

»Ach, tatsächlich?« Stella zögerte und presste die Lippen zusammen. Ich konnte förmlich sehen, wie sie nur darauf wartete, dass ich mich über Justin beschwere, weshalb ich es nie tat. Sie liebte es, über Ehemänner herzuziehen – ganz gleich, ob ehemalige, aktuelle oder zukünftige.

»Er macht sich Sorgen, ich könnte wegen des Babys einen Zusammenbruch erleiden.«

Stella sah mich eine ganze Weile an. Ihr Gesichtsausdruck war nicht zu deuten. »Und?«, fragte sie dann. »Wirst du zusammenklappen?« Ihr Ton klang nüchtern-sachlich. Und genau deswegen liebte ich sie.

»Nein«, erwiderte ich, und das sagte ich nicht nur so dahin. Es fühlte sich an wie die Wahrheit. »Ich werde definitiv keinen Zusammenbruch erleiden. Ich weiß, dass das merkwürdig klingt, aber es geht mir im Augenblick so gut wie schon seit Jahren nicht mehr.«

»Dann sage ich dir als deine Freundin, dass du das durchziehen musst.« Stella klang ungewohnt ernst. Auch ihr Gesicht hatte einen ungewohnten Ausdruck angenommen – sie wirkte absolut aufrichtig. »Völlig gleich, ob es dir merkwürdig erscheint oder ob Justin das will.«

»Richtig, nieder mit den Ehemännern!«, scherzte ich mit einem Lächeln. Ich glaubte zwar nicht, dass es das war, was Stella meinte, aber es war nicht ganz ausgeschlossen.

Sie wirkte verletzt. »Ich sage doch nur, dass es mitunter Dinge gibt, die man tun *muss*, ganz gleich, wie jemand anderes darüber denkt.«

»Was ist mit Rose passiert?«, fragte ich, da mir klar war, dass ich dringend das Thema wechseln wollte. Außerdem wollte ich reinen Tisch machen. Mein Verdacht, dass Stella etwas mit Rose' Verschwinden zu tun haben könnte, war gewiss an den Haaren herbeigezogen, dennoch wäre es schön gewesen, wenn ich einen Beweis dafür gehabt hätte, dass dem nicht so war. »Die Polizei hat mich angerufen und gebeten, nach ihr Ausschau zu halten. Und nach dir.«

»Sicher, vermutlich hätte ich um Erlaubnis bitten müssen, mit meiner Tante zur Philadelphia Flower Show fahren zu dürfen.« Stella wirkte nicht im Mindesten überrascht oder besorgt. »Wie dem auch sei, Rose hat sich aus dem Staub gemacht. Das habe ich der Polizei bereits mitgeteilt. Kann man es ihr verdenken? Irgendwann wird man herausfinden, dass es nicht ihr Baby war, doch warum sollte sie bis dahin hierbleiben und sich schikanieren lassen? Außerdem glaube ich nicht, dass sie deshalb abgehauen ist. Ich denke, das hatte etwas mit dem Vater des Babys zu tun. Sie hat mir erzählt, dass sie seinetwegen die Stadt verlassen hat, mit dem Baby. Details wollte sie mir nicht verraten, aber ich glaube, sie hatte Angst vor ihm. Sie war auf dem Weg zur Arbeit, als sie in diesen Autounfall verwickelt wurde.«

»Und jetzt? Woher willst du wissen, dass es ihr gut geht? Hast du mit ihr gesprochen?«

»Du denkst doch nicht etwa, *ich* hätte ihr bei der Flucht aus dem Krankenhaus geholfen?«, fragte Stella gespielt empört. »Die Arbeit an dieser Story hat Sie schrecklich misstrauisch gemacht, Ms Sanderson.«

»Ich will nur ausschließen, dass der Vater des Babys sie entführt hat. Du hast doch gerade gesagt, dass sie Angst vor ihm hatte.«

»Dann machst du dir also Sorgen um Rose' Sicherheit, oder geht es dir um etwas anderes?« Anscheinend spürte Stella, dass ich immer noch fürchtete, es könnte sich bei dem toten Säugling um Rose' Kind handeln. Es war schwer, ihr etwas vorzumachen. »Molly.« Stella seufzte. »Das tote Baby ist *nicht* Rose' Baby. Hieß es nicht, es handelte sich um ein Neugeborenes? Rose' Baby ist über drei Wochen alt. Und ihre Tochter ist kein zartes Baby.«

»*Möglicherweise* ein Neugeborenes«, stellte ich klar. »Der Gerichtsmediziner kann es noch nicht mit Bestimmtheit sagen.«

»Und das hast du einfach so geschluckt?«, fragte Stella stirnrunzelnd. »Du klingst schon genauso wie die Polizei. Und das meine ich nicht als Kompliment.«

Bevor ich mich verteidigen konnte – ganz abgesehen davon, dass es eine ziemlich lahme Verteidigung geworden wäre –, wurde Stella von einer Textnachricht abgelenkt.

»Großartig«, sagte sie. »Warum bist du nicht in der Schule, Aidan?«, fragte sie genervt, während sie gleichzeitig tippte. Dann schaute sie hoch und richtete den Blick auf mich.

»Man sollte meinen, er wäre so schlau, mir nicht ausgerechnet dann eine Nachricht zu schicken, wenn er eigentlich im Unterricht sein sollte. Aidans hundsmiserables Benehmen würde mir weit weniger zu schaffen machen, wenn es ihn nicht immer so verdammt dämlich aussehen ließe.«

»Klingt so, als wäre alles beim Alten mit ihm.«

Aidan. Das Blumenmädchen. Ich hörte immer noch Ellas Stimmchen: *Was ist eine Schlampe, Mommy?* Mit Sicherheit gab es eine Erklärung dafür. Ich musste sie nur finden. Außerdem musste ich einen Weg finden, Stella dazu zu bringen, mir meine Fragen zu beantworten, ohne dass ich sie ihr direkt stellen musste. Ich war mir nicht sicher, ob unsere Beziehung eine direkte Konfrontation überstehen würde.

»Bei Aidan ändert sich nie etwas.« Sie zuckte mit den Achseln. »Ich muss wohl einfach akzeptieren, dass ich keine Kontrolle über das habe, was er tut. Vielleicht nimmt es für ihn ein gutes Ende, vielleicht nicht. Das ist schrecklich, aber so ist es nun mal. Ich darf mich nicht selbst in den Wahnsinn treiben, indem ich mir die ganze Zeit über den Kopf zerbreche, was wohl aus ihm werden wird.«

»Vielleicht braucht er eine Freundin«, überlegte ich nicht ohne Hintergedanken. »Du weißt schon – jemanden, der ihn in der Spur hält.«

»Halt bloß die Klappe«, erwiderte Stella. »Das Einzige – wirklich das Einzige –, was uns in dieser Situation rettet, ist, dass Aidan keine Freundin hat.«

Zu Hause blieb ich in der offenen Tür stehen und betrachtete den Karton. Ich hatte Angst, ihn zu öffnen. Endlich trat ich die Tür hinter mir zu, dann bückte ich mich und hob mit einer ruckartigen Bewegung den Deckel, als würde ich ein Pflaster abreißen. Mein Puls raste, aber Steve hatte recht: Es waren nur ganz gewöhnliche Akten darin.

Ich zog eine heraus. Sie war von 2006 und gehörte einem Mädchen namens Trisha Campbell. Darin waren Fotokopien abgeheftet – ein Sammelsurium von Unterlagen der Ridgedale University: Zeugnisse, Wohnheiminformationen, Speisepläne. Trisha war eine gute Studentin gewesen, sie hatte Geschichte und Englisch studiert und die ersten beiden Semester in Spanien absolviert. Ich ließ die Akte aufgeschlagen vor mir liegen und zog eine zweite heraus, diesmal von 2007. Sie war von einem Mädchen namens Rebecca Raynor. Die abgehefteten Unterlagen wichen nur leicht von denen in Trishas Akte ab. Sie hatte im Hauptfach Biologie studiert. Ihre Noten waren weniger beeindruckend, dafür hatte sie mehrere Auszeichnungen für musikalische Leistungen erhalten. Ich legte Rebeccas Akte neben Trishas und griff ein drittes Mal in den Karton. Diesen Namen kannte ich: Rose Gowan, 2014.

Mein Blick wanderte zurück zu Trishas Akte, und da sah ich es: FE, mitten in ihrem Abschlusssemester. Auch Rebecca hatte sich freiwillig exmatrikuliert. Wie sich herausstellte, hatten alle sechs Studentinnen, deren Akten in dem Karton lagen, ihr Studium an der Ridgedale University freiwillig abgebrochen. Eine 2006, zwei 2007, die restlichen drei zwischen 2012 und 2014. Die einzige offensichtliche Verbindung, die ich zwischen den drei Mädchen von 2006 und 2007 herstellen konnte, war, dass sie alle dasselbe Amerikanistik-Seminar besucht hatten, das von Prof. Christine Carroll gehalten wurde. Ansonsten waren ihre Stundenpläne und Hintergründe grundverschieden, genau wie die der übrigen Mädchen.

Ich eilte aus dem Haus, den Aktenkarton unter dem Arm, fest entschlossen, Ben LaForde, den Chef der Campus-Polizei, damit zu konfrontieren. Doch während ich zur Ridgedale University fuhr, fragte ich mich, womit genau ich ihn eigentlich konfrontieren wollte. Eine Reihe von unsachgemäß untersuchten sexuellen Übergriffen auf dem Campus hatte dazu geführt, dass ein halbes Dutzend Frauen die Universität verlassen hatte – das war es, was ich mutmaßte. Ich war mir sicher, dass Ben LaForde etwas verbarg. Doch was für einen Beweis hatte ich?

Sechs Studentinnen der Ridgedale University hatten sich binnen eines Jahrzehnts freiwillig exmatrikuliert. Wie hoch lag die Durchschnittsrate an anderen Universitäten? Vielleicht waren auch männliche Studenten ausgeschieden. In dem Karton befand sich keine Nachricht, nichts, was erklärt hätte, warum man mir die Akten zugespielt hatte. Meine Theorie basierte hauptsächlich darauf, dass Stella vermutete, Rose wäre auf dem Campus vergewaltigt worden und habe die Uni daraufhin verlassen. Allerdings erschien mir die Schlussfolgerung, dass den anderen jungen Frauen das Gleiche passiert war, doch ziemlich gewagt.

Als ich am Campus ankam, war mir klar, dass ich irgendeinen Beweis dafür brauchte, dass die Studentinnen tatsächlich sexuellem Missbrauch zum Opfer gefallen waren, bevor ich irgendwelche Anschuldigungen erhob. Und so wendete ich, um wieder nach Hause zu fahren, anstatt zu parken und in LaFordes Büro zu stürmen. Auf dem Heimweg machte ich einen langen Umweg – an der Essex Bridge vorbei.

Ich wurde von unerwarteter Traurigkeit überwältigt, als ich nur ein einziges Polizeifahrzeug an der Straße parken sah, ganz in der Nähe der Stelle, wo man das Baby gefunden hatte. Als hätten alle anderen bereits aufgegeben. Vergessen. Nach vorn geblickt.

Langsam fuhr ich vorbei, doch der Officer im Wagen schaute nicht einmal auf, er hatte die Augen fest auf sein Handy gerichtet. Ein paar Meter weiter fiel mir auf der gegenüberliegenden Straßenseite eine Einfahrt ins Auge, versteckt zwischen einigen windzerzausten Bäumen. Sie machte eine Rechtskurve und führte zu einer heruntergekommenen Ranch mit unverstelltem Blick auf die Straße und den Cedar Creek.

Spontan setzte ich den Blinker und bog in die Einfahrt ein. Die Polizei hatte die Bewohner der Ranch bestimmt schon befragt – wer auch immer hier leben mochte. Allerdings hieß das nicht, dass ich das nicht auch tun konnte.

Das Haus sah von Nahem betrachtet noch baufälliger aus: Das Fundament verschwand im hohen Gras, die verrostete Dachrinne hatte sich aus der Verankerung gelöst, das Fenster der Garage war gesprungen, der Fensterladen hing lose herab. Der Rasen bestand nur noch aus Fingerhirse und Unkraut, braun vom Winter. Gesprungene Steinplatten führten zur Haustür, neben der eine fadenscheinige Flagge baumelte. Sogar die Hausnummer war verrutscht, die einzelnen Ziffern hatten rostige Spuren hinterlassen.

Ich klopfte und rüttelte an der Fliegengittertür. Als niemand reagierte, zählte ich bis zwanzig, dann klopfte ich erneut. In der Einfahrt parkte ein Pick-up, aber das bedeutete nicht zwangsläufig, dass jemand zu Hause war. Ich machte ein paar Schritte zur Seite und blickte am Gebäude hinauf. Gerade als ich überlegte, zum Wagen zurückzukehren, wurde die Tür geöffnet.

»Hallo?«, rief eine verärgert klingende Männerstimme durch die Fliegengittertür. »Wer ist da?«

Der Mann war groß, kräftig und stämmig, um nicht zu sagen ziemlich übergewichtig. Er hatte struppige graue Haare und ein ungewöhnlich breites Gesicht, trug eine Schlafanzughose und ein bequemes schwarzes T-Shirt mit einem dicken Nike-Swoosh darauf. Das T-Shirt schmiegte sich wie ein riesiger Stoffsack an seinen vorgewölbten Bauch.

»Oh, hi«, sagte ich und trat einen Schritt vor, damit er mich sehen konnte. »Ich bin Molly Sanderson, Reporterin beim *Ridgedale Reader*, und ich ...«

»Reporterin?« Er klang genervt. »Was wollen Sie?«

Nichts, hätte ich am liebsten geantwortet. *Ich gehe ja schon wieder.* Stattdessen sagte ich: »Ich arbeite an einer Story über das Baby, das man unten am Fluss gefunden hat, gleich auf der anderen Straßenseite.« Was, wenn er etwas damit zu tun hatte? Nein, das konnte ich mir nicht vorstellen. Es wäre nicht sonderlich klug, ein totes Baby so nah am Haus abzulegen. Obwohl – er schien mir nicht gerade der Hellste zu sein. »Ich hatte gehofft, kurz mit Ihnen reden zu können.«

Der massige Kerl zog die Augen schmal, dann öffnete er mit seiner fleischigen Hand die Fliegengittertür. »Wollen Sie jetzt reinkommen, oder nicht?«, fragte er, als ich mich nicht vom Fleck rührte.

»Oh, ja, danke«, sagte ich und trat ein.

Seit wann betrat ich das Haus eines Mannes, den ich nicht kannte und der noch dazu wenig begeistert von meinem Besuch zu sein schien? Er hätte mich mühelos überwältigen können. Gut möglich, dass das Baby irgendeiner bedauernswerten Frau gehörte, die der Typ in seinem Keller gefangen hielt.

Meine Angst wurde zusätzlich befeuert von dem überwältigenden Gestank nach Verwesung, der mir entgegenschlug, sobald ich einen Fuß ins Haus gesetzt hatte. Katzenkot, vermischt mit Kohl? Hoffentlich, denn das war um einiges besser als die anderen Optionen, die mir schlagartig in den Sinn kamen. Ich versuchte, durch den Mund zu atmen, damit ich nicht würgen musste, doch der Gestank war nahezu greifbar. Ich spürte, dass er sich wie eine saure Decke auf meine Zunge legte.

Es war dunkel im Haus. Die Vorhänge waren zugezogen,

das einzige Licht stammte von einer Stehlampe in der Ecke. Leider war es nicht dunkel genug, um das Durcheinander zu verbergen. Überall standen überquellende Kartons mit Kleidung, Unterlagen und verstaubter Weihnachtsdekoration herum, daneben stapelten sich alte Zeitungen. In der offenen Küche, die an das Wohnzimmer angrenzte, konnte ich schmutziges Geschirr und aufgerissene Lebensmittelpackungen auf jeder freien Fläche sehen. Eine orange getigerte Katze saß mitten auf einem vollgestellten Herd, drei weitere Katzen lungerten auf dem Fußboden. Eine von ihnen zuckte mit dem Schwanz, sonst hätte ich sie übersehen. Die Katzen starrten zwei Papageien in einem Käfig unter der Decke an, warteten vermutlich auf ihre Chance, einen schmackhaften Leckerbissen zu erbeuten. Als einer der Papageien das Gefieder sträubte, sprangen alle vier Katzen auf und kreisten unter dem Käfig wie Haie. Ich wartete darauf, dass der Mann sie verscheuchte, aber er schien es nicht einmal zu bemerken.

»In zehn Minuten fängt *Hannity* an«, sagte er und ging um mich herum zu seinem Fernsehsessel. »Sie müssen sich also kurzfassen.« Er ließ sich auf das Polster fallen und zog mit einer geübten Bewegung die Fußstütze heraus. Anschließend deutete er auf die Couch, die entweder stark gemustert oder sehr dreckig oder beides war. »Nehmen Sie Platz, wenn Sie möchten.«

»Oh, danke, gern«, sagte ich und setzte vorsichtig einen Fuß vor den anderen, während ich insgeheim betete, dass ich nicht stolperte und mit dem Gesicht voran auf dem ekeligen Teppich landete.

»Tut mir leid, dass es hier drinnen so dunkel ist«, entschuldigte er sich und deutete auf die Vorhänge. »Ich muss sie zugezogen lassen, damit keine Fotos gemacht werden können, wenn die Drohnen kommen. Ein paar Aufnahmen, die zeigen, wie ich in die Jahre gekommen bin, und *zack!*« – er schnipste mit den Fingern – »… berufen sie ein Todesgremium ein.«

Natürlich. Drohnen und Todesgremien.

»Verstehe«, sagte ich. *Sie leiden an Wahnvorstellungen.* »Weil die Vorhänge zugezogen waren, haben Sie vermutlich nicht mitbekommen, was da draußen mit dem Baby passiert ist?«

»Wer behauptet das?« Er klang nun wieder defensiv. »Die verdammten Cops. Dass ich nicht mit diesen Schwachköpfen reden will, heißt noch lange nicht, dass ich keine Ahnung habe. Ich bin einfach nur der Ansicht, dass es weder mein Job noch ihrer ist, andere Leute auszuspionieren. Ich glaube an die persönliche Freiheit, daran, dass jeder das Recht hat, zu tun, was er möchte.«

»Zählt dazu auch, ein Baby im Wald auszusetzen?«

»Wer zum Teufel bin ich, dass ich mir ein Urteil erlauben könnte?« Er zuckte mit den Achseln.

Seine Überzeugungen kamen mir größtenteils unsinnig vor, doch ich meinte, eine Spur von extremem Konservatismus darin erkennen zu können. Wenn ich an der Stelle einhakte, würde hoffentlich etwas Interessantes dabei herauskommen.

»Aber was für Zustände werden wir in der Welt haben, wenn wir die Menschen nicht für ihr Handeln zur Verantwortung ziehen?«, fragte ich. »Anarchie?«

»Das ist korrekt.« Er musterte mich mit schmal gezogenen Augen, dann nickte er, als wäre er zu einer Schlussfolgerung gelangt. »Kommen Sie, ich zeige Ihnen etwas.«

Er stand auf und führte mich durch einen noch dunkleren Flur. Ich zögerte. Womöglich hatte er vor, mich zu überwältigen und irgendwo einzusperren … Ich war schon lange nicht mehr in Form, also musste ich darauf vertrauen, dass ich über eine Art Muskelgedächtnis verfügte, sollte er sich auf mich stürzen.

»Haben Sie gesehen, was mit dem Baby passiert ist, Mr ...«

Ich zog mein Handy aus der Tasche, während ich hinter ihm herging, und schickte Justin hastig eine Textnachricht mit der Adresse des Mannes, ohne irgendeine Erklärung anzufügen. Wenn ich nicht nach Hause kommen würde, wüsste er wenigstens, wo er anfangen sollte, mich zu suchen. Wenn doch, würde er darauf brennen zu erfahren, was die Nachricht zu bedeuten hatte, und ich würde ihm reinen Wein einschenken müssen – später.

»Ich habe nicht gesehen, was mit dem Baby passiert ist«, antwortete der Mann und betrat eine Waschküche. Die Tür daneben stand offen, ich konnte erkennen, dass sie zur Garage führte. »Aber ich habe etwas anderes gesehen.«

In der Waschküche stand ein Teleskop, die Linse zwischen den geschlossenen Vorhängen hindurch aus dem Fenster gerichtet. Er legte zufrieden eine Hand darauf, als wäre es die Antwort auf all meine Fragen. Ich starrte auf das Teleskop, unsicher, was ich sagen sollte. Einerseits war ich froh, dass er offenbar tatsächlich etwas gesehen hatte, was mich womöglich bei meinen Recherchen voranbringen würde, andererseits wurde mir noch beklommener zumute bei der Vorstellung, was für ein Mensch er wohl sein mochte.

»Was haben Sie gesehen?«, fragte ich mit rauer Stimme.

»Glauben Sie an Geister?«

Nein. Aber das war nicht die Antwort, die er hören wollte. »Sicher«, erwiderte ich daher. »Warum?«

»Weil ich einen Geist gesehen habe.« Er beugte sich vor und spähte durch das Teleskop. »Eines späten Abends, ist noch nicht lange her. Ein, zwei Wochen vielleicht.«

»Was genau haben Sie gesehen?«

Er drehte sich wieder zu mir um und nickte bedeutungsvoll. »Der Geist sah aus wie ein Mädchen. Es krabbelte die Flussböschung hinauf, das Gesicht bedeckt mit einer Art Tarnfarbe. Sie wissen schon, Camouflage.«

»Camouflage?« *Sei neugierig, nicht skeptisch. Frag nach, aber fordere nicht heraus.*

»Ja, sie hatte Tarnbemalung, im ganzen Gesicht!« Er machte wischende Bewegungen, als würde er Farbe auftragen.

»Und Sie haben sie vom Cedar Creek kommen sehen?«

»Zweimal. Diesmal ist sie die Böschung hochgestiegen und hat sich übergeben. Und sie war mit diesen Tarnfarben beschmiert. Beim ersten Mal nicht. Da lief sie weg, in einem roten Kleid.«

»Und dieses Mal?«, wollte ich wissen. Ich hatte so sehr gehofft, er würde etwas sagen, was ihn weniger wahnhaft erscheinen ließ.

»Nun, dieses Mal kam sie aus dem Wasser und hat gekotzt.« Er zuckte mit den Achseln. »Dort hinten. Vielleicht war sie betrunken. Und dann ist sie abgehauen. Mit der Farbe im Gesicht.«

»Wann haben Sie sie denn zum ersten Mal gesehen?«

»Oh, das ist schon lange her. Sehr lange. Vielleicht fünfzehn, wenn nicht gar zwanzig Jahre. Es war an demselben Abend, an dem dieser Junge bei der Party von der Brücke gestürzt ist.«

»Und Sie haben ein und dasselbe Mädchen gesehen?«

»Ja.«

Großartig.

»Ich bin mit meiner Kamera rausgelaufen. Ich wollte Beweisfotos schießen, um sie an eine dieser Geisterjäger-Sendungen zu schicken, doch als ich am Fluss ankam, war sie weg. Verschwunden.« Er klatschte in die Hände. »Einfach so.«

»Dann haben Sie also keine Aufnahmen gemacht?«

»Nein, aber etwas habe ich, vorausgesetzt, ich finde es.« Er fing an, sämtliche Schubladen in der Waschküche aufzureißen, eine nach der anderen. »Das Ding muss irgendwo hier drin sein. Moment, warten Sie ... Ah, hier ist es.« Er hielt etwas zwischen den Fingern. Ich streckte ihm die offene Handfläche entgegen und wappnete mich. Bestimmt würde gleich etwas Feuchtes, Ekelhaftes darauf liegen. »Das gehört ihr. Ich habe es auf der Straße gefunden, nachdem ich sie das erste Mal gesehen hatte.«

Zum Glück handelte es sich um etwas Kühles, Schweres – ein Silberreif, in dessen Innenseite *Für J. M. Auf ewig, Tex* eingraviert war.

»Glauben Sie mir. Es war dasselbe Mädchen. Ein gottverdammter Geist!«

RIDGEDALE READER

ONLINEAUSGABE

18. März 2015, 08:26 Uhr

DIE RECHTLICHE UNZULÄNGLICHKEIT DES PARADIGMAS DER KINDES- UND NEUGEBORENENTÖTUNG

EINE REPORTAGE VON MOLLY SANDERSON

Vor weniger als fünfunddreißig Stunden wurde in der Nähe der Essex Bridge die Leiche eines offenbar Neugeborenen weiblichen Geschlechts gefunden. Bislang hat der Gerichtsmediziner weder Angaben zum genauen Alter des Kindes noch zur offiziellen Todesursache gemacht, auch die Identität ist noch ungeklärt.

Viele gehen davon aus, dass die Eltern des Säuglings dafür verantwortlich sind, und landesweite Statistiken stützen diese Annahme. Bei Kindern unter zwei Jahren ist die Wahrscheinlichkeit, ermordet zu werden, doppelt so hoch wie die, bei einem Autounfall ums Leben zu kommen. Laut den jüngsten Statistiken der Justizbehörde sind die Täter bei Morden an Kindern unter zwölf Jahren zu 57 Prozent die Eltern des Opfers – bei 55 Prozent der Angeklagten handelt es sich um Frauen. Bei Mordfällen generell beträgt der Anteil der weiblichen Angeklagten hingegen nur 10,5 Prozent.

Gleichzeitig entwickeln sich die Erkenntnisse über psychische Störungen bei Müttern weiter. Früher dachte man, bei einer postpartalen Depression handele es sich um eine Störung, die Frauen nur unmittelbar nach einer Geburt befällt. Heute ist bekannt, dass sie weitaus differenzierter betrachtet werden muss. Frauen können bereits im ersten Drittel der Schwangerschaft an hormonbedingten Stimmungsschwankungen leiden, genau wie es möglich ist, dass die Symptome erst lange nach der Entbindung auftreten. Entgegen früherer Annahmen kann sich eine postpartale Depression zudem auf vielfältige Weise manifestieren, und häufig äußern sich ihre Symptome völlig anders als bei dem, was wir für eine klassische Depression halten – Psychosen, Zwangs- und Angststörungen mit eingeschlossen.

In dem tragischen Fall, dass eine Mutter ihrem Neugeborenen das Leben nimmt, in der Fachsprache Neonatizid genannt, erfüllt der Zustand der Depression – ganz gleich, ob vor oder nach der Geburt – oftmals nicht die juristischen Voraussetzungen für eine Schuldunfähigkeit. Häufig weigern sich die Gerichte, ein Expertengutachten erstellen zu lassen, in dem der psychische Zustand der Mutter – ihre Unzurechnungsfähigkeit – dargestellt wird. Dabei sollte der Geisteszustand bei der Bestimmung des Strafmaßes eine entscheidende Rolle spielen, tatsächlich gibt es aber kaum einen Bereich in unserem Strafrecht, der so schwammig verhandelt wird wie die Neugeborenentötung. Oftmals bestimmt allein die Staatsanwaltschaft über den Schweregrad des Verbrechens, die Anklagepunkte reichen von Mord bis hin zur illegalen Entsorgung einer Leiche. Diese Uneinheitlichkeit trägt weiter dazu bei, das ohnehin problematische juristische und emotionale Terrain zu einem Minenfeld zu machen.

Es mag kein tragischeres Verbrechen geben als das, dass eine Mutter ihr eigenes Kind tötet. Dennoch dürfen wir nicht zulassen, dass unsere Angst vor dem, was der Mord an einem Baby über uns als Menschen aussagt, diese Frauen zu Monstern abstempelt. Denn diese Monster sind jemandes Töchter oder Schwestern. Sie waren einst jemandes Mutter.

KOMMENTARE:

JoshuaSki2
vor 57 Minuten
Willst du dich selbst verteidigen, Molly Sanderson? Keine Frau, die ich kenne, würde jemals ihr Baby umbringen. Niemals, unter keinen Umständen. Weißt du, wer so was tut? Tiere. Tiere tun so was.

SaraBethK
vor 55 Minuten
Warum versuchen Sie, dieses Verhalten zu rechtfertigen? Als bestünde bei jeder Frau die Gefahr, dass sie ihr Baby umbringt! Das können Sie doch nicht ernst meinen! Viele Frauen werden unerwartet schwanger, ziehen glückliche Kinder groß oder geben sie zur Adoption frei. Und auch wenn manche Kinder unglücklich werden, müssen sie doch nicht gleich STERBEN! Warum verteidigen Sie diese Mutter, wenn Sie nicht einmal wissen, was passiert ist?

MommaX
vor 52 Minuten
Kein Geld = keine Bildung = weniger Chancen und mehr Stress. 22 Prozent der amerikanischen Kinder leben in Armut, wobei der Prozentsatz bei Kindern von Minderheiten sehr viel höher liegt. Möglich, dass es Menschen gibt, die einfach nur böse sind. Es gibt aber auch Menschen, die von den Umständen gezwungen werden, grauenvolle Entscheidungen zu treffen.

WyomingGirl
vor 50 Minuten
Habt ihr schon von dem Fall in Newark gehört, wo man ein totes Baby entdeckt und erst lange Zeit später in Erfahrung gebracht hat, dass die Mutter ebenfalls tot ist? Beide wurden ermordet. Vielleicht hat man nur einfach noch nicht die Leiche der Mutter gefunden!

Anniemay
vor 45 Minuten
Ich persönlich bin ja der Meinung, dass es sich bei den Eltern um verängstigte Teenager handelt. Es wäre sicher hilfreich, wenn die Polizei der Bevölkerung ein bisschen mehr mitteilen würde ...

Gracie55
vor 37 Minuten
Die ganze Sache kommt mir vor wie eine Hexenjagd. Warum treiben wir nicht einfach alle in Ridgedale zusammen, die weniger als einen bestimmten Dollarbetrag verdienen, weil es in dieser Gruppe häufiger zu ungewollten Schwangerschaften kommt? Nur weil etwas effektiv ist, ist es noch lange nicht richtig.

ariel.c
vor 28 Minuten
Ich habe mir bisher auf die Zunge gebissen, aber wenn kein anderer mit der Sprache rausrückt, muss ich es wohl tun. Es geht hier um fehlende Erziehung. Eltern, die abwesend sind. Nichts davon würde passieren, wenn man Teenager nicht unbeaufsichtigt sich selbst überließe. Ich sage nicht, dass sie unbedingt ihre Mutter brauchen, aber sie brauchen IRGENDWEN, in Gottes Namen.

tds@kidsrus
vor 25 Minuten
Ariel, willst du ernsthaft berufstätigen Eltern die Schuld am Tod dieses Babys in die Schuhe schieben? Wir wissen doch noch nicht einmal, um wessen Säugling es sich handelt! Grrr.

Heather SAHM
vor 21 Minuten
Okay, vielleicht hätte Ariel es geschickter ausdrücken können, aber ich verstehe, was sie sagen will. Eltern, die ihre Babys im Stich lassen, sind für gewöhnlich jung. Und nur Eltern, die in keiner Weise greifbar sind – oder schlicht und einfach nicht zu Hause –, würden die Schwangerschaft ihres eigenen Kindes nicht bemerken.

246Barry
vor 11 Minuten
ER IST NOCH IMMER DA DRAUSSEN.
FINDE HERAUS, WER ER IST.

Barbara

»Sollen wir anhalten und uns ein Eis kaufen, Cole?«, rief Barbara munter, als Steve sie nach Hause fuhr. Dabei war ihr alles andere als fröhlich zumute. Seit sie Coles grauenhaft brutales Bild gesehen hatte – das viele Blut, den fehlenden Arm –, war Barbara in Panik. Natürlich nur insgeheim. Sie gab ihr Bestes, ihre Sorge für sich zu behalten oder sie zumindest vor ihrem Sohn zu verbergen.

Coles Sitzung bei Dr. Kellerman, einem schmächtigen Mann mit ungekämmten Haaren und braunen Augen mit herabhängenden Lidern, hatte sich als Enttäuschung entpuppt. In seiner Praxis ging es nicht viel anders zu als bei einem dieser überbewerteten Spieltreffen, zu denen sie ihren Sohn ab und an brachte. Für Barbara war es eine traumatische Erfahrung gewesen, in dem kleinen Beobachtungsraum zu sitzen und Cole durch den Einwegspiegel zu betrachten, als wäre er ein Zootier. Barbara hatte sich mehrfach selbst versprochen, sich anschließend nicht aufzuregen, aber das war leichter gesagt als getan.

»Im Moment ergibt es wenig Sinn, Cole zu einer Erklärung zu drängen, warum er dieses Bild gemalt hat«, hatte Dr. Kellermann zu ihr gesagt, nachdem er fünfundvierzig Minuten mit Cole gespielt und gepuzzelt (und kaum ein Wort mit dem Jungen geredet) hatte. »Es ist unwahrscheinlich, dass er es weiß.«

»Wie kommen Sie darauf?« Barbara musste sich zügeln, um nicht zu schreien. Zu schreien wäre unklug, es sei denn, sie wollte, dass man ihr die Schuld an allem zuschob. Trotzdem konnte sie sich nicht beherrschen. »Sie haben Cole doch kaum etwas gefragt«, ergänzte sie spitz.

»Der Versuch, Cole zu diesem Zeitpunkt zu einer Erklärung zu zwingen, wäre sowohl ineffektiv als auch kontraproduktiv«, beharrte Dr. Kellerman mit ruhiger, besänftigender Stimme, als wäre Barbara seine Patientin. »Es würde seine Angst vermutlich nur verstärken.«

»Und das war's?«, fragte Barbara.

»Im Augenblick ist es sehr viel wichtiger, mit Coles Angst umzugehen, als herauszufinden, was ihn dazu veranlasst hat, diese spezielle Zeichnung anzufertigen. Es ist die Angst, die für sein auffälliges Verhalten im Kindergarten verantwortlich ist, genau wie für das Bild.« Der Psychologe schwieg einen Moment, dann fuhr er fort: »Bei sorgfältiger Beobachtung stellen wir möglicherweise fest, dass seine Angst schon seit geraumer Zeit da ist und diese Vorfälle nur eine Art Höhepunkt sind. Mitunter erkennt man erst im Nachhinein bestimmte Befindlichkeiten.«

»Cole ist kein labiles Kind«, hatte Barbara schnippisch entgegnet. Und das war's dann tatsächlich. Sie würde Dr. Kellerman nicht länger zuhören. »Er ist nie ein labiles Kind gewesen«, hatte sie noch hinzugefügt.

Barbara wusste genau, was da lief. Cole hatte etwas aufgeschnappt, was er nicht hätte sehen oder hören sollen – vielleicht hatte jemand ein brutales Computerspiel gezockt oder einen *Slasher*-Film angeschaut. Und das verfolgte den Jungen nun. In ihren Augen konnte dies nur an einem einzigen Ort geschehen: bei Stella zu Hause. Bestimmt war ihr aufsässiger älterer Sohn dafür verantwortlich oder einer von Stellas One-Night-Stands. Und das war nur das Best-Case-Szenario.

Barbara kannte Stella gut genug, um sich vorstellen zu können, dass in ihrem Haus noch sehr viel Schlimmeres stattfand.

»Schätzchen, hast du mich gehört? Sollen wir uns ein Eis kaufen?«, rief Barbara noch einmal über die Schulter nach hinten.

Als Cole nicht antwortete, drehte sie sich um, darauf gefasst, ihn mit weit aufgerissenen Augen aus dem Fenster starren zu sehen. Als wäre er ein Zombie. Grauenhaft. Doch zum Glück war sein Kopf nach vorn gesackt. Cole war eingeschlafen. Im Schlaf wirkte er friedlich und absolut perfekt. Eigentlich so wie immer. Vor den Zwischenfällen. Am liebsten hätte Barbara geweint. Wie hatte er so schnell und so vollständig zerbrechen können?

»Fahren wir heim«, flüsterte sie Steve zu und deutete nach hinten.

Steve warf einen Blick in den Rückspiegel und betrachtete kurz den schlafenden Cole, dann nickte er. Er bog links in die Rainer Street ein und fuhr über die baumbestandene Mayfair Lane nach Hause. Die Kronen der Buchen bildeten ein geschlossenes Blätterdach aus hellem Grün. Sie hatten schon immer einen geheimnisvollen Zauber auf Barbara ausgeübt, vor allem als sie noch klein war und auf der Rückbank des Pick-ups von ihrem Vater Al saß. Im Augenblick wirkten die Bäume jedoch nicht magisch, sondern unheilverkündend und böse.

Sie betrachtete Steve von der Seite. Er versuchte, entspannt zu wirken, unbesorgt, aber sie konnte sehen, dass er sich Gedanken machte. Seit er nach Hause gekommen war, um sie zu Dr. Kellerman zu fahren, wirkte er abwesend, dabei war noch heute Morgen alles gut gewesen. Barbara hatte ihn nicht gefragt, ob in den vergangenen vier Stunden etwas vorgefallen war, und sie hatte auch nicht vor, dies zu tun. Die Ermittlungen waren ihr im Augenblick vollkommen egal, selbst wenn sie ein totes Kind betrafen.

Was Barbara Kopfzerbrechen bereitete, war ihr eigenes

Kind. Es wäre ihr lieber gewesen, Steve wäre heute Morgen nicht ins Präsidium gefahren, aber so war er nun mal, ihr Ehemann: durch und durch pflichtbewusst. Und jetzt war er wieder einmal abwesend. Auch wenn er direkt neben ihr saß. Diesen distanzierten, besorgten Blick, sein zerstreutes Gehabe hasste sie ganz besonders. Sie hatte das schon einmal erlebt, und es war nichts Gutes dabei herausgekommen.

Barbara hatte die Partys im Wald nie gemocht. Für ihren Geschmack liefen sie einfach zu sehr aus dem Ruder. Natürlich war dies genau der Grund dafür, dass die anderen Kids von der Ridgedale High sie so sehr liebten. Mitunter versammelten sich dort an die hundert Schülerinnen und Schüler, nur um sich dann überall im Wald zu verteilen – die Pärchen knutschten, die Jungs spielten ihr bescheuertes »Rauschparcours«-Spiel, die Mädchen hockten in Cliquen zusammen und tratschten. Alle tranken das Bier und den Whiskey, den sie von zu Hause mitgebracht hatten – erlaubter- oder unerlaubterweise. Es war unmöglich, in dem Gewimmel seine Freundinnen und Freunde zu finden, und wenn es einem doch gelang, waren diese viel zu betrunken, um ein richtiges Gespräch zu führen. Barbara hatte hauptsächlich mitgemacht, weil Steve diese albernen Partys lustig fand, vor allem den »Rauschparcours«, obwohl er selbst nicht mitspielen durfte. Er war einfach nie genug betrunken dafür.

Steve hatte ihr noch keinen Antrag gemacht, aber sie wusste, dass er vorhatte, dies nach ihrem Abschluss zu tun. Manchmal fragte sie sich, ob er schon mit ihrem Vater darüber gesprochen hatte. Die Stimmung zwischen Al und Steve war stets angespannt, wenn sie sich im selben Raum aufhielten, aber das konnte auch daran liegen, dass die beiden Männer sich nicht besonders mochten. Al hatte seine lukrative Autowerkstatt von Grund auf aufgebaut, und er wünschte sich, dass Barbara jemanden heiratete, der das Familienunternehmen weiterführen würde. Doch sie hatte sich in Steve verliebt. Dessen Vater, ein Polizei-Sergeant, war während eines Einsatzes ums Leben gekommen, als Steve gerade mal sechs Jahre alt war. Wanda, seine stets unterkühlte Mutter, war nach Ridgedale gezogen, um einen Neuanfang zu machen – ein Cousin zweiten Grades hatte ihr eine Stelle in seiner Versicherungsagentur angeboten. Steve hatte immer schon Polizist werden wollen, genau wie sein Vater, und er hatte nicht vor, diesen Wunsch aufzugeben, um in Als Werkstatt einzusteigen, selbst wenn er dort leicht gutes Geld verdienen konnte.

Auch wenn sie fest mit einem Heiratsantrag rechnete, wusste Barbara, dass sie Steve nicht an der zu kurzen Leine halten durfte. Sie wollte nicht, dass Steve kalte Füße bekam. Außerdem waren sie in ihrem Abschlussjahr – ihre letzte Chance, Spaß zu haben, wie Steve ihr immer wieder vor Augen rief. Also hatte sie gelernt, sich auf die Zunge zu beißen und mit ihm zu den Partys im matschigen Wald zu gehen, wo sie jedes Mal ihre Kleidung schmutzig machte oder zerriss. Sie versuchte, so zu tun, als hätte sie Spaß daran, mit den Mädchen, die seit Jahren ihre Freundinnen waren und die sie nach dem Abschluss dennoch nicht vermissen würde, auf den feuchten Baumstämmen zu sitzen und zu plaudern. Sollte Steve ruhig mit den anderen Jungen dieses bescheuerte Spiel spielen und sie für eine Stunde, wenn nicht gar für einen ganzen Abend vergessen. Denn er kam immer zurück, jedes Mal.

Es fiel ihr nicht ganz so leicht, ihn loszulassen, wenn *sie* in der Nähe war und mit Steve über ihre ach-so-nette Familie plauderte, eine Familie, die die Jungs, die sie liebte, nicht mochte – jene Jungs, die sie jedes Mal (selbstverständlich) sofort fallen ließen, wenn sie den Rock für sie gehoben hatte.

Jenna kannte keine Scham, und es interessierte sie auch nicht im Geringsten, dass Steve vergeben war. Nicht, dass Barbara sich Sorgen machte, denn Jenna war keine ernst zu nehmende Konkurrenz – Abschaum blieb nun mal Abschaum, und Steve war zu klug, als dass er auf Jenna hereingefallen wäre. Außerdem liebte er Barbara. Sie passten einfach perfekt zusammen. Barbara war der Kopf in ihrer Beziehung, Steve das Herz. Er war einfach nur zu gutmütig, um eine jämmerliche Hure ohne Selbstachtung links liegen zu lassen.

Am letzten Maisamstag in ihrem Abschlussjahr hatte Barbara die Nase schon lange voll von den Partys. Trotzdem ging sie wieder einmal mit in den Wald, um Steve glücklich zu machen, dabei plagten sie grauenhafte Kopfschmerzen. Ihre einzige Bitte war, dass sie früher nach Hause fahren würden. Doch als sie loswollte, konnte sie Steve nirgendwo finden. Sie suchte geschlagene zwanzig Minuten nach ihm, bis sie ihn endlich entdeckte – allerdings nicht bei den anderen Jungs, wie sie gedacht hatte. Stattdessen saß er auf einem großen Stein am Fluss, *mit Jenna*.

Sie hielten ausreichend Abstand, und soweit Barbara sehen konnte, unterhielten sie sich nur. Doch es war die Art und Weise, *wie* sie miteinander sprachen, die Barbara das Herz zerriss. Noch schlimmer war, wie Steve Barbara ansah, als er ihr die Situation auf dem Weg zu seinem Pick-up zu erklären versuchte. Seine Augen waren voller Bedauern, nicht wegen dem, was passiert war, sondern wegen dem, was noch passieren würde. Was Steve nicht würde aufhalten können.

»Schon gut«, hatte Barbara mit einem gezwungenen Lächeln erwidert und seine Erklärungen mit einer lässigen Handbewegung abgetan, als würde ihr das alles rein gar nichts ausmachen. »Du versuchst nur, ihr zu helfen, ich weiß.«

Sie wollte auf keinen Fall, dass er sich bei ihr entschuldigte, wollte nicht hören, wie viele Gedanken er sich deswegen machte.

»Sie tut mir leid«, hatte Steve zögernd gesagt, als sie an seinem Pick-up ankamen. Es würde ein Aber folgen. *Aber das ist nicht ...* Ein Aber, das Barbara nicht hören wollte.

»Weil du ein netter Kerl bist, Steve.« Sie hatte sich zu ihm gelehnt, um ihn zu küssen, noch bevor er etwas hinzufügen konnte. »Und deshalb liebe ich dich.«

Während Steve Cole nach oben ins Bett trug, setzte sich Barbara, ohne den Mantel auszuziehen, an den Küchentisch. Die Kaffeetassen von heute Morgen standen noch dort, auf der Anrichte lag die ungeöffnete Post, im Wäschekorb am Boden ein Stoß noch nicht zusammengelegte Wäsche, überall stolperte man über verstreutes Spielzeug. Seit ihrem Gespräch mit Rhea war Barbara zu abgelenkt gewesen, als dass sie sich um die Hausarbeit hätte kümmern können. Schon nach einem Tag der Schluderei geriet das Haus in Unordnung. Dabei würde Chaos Cole sicher nicht helfen, und vielleicht würde es die Dinge sogar noch verschlimmern.

Barbara sprang auf, schnappte sich die Tassen und marschierte damit zur Spüle, in der sich die verkrusteten Teller vom Frühstück stapelten. Darunter standen die Teller von gestern Abend in mehrere Zentimeter hohem bräunlichem, faulig riechendem Wasser. Es war abstoßend. Alles. Nachdem sie das Bild entdeckt hatte – das Bild, an das Cole sich offenbar kaum noch erinnern konnte –, wäre es ihr fast nicht gelungen, das gemeinsame Abendessen mit Caroline durchzustehen, ganz zu schweigen davon, im Anschluss daran noch aufzuräumen.

Sie hatte es Steve überlassen, ihnen am nächsten Morgen einen Termin bei Dr. Kellerman zu besorgen. »Ganz gleich, was dafür nötig ist«, hatte sie gesagt, bevor sie Cole zu Bett gebracht hatte. Steve hatte mit Sicherheit einige Fäden ziehen und vielleicht sogar seine Position ins Spiel bringen müssen, damit sie so schnell drankamen. Sie war dankbar, dass er ihr nicht gesagt hatte, wie er es angestellt hatte.

Barbara starrte noch immer voller Abscheu ins Spülbecken, als Steve die Treppe herunterkam.

»Er ist völlig hinüber«, sagte er gespielt munter, wie immer, wenn er versuchte, sie aufzuheitern, damit er sich davonstehlen konnte. »Zumindest schafft es dieser Dr. Kellerman, ihn runterzubringen – Grund genug, ihn erneut aufzusuchen.«

»Ich gehe dort ganz bestimmt nicht noch mal hin.« Barbara stieß ihre Hände in das volle Spülbecken. »Und mein Sohn auch nicht.«

Warum hatte sie sich bloß dazu hinreißen lassen, über diese dämliche Party damals nachzudenken? Denn jetzt stand sie hier, kurz davor, ein weiteres Mal mit Steve zu streiten, ohne dass er wusste, worum es bei ihrem Streit eigentlich ging. Doch sie war plötzlich so *wütend* auf ihn! Bei dieser Geschichte war er für jede einzelne Seite verantwortlich. Wäre Barbara durch *ihre* Rückkehr nach Ridgedale nicht so sehr abgelenkt gewesen, hätte sie sich vielleicht mehr auf das konzentrieren können, was mit Cole passierte.

Sie tastete nach dem Stöpsel, um die schmutzige Brühe ablaufen zu lassen. Ein Glas rutschte von einem der Teller. Sie griff danach, doch es glitt ihr durch die Finger und zerschellte; die Scherben verschwanden im braunen Wasser.

»Verdammt!«, brüllte Barbara, zog ihren Mantel aus und schleuderte ihn auf den Fußboden. Dann hielt sie sich an der Kante der Spüle fest und fing an zu weinen.

»Hoppla«, sagte Steve und trat hinter sie. Sie wartete darauf, dass er ihr die Hände auf die Arme legte, doch er berührte sie nicht. »Alles wird gut. Cole fängt sich schon wieder.«

Barbara drehte sich um und drückte ihr Gesicht gegen seine Brust, damit sie ihn nicht anschrie. Denn alles schien auf einmal seine Schuld zu sein. Eine Weile verharrte sie so, dann tätschelte Steve endlich ihre Schultern.

»Du musst zurück zur Arbeit«, sagte sie, als er sie noch immer nicht umarmte. Denn das war es, was er wollte, oder nicht? Zu der Arbeit zurückkehren, die er offenbar mehr liebte als sie. Andererseits ... Wenn er blieb, wusste sie nicht, was sie ihm an den Kopf werfen würde. »Ich komme klar, wirklich«, sagte sie daher. »Ich denke, es geht mir sogar besser, wenn ich dich in den Nachrichten sehe, wo du verkündest, dass du die Person verhaftet hast, die für den Tod des Babys verantwortlich ist.«

»Nun, darauf würde ich nicht so bald setzen.« Steve schüttelte den Kopf und strich sich mit den Händen übers Gesicht.

Barbara holte Luft. *Sei nett, frag nach!* Steve hasste es, wenn sie gleichgültig war. Er sagte es zwar nie, da er nicht zu der Sorte Mensch gehörte, die andere kritisierte, aber er zog sich direkt in sein Schneckenhaus zurück. Und wenn er erst einmal drin war, war es unmöglich, ihn daraus hervorzulocken.

»Was ist denn mit dem Mädchen aus dem Krankenhaus?«, erkundigte sie sich daher.

Er schüttelte erneut den Kopf. »Irgendetwas stimmt bei ihr nicht, sonst wäre sie nicht abgehauen«, sagte er. »Aber *ihr* Kind ist nicht das Baby vom Cedar Creek. Die Hebamme schwört, dass sie vor drei Wochen ein Acht-Pfund-Kind entbunden hat. Der Gerichtsmediziner ist zwar nach wie vor weder bereit zu einer offiziellen Angabe der Todesursache noch des exakten Alters des Säuglings, aber er ist sich sicher, dass das Baby keine drei Wochen alt war.«

»Dennoch hat sich dieses Mädchen aus dem Staub gemacht.«

»Wer weiß? Vielleicht hat deine Freundin Stella sie dazu angestiftet.« Barbara wusste, dass er scherzte. »Stella scheint eine Vorliebe für Dramen zu haben.«

»Dramen? Wer hat dir das denn erzählt?« Scherz hin oder her – er musste mit irgendwem über Stella geredet haben.

»Oh, ihre Freundin Molly – Ellas Mom. Sie arbeitet als Reporterin beim *Ridgedale Reader*.«

»Hat sie Will oder Cole erwähnt? Und welche ›Dramen‹ meinte sie?«

»Nein, nein, nein.« Steve wedelte mit dem Zeigefinger. »Ich hätte Stella nicht erwähnen dürfen. Es gibt keinen Grund zu der Annahme, dass sie etwas mit dem zu tun hat, was Cole momentan durchmacht.«

»Aber er hat etwas gehört oder gesehen, Steve, und zwar nicht hier!«

»Das ist das, was *du* glaubst – *deine* Wahrheit. Dr. Kellerman ist sich da nicht so sicher.«

»Ich weiß, dass es stimmt, Steve. Etwas ist passiert, als Cole mit Will gespielt hat. Bei Will zu Hause.«

»Barbara, das *kannst* du nicht wissen. Sogar Dr. Kellerman hat gesagt, es könnte sich um eine schon vorher bestehende ...«

»Schluss jetzt, Steve!«, schrie Barbara ihn an. »Hör auf, nach irgendwelchen Ausflüchten zu suchen, nur damit ich nicht wütend werde auf eine Frau, von der du nicht weißt, ob sie tatsächlich unschuldig ist, und die du nicht einmal kennst!«

Er presste die Kiefer zusammen – ein Zeichen dafür, dass er die Geduld verlor. Aber so war es nun mal, da konnte er ruhig wütend werden. Er würde sich ohnehin gleich zurückziehen. Zur Arbeit fahren. In sein heiß geliebtes Schneckenhaus zurückkriechen. Manchmal hätte Barbara alles dafür getan, dass er endlich zurückschrie.

»Ich versuche nicht, sie zu schützen«, sagte er ruhig, das Sinnbild der Vernunft. »Doch über sie zu reden statt über Cole, bringt uns nicht weiter.«

Er drehte sich um, ging zur Tür und nahm seine Schlüssel. Natürlich wäre er sowieso gegangen, ganz gleich, ob Barbara ihn hier brauchte oder nicht.

»Versprich mir, dass du Stella außen vor lässt«, sagte er.

»Klar«, erwiderte sie. Wenn er ihr das abkaufte, so wie sie dieses eine Wort hatte klingen lassen, war er in Gedanken noch sehr viel weiter weg, als sie gedacht hatte.

»Hat der Termin was gebracht?«, fragte Hannah, kaum dass sie nach der Schule zur Tür hereingekommen war, und sah sich suchend nach ihrem kleinen Bruder um.

»Cole geht es gut, Liebes«, sagte Barbara, Hannahs Frage ausweichend. »Er ist müde und ein bisschen gestresst, das ist alles. War heute nicht die Physik-Klausur? Und der Analysis-Test für die AP-Abschlussprüfung? Wie ist es gelaufen? Du weißt, wie wichtig es für deine Aufnahme an einer der Universitäten ist, beim Advanced Placement Program gute Noten zu erzielen.«

Hannah zuckte mit den Schultern. »Ganz okay, glaub ich. Es fiel mir aber ziemlich schwer, mich zu konzentrieren.«

»›Ganz okay, glaub ich.‹« Barbara ahmte Hannahs Schulterzucken und Tonfall nach. Es gab bessere Möglichkeiten, mit Hannahs Sorge um Cole umzugehen, als sie zu verspotten, aber Barbara war nicht perfekt. Das hatte sie auch nie behauptet. »Du magst ja einen Zulassungsbescheid von der Cornell University bekommen haben, aber man wird dort nicht sehr beeindruckt sein, wenn du die AP-Abschlussprüfung schlechter als erwartet absolvierst.«

»Entschuldige, ich habe nicht ...« Hannah wirkte verletzt. »Ich glaube, es ist ganz gut gelaufen. Danke der Nachfrage.«

»Warte, heute ist Mittwoch ... Musst du nicht Nachhilfe geben?« Hoffentlich nicht. Barbara hatte die Minuten gezählt, bis Hannah nach Hause kam, damit sie endlich loskonnte.

»Sie hat heute keine Zeit«, sagte Hannah und sah Barbara schuldbewusst an. Anscheinend fühlte sie sich mitverantwortlich für die schlechten Entscheidungen, die dieses Mädchen traf.

Barbara atmete tief durch, dann sagte sie: »Es ist nicht deine Schuld, wenn sie den GED nicht schafft.«

»Das ist gemein, Mom.« Sie zuckte zurück, als Barbara ihr einen scharfen Blick zuwarf. »Sandy gibt sich wirklich große Mühe.«

»Ach, Hannah.« Barbara lachte auf und versuchte, sich ihre Verärgerung nicht anmerken zu lassen. *Gemein?* Wie konnte Hannah so etwas behaupten? »Mädchen wie diese Sandy wissen nie, was gut für sie ist.«

»Aber du kennst sie doch gar nicht«, entgegnete ihre Tochter.

Da hatten sie's: Hannah verteidigte ein Mädchen, das sie kaum kannte. Genau wie ihr Vater. Mochte Gott ihr beistehen bei all dem Kummer, der vor ihr lag.

»Liebes, eines Tages wirst du es begreifen. Ich muss sie gar nicht kennenlernen, um zu wissen, was für ein Mädchen sie ist.« Mit einem säuerlichen Lächeln nahm Barbara die Schlüssel von der Anrichte. »Cole macht ein Nickerchen, und ich muss noch ein paar Dinge erledigen. Weck ihn nicht – er war so erschöpft –, aber sollte er aufstehen, dann setz ihn vor den Fernseher. Er soll sich nicht aufregen.«

Erst nachdem sie den Wagen aus der Garage gesetzt hatte,

fiel Barbara auf, dass sie ihre Handtasche in der Küche vergessen hatte. Sie ließ den Motor laufen und flitzte hinein. Als sie die Küche durch die Seitentür betrat, hörte sie leises Gemurmel aus dem Wohnzimmer. Vielleicht telefonierte Hannah? Das Gespräch klang seltsam einseitig und Hannahs Stimme ungewöhnlich hoch. Lautlos schlich Barbara zur Wohnzimmertür, um zu sehen, was dort vor sich ging.

Ihre Tochter saß auf der Couch, Coles Beine auf ihrem Schoß ausgestreckt, der Rest von ihm gemütlich in ihre Armbeuge gekuschelt. Hannah musste ihn geweckt haben, kaum dass Barbara aus dem Haus war – genau das, was sie nicht hatte tun sollen. Sie las ihm vor, *Die Geschichte vom Missing Piece,* ihrem Lieblingsbuch, als sie klein war. Jahrelang war Hannah jede Nacht mit diesem Buch unter dem Kopfkissen eingeschlafen.

Barbara widerstand dem Drang, sie anzuschnauzen, weil sie sich ihr widersetzt hatte. Stattdessen kniff sie die Lippen zusammen und zwang sich, zum Wagen zurückzukehren. Damit sie die Person aufsuchen konnte, die sie in Wirklichkeit anschnauzen wollte.

Fünfzehn Minuten später fuhr Barbara über Stellas lange, kurvige Zufahrt zu dem riesigen herrschaftlichen Haus hinauf, das oben auf einem Hügel thronte – ein auf alt getrimmter Bau, im Wald versteckt. Das Gebäude mit seiner Steinfassade und der breiten, rundherum verlaufenden Veranda bot mehr als genug Platz für eine siebenköpfige Familie, und man hätte locker noch weitere Bewohner darin unterbringen können. Und doch lebte die arme Stella mit all ihrem Geld, dem Botox und ihren beiden erbärmlich missratenen Kindern ganz allein dort, ohne Ehemann.

Barbara zwang sich, tief Luft zu holen und sich ein Lächeln ins Gesicht zu kleben, dann stieg sie aus und machte sich auf den scheinbar endlos langen Weg zum Haus. Endlich mündeten die glänzenden Steinplatten an einer Eingangstreppe, über die man wiederum zu einer riesigen roten Doppeltür gelangte. Stella würde nicht zugeben, dass Cole in ihrem Haus etwas zugestoßen war. Barbara würde ihr das Geständnis entlocken müssen, indem sie ihren Charme spielen ließ. Sie holte ein weiteres Mal tief Luft und lächelte noch ein bisschen strahlender, dann drückte sie auf die Klingel.

Ein Teenager öffnete die Tür, wahrscheinlich Aidan. Seine Haare waren zottelig und ungepflegt, wie es bei Surfern angesagt war, und er hatte Sommersprossen und große goldbraune Augen. Barbara hatte Hannah gefragt, wie er aussah, und sie hatte »süß« geantwortet – unbeeindruckt, wie Hannah es bei Jungen immer war. Doch selbst Barbara musste zugeben, dass Aidan ein gut aussehender Bursche war. Sie konnte sich vorstellen, dass er schon haufenweise Herzen gebrochen hatte. Was für ein Glück, dass ausgerechnet er die Tür geöffnet hatte – es wäre sehr viel leichter, etwas aus einem überheblichen Lümmel wie Aidan herauszubekommen als aus Stella.

»Du musst Wills Bruder Aidan sein.« Barbara lächelte so angestrengt, dass ihre Wangen schmerzten. »Mein Sohn Cole geht in dieselbe Kindergartengruppe wie Will.«

»Ach ja?« Er starrte Barbara ausdruckslos an. War er high oder begriffsstutzig? War es das, was Stella verbergen wollte? Barbara hatte Hannah gefragt, wie Aidan denn so war, aber das wusste Hannah nicht. Aidan war neu in der Schule und ein Jahr jünger als sie, und er gab sich nicht viel mit den anderen ab. Selbstverständlich nicht, dachte Barbara, er passte nicht in die Gruppe der beliebten Kids, die Hannah zu ihren engsten Freunden zählte. Hannah hatte allerdings Gerüchte erwähnt, dass Aidan an seiner früheren Schule Probleme bekommen hatte, und auch an der Ridgedale High war er schon in mehr als eine Auseinandersetzung verstrickt gewesen.

»Nun, ich habe Cole nicht dabei, Aidan«, fuhr Barbara fort und legte den Kopf ein wenig schräg, um Augenkontakt herzustellen, »aber in letzter Zeit war er oft hier. Weißt du, ob die Jungs vielleicht etwas mitbekommen haben, was sie nicht hätten mitbekommen sollen? Vielleicht haben sie eine Fernsehsendung gesehen oder ein Videospiel gespielt?« *Du weißt schon, irgendetwas Grauenvolles.* Barbara trat näher, um einen entspannten Gesichtsausdruck bemüht. »Wir denken natürlich nicht, dass *du* etwas falsch gemacht haben könntest, Aidan. Ich bin mir sicher, dass das, was passiert ist, ein Versehen war.«

»Ein Versehen?« Plötzlich wirkte er sauer. Richtig, richtig sauer. Wie jemand, der etwas Schreckliches zu verbergen hatte. »Im Ernst, wovon reden Sie, Ma'am?«

Eine Stimme schallte aus dem Haus. Stella. Verdammter Mist! Gerade als Barbara kurz davorstand, etwas zu erfahren. Die Hand auf den Türknauf gelegt, drehte Aidan sich um und rief zurück: »Coles Mom!« Dann, genervt und an Barbara gewandt: »Woher soll ich das wissen? Warum fragen Sie nicht meine Mutter?«

Eine Sekunde später erschien Stella an der Tür und verscheuchte Aidan, der in den Tiefen des Hauses verschwand. »Entschuldige, Barbara.« Sie verschränkte die langen, muskulösen Arme. Ihre Wangen waren gerötet, ihre Augen glühten. »Wie kann ich dir helfen?«

So viel zum Thema Charme. Zumindest konnte Barbara das Ganze jetzt abkürzen.

»Ich muss wissen, was mit Cole passiert ist, Stella.«

»Hast du den Verstand verloren?« Stella musterte sie von oben bis unten. »Willst du uns tatsächlich irgendeinen Vorwurf machen?«

»Cole sagt, dass hier etwas passiert ist, was ihm Angst gemacht hat.« Das hätte genauso gut der Wahrheit entsprechen können. »Er fürchtet sich zu sehr, um mir zu sagen, was, aber er ist definitiv traumatisiert.«

»Deshalb dachtest du, es wäre angemessen, *meinen* Sohn zu traumatisieren, indem du ihn dir hier einfach vorknöpfst. Für wen hältst du dich eigentlich, Barbara?«

»Ich versuche lediglich, Cole zu helfen«, sagte Barbara mit unerwartet brüchiger Stimme. Sie durfte nicht emotional werden. Nicht in Stellas Gegenwart. Die würde ihr sofort den Todesstoß versetzen wollen. »Wäre Will traumatisiert, würdest du sicher dieselben Fragen stellen.«

»Hör mal, Barbara«, sagte Stella. Ihre Stimme zitterte. Eilig warf sie einen Blick über die Schulter, um sich zu vergewissern, dass Aidan fort war. »Ich war ziemlich geduldig mit dir und deinem Mann, aber ich habe für diese Woche schon genug schwachsinnige Anschuldigungen gehört.«

»Ich bin hier als Mutter, die sich Sorgen um ihren Sohn macht, Stella. Ich finde, du könntest ruhig etwas Mitgefühl zeigen – ich möchte einfach nur die Ruhe bei uns zu Hause wiederherstellen.« Barbara wusste, dass sie es dabei belassen sollte, aber sie bemerkte einen bestimmten Ausdruck auf Stellas Gesicht. So selbstgefällig. »Vielleicht kannst du es nicht verstehen, aber nicht jeder Mensch steht auf Dramen.«

»Dramen?« Stella schnaubte. »Entschuldige, soll das eine Anspielung sein? Du kennst mich doch gar nicht, Barbara!«

Aber Stellas beste Freundin Molly kannte sie, und sie hatte mehr oder weniger behauptet, Stella wäre eine Dramaqueen. Am liebsten hätte Barbara ihr das unter die Nase gerieben, aber dann würde Steve sie wahrscheinlich umbringen.

»Nennen wir es einfach eine fundierte Vermutung.«

Stella blinzelte, dann lächelte sie unangenehm. »Es tut mir leid, dass dein Sohn Probleme hat, Barbara.« Ihre Stimme klang plötzlich so kühl und gelassen, dass es beinahe unheimlich war. »Ich kann mir vorstellen, dass das extrem schwierig ist, vor allem für einen Menschen wie dich, der großen Wert auf Normalität legt. Dennoch versichere ich dir, dass Cole hier nichts geschehen ist. Nicht unter meinem Dach. Und jetzt schwing deinen voreingenommenen Arsch von meiner Treppe, und zwar sofort.«

Damit machte Stella einen Schritt zurück ins Haus und knallte die Tür zu.

Als Barbara bei der Ridgedale Elementary School ankam und durch den Flur zu Coles Gruppenraum ging, war es schon nach vier. Sie warf einen Blick durch das kleine Glasfenster in der Tür. Rhea war zum Glück noch da, sie saß an einem der Tische und schrieb etwas auf eine Art Karte.

Nach ihrer Begegnung mit Stella war Barbara absolut überzeugt, dass diese mehr wusste, als sie zugab. Warum wäre sie sonst so defensiv gewesen? Doch Barbara brauchte einen letzten Beweis, bevor sie Steve ihre Schlüsse präsentierte: Sie musste sicher sein, dass Cole im Kindergarten nichts passiert war.

Barbara klopfte an und schaute durch die Glasscheibe. Rhea blickte stirnrunzelnd auf. Anscheinend war sie gerade dabei, Feierabend zu machen, und wollte nicht aufgehalten werden. Langsam klappte sie die Karte zu und schob sie in ihre Tasche. Nach einer gefühlten Ewigkeit winkte sie Barbara hinein.

»Was kann ich für Sie tun?«, fragte sie ausdruckslos, während sie ihre Sachen einsammelte. Sie hatte Barbara nicht mal angesehen. Irgendetwas stimmte nicht. Rhea war anders, nicht so aufgeschlossen wie sonst.

»Ich wollte noch einmal über Cole sprechen«, begann Barbara vorsichtig. »Falls Sie eine Minute für mich haben.«

»Ja, mir wurden einige Ihrer *Befürchtungen* zugetragen.« Rheas Tonfall war spitz und eisig. »Und zwar ausführlich.«

Ausführlich? Barbara blinzelte. Und dann dämmerte es ihr. Schlagartig fühlte sie sich unbehaglich. Sie hatte beim Büro des Pädagogik-Ausschusses vorbeigeschaut, der sich aus Eltern und Erzieherinnen zusammensetzte, und mit einigen der dort anwesenden Mütter geplaudert, und vielleicht, ganz vielleicht, waren ihr in ihrem Unmut ein, zwei Dinge über Rhea entschlüpft. Und vielleicht, ganz vielleicht hatte sie nicht sorgfältig genug darauf geachtet, wer noch da war. Vielleicht eine von Rheas Kolleginnen? Oder – Gott bewahre – Rhea persönlich?

»Ich versuche nur, das Beste für meinen Sohn zu tun«, sagte Barbara. Sie würde ebenfalls nichts Konkretes von sich geben, solange Rhea derart vage blieb. »Ich bin mir sicher, Sie verstehen das.«

»Meine Oberteile sind zu eng?«, fragte Rhea und verschränkte die Arme über ihrem in der Tat sehr eng anliegenden Top. »Oh, und ich trage zu viel Make-up. Stimmt, jetzt fällt es mir wieder ein. Aber klären Sie mich auf: In welchem Zusammenhang steht das mit meinen beruflichen Fähigkeiten?«

»Nun, das ist ein wenig aus dem Zusammenhang gerissen …«

Rhea hob eine Hand. »Eigentlich will ich es gar nicht wissen.« Sie ging zu einem der Nachbartische, nahm einen kleinen Stoß Papiere und schob sie ebenfalls in ihre Tasche. »Nun, was gibt's? Ich bin im Grunde schon auf dem Heimweg.«

»Wir haben Cole dem Psychologen vorgestellt, den Sie empfohlen haben«, sagte Barbara, was einem Olivenzweig gleichkam.

»Tatsächlich?« Rhea wirkte aufrichtig verblüfft. Denn auch

sie hatte sich ein Bild gemacht: Barbara war in ihren Augen stur, unflexibel, besserwisserisch. »Was hat er gesagt?«

»Dass Coles Verhalten das Resultat eines Traumas ist.« Eine kleine Lüge mit nobler Absicht.

Rheas Augen weiteten sich. »Ach du liebe Güte, was denn für ein Trauma?«

»Genau das versuchen wir ja herauszufinden. Wir hatten gehofft, Sie könnten uns dabei helfen.«

Rheas Gesicht wurde verschlossen. »Cole ist hier nichts zugestoßen, Barbara, falls es das ist, worauf Sie wieder einmal hinauswollen. Ich dachte, wir hätten das bereits besprochen.«

Aber Barbara durfte nicht lockerlassen. Sie musste sich absolut sicher sein, bevor sie sich an Steve wandte. Sonst würde sie Gefahr laufen, dass er ihr nicht zuhörte. »Nun, ich bin überzeugt davon, dass es keine Absicht war, aber hier sind *neunzehn* Kinder, Rhea. Ganz gewiss können Sie die nicht permanent gleichzeitig im Augen behalten.«

Rhea senkte genervt den Kopf, und ihre Schultern sackten nach vorn. Sie holte tief Luft, dann schaute sie wieder auf. »Barbara, ich verstehe, wie schwierig dies für Sie und Ihre Familie sein muss«, sagte sie in einem Ton, als müsste sie ihre allerletzte Geduld zusammennehmen. »Es ist schmerzhaft für die Eltern, ihr Kind leiden zu sehen. Ich weiß, was Sie empfinden, und ...«

»Moment, was haben Sie gerade gesagt?« Wut flammte in Barbara auf. »*Sie* wissen, was *ich* fühle? Entschuldigen Sie, Rhea, aber Sie haben ja nicht einmal Kinder! Wie können Sie es wagen zu behaupten, Sie wüssten, was ich fühle?«

Rhea sah aus, als hätte sie ihr eine Ohrfeige verpasst. Allerdings war Barbaras Bemerkung nicht abschätzig gemeint gewesen, sie war schlichtweg eine Tatsache. Rhea hatte keine Kinder, und es war nicht Barbaras Schuld, wenn Rhea zu den

Menschen zählte, die sich der klaffenden Lücke, die dadurch in ihrem Leben entstand, nicht bewusst waren.

»Aber jedem das Seine«, fuhr Barbara fort, nur um das klarzustellen. Weil sie nicht nahelegen wollte, dass jeder Kinder haben *musste*. Es ging ihr nur um diejenigen, die behaupteten, zu wissen, wie es war, eine Mutter oder ein Vater zu sein. »Nicht jeder sollte eine Familie gründen.«

Rhea nickte und runzelte übertrieben nachdenklich die Stirn, doch jetzt erkannte Barbara Hass in ihren Augen.

»Wissen Sie, Barbara, all die Jahre über habe ich mich gefragt: Warum ich? Warum musste ausgerechnet ich mich einer Hysterektomie unterziehen, als ich erst sechsundzwanzig war?« Ihre Stimme bebte. »Und dabei hatten Sie längst die Antwort: Ich sollte wohl einfach keine Familie gründen.«

Barbaras Augen wanderten zu Rheas straffem Bauch. Woher hätte sie das wissen sollen? »Ich wollte damit nicht sagen, dass ...«

Exakt das war der Punkt. Sie wussten beide ganz genau, was Barbara damit hatte sagen wollen. Rhea griff bereits nach ihrem Mantel.

»Es tut mir aufrichtig leid, dass Cole traumatisiert ist. Er liegt mir sehr am Herzen.« Rhea wirkte durch und durch professionell, als sie den Gruppenraum durchquerte und die Tür öffnete. »Aber zum letzten Mal: Wenn ihm etwas zugestoßen ist, dann nicht hier.« Sie deutete mit der Hand in den Flur und komplimentierte Barbara hinaus. »Und jetzt, Barbara, sollten Sie wirklich gehen.«

RIDGEDALE READER
PRINTAUSGABE
18. März 2015

**DIE ESSEX BRIDGE:
EIN ORT DER TRAGÖDIEN**

VON MOLLY SANDERSON

Der Wald hinter der Essex Bridge war schon früher bekannt als ein Ort, an dem sich die Schülerinnen und Schüler der Highschool von Ridgedale an warmen Wochenenden versammelten, um Partys zu feiern. Wenn diese aus dem Ruder liefen, riefen die Nachbarn die Polizei. Die Schüler wurden heimgeschickt, manchmal nahmen ihnen die Polizisten auch die Autoschlüssel ab und brachten sie im Streifenwagen nach Hause.
Verhaftet wurde niemand. Die Anwohner und örtlichen Strafverfolgungsbehörden waren der Ansicht, dass es sich um anständige Jugendliche handelte, die einfach nur Spaß haben wollten.
Im Frühjahr 1994 feierte Simon Barton das Ende seines Abschlussjahrs an der Ridgedale High, ein herausragender Sportler und Schüler, dessen größte Sorge es war, ob er sich an der Duke University einschreiben

oder ein Sport-Stipendium an der University of Virginia annehmen sollte.

Als einziges Kind von Sheila und Scott Barton kam Simon im Universitätskrankenhaus von Ridgedale zur Welt und verbrachte sein ganzes Leben in dieser Stadt. Er starb, nachdem er im Wald in der Nähe der Essex Bridge ausrutschte und sich dabei eine tödliche Kopfverletzung zuzog.

Obwohl es in jener Nacht eindeutige Hinweise auf übermäßigen Alkoholkonsum bei den minderjährigen Partyteilnehmerinnen und -teilnehmern gab, wurde der Fall nie strafrechtlich verfolgt. Die Stadt trauerte, über neunhundert Schülerinnen und Schüler der Ridgedale High nahmen an Simon Bartons Begräbnis teil. Innerhalb weniger Wochen fanden mehrere Spendenaktionen zugunsten einer Stiftung in Simons Namen statt.

Zwanzig Jahre später kommt es in genau demselben Waldstück zu einem Leichenfund. Bis heute gibt es diesbezüglich über zweihundert Beiträge auf einer Social Media Site, die sich »Frat Chat« nennt. Ursprünglich für Studierende der Ridgedale University ins Leben gerufen, wurde sie von Schülerinnen und Schülern der Highschool übernommen. In einem Großteil dieser Beiträge werden verschiedene Studentinnen beschuldigt, für den Tod des Babys verantwortlich zu sein.

Trotz der unmittelbaren örtlichen Nähe geht die Polizei davon aus, dass zwischen den beiden Vorfällen kein Zusammenhang besteht – obwohl es ein offenes Geheimnis ist, dass Partys wie die vor zwanzig Jahren auch heute noch stattfinden und Jugendliche damals wie heute unter gewissen Umständen zu fahrlässigem Verhalten neigen.

Um die Mutter oder den Vater des Babys identifizieren zu können, benötigt die Polizei die Unterstützung der Öffentlichkeit. Wenn Sie irgendwelche Angaben zu den Geschehnissen machen können, wenden Sie sich bitte an das Ridgedale PD unter der Nummer 888-526-1899.

Molly Sanderson, 13. Sitzung, 28. Mai 2013
(Audiotranskription, Sitzung mit Wissen und
Zustimmung der Patientin aufgezeichnet)

M. S.: Warum sprechen wir nie über das Baby? Wir reden über alles andere – über meinen Job, über Ella, über Justin. Sogar über meine Mutter, die seit fast zwanzig Jahren tot ist.

F.: Sie halten Ihre Mutter nicht für relevant?

M. S.: Nein, das will ich damit nicht sagen. Ich habe natürlich Angst, dass ich so werde wie sie. Doch ansonsten, nein, ansonsten halte ich sie nicht für relevant.

F.: Inwiefern fürchten Sie, dass Sie so werden wie sie?

M. S.: Sie war gebrochen, weil mein Vater sie verlassen hatte. Und weil sie gebrochen war, war sie eine schreckliche Mutter.

F.: Halten Sie sich auch für gebrochen? Denken Sie, dass aus Ihnen eine schreckliche Mutter wird?

M. S.: *Wird?* Ich *bin* längst eine schreckliche Mutter. Schon seit Monaten. Ich muss darüber hinwegkommen. Es muss mir wieder besser gehen. Denn sonst, ja, sonst werde ich enden wie meine Mutter. Ich kann mit fast allem leben, aber nicht damit. Also – was muss ich tun, damit es mir besser geht?

F.: Ich denke, wir müssen uns mit Ihrer Schuld befassen.

M. S.: Das Baby war in mir. Selbstverständlich fühle ich mich schuldig.

F.: Was ist in den Tagen passiert, bevor Sie erfahren haben, dass das Herz des Babys aufgehört hat zu schlagen?

M. S.: In den Tagen davor? Keine Ahnung ... Ich erinnere mich nur an wenig. Warum ist das wichtig?

F.: Die Tatsache, dass Sie sich nicht erinnern, legt nahe, dass es sehr viel bedeutet.

M. S.: Nun, es waren Tage wie sonst auch. Ich stand kurz vor dem Mutterschaftsurlaub und war damit befasst, den Entwurf einer Gesetzesvorlage fertigzustellen. Wir versuchten, Ella beizubringen, aufs Töpfchen zu gehen, aber sie pieselte lieber weiter auf den Teppich, was jetzt lustig klingt. Zu jener Zeit war es aber nicht lustig. Ich dachte ständig nur daran, dass wir die Teppiche reinigen lassen mussten, bevor Justins Familie kam, um das Baby zu besuchen – wenn es denn auf der Welt war.

F.: Was war mit Justin? Hatte er ebenfalls viel zu tun?

M. S.: Sehr viel. Er hatte einen Kurs für einen Kollegen übernommen und hielt in den drei Wochen vor der Geburt des Kindes zwei verschiedene Vorträge bei zwei verschiedenen Konferenzen. Wir waren beide überaus beschäftigt. So ist das Leben – alle sind beschäftigt.

F.: Bislang hatte ich nicht den Eindruck, dass Sie deswegen frustriert waren.

M. S.: Weil Justin viel zu tun hatte? Er hat so viel aufgegeben, um sich um uns zu kümmern, wie könnte ich da frustriert sein? Außerdem war ich diejenige, in deren Bauch das Baby war.

F.: Und deshalb trägt er keine Verantwortung?

M. S.: Nun, er trägt für einiges die Verantwortung. Er hat mir danach mit Ella geholfen. Und vorher auch. Obwohl er rund um die Uhr arbeiten musste. Das war nicht seine Schuld. Er musste seinen Job machen.

F.: Jetzt wirken Sie sogar sehr frustriert.

M. S.: Ich *bin* frustriert. *Ihretwegen.* Wir haben kein Problem damit, einzuteilen, wer die Wäsche zusammenlegt, die Spülmaschine ausräumt oder den Müll rausbringt. Unser Baby ist tot – *das* ist das Problem.

JENNA
28. MAI 1994

Es ist endlich passiert! Der Captain und ich hatten Sex! Ich würde es »Liebe machen« nennen, wäre das nicht so altmodisch. Aber genau so hat es sich angefühlt: als wäre es Liebe. Alles war absolut perfekt. Seine Eltern waren nicht da, deshalb hatten wir das Haus für uns, und ich hatte gelogen und meinen Eltern erzählt, ich würde bei Tiff übernachten.

Was wie durch ein Wunder funktioniert hat. Ausnahmsweise riefen sie nicht bei Tiffs Mom an, um nachzuhaken. Hätten sie es getan, wäre aufgeflogen, dass ihre Familie bei einer Hochzeit in Philadelphia eingeladen war.

Der Captain hat vorher tatsächlich etwas zu essen für mich gekocht. Als wäre er mein Ehemann oder so. Es gab Spaghetti, die ziemlich ekelig aussahen, aber ich habe in meinem ganzen Leben noch nie etwas so Gutes gegessen.

Es war der Wahnsinn. Es hat gar nicht wehgetan, wie Tiffany behauptet hat. Der Captain war so sanft und süß! Dabei wusste er gar nicht, dass es mein erstes Mal war. (Ich wollte ihn nicht abschrecken, und so eine große Sache ist es ja nun auch nicht. Zumal ich schon jede Menge Sachen mit jeder Menge Jungs angestellt habe.) Anschließend hat er nicht gesagt, dass er mich liebt – aber das wollte ich auch gar nicht.

Es war viel besser, dass er mich einfach nur in den Armen hielt.

Sandy

Wenigstens standen keine Autos in der Einfahrt, als Sandy bei Hannah zu Hause ankam. Als sie vom Fahrrad sprang, hämmerte ihr Herz noch immer wie verrückt.

Hätte sie eine Wahl gehabt, wäre Sandy niemals zu Hannah gefahren. Nach ihrem Besuch im Ridgedale PD und ihrem Gespräch mit dem Polizeichef war *sein Haus* der letzte Ort, den sie aufsuchen wollte. Es war Hannahs Ton gewesen, der sie dazu bewogen hatte, es trotzdem zu tun – Hannah hatte plötzlich keine Textnachricht mehr geschickt, sondern angerufen. Sie hatte geklungen, als würde sie am Grund eines tiefen Brunnens hocken. Sandy hatte gedacht: *Das war's. Das ist das Ende.* Hannah war schon die ganze Zeit über wie ein Kartenhaus gewesen, und jetzt fielen diese Karten in sich zusammen. Wenn sie Pech hatten, direkt in die Hände des Polizeichefs.

Er war freundlich gewesen, hatte Sandy versprochen, nach Jenna zu suchen und so weiter, doch seine Reaktion, nachdem Sandy ihm Jennas Namen genannt hatte, war sehr seltsam gewesen. Als hätte dies alles für ihn geändert. Sandy war davon überzeugt, dass er ihre Mutter kannte, zumindest dem Namen nach. Vielleicht war das gut, aber wenn nicht, wollte Sandy ihm auf keinen Fall in seinem Haus begegnen.

»Ich bin so froh, dass du gekommen bist«, sagte Hannah, als sie die Tür öffnete. Sie schenkte Sandy ein besorgtes, weinerliches Lächeln, dann zog sie sie in eine feste Umarmung und anschließend zur Tür hinein. »Es tut so gut, dich zu sehen! Ich habe mir solche Sorgen um dich gemacht.«

»Aber du musst dir *wirklich* keine Sorgen um mich machen«, erwiderte Sandy, obwohl sie wusste, dass es keinen Sinn hatte. Nichts, was sie sagte, würde sie beide aus diesen aberwitzigen Gefilden, in die sie sich verirrt hatten, herausführen. »Mir geht es gut, ganz bestimmt.«

»Möchtest du vielleicht etwas trinken?«, fragte Hannah und ging Sandy voran in die Küche. »Mein Gott, siehst du müde aus! Warst du eigentlich schon beim Arzt?«

Sie war kaum zur Tür herein, und schon fing Hannah davon an. Sandy hatte gehofft, sie würde das nicht tun – das Thema nicht anschneiden. Jetzt kam es ihr albern vor, aber Sandy hatte tatsächlich geglaubt, sie und Hannah würden nach jener Nacht nie mehr persönlich miteinander reden. Sandy würde nie mit jemandem über das reden müssen, was geschehen war. Und deshalb würde es nach einer Weile – wenn auch wahrscheinlich erst nach sehr langer Zeit – so sein, als wäre es nie geschehen. Als Sandy nun Hannahs besorgtes Gesicht betrachtete, wurde ihr bewusst, wie weit sie mit dieser Einschätzung danebengelegen hatte.

»Mir geht es gut«, versicherte sie ihr erneut. »Aber das habe ich ja schon mehrfach gesagt. *Absolut* gut.«

Die Wahrheit war, dass es ihr grottenschlecht ging. Sie hatte seit zwei Tagen nicht mehr geschlafen, und sie glaubte nicht, dass sie jemals wieder Hunger verspüren würde.

»Es tut mir leid, dass ich dich hergebeten habe«, sagte Hannah, »aber ich muss auf meinen Bruder aufpassen. Ihm geht es nämlich *nicht* gut. Im Augenblick ist er okay, aber meine Mom musste weg, und ... na ja, ich wusste nicht, wann ich das nächste Mal rauskann.«

»Können wir vielleicht nach oben gehen?«, fragte Sandy. »Wenn deine Eltern nach Hause kommen, möchte ich nicht wie auf dem Präsentierteller sitzen.«

Sandy konnte den Fernseher hören. Wahrscheinlich war

Hannahs kleiner Bruder im Wohnzimmer, was böse Erinnerungen in ihr wachrief.

»Klar, komm mit«, sagte Hannah und huschte lächelnd zur Treppe, als wäre sie acht und Sandy ihr Übernachtungsgast. »Wir gehen in mein Zimmer.«

Es war nicht das erste Mal, dass Sandy sich in Hannahs Gegenwart wie ein kleines Mädchen fühlte. Das war einer der Gründe, warum Sandy so gern Zeit mit ihr verbrachte. Wenn sie zusammen waren, fühlte sie sich wie ein ganz normales Kind, das über ganz normale belanglose Sachen tratschte.

»Und du hattest *noch nie* einen Freund?«, hatte Sandy sie während einer der letzten Nachhilfestunden gefragt. Sie hatte Hannah von Aidan erzählt, was albern war. Er war ja nicht einmal ihr richtiger Freund. »Wie kann das sein? Du bist wie alt? Siebzehn? Ich glaube dir nicht.«

Hannah und sie kannten sich noch nicht lange, aber in letzter Zeit hatten sie über alles Mögliche geredet, nicht nur über den Stoff für Sandys GED. Hannah hatte vorgeschlagen, dass sie im Anschluss an die Nachhilfe doch noch ein bisschen plaudern könnten. Vorausgesetzt, Sandy hätte Lust dazu. Es war nett von Hannah, denn es war schließlich nicht so, dass sie keine anderen Freundinnen hatte. Vielleicht wollte sie aber auch nur jemand so Verkorkstes wie Sandy zur Freundin, um sich im Vergleich mit ihr toller zu fühlen. Aber damit konnte Sandy leben. Jeder hatte irgendwelche Absichten.

»Wie meinst du das – du glaubst mir nicht?« Hannah hatte gelacht. »Im Ernst, ich hatte noch nie einen Freund. Wirklich nicht.«

»Okay, wie auch immer. Trotzdem – ich glaube dir nicht.« Sandy hatte einen Bleistift nach Hannah geworfen. »Du bist viel zu hübsch und nett und klug – warte, bist du lesbisch?«

Das hätte einiges erklärt. »Ich meine, mir ist das egal. Freundin, Freund – das ist das Gleiche.«

»Ich mag Jungs«, hatte Hannah achselzuckend erwidert. »Aber es ist kompliziert. Sie sind es nicht wert, dass man sich ihretwegen in Schwierigkeiten bringt, erst recht nicht jetzt.«

»Vielleicht kennst du einfach die falschen Jungs. Für gewöhnlich sind es die Mädchen, die die Dinge kompliziert machen.«

Aber vielleicht war ja auch Sandy diejenige, die etwas missverstand. Wenn ein Junge einen wirklich wollte, war es vielleicht tatsächlich kompliziert. Womöglich waren Sandys Beziehungen mit Jungs nur deshalb so einfach gewesen, weil es gar keine richtigen Beziehungen waren. Jungs wollten nur das eine von Sandy: Sex. Nachdem sie Jenna ihr Leben lang beobachtet hatte, wusste sie, dass es dumm war, es ihnen so leicht zu machen, wie sie es tat, aber aus irgendeinem Grund war es ihr noch dümmer vorgekommen, sich einen Keuschheitsgürtel umzuschnallen. Nur eine Idiotin würde denken, dass sich die Dinge dadurch für sie änderten.

»Ich sage nicht, dass die Jungs kompliziert sind.« Hannah verdrehte die Augen. »Es gibt noch jede Menge Komplizierteres. Meine Mom, zum Beispiel. Wenn sie sich schon wegen Glitzer-Sneakers so anstellt, kannst du dir sicher ausmalen, wie sie drauf ist, wenn es um Jungs geht. Aber nicht nur das. Ich überlege, ob ich mich bis zur Ehe aufheben soll – mach dich ruhig über mich lustig, ich weiß eh schon, dass du das für ›völlig durchgeknallt‹ oder sonst was hältst.«

Es klang seltsam, wenn Hannah solche Worte in den Mund nahm. Als wüsste sie gar nicht recht, was sie bedeuteten.

Sandy zuckte mit den Achseln. »Wenn es das ist, was *du* willst ... Aber warten, bis du verheiratet bist? Es geht um *dich*, nicht um deine Mom.«

Hannah sah sie an. »Ja«, sagte sie leise. »Das ist es, was ich will. Wenn ich irgendwann mit jemandem zusammen bin, möchte ich, dass derjenige mich um meinetwillen mag. Der an *mich* denkt. All die Jungs, die ich kenne, machen den Eindruck, als dächten sie ausschließlich an sich.«

Was zur Hölle wusste Sandy schon? Wahrscheinlich war es genau das, was Hannah tun sollte: auf jemanden warten, der reifer war. Wahrscheinlich war es genau das, was Sandy hätte tun sollen.

»Wenn *du* das wirklich willst«, hatte sie daher noch einmal betont, »dann ist es ganz und gar nicht durchgeknallt.«

»Ich kann dir gar nicht sagen, wie froh ich bin zu sehen, dass es dir gut geht«, wiederholte Hannah, als sie oben waren. Sie bedeutete Sandy, sich aufs Bett zu setzen, während sie ihren Schreibtischstuhl hervorzog und umdrehte. Hannah wirkte erleichtert, beinahe glücklich. »Ich meine, du siehst müde aus, aber ich dachte … ich weiß nicht, ich hatte es mir irgendwie schlimmer vorgestellt.«

Jetzt musste Sandy Klartext reden – die Sache so beenden, dass Hannah hoffentlich nicht ausflippte. Und dann musste sie versuchen, Schritt für Schritt aus diesem Chaos herauszukommen.

»Ja«, sagte sie daher. »Ich bin auch froh, dass ich hier bin. Weil ich dir sagen muss, dass ich für eine Weile die Stadt verlasse. Ich werde ziemlich schwer zu erreichen sein.«

Sie sagte nicht, dass sie aus Ridgedale fortgehen würde, das wäre zu viel. Nur vorübergehend fort, sodass es logisch war, dass Sandy nicht erreichbar war. Menschen wie Hannah fuhren andauernd weg – übers lange Wochenende, in den Ferien –, so etwas war also völlig normal.

»Ach?« Hannah sah sie besorgt an und schob ihre Hände unter die Oberschenkel. »Wohin fährst du denn?«

Mist. Das hatte Sandy sich natürlich nicht überlegt. Das war noch so eine Sache, die Menschen wie Hannah taten: Sie hatten ein Ziel, anstatt einfach planlos durch die Gegend zu gondeln. Beim letzten Mal, als Jenna und sie »in den Urlaub gefahren« waren, waren sie im Courtyard Marriot in Camden gelandet.

»Nach Washington, D. C.«, antwortete Sandy. Das war der erste Ort, der ihr in den Sinn gekommen war. Ein Ort, an den normale Menschen fuhren. »Für ein paar Wochen. Vielleicht sogar für einen ganzen Monat.«

»Ein Monat?« Hannah sah sie skeptisch an. »Das ist ziemlich lang.«

Shit, da hatte sie recht. Das hätte Sandy nicht sagen sollen. Hätte kleinere Brötchen backen sollen. Aber spielte das eigentlich eine Rolle? Eine Woche, ein Monat ... Am Ende würde Sandy doch nicht kontrollieren können, was Hannah sagte und wem sie es sagte. Ein Grund mehr, fortzugehen. Und zwar weit. Für immer. Aber dafür brauchte sie Jenna.

»Ja, es ist wirklich ziemlich lang«, räumte Sandy ein, »aber meine Mom möchte eine Weile dortbleiben, deshalb ...«

»Nimmst du denn dein Handy nicht mit?«

»Ähm, meine Mom möchte, dass ich es zu Hause lasse. Sie will, dass wir mal völlig abschalten, verstehst du?«

»Oh, okay.« Mit dieser Erklärung schien Hannah sich zufriedenzugeben. Nur ein Mädchen mit einer Mutter wie ihrer kaufte ihr einen solchen Bullshit ab. »Dann ist es doppelt gut, dass du gekommen bist, denn so kann ich mich mit eigenen Augen vergewissern, dass mit dir alles in Ordnung ist. Ich konnte nicht mehr schlafen deswegen, musste ständig daran denken. Und ich will mir sicher sein, dass du dir keine Vorwürfe machst. Wegen des Unfalls – und allem.«

Sandy nickte. Sie hatte Angst, etwas Falsches zu sagen. »Ja – ich meine, nein. Ich mache mir keine Vorwürfe, ganz bestimmt nicht. Danke der Nachfrage.« Sie warf einen Blick auf ihre Handyuhr. »Ich muss jetzt wieder los. Meine Mom wartet auf mich. Darf ich vorher noch kurz bei euch auf die Toilette gehen?«

»Ja, klar. Die Toilette ist gleich links, den Flur runter.«

Sandy betrachtete ihr Gesicht im Spiegel über dem Waschbecken. Hannah hatte recht: Sie sah grauenhaft aus, und so bald würde sie wohl auch nicht besser aussehen. Zurück in ihrem leeren Apartment, würde sie bestimmt keinen Schlaf finden.

Ihr Blick fiel auf den Medizinschrank an der Wand. Vielleicht bestand zumindest die Möglichkeit, dass sie sich vorübergehend etwas besser fühlen konnte. Dass sie vergessen konnte, was geschehen war, zumindest vorübergehend. Das wäre immerhin etwas. Es war längst überfällig, dass Sandy mal wieder durchatmen konnte. Klar, es wäre besser, wenn es sich nicht ausgerechnet um den Medizinschrank des Polizeichefs handeln würde, aber er wusste ja nicht, dass sie in seinem Badezimmer gewesen war.

Womöglich hatte Aidan recht – vielleicht brauchte sie bloß die richtige Leck-mich-am-Arsch-Einstellung.

Sandy öffnete das Schränkchen, in dem über ein Dutzend bernsteinfarbene Flaschen mit verschiedenen Etikettenaufschriften standen. Da würde sie bestimmt etwas finden, was die Welt erträglicher machte. Sie nahm zwei der hinteren Flaschen, eine von Barbara, eine von Steve, die Etiketten verblasst, der Inhalt kurz vor dem Verfallsdatum, die Aufschrift *verschreibungspflichtig* kaum noch lesbar. Tranquilizer, Schmerztabletten. Es würde bestimmt nicht gleich auffallen, wenn die Flaschen fehlten.

Sandy schüttelte sie und hörte, wie die Tabletten darin klackerten. Sie würde sie nicht jetzt nehmen, beschloss sie, nur wenn sie es wirklich nicht mehr ertragen konnte – ihre Suche nach Jenna, die Erinnerungen. Sandy steckte die Flaschen in ihre Jeanstaschen und zog gerade ihr Shirt darüber, als es leise klopfte.

»Du musst los, Sandy. Ich bringe dich zur Hintertür«, flüsterte Hannah auf der anderen Seite. »Mein Bruder ist gerade aufgewacht und völlig außer sich. Meine Mutter ist auf dem Heimweg.«

Sandy stieg die Treppen in den Ridgedale Commons hoch und sah sofort die Nachricht – ein grellgelbes Blatt Papier, das an ihrer Apartmenttür klebte. Und auch den mit einem Vorhängeschloss gesicherten Riegel sah sie. *Shit.* Der Typ hatte ihr vierundzwanzig Stunden gegeben, doch die waren mittlerweile verstrichen.

Ihre Kehle schnürte sich zusammen. Sie konnte sich nicht länger zusammenreißen. Das war einfach zu viel.

»Verdammte Scheiße!«, schrie sie, so laut sie konnte, lehnte sich gegen die Wand und rutschte mit dem Rücken daran herunter, bis sie auf dem Fußboden kauerte. Die Arme um die Knie geschlungen, den Mund darauf gedrückt, fing sie an zu schluchzen und meinte, nie mehr aufhören zu können. Ihr Körper bebte, ihr Gesicht war rotzverschmiert, und sie bekam kaum noch Luft.

Sandy weinte immer noch, als sie hörte, wie Mrs Wilsons Tür aufging. Eine Sekunde später kam die alte Frau herausgeschlurft. Sandy spürte, wie sie sie anstarrte.

Fuck.

»Allmächtiger«, sagte die Nachbarin. »Was um Himmels willen tust du da?«

Perfekt. Genau das brauchte sie jetzt: Mrs Wilson, die sie anquatschte. Sandy hätte nicht so laut schreien sollen. Nicht direkt vor Mrs Wilsons Tür. Sie wischte sich über die Augen in der Hoffnung, sie könnte dann aufhören zu weinen, aber das machte es nur noch schlimmer. Sie hatte das Gefühl, sich aufzulösen, als spülten die Tränen ihre Haut weg.

»Ständig dieser Krach!«, schimpfte Mrs Wilson und kam näher. Sandy konnte die knochigen nackten Füße der alten Frau sehen, die leuchtend orange lackierten Zehennägel. Für eine Sekunde fragte sie sich, wie es wohl wäre, wenn die Frau sie trat. Sie wappnete sich.

Als der Schmerz ausblieb, schaute sie auf. Mrs Wilson stand vor ihr, in einem grellpinkfarbenen Jogginganzug, die Augen glänzende braune Murmeln in ihrem ausgemergelten Altfrauengesicht. Sie stemmte eine Hand in die Hüfte und musterte Sandy voller Abscheu. »Bist du verletzt?«, schrie sie, als wäre Sandy taub. »Hat einer dieser Scheißkerle dir etwas angetan?«

Sandy schüttelte den Kopf, trotzdem ließ Mrs Wilson den Blick durch den langen Flur schweifen, als versuchte sie, jemanden zu entdecken, dem sie die Schuld an Sandys Zustand geben konnte. Dann landete ihr Blick auf der Tür von Sandys und Jennas Apartment. Die orange lackierten Zehennägel wanderten in Richtung Tür, die sie eingehend inspizierte. Sie reckte den Hals, um den hässlichen gelben Zettel zu studieren, dann beugte sie sich vor und begutachtete den Riegel mit dem Vorhängeschloss.

Anschließend kehrte sie aufgebracht vor sich hin murmelnd in ihre eigene Wohnung zurück. Sandy wartete darauf, dass sie die Tür zuschlug, doch das tat sie nicht. Stattdessen kam sie wieder in den Flur, ein Brecheisen in der Hand.

Damit bewaffnet, ging sie zu der Wohnung neben ihrer. Die alte Frau lehnte das Brecheisen gegen die Wand, dann hämmerte sie gegen die Tür.

In dem Apartment wohnten zwei junge Männer. Zweifelsohne dubiose Gestalten, aber keine Dealer – sonst wäre Jenna längst Stammkundin gewesen. Sandy tippte auf gestohlene Elektroartikel, gefälschte Marken und Ähnliches. Der stetige Besucherstrom ließ darauf schließen, dass die beiden definitiv mit irgendetwas handelten.

»He, ich weiß, dass ihr da seid!«, brüllte Mrs Wilson, als nicht sofort jemand an die Tür kam. Sie klopfte noch einmal, fester diesmal. »Ich habe gerade noch euren Fernseher durch die Wand gehört! Macht die verdammte Tür auf!«

Eine Sekunde später stand der Typ mit dem Dreitagebart auf der Schwelle. Er trug ein 76ers-Trikot und eine Baseballkappe, die er verkehrt herum aufgesetzt hatte. Darunter schaute ein verfilzter brauner Pferdeschwanz hervor. Am rechten Handgelenk baumelte eine Goldkette. Wortlos starrte er Mrs Wilson an. Erschrocken und verwirrt.

»Hier.« Sie nahm das Brecheisen und hielt es ihm entgegen. Er betrachtete es, aber er fasste es nicht an. »Na los«, forderte sie ihn auf. »Worauf wartest du?«

Endlich streckte er die Hand danach aus. In seinen kräftigen Fingern sah das Brecheisen aus wie ein Streichholz. Sein Blick wurde immer verwirrter.

»Und jetzt«, sagte Mrs Wilson, »machst du damit die Tür auf.«

»Wie bitte?«, fragte er. Seine Stimme war sehr viel freundlicher und höflicher, als Sandy erwartet hatte.

»Du hast mich schon verstanden. Mach dem armen Mädchen die Tür auf.« Mrs Wilson deutete mit dem Daumen auf Sandys und Jennas Apartment. »Da ist abgesperrt.«

»Wieso?« Jetzt klang er wie ein quengelnder Teenager.

»Weil ich es so will«, blaffte sie und verschränkte die Arme. »Ihr Jungs könnt von Glück sagen, dass noch niemand wegen euch die Polizei gerufen hat. Aber es ist nicht ausgeschlossen, dass *jemand* das tut.«

Der Typ seufzte laut und schlappte aus seinem Apartment,

das Brecheisen in der Hand. Vor Sandys Tür blieb er stehen, um den gelben Zettel zu lesen, dann drehte er sich um und sah Mrs Wilson an.

»Oh, bitte – jetzt tu nicht so, als würdest du dich um das Gesetz scheren. Los, mach schon.«

Er warf einen Blick über die Schulter, um sich zu vergewissern, dass ihn niemand beobachtete – etwas, was er definitiv schon Hunderte Male gemacht hatte, wenn er irgendwo eingebrochen war –, dann entfernte er das Schloss mit einer einzigen geübten Bewegung. Es fiel klappernd zu Boden. Er drehte sich um, kam zu ihnen zurückgeschlurft und lehnte das Brecheisen neben Mrs Wilson an die Wand, bevor er ohne weiteren Kommentar in seiner Wohnung verschwand.

Mit pochendem Herzen stand Sandy auf. Jetzt musste sie sich beeilen – rein in das Apartment und wieder raus. Nicht, dass man sie dort verhaftete. Das hätte ihr gerade noch gefehlt.

»Danke«, sagte sie zu Mrs Wilson. Ihre Stimme war heiser vom Weinen.

Die alte Frau machte kopfschüttelnd einen Schritt auf Sandy zu und sah ihr fest in die Augen. »Geh rein und nimm dir, was du brauchst«, sagte sie. »Aber dann verschwinde. Denn du bist der einzige Mensch auf dieser Welt, der sich um dich kümmern wird. Je früher du das begreifst, desto besser für dich.«

Sandy beeilte sich. Sie schnappte sich zwei von den Kartons, mit denen sie vor ein paar Monaten umgezogen waren, dann suchte sie die wichtigsten persönlichen Sachen zusammen: Jennas Schmuckschatulle, Fotos von Sandys Großeltern, ihre Zeugnisse. Anschließend öffnete sie sämtliche Schubladen und Schränke, auf der Suche nach etwas, was sie unbedingt brauchen würde. Viel war es nicht. Die Sachen passten locker in einen Karton.

Sandy füllte den zweiten mit Küchenutensilien: ein paar Teller, Schüsseln, etwas Besteck. Dann folgte das Zeug, das Hannah ihr in jener Nacht gegeben hatte, damit sie darauf aufpasste. Sie konnte sich nicht vorstellen, dass sie Hannah jemals wiedersehen würde – hoffentlich nicht –, aber es fühlte sich falsch an, die Sachen einfach dazulassen. Viel mehr konnte Sandy nicht mitnehmen. Den restlichen Billigscheiß würden sie durch neuen Billigscheiß ersetzen müssen. Sie wusste ja nicht einmal, wo zum Teufel sie die beiden Kartons abstellen sollte, und auf dem Fahrrad konnte sie sie auch nicht so einfach transportieren.

Sie würden auch ein paar Kleidungsstücke brauchen, jede ein Outfit. Erst jetzt fiel Sandy auf, dass Jennas Mantel an dem Haken an der Innenseite der Tür hing. Vorgestern Nacht war es kalt gewesen, das Gras am Morgen mit Raureif bedeckt. Was, wenn ihre Mutter irgendwo draußen war? Wäre sie dann nicht längst erfroren?

Sandy versuchte, den Gedanken zu verdrängen und sich stattdessen darauf zu konzentrieren, ein weiteres Mal Jennas Zimmer zu durchstöbern. Obwohl sie sich keine große Hoffnung machte, dass sie irgendwo Geld finden würde.

Es gab ein letztes Versteck, wo Sandy nachsehen konnte – ein Ort, an dem Mädchen wie Jenna ihre Notreserven aufbewahrten. Mit beiden Händen hob Sandy die Matratze an und zog daran. Es freute sie beinahe, als sie nach links kippte, gegen Jennas Kommode knallte und alles, was darauf stand, zu Boden riss – billige Parfümflaschen und ein kleines Glas mit Nippes.

Als Sandy auf den Lattenrost blickte, konnte sie es kaum glauben, aber da lag tatsächlich etwas. Kein Geld, so viel Glück hatte sie nicht, sondern ein kleines schwarzes Buch.

Sandy nahm es und schlug es mit klopfendem Herzen auf. Ganz oben auf der ersten Seite stand in Moms geschwungener, mädchenhafter Handschrift ein Datum: 15. Februar 1994. *Shit.*

Sandy verstaute die beiden Kartons in einer staubigen Ecke voller Spinnweben unter der Treppe, wo bestimmt niemand nachsehen würde. In ihren Rucksack hatte sie das gestopft, was von ihrem Bargeld übrig war – jetzt nur noch achtzehn Dollar –, außerdem Jennas Tagebuch, saubere Unterwäsche, zwei T-Shirts und ihre Zahnbürste. Sie wusste nicht, wo sie bleiben sollte, aber hier ganz bestimmt nicht.

Dann zog sie die beiden braunen Fläschchen aus den Jeanstaschen, um sie ebenfalls in den Rucksack zu stecken. Sie würde die Tabletten nur nehmen, wenn sie wirklich verzweifelt war, und dann auch nur eine. Oder zwei. Allerdings konnte sie sich in diesem Zustand selbst nicht trauen. Vielleicht sollte sie lieber nur ein paar behalten und den Rest wegwerfen. Sie öffnete die Fläschchen und schüttete den Inhalt in ihre Handfläche.

Zwei Sorten verschieden geformter Tabletten und ein silbernes Kettchen mit einem silbernen Mondanhänger und einem Aquamarin in der Mitte fielen heraus. Der Verschluss der Kette war kaputt.

Das war Jennas Kette. Die, die sie immer trug. Die, die ihr so viel bedeutete, auch wenn Sandy nicht wusste, warum. Denn trotz all der Geheimnisse, die Jenna mit ihrer Tochter teilte, welche Drogen sie nahm, mit welchen Männern sie ins Bett ging – von wem die Kette war, hatte sie Sandy nie verraten.

Es war schon dunkel, als Sandy aufs Fahrrad stieg. Ihre zitternden Hände umschlossen den Lenker. Ihr Herz raste. Es gab keine plausible Erklärung, warum Jennas Kette in einem der Fläschchen gelegen hatte. Und es gab nur einen Grund, warum Jenna die Kette nicht mehr trug: Jenna war tot. Aber wie zur Hölle war das Kettchen in einer verstaubten Pillenflasche in Hannahs Elternhaus gelandet? Hatte Steve Jenna die Tabletten abgenommen? Nein, auf dem Etikett hatte sein Name oder der von seiner Frau gestanden. Nichts ergab irgendeinen Sinn.

Erst als Sandy den großen Parkplatz vor dem Wohnblock verließ, bemerkte sie den Streifenwagen, der auf der anderen Straßenseite vor den Ridgedale Commons parkte. *Versuch, nicht schuldig dreinzublicken. Gib ihnen keinen Grund, dich anzuhalten.* Sandy musste nur weiter in die Pedale treten, locker, unbeschwert. Wie ein ganz normaler Teenager, der nach Einbruch der Dunkelheit durch Ridgedale radelte.

Als Sandy an dem Wagen vorbeifuhr, warf sie einen verstohlenen Seitenblick durchs Fenster. Es konnte jede Menge Gründe dafür geben, dass die Polizei hier einen Wagen positioniert hatte, doch dann hätte wohl nicht ausgerechnet Steve, Hannahs Dad, darin gesessen. Der Polizeichef von Ridgedale. Der Mann, dessen Verhalten sich schlagartig änderte, nachdem sie Jennas Namen erwähnt hatte. Der Mann, der Jennas wertvollsten Besitz in seinem Medizinschrank versteckte. Und jetzt starrte dieser Mann sie an. Als hätte er Ausschau nach Sandy gehalten.

MOLLY
2. JUNI 2013

Justin hat es in die letzte Bewerberrunde für den Job an der Ridgedale University geschafft! Er ist so aufgeregt, und ich freue mich riesig für ihn. Er hat während der vergangenen anderthalb Jahre auf so vieles verzichtet, um sich um uns kümmern zu können. Auf seltsame Weise hat uns das furchtbare Ereignis noch enger zusammengeschweißt. Und jetzt ist definitiv er an der Reihe. Ich will, dass wir uns für eine Weile ganz auf ihn und seine Bedürfnisse konzentrieren.

Nichtsdestotrotz fällt mir die Vorstellung, von hier wegzuziehen, schwer. Dabei hat sie nie mit uns zusammen in unserer Wohnung gelebt. Aber sie ist hier gestorben. In mir. Während ich schlief. Während ich mich durch die Räume bewegte. Während ich atmete.

Was wird aus ihr werden, wenn wir diesen Ort verlassen?

RIDGEDALE READER

<u>ONLINEAUSGABE</u>

18. März 2015, 17:23 Uhr

EILMELDUNG
POLIZEI PLANT TREFFEN MIT DER BEVÖLKERUNG

VON MOLLY SANDERSON

Das Police Department von Ridgedale beruft heute Abend um 19:00 Uhr eine öffentliche Versammlung in der Sporthalle der Ridgedale University ein. Die Polizei wird die Einwohner unter anderem über den neuesten Stand der Ermittlungen im Fall des Säuglings informieren, der in der Nähe der Essex Bridge tot aufgefunden wurde. Außerdem sollen Details zu einem geplanten Massen-DNA-Test bekannt gegeben werden.

Um zahlreiches Erscheinen wird gebeten. Im Anschluss findet eine Fragerunde statt.

Molly

Als ich das Winchester Pub betrat, saß Justin in einer der Holznischen in der Nähe des Eingangs. In die im Laufe der Jahre blank gewetzten Oberflächen von Tischen, Bänken und Wänden waren die Initialen von Studenten und Studentinnen eingeritzt, von denen viele ihr Studium schon vor Jahrzehnten abgeschlossen hatten. Mit seinem Dreitagebart und der verwaschenen Jeans hätte man Justin glatt für einen attraktiven Doktoranden halten können, wäre er nicht in Begleitung zweier Seminarteilnehmer gewesen – einem jungen Studenten mit Akne und einem riesigen Adamsapfel und einer Studentin mit Elfengesicht und stacheligen schwarzen Haaren, die Spitzen grün. Im Vergleich mit Justin wirkten die beiden, als wären sie gerade mal zwölf.

Ich hatte ihm eine Textnachricht geschickt, und er schrieb zurück, dass er gerade aus einer Konferenz komme und mit zweien seiner Studenten schnell etwas zu Abend esse, ob ich nicht Lust hätte, dazuzustoßen. Ich hatte Lust. Ich musste ihn sehen. Ich war völlig aufgewühlt, seit ich Harolds Haus verlassen hatte, den silbernen Armreif in der Tasche, den ich gegen eine Kiste mit alten CDs eingetauscht hatte, die noch bei mir im Kofferraum lag.

Das anschließende Gespräch mit Steve hatte mich nicht weitergebracht. Sobald ich mich in sicherem Abstand zu Harolds Ranch befand, war ich rechts rangefahren und hatte den Polizeichef angerufen.

»Ich denke, Sie sollten in Erwägung ziehen, noch einmal mit dem Mann zu reden, der in der Nähe von der Stelle wohnt, wo das Baby entdeckt wurde«, hatte ich gesagt und versucht, nicht zu aufdringlich oder besserwisserisch zu klingen. »Ich glaube, er hat etwas gesehen, was mit dem Tod des Säuglings in Zusammenhang stehen könnte.«

»Harold?« Steve war in lautes Lachen ausgebrochen. »Sie haben mit ihm gesprochen? Hat er Ihnen erzählt, dass er ein wegen schwerer Körperverletzung verurteilter Straftäter ist? Er hat eine lange Vorgeschichte – jede Menge psychische Erkrankungen, jede Menge Anzeigen, bei denen die Ermittlungen ins Leere liefen. Also kein sonderlich zuverlässiger Zeuge.«

»Nein«, hatte ich erwidert und mich erneut beschämt und in die Schranken gewiesen gefühlt. »Das hat er nicht erwähnt.«

»Ich rate Ihnen, sich von Harold fernzuhalten«, hatte Steve hinzugefügt. »Nichts, was Sie von ihm erfahren könnten, ist das Risiko wert, sich in seine Nähe zu begeben.«

Justin grinste und winkte, als er mich sah. Ich wollte gerade zu ihm gehen, als mein Handy klingelte. Neben der Bar blieb ich stehen. *Richard Englander.* Ich schob das Telefon zurück in die Tasche und ließ die Mailbox drangehen. Es waren weitere Textnachrichten von Erik eingegangen, darunter eine, in der er meine Reportage über Neugeborenentötung lobte, aber in keiner stand auch nur ein Wort über Richard. In ein, zwei Tagen wäre er wieder in der Redaktion, schrieb Erik. Wenn Richard ein Problem damit hatte, dass ich an der Story dran war, würde er das nach Eriks Rückkehr mit diesem besprechen müssen.

»Leute, das ist meine Frau Molly«, sagte Justin, als ich an den Tisch trat, auf dem halb geleerte Teller und Gläser standen. Anscheinend waren sie schon fertig. »Tamara und Jeff sind in meinem Seminar über die Literatur des neunzehnten Jahrhunderts. Sie haben mir gerade berichtet, dass der Studiendekan den Plan des Tierschutz-Komitees zunichtegemacht hat – Studentinnen und Studenten, die sich aus Protest gegen die Massentierhaltung im Haupthof in Käfige einsperren wollten.«

»Massentierhaltung ist abscheulich«, sagte das Mädchen und funkelte mich an, als hätte ich in meinem Garten eine Kälberherde in enge Stallboxen eingepfercht.

»Ja«, pflichtete ich ihr bei, »absolut grauenhaft.«

Justin zwinkerte mir zu. »Ich verspreche, dass ich alles in meiner Macht Stehende tun werde, um euch zu unterstützen, aber jetzt würde ich mich gern meiner Frau widmen. Können wir das also ein andermal besprechen?«

»Klar«, sagte der junge Mann, nahm seine Tasche und durchsuchte seine Jacke nach Bargeld.

»Lass stecken, Jeff«, sagte Justin. »Das geht auf mich.«

»Danke, Professor Sanderson.« Jeff stieß das Mädchen mit dem Ellbogen an. »Komm, Tam.«

Das Mädchen beäugte mich weiterhin mit finsteren Blicken.

»Keine Sorge, Tamara, wir finden eine Lösung«, beschwichtigte Justin.

»Okay, Mr Sanderson«, erwiderte sie, stand auf und machte sich auf den Weg zur Tür.

»Was für ein Sonnenschein«, murmelte ich.

»Die Hybris der Jugend.« Justin sah den beiden achselzuckend nach. »Jemand muss den Kampf für das Gute weiterführen, jetzt, da wir zu alt und gebrechlich sind, um uns um etwas anderes zu kümmern als um eine angenehme Nachtruhe.«

»Sind die beiden Erstsemester? Sie sehen aus wie Babys.«

»Weil sie Babys sind. Die zwei sind Junior-Studenten von der Ridgedale High.« Er furchte die Brauen. »Apropos ... Ich bin mir ziemlich sicher, dass sie sich nicht irgendwelchen

Komitees anschließen, geschweige denn auf dem Campus protestieren dürfen. Aber darum soll sich Thomas Price kümmern. Er ist für das Junior-Studienprogramm für besonders begabte Schülerinnen und Schüler der Highschool zuständig – eine Art Probestudium, bevor es ernst wird. Außerdem sind das nette Jugendliche. Der Junge ist ausgesprochen clever und um einiges verständiger als die meisten Studienanfänger.«

»Und das Mädchen?«

»Hm, weniger. Ihre Wut kostet sie viel von ihrer geistigen Energie«, antwortete Justin, was mich zum Lachen brachte.

»Nun, wenn sie über Themen wie Massentierhaltung derart in Zorn geraten kann, flippt sie vielleicht auch aus, wenn sie von dem geplanten Massen-DNA-Test durch die Polizei erfährt«, sagte ich nachdenklich.

»Eine Rasterfahndung? Das klingt beängstigend«, sagte Justin. Ich setzte mich ihm gegenüber und stibitzte mir seine übrig gebliebenen Pommes frites.

»Ist es auch«, pflichtete ich ihm bei. »Kannst du Ella auf dem Heimweg abholen? Sie isst bei Mia zu Abend.«

»Klar«, antwortete er. »Ist alles okay?«

»Ich muss noch zu dieser Versammlung in der Sporthalle – schließlich möchte ich die kollektive Wut der Stadt dokumentieren, wenn die Polizei ihr Vorhaben verkündet.«

»Ich bin mir gar nicht sicher, ob das alles rechtens ist«, gab Justin zu bedenken. »Oh, übrigens ...« Er zog sein Handy hervor und zeigte mir die Nachricht, die ich ihm geschickt hatte. »Was ist das? Sieht aus wie eine Adresse.«

Er wusste garantiert, dass es sich weder um etwas Harmloses noch um ein Versehen handelte, deshalb erschien es mir nicht ratsam zu lügen. Wenn ich wollte, dass er mir vertraute, erwies ich mich besser als vertrauenswürdig.

»Ich musste jemanden interviewen.« Ich zuckte mit den

Achseln. »Der Typ machte mich nervös, deshalb dachte ich, es wäre gut, wenn jemand weiß, wo ich bin. Nur für alle Fälle.«

»Nur für alle Fälle?« Er sah mich mit großen Augen an.

»Ich war bloß supervorsichtig – genau wie du gesagt hast.«

»Hm.« Er musste sich Mühe geben, mir nicht zu widersprechen. Keiner von uns wollte den Streit von gestern Abend weiterführen.

Ich tastete nach dem Zettel in meiner Manteltasche, den ich heute Morgen darin gefunden hatte. Es war nicht nur ein Schnipsel – es war eine halbe Seite, zu einem Quadrat zusammengefaltet. Ich zog ihn heraus und klappte ihn auseinander. »Das hier ist eins von meinen Lieblingszitaten.«

»Ich weiß«, sagte Justin.

Und dies ist das Wunder,
das die Sterne in ihren Bahnen hält.
Ich trage dein Herz.
(Und ich trage es in meinem Herzen.)
E. E. Cummings

Die Kellnerin kam und reichte Justin die Rechnung. Er zog ein paar Scheine aus seiner Brieftasche und legte sie in die Ledermappe. Dann fragte er plötzlich: »Warte, du wirst der Polizei doch nicht etwa dabei helfen, ihr faschistisches Vorhaben publik zu machen?« Auf einmal wirkte er verärgert, als wäre ihm gerade erst bewusst geworden, worum es eigentlich ging. »Ich kann nicht fassen, dass das für dich okay ist. Diese Rasterfahndung verstößt gegen alles, was du früher vertreten hast.«

Unabhängig davon, dass er sich selbst als »alt und gebrechlich« bezeichnete, konnte er sich beim Thema soziale Gerechtigkeit noch immer ziemlich echauffieren.

»Ich berichte darüber, was nicht heißt, dass ich diese Ermittlungsmethode befürworte«, entgegnete ich und fühlte mich in die Defensive gedrängt. »Außerdem glaube ich, die Polizei hofft, dass es gar nicht so weit kommen muss. Dass die Drohung genügt, die Mutter oder den Vater des Kindes zum Reden zu bringen.«

»Und zu diesem Zweck benutzen sie dich als ihre Propagandamaschine?«, fragte Justin nach, als wäre dies ein persönlicher Affront. »Ich möchte nicht klingen wie ein Arschloch, Molly, und ich habe gestern Abend laut und deutlich vernommen, dass du an dieser Story dranbleiben willst. Trotzdem möchte ich nicht zusehen, wie man dich benutzt.«

»Vielen Dank«, sagte ich, aber verhalten. Er drängte mich nicht länger, die Story abzugeben, und dafür sollte ich dankbar sein und seinen passiv-aggressiven Seitenhieb wegstecken. »Neuerdings sprudelst du nur so über vor Komplimenten.«

»Tut mir leid«, sagte er. Ich gab mir Mühe zu ignorieren, wie traurig er wirkte. »Ich versuche doch nur … ich versuche nur, auf dich achtzugeben, das ist alles.«

»Ich weiß.« Ich legte ihm eine Hand an die Wange. »Aber vielleicht musst du das gar nicht – oder zumindest ein bisschen weniger, okay?«

»Bist du dir sicher?« Er lächelte, noch immer melancholisch, aber nicht mehr ganz so sehr. »Ich bin nämlich ziemlich gut darin.«

»Ja, zum Glück«, pflichtete ich ihm bei und strich ihm mit dem Daumen über die bartverschattete Haut. »Du bist in vielen Dingen ziemlich gut.«

Auf halbem Weg zur Sporthalle wurde mir klar, dass ich auf den leicht zugänglichen, hell erleuchteten Parkplatz hätte fahren sollen. Ich hatte nicht nachgedacht, als ich mich von

Justin auf dem Rasen vor dem Winchester Pub verabschiedete. Es war ein ungewöhnlich warmer Abend, und ich hatte angenommen, ein Spaziergang würde meine Stimmung heben. Also hatte ich den Wagen an der Franklin Avenue stehen lassen und war unbekümmert über den Campus marschiert.

Doch ich hatte nicht in Betracht gezogen, wie leer und wie dunkel es hier sein würde. Die Wohnheime und das Studentenwerk befanden sich in der entgegengesetzten Richtung, und anscheinend waren alle dort. Das Sprachlabor, die Kunstwerkstatt und das Theater strahlten hell, aber in weiter Ferne. Die größten akademischen Gebäude – Rockland Hall, Barry Hall und Sampson Hall – waren um diese Uhrzeit stockfinster. Je weiter ich in die Dunkelheit hineinging, desto nervöser wurde ich, und als ich die Hälfte des Campus hinter mir gelassen hatte, war ich so angespannt, dass mich schon das Klackern meiner eigenen Absätze auf dem asphaltierten Weg zusammenschrecken ließ.

Im Gehen schickte ich Justin eine Nachricht. *Bitte sag mir, dass es auf dem Campus sicherer ist, als es sich anfühlt.* Ich behielt das Handy in der Hand und wartete darauf, dass er antwortete, aber wahrscheinlich war er gerade bei Mia, um Ella abzuholen, und hatte sein Telefon im Auto gelassen, im Becherhalter, wo er es immer hineinstellte.

Ich beschleunigte meine Schritte und warf einen Blick über die Schulter, um sicherzugehen, dass mir niemand folgte. Hinter mir war niemand, zumindest niemand, den ich sehen konnte. Trotzdem hatte ich das Gefühl, ich würde verfolgt.

Endlich kam die Sporthalle in Sicht, in warmes, einladendes, goldenes Licht getaucht. Neben der Tür hatte sich eine kleine Gruppe Menschen versammelt. Ich war noch nicht in Rufweite, also beschleunigte ich meine Schritte noch einmal.

Ich wollte gerade auf den Gehweg neben der kreisförmigen Zufahrt vor dem Eingang einbiegen, als ich zu meiner Linken ein Geräusch vernahm. Ein Rascheln im Gebüsch. Hoffentlich der Wind. Ich blickte in die entsprechende Richtung und prallte deshalb gegen etwas – gegen jemanden, der sich mir unbemerkt von rechts genähert hatte. Das Handy glitt mir aus der Hand und fiel auf den Asphalt.

»Ups«, sagte Deckler, bückte sich und hob es auf. Er inspizierte das Display, wischte mit dem Ärmel darüber und reichte es mir. »So gut wie neu.«

Er hatte die eng anliegende Fahrraduniform der Campus-Polizei gegen Sweatshirt und Jeans eingetauscht, doch darin wirkte er auch nicht attraktiver. Warum tauchte er eigentlich überall dort auf, wo ich mich aufhielt? Beobachtete er mich?

Die Akten. Ein Officer der Campus-Polizei hatte Zugang zu den Unterlagen von jedem einzelnen Mädchen haben können – und die Macht, potenzielle Beschwerden unter den Tisch zu kehren. Wer weiß – womöglich ging es um ihn, womöglich hatte er Rose Gewalt angetan und war der Vater ihres Babys ... Das war zwar etwas weit hergeholt, aber ich konnte mir gut vorstellen, dass es Beschwerden gegen ihn gab, denn Deckler wirkte bedrohlich – und er erschreckte offenbar gern Frauen, die allein in der Dunkelheit unterwegs waren. Vielleicht ahnte er, dass ich etwas herausgefunden hatte, und jetzt scharwenzelte er um mich herum, um in Erfahrung zu bringen, was ich als Nächstes vorhatte. Und um notfalls zuzuschlagen. Mich auszuschalten.

»Danke«, sagte ich und nahm ihm das Telefon aus der Hand. Hatte er das Geräusch zu meiner Linken verursacht und sich dann von rechts an mich herangeschlichen? »Sind Sie wegen der Versammlung hier?«, fragte ich ihn.

»Nein ...«, erwiderte er unbestimmt. »Ich checke nur die Lage.«

»Okay, gut. Großartig.« Ich lächelte wenig überzeugend. »Ich muss jetzt weiter. Jemand hält drinnen einen Platz für mich frei.«

Deckler sollte wissen, dass ich verabredet war, dass man mich vermissen würde, wenn ich nicht rechtzeitig erschien. Obwohl das nicht stimmte. Ich erwartete zwar, Stella dort anzutreffen, aber wir hatten nichts ausgemacht.

»Haben Sie in Erfahrung bringen können, was Sie über diese Studentin wissen wollen?«, fragte er so beiläufig, als mache er bloß Small Talk. »Diese Rose?«

Ich hatte Deckler gegenüber nichts davon erwähnt, weder dass ich Informationen über eine Studentin benötigte, noch dass es sich dabei um Rose Gowan handelte.

»Ja, hab ich.« Ich lächelte erneut, dann setzte ich mich wieder in Bewegung und strebte auf die Sporthalle zu, weg von Deckler. »Ich habe jetzt alles, was ich brauche.«

»Lassen Sie mich wissen, wenn es noch etwas gibt, wobei ich Sie unterstützen kann!«, rief er mir nach. Seine Stimme klang flach und emotionslos. Ich spürte, wie sich die Härchen auf meinen Unterarmen aufstellten.

»Das mache ich, ganz bestimmt!« Ich winkte ihm zu, dann stürmte ich auf das Gebäude zu, ohne mich noch einmal umzudrehen.

Als ich endlich die Sporthalle betrat, trommelte mein Herz gegen den Brustkorb. Steve stand auf einem Podium in der Mitte der Halle. Neben ihm entdeckte ich Ben LaForde und Thomas Price, der immer wieder auf seine protzige Uhr sah und dadurch den Eindruck erweckte, er wäre überall lieber als hier. Ich konnte ihm keinen Vorwurf machen, allerdings war es eine geschickte PR-Aktion, dass die Universität bei dieser von der Polizei einberufenen Versammlung als Gastgeber fungierte – Thomas Price' Idee, nahm ich an. Anstatt sich vom Tod des Babys zu distanzieren, ließ sich die Universität noch stärker in diese Angelegenheit einbinden – was bedeutete, dass die Leitung überzeugt war, dass keiner der Studierenden etwas mit der Sache zu tun hatte. Dennoch hielt ich es nach meinem Zusammenstoß mit Deckler für möglich, dass dies eine Art Flucht nach vorn war.

Die Versammlung war sehr gut besucht. Die Tribünen auf beiden Seiten waren voller Menschen, zusätzlich hatte man Klappstühle aufgestellt. Trotzdem mussten viele Leute stehen.

»Ich bin Chief Steve Carlson vom Ridgedale PD. Danke, dass Sie so zahlreich erschienen sind«, ertönte in diesem Moment Steves Stimme. Erst jetzt bemerkte ich die Flugblätter, die geräuschvoll durch die Reihen gereicht wurden. »Der Zweck dieser Versammlung besteht darin, Sie über den Status unserer Ermittlungen zum Tod des mutmaßlich neugeborenen weiblichen Säuglings zu informieren, der am frühen Dienstagmorgen in der Nähe der Essex Bridge gefunden wurde. Im Anschluss an diese Veranstaltung besteht die Möglichkeit, Fragen zu stellen. Das Baby ist noch immer nicht identifiziert, und wir warten auch noch auf die offiziellen Angaben des Gerichtsmediziners zur Todesursache. Wir glauben nicht, dass dieser Todesfall mit einem anderen Vorfall in Verbindung steht.« Das war zweifelsohne eine Anspielung auf meine Story über Simon Barton, aber ich stand zu meinem Artikel – gründlicher Journalismus erforderte nun einmal, dass man genauer hinsah. »Wir führen derzeit freiwillige DNA-Tests durch, in der Hoffnung, so die Identifizierung des Babys beschleunigen zu können.«

Nun, das war vorsichtig ausgedrückt – als könnte das Baby durch eine Speichelprobe von braven, unschuldigen Bürgern identifiziert werden. In Wirklichkeit wären die einzigen Testergebnisse von Bedeutung die der Mutter oder des Vaters.

Oder desjenigen, der für den Tod des Säuglings verantwortlich war – vorausgesetzt, man hatte am Fundort entsprechende Spuren für einen Abgleich gefunden. Die Eltern mussten nicht zwingend Täter sein.

»In den Flugblättern, die soeben an Sie verteilt werden, wird das Testverfahren erläutert. Es ist schmerzfrei und dauert nicht lange, weniger als fünf Minuten. Nicht übereinstimmende Proben werden unverzüglich und vertraulich entsorgt. Ich möchte noch einmal betonen, dass die Ergebnisse der Auswertung in keiner Datenbank gespeichert werden. Einzelheiten darüber, wo und wann die Tests stattfinden, entnehmen Sie bitte dem Flyer. Wir hoffen, dass Sie alle in Erwägung ziehen, uns bei unserer Arbeit zu unterstützen.«

Es raschelte, als die Leute nach den Flugblättern griffen, dann fingen sie an zu lesen. Schweigen senkte sich herab, als fiele es ihnen genau wie mir schwer, das Ganze zu verdauen. Besonders heikel war die Tatsache, dass Schülerinnen und Schüler der Highschool sowie Studentinnen und Studenten der Universität miteinbezogen werden sollten – man wollte einfach bei allen Bewohnern von Ridgedale über zwölf Jahren einen Abstrich durchführen. Bei Minderjährigen nur mit Zustimmung und in Anwesenheit eines Elternteils oder Erziehungsberechtigten.

Einen Augenblick später schossen zahlreiche Hände in die Höhe, der Geräuschpegel schwoll schlagartig an. Die Gesichter der Anwesenden hatten sich verfinstert, genau wie die Stimmung in der Sporthalle.

»Sie dort drüben, bitte.« Steve deutete auf einen untersetzten Mann in einem teuer aussehenden kürbisfarbenen Sweatshirt auf der rechten Seite der Tribüne. Er war ungefähr Ende vierzig und zeigte deutliche Ansätze einer Glatze. Als er aufstand, war das Gemurmel bereits zu ohrenbetäubendem Lärm angeschwollen.

»Entschuldigung! Bitte«, rief Thomas Price. »Wir müssen leise sein, wenn wir die Frage verstehen wollen!« Als ich Price beobachtete, verstand ich, warum die Universität ihn zu ihrem inoffiziellen Sprecher auserkoren hatte: Er strahlte eine ruhige, unaufgeregte Autorität aus. Sollten die Dinge schlecht laufen, konnte sich die Uni zudem immer darauf berufen, dass er das Amt nicht offiziell bekleidete. Die Lautstärke sank. »Haben Sie vielen Dank. Bitte, fahren Sie fort, Sir.«

»Es gibt ungefähr tausend Gründe, warum ein Massen-DNA-Test eine der schlechtesten Ideen ist, die ich je gehört habe. Ist Ihnen bewusst, dass niemand zustimmen wird? Zumindest nicht freiwillig, glauben Sie mir, ich bin Rechtsanwalt.« Der untersetzte Mann ließ seine weit aufgerissenen Augen über die Menge schweifen. »Tun Sie das nicht. Bitte konsultieren Sie vorher wenigstens einen Anwalt. Nur weil die Polizei behauptet, sie würde die Proben nicht speichern, muss das noch lange nicht der Wahrheit entsprechen. Auf alle Fälle ist es gut möglich, dass dieses Prozedere gegen die Verfassung verstößt.« Er nickte in Steves Richtung. »Nichts für ungut. Das geht nicht gegen Sie persönlich. Ich spreche eher allgemein.«

Steve starrte den Mann finster an, bis dieser wieder Platz nahm. »Ich nehme Ihnen Ihre Bemerkung nicht übel«, sagte er nach einer kurzen Pause ruhig. »Es steht Ihnen allen selbstverständlich frei, einen Anwalt oder Ihren spirituellen Berater oder sonst wen zu konsultieren, bevor Sie die Entscheidung treffen, ob Sie helfen wollen oder nicht. Gehen Sie in sich und überlegen Sie, ob Sie es aus Prinzip für falsch halten, mit einem Wattestäbchen über die Innenseite Ihrer Wange oder der Ihres Kindes streichen zu lassen. Wir leben in einem freien Land, und das ist es, was Freiwilligkeit bedeutet: Sie müssen eine Wahl treffen.« Die Menge war jetzt vollkommen still. »Wir haben ein Baby gefunden, das wie Müll im Fluss trieb und sich mit dem Hals an einem Stock verfangen hatte. Ich habe das kleine Mädchen persönlich aus dem Wasser gezogen. Es hat fast nichts gewogen.« Er schwieg wieder, diesmal versuchte er sichtlich, die Fassung zu bewahren. »*Prinzipien* sind ein Luxus, den dieses Baby niemals erfahren wird.«

Es war ein starker Auftritt. Leidenschaftlich. Überzeugend. Und authentisch. Steve glaubte ganz offensichtlich an das, was er sagte. Natürlich machte es die Sache nicht besser.

Nichtsdestotrotz hatten Steves Worte wie beabsichtigt den öffentlichen Widerstand zum Verstummen gebracht. Während der nächsten anderthalb Stunden stellten die Leute keine weiteren Fragen bezüglich des DNA-Tests. Stattdessen erkundigte sich jemand nach den Männern, die im örtlichen Register für Sexualstraftäter eingetragen waren. Ein Mann setzte sich für die präventive Abnahme von Fingerabdrücken in den Schulen ein, ein anderer schlug eine Nachbarschaftswache vor, die sich hauptsächlich auf die Ridgedale Commons konzentrierte, den Gebäudekomplex, in dem de facto die einkommensschwachen Bürger der Stadt lebten. Zum Glück verwarfen mehrere Teilnehmende diesen Vorschlag als diskriminierend. Steve schob ohnehin einen Riegel davor und sprach von gefährlicher und verantwortungsloser Selbstjustiz. Nicht lange danach beendete er die Frage- und Diskussionsrunde.

»Zeit, zu einem Abschluss zu kommen.« Steves Stimme war heiser vom Reden. Er deutete auf eine riesige Uhr, die hoch oben an der Wand hing. »Die Universität war so freundlich, uns ihre Räumlichkeiten zur Verfügung zu stellen, aber ich habe versprochen, dass wir die Halle bis einundzwanzig Uhr verlassen, und wir sind bereits zwanzig Minuten über der Zeit.«

Die Leute murrten unzufrieden, als sie aufstanden. Manche fanden sich noch in der Halle in größeren Gruppen zusammen und diskutierten Theorien und Bedenken, andere strebten auf die Türen zu. Ich machte mich auf den Weg zu Stella, die ich von Weitem gesehen hatte, umringt von einer Gruppe Highschool-Eltern. Hoffentlich würde sie mich zu meinem Wagen fahren! Ich hatte nicht vor, noch einmal die Strecke über den Campus zu Fuß zurückzulegen.

»Stella!«, rief ich, als sie sich in Bewegung setzte und zusammen mit den anderen auf den nächstgelegenen Ausgang zuhielt. Eine Sekunde später war sie in der Menge verschwunden.

»Molly Sanderson«, sagte jemand hinter mir. »Wie schön, ein freundliches Gesicht zu sehen.«

Erleichtert stellte ich fest, dass Thomas Price auf mich zukam, eine Hand in den Nacken gelegt. Er wirkte vollkommen erschöpft.

»Oh, hi«, sagte ich und fragte mich, ob ich Price bitten konnte, mich zu meinem Wagen zu begleiten, ohne allzu ängstlich zu wirken. »Wie geht es Ihnen?«

»Es ging mir schon mal besser.« Er deutete auf die aufgewühlte Menschenmenge. »Ich wünschte, der Universitätspräsident wäre hier, um sich das anzusehen. Vielleicht würde er dann begreifen, dass das so schnell nirgendwohin führen wird.« Price schüttelte den Kopf. »Aber davon abgesehen geht es mir gut, danke. Und selbst?«

»Ebenfalls. Darf ich Ihnen eine Frage stellen?«

»Jede, die Sie wollen«, erwiderte er, dann wandte er den Blick ab. Als ich seinen Augen eine Sekunde später wieder begegnete, wirkten sie so arglos, dass ich mich fragte, ob ich mir nur eingebildet hatte, dass er mit mir flirten würde. »Allerdings muss ich Sie vorwarnen: Meine Antworten werden heute erschreckend knapp ausfallen.«

»Auf dem Weg hierher bin ich einem Officer von der Campus-Polizei begegnet, Officer Deckler.« Wie um alles in der Welt sollte ich Deckler sexueller Übergriffigkeit beschuldigen, *ohne* ihn zu beschuldigen? Nicht einmal Rose hatte es in ihrem Gespräch mit Stella konkret so bezeichnet, und die Akten an sich bewiesen gar nichts, sie waren lediglich ein Hinweis. Stark genug, um das Feuer damit zu eröffnen. Der eigentliche Beleg dafür, dass mit Deckler etwas nicht stimmte, war jedoch mein überwältigendes instinktives Misstrauen, das noch verstärkt wurde durch seinen unheimlichen Auftritt eben. »Deckler hat sich intensiv nach dem Stand meiner Ermittlungen erkundigt. Wissen Sie, warum ihn das so interessieren könnte?«

»Warten Sie – Deckler war heute Abend auf dem Campus?« Thomas Price wirkte untypisch alarmiert. »Wo haben Sie ihn gesehen?«

»Vor der Sporthalle, auf dem Weg, der zum Hauptcampus führt.« Mein Magen schnürte sich zusammen. Ich war mir so sicher gewesen, Price würde mir weismachen wollen, was für ein großartiger Kerl Deckler doch war. »Er war nicht in Uniform, also offenbar nicht im Dienst.«

»Nein, das war er ganz bestimmt nicht. Er wurde heute suspendiert. Bis die Untersuchung abgeschlossen ist, darf er den Campus nicht betreten. Er hätte nicht hier sein dürfen.«

Die Freizeitkluft bedeutete also nicht, dass er nicht mehr im Dienst war, sondern dass er keinen Job mehr hatte.

»Was wirft man ihm denn vor?«

»Sagen wir einfach, er ist ein wenig übereifrig.« Price schüttelte den Kopf und atmete tief durch. »Unter anderem.«

»Und was ist daran strafbar?«, wollte ich wissen. In meinen Augen war Fleiß nicht unbedingt ein Suspendierungsgrund. Price' Worte klangen also wie ein Euphemismus für etwas weitaus Bedrohlicheres.

»Das ist vertraulich. Es laufen interne Ermittlungen. Der Universitätspräsident wird nicht begeistert sein, wenn ich gegen das Arbeitsrecht verstoße, indem ich vor der Presse voreilige Anschuldigungen gegen einen Mitarbeiter erhebe.«

»Ich frage nicht als Reporterin«, versicherte ich ihm. »Ich denke, Deckler könnte ... Im Augenblick bin ich um meine Sicherheit besorgt und um die meiner Familie. Ich verfüge über gewisse Informationen, und ich – nun, ich weiß noch nicht mal, was sie bedeuten. Allerdings weiß ich, dass ich unbedingt herausfinden sollte, ob ich mir wegen Deckler Sorgen machen muss.«

Thomas Price' gefurchte Stirn glättete sich. Er nickte, doch er verschränkte die Arme vor der Brust. »Unter uns: Es gab Beschwerden von Studentinnen. Deckler hat so einigen ein mulmiges Gefühl bereitet, bei mehr als einer Gelegenheit. Er ist unglaublich hartnäckig.«

Genau wie bei mir. Genau wie bei Rose Gowan – vielleicht.

»Ich weiß, dass Deckler schon eine ganze Weile dabei ist. Aber wissen Sie, ob er bereits 2006 hier gearbeitet hat? Oder ob er zwischen 2008 und 2012 woanders war?« Das war ein Puzzleteil, das ich jetzt vielleicht an Ort und Stelle rücken konnte. Decklers Abwesenheit in diesem Zeitraum würde die Lücke von mehreren Jahren bei den Akten erklären.

»Ich glaube nicht. Ich kenne seinen Lebenslauf nicht auswendig«, sagte Price, »aber es wäre wahrscheinlich, dass ich mich daran erinnern würde. Die Daten entsprechen genau meiner Amtszeit hier.«

Bumm, bumm, dröhnte mein Herzschlag in meinen Ohren. »Ach ja?« Ich zwang mich zu einem Lächeln. »Sie haben die Ridgedale University verlassen und sind später zurückgekehrt?«

»Ja, ich habe 2006 eine Professur für Amerikanistik übernommen – den Lehrstuhl von Christine Carroll, die sich einer Chemotherapie unterziehen musste. Es wurden zwei Jahre daraus – die Behandlung erwies sich als komplizierter als erwartet. Als Christine im Herbst 2008 zurückkehrte, habe ich an die Wesleyan University gewechselt. Ich bin erst nach ein paar Jahren nach Ridgedale zurückgekehrt, als Studiendekan.« Er sah mich verwirrt an.

Ich jedoch war nicht länger verwirrt. Im Gegenteil. Price' Amtszeit stimmte mit den Akten überein: Er hatte die ersten drei Mädchen in einem Amerikanistik-Seminar unterrichtet – die einzige Verbindung, die zwischen ihnen bestand.

»Entschuldigen Sie, ich glaube, ich habe den Faden bei unserem Gespräch verloren. Was hat dies mit Deckler zu tun?«

JENNA
30. MAI 1994

Heute hat Tex mich auf dem Weg zum Spanischunterricht abgefangen. Was mich irgendwie umgehauen und gleichzeitig sauer gemacht hat. Es ist nett von ihm, dass er meinen heimlichen Beschützer spielt – vor allem, nachdem dieser Lügner Todd Nolan angefangen hat, allen zu erzählen, wir hätten in der Jungenumkleide Sex gehabt. (Er hat mich befummelt. Das war ALLES.)

Irgendwie finde ich aber, dass Tex übertreibt. Er HAT eine Freundin, deshalb weiß ich nicht, warum er mich nicht in Ruhe lässt. Vor allem, weil ICH EINEN FREUND HABE. Wenn auch noch nicht offiziell. Aber so ist es: Der Captain und ich sind ZUSAMMEN. Außerdem habe ich Tex ungefähr eine Million Mal gesagt, dass er nicht mein Typ ist – wenn auch nicht unbedingt direkt. Ich wollte ihn nicht verletzen oder so. Aber ich habe mich durchaus klar ausgedrückt.

Doch dann schubste Tex mich heute gegen die Wand und knurrte: »Sei vorsichtig.« Ich: »Wieso?« Er: »Du weißt schon.« Und ich: »Hey, nein, weiß ich nicht.« Nach ungefähr zehn Minuten Hin und Her rückte er mit der Sprache raus: »Es geht um den Captain. Nimm dich vor dem Captain in Acht.«

Und so habe ich es zugegeben. Ich war stinksauer, und dann hab ich etwas zu Tex gesagt, was ich nicht hätte sagen sollen. Etwas so Gemeines, dass ich es hier nicht aufschreiben werde.

Anschließend kam ich mir total mies vor, denn ich halte Tex keinesfalls für ein Arschloch oder so. Aber er irrt sich, was den Captain betrifft. Und er täuscht sich, was das zwischen uns angeht. Dabei ist es nicht mal seine Schuld. Es liegt wahrscheinlich daran, dass seine verklemmte Freundin ihn nicht ranlassen will.

Barbara

Barbara saß auf der Wohnzimmercouch und wartete. Mit jeder Minute, die verstrich, wurde sie aufgebrachter, weil Steve immer noch nicht nach Hause kam. Sie gestand es sich nur ungern ein, aber sie konnte die Situation mit Cole nicht allein bewältigen. Ein Blick auf die Digitalziffern an der Kabeldose zeigte ihr, dass es 21:34 Uhr war. Die Versammlung hatte mit Sicherheit länger gedauert, Barbara ging davon aus, dass Steve aufgehalten wurde, weil man ihn im Anschluss mit Fragen bestürmte. Er würde so bald wie möglich nach Hause kommen, wie immer. Und wenn nicht, würde er ihr Bescheid geben. Es sei denn, sein Akku war leer, oder er war so beschäftigt, dass er es vergaß oder nicht mitbekam, wie oft sie ihn anrief. Apropos anrufen – wie viele Nachrichten sollte sie ihm eigentlich noch hinterlassen?

Eine Sekunde später klingelte ihr Telefon. Barbara stürzte sich darauf und ermahnte sich gleichzeitig, Steve nicht anzuschnauzen. Auf dem Display erschien eine unterdrückte Rufnummer. Dr. Kellerman, vermutete Barbara – Psychologen wussten, dass sie besser keine Telefonnummer angaben, unter der man sie zurückrufen konnte. Wie nett von ihm, sie zu kontaktieren, nachdem sie ihn ja auch erst *viermal* darum gebeten hatte.

»Hallo?«

»Hier spricht Dr. Kellerman.« Er klang genervt.

»Vielen Dank, dass Sie mich zurückrufen.« *Endlich,* hätte sie am liebsten hinzugefügt, aber sie verkniff es sich.

»Was kann ich für Sie tun, Mrs Carlson?«, wollte er wissen.

Wie ein Wasserfall erzählte Barbara ihm von ihrem höllischen Nachmittag. Nachdem sie im Anschluss an ihren Abstecher zur Ridgedale Elementary School und einem »kurzen Halt« im Lebensmittelladen – der sich endlos gedehnt hatte, weil sie wegen des unangenehmen Gespräches mit Rhea keinen klaren Gedanken fassen konnte – nach Hause zurückgekehrt war, fand sie einen völlig durchgedrehten Cole vor. Hannah war in der Küche gewesen, wo sie panisch versuchte, ihn davon zu überzeugen, dass das rote Lämpchen am Rauchmelder lediglich bedeutete, dass dieser eingeschaltet war, nicht, dass es irgendwo brannte.

Aber Cole glaubte ihr nicht. »Das ist nicht wahr!«, schrie er und schüttelte vehement den Kopf. Er schien nicht einmal zu bemerken, dass Barbara zurück war.

»Etwas stimmt nicht mit ihm, Mom«, flüsterte Hannah mit entsetztem Blick.

»Geh ruhig nach oben, Hannah«, schlug Barbara vor. Ihre Tochter sollte sich entweder zusammenreißen oder ihr aus dem Weg gehen. »Mach deine Hausaufgaben, hör ein bisschen Musik. Lenk dich irgendwie ab. Cole geht es gut, Liebling. Es ist alles in Ordnung mit ihm.«

»Mommy, bitte mach das aus«, flüsterte Cole, als Hannah zögernd zur Treppe ging. Er deutete auf das rote Licht am Rauchmelder.

Oh, und ob Barbara der Situation gewachsen war. Sie erwies sich als Paradebeispiel mütterlicher Ruhe, indem sie gelassen den Rauchmelder von der Decke nahm, die Batterie entfernte und Cole das leere Plastikgehäuse reichte. Anschließend ging es ihm etwas besser, wenn auch nur für zehn Minuten. Bis Barbara den Gasherd anstellte, um das Abendessen zu kochen. Ein Blick auf die flackernde blaue Flamme unter dem Topf, und Cole fuhr erneut aus der Haut. Wenigstens blieb Hannah in ihrem Zimmer, sie kam nicht einmal zum Essen herunter. Und Barbara ging auch nicht zu ihr hinauf. Hannah wusste, wann zu Abend gegessen wurde.

Danach verbrachte Barbara mindestens eine halbe Stunde damit, Cole zu überzeugen, dass ein Monster keinen Platz hinter seinem Bücherregal finden würde. Und beim Zähneputzen fragte er sie bestimmt ein Dutzend Mal, ob ein Dieb über die hohen Sträucher vor seinem Fenster in sein Zimmer klettern könnte, während er schlief.

»Nein«, hatte Barbaras Antwort jedes Mal gelautet. »Nein, Cole, selbstverständlich nicht.« Die ganze Zeit über hatte sie gebetet, dass sie die Nerven behalten würde. Es war ihr gelungen, allerdings nur mit größter Mühe. Schließlich war es nicht leicht, untätig dazusitzen und zuzusehen, wie das eigene Kind den Verstand verlor.

»Ich kann ihn morgen früh dazwischenschieben«, sagte Dr. Kellerman, als Barbara zu Ende erzählt hatte. Er klang so irritierend sachlich. »Wir sollten eine Medikation in Erwägung ziehen, um ihn zu stabilisieren.«

»Er soll Medikamente nehmen?«, stieß Barbara entsetzt hervor. »Dann steht es also nicht so schlimm um ihn, dass er sofort kommen soll, aber doch so, dass Sie es für gerechtfertigt halten, ihn mit Pillen vollzustopfen?«

»Das ist nur *eine* Möglichkeit, Mrs Carlson, und noch dazu eine vorübergehende Maßnahme. Es ist wichtig, dass wir für alle Optionen offen sind.« *Wir.* Als wäre Cole sein Kind. Als ginge er davon aus, dass sie tatsächlich in einem Boot saßen. »Bringen Sie Cole morgen um zehn her, Mrs Carlson, dann besprechen wir alles Weitere. Und versuchen Sie, bis dahin ruhig zu bleiben.«

»Ruhig zu bleiben? Und was, wenn wir nicht bis morgen früh warten können? Es geht ihm *jetzt* nicht gut, Dr. Kellerman.«

»Um diese Uhrzeit könnten wir ihn lediglich in die psychiatrische Abteilung einweisen lassen, doch ich denke nicht, dass Cole unter den gegebenen Umständen dort hingehört. Wo befindet er sich jetzt?«

»Im Augenblick schläft er, aber ...«

»Dann geht es im Augenblick nur um *Ihre* Sorge, Mrs Carlson. Was übrigens völlig verständlich ist. Sie befinden sich in einer ausgesprochen stressigen Situation. Nichtsdestotrotz müssen Sie einen Weg finden, mit Ihren Ängsten umzugehen, um Coles willen. Wenn Sie möchten, kann ich Ihnen jemanden empfehlen, der Sie dabei unterstützt.«

»Ich soll mich in Behandlung begeben?«, keifte Barbara. »Das einzige Problem, das *ich* momentan habe, ist Cole. Nein, das meine ich nicht so – Cole ist kein Problem. Seine Probleme sind meine, das ist es, was ich damit ausdrücken wollte.«

»Ja«, sagte Dr. Kellerman, aber es klang nicht so, als würde er ihr beipflichten. Und dann schwieg er. Lange. Was Barbara gar nicht gefiel.

»Also gut«, sagte sie irgendwann in das Schweigen hinein. »Ich melde mich, falls sich etwas Unvorhergesehenes ereignet. Ansonsten bleibt es bei unserem Termin morgen früh um zehn.«

»Sie können mich gern anrufen, sollte sich Coles Zustand verändern. Versuchen Sie, sich etwas auszuruhen, Mrs Carlson. Es kann einige Zeit dauern, und es wird sicher nicht leicht werden, aber Cole wird es schaffen. Kinder sind außerordentlich belastbar.«

Nachdem sie aufgelegt hatte, beschloss Barbara, ins Bett zu gehen und zu versuchen, zur Ruhe zu kommen. Es war 21:42 Uhr, und Steve hatte sich noch immer nicht gemeldet, was sie von Minute zu Minute wütender machte. Musste er wirklich jede einzelne dämliche Frage beantworten? Oder war er schon gar nicht mehr bei dieser Versammlung? War er womöglich ganz woanders?

Als sie die Treppe hinaufstieg, sah sie unter Hannahs Türspalt noch Licht. Kurz überlegte sie, die Tür zu öffnen und ihre Tochter ins Bett zu schicken. Sie hatte die Hand schon auf dem Knauf, als sie sich dagegen entschied. Nein, das war keine gute Idee. Was, wenn Hannah sich erneut wegen Cole aufregte? Dann würde der Abend kein gutes Ende nehmen, davon war Barbara überzeugt.

Aus dem Grund ging sie weiter zum Schlafzimmer, das sie sich mit Steve teilte. Hoffentlich würde sie erst morgen früh wieder wach werden, wenn Steve da war und sie bald zu ihrem Termin bei Dr. Kellerman aufbrechen konnten.

Als sie den Raum betrat, fiel ihr Blick auf ihre Nachttischschublade, in die sie Coles Bild gelegt hatte. Sie stand ein kleines Stück offen. Dr. Kellerman hatte das Bild behalten wollen, aber sie mochte es ihm nicht überlassen – zumal sie ursprünglich nicht vorhatte, eine weitere Sitzung bei ihm zu vereinbaren. Sie konnte es aber auch nicht wegwerfen, wie Steve vorgeschlagen hatte. Also hatte sie es in die Schublade geschoben, wo sie all ihre wichtigen Unterlagen aufbewahrte. Und die jetzt offen stand. War Cole im Schlafzimmer gewesen? An ihrem Nachttisch?

Barbara ging weiter zum Bett. Möglicherweise hatte sie die Schublade auch selbst aufgelassen. Sie konnte sich nicht erinnern, aber seit sie das Bild darin versteckt hatte, hatte sie mehr als nur einen Blick hineingeworfen.

Es dauerte eine ganze Weile, bis Barbara eindämmerte, und genau dann wurde sie von einem Geräusch wieder aufgeschreckt. Als sie die Augen öffnete, stand Cole vor ihrem Bett, in der Dunkelheit, dicht über ihr Gesicht gebeugt.

»Da ... sind so ... schlimme Dinge in meinem Kopf«, stieß

er abgehackt hervor. »Mach, dass sie verschwinden, Mommy. Bitte!«

Er hatte einen Albtraum, das ist alles, redete Barbara sich ein. Albträume waren nichts Besonderes. Alle normalen Kinder hatten Albträume.

»Schon gut, Schätzchen.« Barbara zog ihn in ihr Bett. Er kuschelte sich an sie. »Komm zu mir.«

»Aber ich hab immer noch Angst, Mommy«, wisperte Cole. »Ich bin immer noch im selben bösen Traum.«

»Ach Cole, du schläfst doch gar nicht«, sagte sie. »Da kannst du nicht böse träumen.«

»Aber ich habe gerade geträumt, Mommy. Und es war so, so schrecklich.«

Was sollte sie dazu sagen? Zu dem Albtraum eines kleinen Jungen, der anhielt, obwohl er längst die Augen geöffnet hatte? Dazu gab es nichts zu sagen. Also streichelte sie einfach nur Coles Nacken, bis er irgendwann einschlief. Und Barbara zu der Überzeugung gelangte, dass sie selbst wohl nie mehr schlafen könnte.

Es gelang ihr, sich aus dem Bett zu stehlen, ohne Cole zu wecken. Im Flur sah sie, dass in Hannahs Zimmer *immer noch* Licht brannte. Sie schlief also *immer noch nicht.* Und Barbara brachte es *immer noch nicht* über sich, hineinzugehen und ihre Tochter zu trösten. Sie hatte einfach keine Kraft mehr. Vielleicht machte sie das zu einer fürchterlichen Mutter und einem schlechten Menschen, aber es war die Wahrheit. Sie konnte nur das tun, was ihr möglich war. Dr. Kellerman hatte recht: Sie musste sich auf sich selbst konzentrieren – und auf Cole – und sich beruhigen.

Unten warf Barbara erneut einen Blick auf die Uhr: 22:23 Uhr. So spät war Steve ganz bestimmt nicht mehr bei der Versammlung. »Verdammt noch mal, Steve«, murmelte sie vor sich hin, als sie aus dem Wohnzimmerfenster auf die dunkle Einfahrt blickte. Wo steckte er bloß?

Nicht mehr lange, und Barbara würde im Präsidium anrufen. Was sie gar nicht gern tat. Die Frau des Polizeichefs, die ihren Mann ausfindig machen musste? Das würde kein gutes Licht auf sie beide werfen. Doch hatte sie eine Wahl?

Bevor sie die Nummer wählen konnte, hörte sie ein Summen von der anderen Seite des Wohnzimmers. Hannahs Handy vibrierte auf dem Tisch. Sie zählte nicht zu den Teenagern, die mit diesen Dingern verwachsen waren, dennoch war es seltsam, dass sie es hier unten liegen gelassen hatte. Als Barbara zum Tisch trat und es hochhob, ging gerade eine zweite Textnachricht ein. *Es tut mir leid. Alles. Das hätte ich schon früher sagen sollen.*

Die Nachricht kam von Sandy, dem Mädchen, dem Hannah Nachhilfe erteilte. Was tat Sandy leid? Dass sie den Unterricht verpasst hatte? Ein mulmiges Gefühl machte sich in Barbaras Magengrube breit. *Es tut mir leid. Alles.* Nein, hier ging es nicht nur um die Nachhilfestunden.

Barbara tippte Hannahs Passwort ein – sie kannte es, denn das zählte zu den Bedingungen, warum Hannah überhaupt ein Handy haben durfte. Anschließend rief sie die Nachrichten auf, die die beiden Mädchen ausgetauscht hatten, und scrollte zu den neueren. Die älteren kannte sie bereits, zu Beginn hatte Barbara sie regelmäßig gelesen. Weil sie natürlich Bedenken hatte, dass Hannah sich mit der Sorte Teenager traf, die es nötig hatten, an einem solchen Programm teilzunehmen, und sie schämte sich nicht, dies zuzugeben. Die Nachrichten waren völlig uninteressant gewesen und dienten ausschließlich dazu, Termine oder Orte für die Nachhilfestunden auszumachen. Es war offensichtlich, dass die beiden Mädchen nicht dabei waren, sich anzufreunden.

Alles okay bei dir?, hatte Hannah dann vor ungefähr einer Woche geschrieben.
Ja, lautete Sandys Antwort. Mehr nicht.
Bist du dir sicher?, hatte Hannah nachgehakt. *Du solltest einen Arzt aufsuchen. Das war wirklich übel.*
Einen Arzt?
Der dich untersucht und schaut, ob wirklich alles okay ist.
Es IST alles okay.
Barbaras Herz fing an zu hämmern. Was war *wirklich übel?* Es folgten weitere Nachrichten, und in allen ging es im Grunde um dasselbe. Hannah erkundigte sich, ob es Sandy gut ging, und Sandy versicherte ihr, dass alles in Ordnung war. Hannah fragte erneut nach. Wieder und wieder. Sie machte sich Sorgen um Sandy, so viel stand fest. Aber warum? Barbara warf einen Blick auf die Daten. Die ersten Nachrichten dieser Art waren vor knapp zwei Wochen abschickt worden, genau zu der Zeit, als das Baby vermutlich ...
Barbara beugte sich vor und stützte die Hände auf die Knie. Der Raum fing an, sich zu drehen. Ihr wurde schlecht.
Diese Sandy war in ihrem Haus gewesen. War es möglich, dass sie ihr Baby hier bekommen hatte? *O mein Gott – Cole.* Hatte Hannah etwa die ganze Zeit über gelogen, um Sandy zu schützen? Hatte sie das Wohl dieses fremden Mädchens, das man gut und gern als weißen Abschaum bezeichnen konnte, über das ihres eigenen Bruders gestellt?
Voller Zorn stapfte Barbara zur Treppe, Hannahs Handy in der Hand. Da hörte sie plötzlich ein Geräusch. Endlich öffnete sich die Haustür. Steve. Mittlerweile war es Barbara völlig gleich, warum er so spät kam oder woher. Sie war einfach nur froh, dass er jetzt da war. Sie eilte auf ihn zu, warf sich in seine Arme und drückte ihr Gesicht an seine Brust. Erst als sie anfangen wollte zu sprechen, merkte sie, dass sie weinte.

»Was ist denn los?«, fragte Steve, doch er bekam nichts aus ihr heraus. Schließlich schob er sie von sich und schüttelte sie. »Was ist los, Barbara? Rede mit mir. Geht es um Cole?«

»Das ... Baby«, stammelte sie und wedelte mit dem Handy vor seinem Gesicht herum. »Es gehört dem Mädchen, dem Hannah Nachhilfe gibt! Ich denke, Cole hat etwas beobachtet. Was immer diesem Baby zugestoßen ist, Steve – ich fürchte, es ist hier passiert!«

»Wovon redest du, Barbara?« Er hatte die Stimme erhoben und klang verärgert, beunruhigt, ungläubig.

Barbara wollte es ebenfalls nicht glauben. Wollte nicht glauben, dass ihre Tochter derart unsensibel und grausam war. Hannah hatte nur so getan, als würde sie sich Gedanken um Cole machen, dabei hatte sie die ganze Zeit über ganz genau gewusst, was mit ihm nicht stimmte – schlimmer noch, *sie* war diejenige, die dafür die Verantwortung trug!

Steve nahm das Handy. Mit unbewegtem Gesicht ließ er den Zeigefinger übers Display gleiten. Endlich atmete er tief ein und wieder aus und strich sich mit der Hand über den Mund. »Wo ist Hannah?«

»Oben«, antwortete Barbara.

Er wirkte jetzt konzentrierter, der müde Ausdruck war aus seinem Blick verschwunden. Er war im Dienst, ein Officer, mit einem Fall befasst. Barbara verspürte eine Woge der Erleichterung. Steve war hier, und er würde die Dinge in die Hand nehmen. Ihre Wut auf ihn war verflogen. Sie würden das zusammen durchstehen, genau wie sie alles zusammen durchstanden. So war es immer schon gewesen, und so würde es auch immer sein.

»Warte.« Steve wandte sich in Richtung Treppe. »Ich bin gleich zurück.«

Zum Glück bestand er nicht darauf, dass sie ihn begleitete. Bevor Steve die Stufen hinaufstieg, zog er seine Jacke aus und hängte sie über eine Stuhllehne, dann drehte er sich zu Barbara um. »*Das* hier – Cole, Hannah – hat Priorität. Ich werde alles daransetzen, dass wir es durchstehen und dass es den Kindern gut geht«, sagte er und sah Barbara auf beunruhigende Weise an. »Aber sobald es vorbei ist, müssen wir reden. Du und ich.«

Damit meinte er keine lockere Plauderei.

»Reden? Worüber?«

»Ich denke, das weißt du, Barbara.«

Barbara blieb im Wohnzimmer sitzen, auf der Couch, und hielt den Atem an. Versuchte, nicht an das zu denken, was Steve gemeint hatte.

Sie spitzte die Ohren und horchte darauf, ob Steve die Stimme erhob, ob Hannah weinte, obwohl sie sich nicht vorstellen konnte, dass Steve seine Tochter jemals anschreien würde, auch nicht in einer Situation wie dieser.

Insgeheim rechnete sie damit, dass Hannah jeden Moment die Treppe heruntergestürmt kam und das Haus verließ – in der Nacht verschwand. Für eine Sekunde überlegte Barbara, ob sie selbst in die Dunkelheit hinauslaufen sollte. Verschwinden sollte. Denn sie wurde gerade von ihren schlimmsten Befürchtungen überwältigt. Es war, als würde etwas Schweres, Finsteres, Heißes ihren Rücken hinaufkriechen und sich in ihrem Nacken verbeißen.

Keine Minute später ertönten schwere, schnelle Schritte auf der Treppe. Steve kam die Stufen herunter. Mit angespanntem Gesicht durchquerte er das Zimmer und griff nach seinen Schlüsseln. »Wann hast du sie das letzte Mal gesehen?«

»Was? Wen?«

»Hannah natürlich, Barbara!«, brüllte er. »Wann hast du sie das letzte Mal gesehen?«

»Ich ... ich weiß es nicht. Es fällt mir nicht ein. Ich war mit Cole beschäftigt.« Sie gab sich alle Mühe, sich zu erinnern. Es musste vor dem Abendessen gewesen sein, doch das würde sie Steve nicht auf die Nase binden. »Vielleicht geht sie spazieren, um ein bisschen Abstand von alldem zu bekommen. Ach, was weiß ich!«

»Nachts? Ohne ihr Handy?« Er deutete auf die Anrichte, wo Hannahs Schlüssel lagen. »Ohne ihre Schlüssel? Ihre Jacke hängt auch dort.«

Steve schien stinksauer zu sein, und zwar auf Barbara. Wütend zog er seine Jacke von der Stuhllehne.

»Steve, was hast du vor?«, rief sie, als er zur Haustür marschierte.

»Ich tue das, was du schon vor Stunden hättest tun sollen: Ich suche unsere Tochter.«

FRAT CHAT

Hier sind die Chatter aus deiner Gegend. Sei nett, halte dich an die Regeln und hab Spaß! Und wenn du die Regeln nicht kennst: LIES SIE ZUERST! Du musst mindestens 18 sein, um am Frat Chat teilnehmen zu dürfen.

Wie schaffen wir es, dass Aidan von unserer Schule geworfen wird, bevor er eine Knarre oder sonst was mitbringt?

> **3 Erwiderungen**
> *Er hat mir erzählt, dass er letzte Woche eine Pistole in seinem Rucksack hatte.*
> *Hatte er auch. Ich hab sie gesehen.*
> *Leute, ihr seid so bescheuert.*

Jeder, der einem Baby so was antut, würde definitiv auch ein paar Highschool-Kids abknallen.

> **1 Erwiderung**
> *Bringt Aidan Ronan um, bevor er uns umbringt!*

Das sollte man dringend der Schule melden.

Hat jemand seine Freundin gesehen? Vielleicht ist sie auch tot?

2 Erwiderungen
*Ich habe sie einmal gesehen, den Unterschied
würde man eh nicht erkennen.
Tot oder nicht, sie ist total heiß.*

Jemand sollte die Polizei informieren.

3 Erwiderungen
*Meine Mom hat mir erzählt, dass die Polizei
schon mit seiner Mom geredet hat.
Meine Mom kann seine Mom nicht ausstehen.
Sie ist eine Bitch!
Meine Mom sagt, SEINE Mom ist auf MEINEN
Dad scharf. Dabei ist mein Dad voll ätzend.*

Schickt alle heute anonyme Nachrichten an die
Polizei! Wir müssen Aidan fertigmachen, bevor er
uns fertigmacht!

Molly

Als ich von der Versammlung nach Hause kam, schlief Justin bereits, eine Ausgabe von *Zärtlich ist die Nacht* aufgeschlagen auf der Brust. Ich war die Treppe hinaufgestürmt, um ihm von Thomas Price zu erzählen, doch als ich vor ihm stand und ihn so friedlich schlummern sah, kam mir der Gedanke, dass er womöglich gar nicht begeistert wäre zu erfahren, dass ich panisch vor Price geflüchtet war. Oder dass ich ganz besonders schockiert war, weil Price mich mit seinem Charme in den Bann geschlagen hatte. Er hatte mich verzaubert, so wie er all diese jungen Frauen verzaubert haben musste. Nur dass ich nicht einmal jung war. Ich hätte es besser wissen müssen. Gott, ich hatte mich tatsächlich geschmeichelt gefühlt, weil er mit mir flirtete! Wenn ich jetzt daran dachte, wurde mir übel. Mit zitternden Händen nahm ich das Buch von Justins Brust und legte es auf den Nachttisch, dann knipste ich das Licht aus.

Auf dem Weg die Treppe hinunter vibrierte mein Handy. *Erik Schinazy.*

»Hi, Erik«, sagte ich, als ich das Gespräch entgegennahm, erleichtert, dass er es war.

»Oh, hi, Molly.« Er klang überrascht, beinahe so, als hätte ich ihn angerufen. »Ich bin im Auto auf dem Weg nach Ridgedale und wollte mich nur nach der Versammlung erkundigen. Gibt's irgendwas Neues?«

Er klang nervös, vielleicht bildete ich mir das aber auch nur ein.

»Es ging hauptsächlich um diesen Massen-DNA-Test, den die Polizei bei der Bevölkerung vornehmen lassen will. Du kannst dir sicher vorstellen, dass die Leute gar nicht glücklich darüber sind – was ich ihnen übrigens nicht verübeln kann.«

»Und sonst? Keine weiteren Updates? Nichts von dieser Frau aus dem Krankenhaus?«

»Nein, darüber wurde nichts gesagt, im Grunde ging es tatsächlich nur um den Test. Soweit ich weiß, ist die Frau immer noch verschwunden. Anscheinend konnte man sie als die Mutter des Babys ausschließen – ihr Kind ist bereits mehrere Wochen alt.« Ich holte tief Luft und machte mich bereit, ihm auch den Rest zu erzählen. Mir war bewusst, wie verrückt dies klingen würde. »Allerdings tippe ich darauf, dass sie von dem Studiendekan der Ridgedale University sexuell missbraucht wurde. Ich nehme an, ihr Baby ist von ihm – es ist nur nicht das tote Neugeborene, das man gefunden hat.«

»Wie bitte?« Wie erwartet, klang er schockiert.

»Ich weiß, das hört sich ziemlich … Mich hat es auch überrascht. Trotzdem denke ich, dass es stimmt.«

»Das ist eine schwerwiegende Anschuldigung, Molly. Wie kommst du darauf?«

Er klang genauso skeptisch wie gestern am frühen Morgen, als er mich auf die Story mit dem Baby angesetzt hatte. Sogar noch skeptischer. Dabei wusste er noch nicht einmal, dass ich meine Theorie zum größten Teil auf einen Karton mit Akten stützte, den mir jemand anonym ins Wohnzimmer gestellt hatte – Deckler, wie ich jetzt vermutete. Aber meine geringe Meinung von Deckler hatte sich nicht auf magische Weise verändert. Warum also war ich bereit zu glauben, was er mich glauben machen wollte? Es war, wie Erik gesagt hatte: Jeder hat irgendeine Absicht. Ich konnte Erik dies unmöglich am Telefon erläutern. Um ihn zu überzeugen, musste ich um einiges besser vorbereitet sein.

»Du hast recht«, erwiderte ich. »Das ist eine sehr schwerwiegende Anschuldigung. Und sie lässt sich auch erst verifizieren, sobald ich weitere Nachforschungen angestellt habe. Am besten fange ich mit Rose an. Sie hat Psychologie studiert, bevor sie sich freiwillig exmatrikuliert hat. Vielleicht kennt Nancy sie.«

»Das bezweifle ich, die Fakultät ist riesig«, entgegnete Erik schroff. Als wollte er nicht, dass ich seine Frau mit meinen absurden Theorien behelligte.

»Okay, dann frage ich eben meine Freundin Stella. Vielleicht hat sie inzwischen etwas von ihrer Reinigungskraft gehört.«

»Schön, hak da ruhig mal nach. Ich möchte nicht pessimistisch wirken, Molly, zumal es so klingt, als wärest du wirklich auf etwas gestoßen. Allerdings möchte ich nicht ohne handfeste Beweise den Studiendekan einer Straftat beschuldigen, die er womöglich gar nicht begangen hat – das wäre Verleumdung. Sobald wir jedoch etwas Überzeugendes in der Hand haben – eine Aussage von Rose oder etwas anderes –, werden wir ihn mit aller Entschiedenheit verfolgen, und ich bin dabei ganz vorn, das verspreche ich dir.« Ich hörte, wie er Luft holte. »Danke, Molly. Für deine Arbeit an dieser Story und deinen unermüdlichen Einsatz – ganz gleich, in welche Richtung sich das Ganze entwickelt. Du hast einen exzellenten Job gemacht. In jeder Hinsicht.«

Unten breitete ich die Akten auf dem Fußboden aus und suchte nach Verbindungen zwischen Price und den einzelnen Mädchen. Bei den ersten dreien war es einfach – sie besuchten das Amerikanistik-Seminar, das er in letzter Minute von Christine Carroll übernommen hatte, der erkrankten Professorin, die im Herbst 2006 eigentlich eingeplant gewesen war. Es dauerte fast eine Stunde, verschiedene Universitätsunterlagen abzugleichen, aber dann hatte ich auch jede der anderen jungen Frauen auf die eine oder andere Weise mit Price in Verbindung gebracht. Jennifer Haben (2012) war Praktikantin im Büro des Studiendekans gewesen, und Willa Daniela (2013) hatte für das Studentenwerk gearbeitet, dessen Räumlichkeiten an die des Studiendekans angrenzten. Rose Gowan (2014) – die Thomas Price angeblich nicht kannte – hatte mit ihm während der letzten zwei Jahre in einem siebenköpfigen Studienberatungskomitee gesessen, das einmal die Woche zusammenkam.

Ich war noch immer in die Akten vertieft, als mein Handy summte. Das unerwartete Geräusch so spät am Abend ließ mich zusammenzucken. Eine Textnachricht war eingegangen, von einer unterdrückten Nummer.

Suchen Sie Jenna Mendelson.

Mehr nicht. Wer zur Hölle war Jenna Mendelson?

Ich wandte mich wieder den Papieren auf dem Boden zu und fragte mich, ob ich eine Jenna Mendelson übersehen hatte. Es gab eine Jennifer Haben, aber keine Jenna und keine Mendelson.

Wer ist Jenna Mendelson?, schrieb ich, obwohl ich ein ungutes Gefühl hatte, auf die Nachricht einzugehen. Das Letzte, was ich jetzt gebrauchen konnte, war ein weiteres Rätsel, das es zu lösen galt. Trotzdem tippte ich auf Senden.

Sie ist verschwunden.

Dann wenden Sie sich an die Polizei, gab ich ein.

Die Polizei ist der Grund dafür, dass sie vermisst wird.

Wer sind Sie?, schrieb ich.

Wieder wartete ich auf eine Antwort, doch diesmal kam keine.

Ich starrte noch immer aufs Display, als ich aus dem Augenwinkel eine Bewegung wahrnahm. Ich wirbelte herum und sah Ella am Fuß der Treppe stehen, ihre Decke in der Hand, den Tränen nahe.

»Ella, was machst du denn hier?«, rief ich, viel zu laut und ungehalten. Ich schloss die Augen, drückte eine Hand auf meine Brust und versuchte, mein hämmerndes Herz zu beruhigen. Ich hörte ein Schniefen, gefolgt von leisem Schluchzen. Als ich die Augen wieder öffnete, weinte Ella richtig.

»Oh, Ella, es tut mir leid.« Ich stand auf und lief zu ihr, um sie in die Arme zu schließen. »Ich wollte dich nicht anschreien. Du hast mich bloß überrascht. Was ist denn los?«

Sie schob meine Haare zurück und flüsterte mir ins Ohr: »Die Käfer. Sie sind überall.«

Einer ihrer schlechten Träume, zumindest hoffte ich das. »Überall?«

»In meinem Bett.«

Definitiv ein schlechter Traum. »Keine Angst, Peanut. Alles wird gut. Mommy ist da«, sagte ich beruhigend. »Komm, lass uns nach oben gehen und nachsehen.«

Nachdem ich eine halbe Stunde in Ellas Bett gelegen und ihr den Rücken gestreichelt hatte, schlief sie endlich wieder ein. Lautlos huschte ich nach unten. Die ganze Situation kam mir so unwirklich vor, dass ich mich bereits fragte, ob ich mir die Nachrichten von der unterdrückten Nummer nur eingebildet hatte. Doch der Chatverlauf war noch auf meinem Handy, meine letzte Frage – *Wer sind Sie?* – nach wie vor unbeantwortet. Jetzt wollte ich wissen, wer Jenna Mendelson war und welche Rolle die Polizei bei ihrem Verschwinden spielte.

Warum sollte ich versuchen, sie ausfindig zu machen, wenn ich nicht weiß, wer sie ist?, versuchte ich es erneut, in der Hoffnung, jetzt eine Antwort zu bekommen. *Oder wer Sie sind?*

Diesmal summte mein Handy sofort.

Weil wir wissen, was mit dem Baby passiert ist. Finden Sie sie, und wir erzählen es Ihnen, las ich.

Woher weiß ich, dass Sie die Wahrheit sagen?, tippte ich.

Das Baby wurde mit zerschmettertem Schädel aufgefunden. Das weiß niemand außer der Polizei. Und mir.

Ich hatte keine Ahnung, ob das stimmte. Steve hatte mir keine Details genannt, aber es würde zu seinem Hinweis auf den Zustand der Leiche passen. Es würde auch erklären, warum er so verstört gewesen war.
Okay. Was soll ich tun?
Keine Antwort.

Laut Google gab es unzählige Jenna Mendelsons, was wenig hilfreich war, und keine davon schien in Ridgedale gemeldet zu sein. Ich verbrachte eine geschlagene Stunde damit, mich durch all die Jennas zu klicken. Erst als ich so übernächtigt war, dass ich versehentlich eine neue Suchanfrage in meine E-Mail-Suchleiste eingab statt bei Google, stieß ich auf etwas, was mich weiterbrachte: eine Mail von Ellas Erzieherin Rhea, eine von mehreren, die wir vor einiger Zeit ausgetauscht hatten, als ich an meinem Artikel über das Community Outreach Tutoring für den *Ridgedale Reader* arbeitete. Es ging darin um Rheas GED-Programm.

Betreff: potenzielle Interview-Kandidaten

Hi, Molly,
ich wollte mich nur schnell bei Ihnen melden und Ihnen die Namen einiger Schüler und Schülerinnen aus meinem Programm schicken, die Sie vielleicht kontaktieren möchten. Die Schülerin, die eigens erwähnt werden sollte, ist Sandy Mendelson. Sie ist ausgesprochen klug und fleißig. Ich setze große Hoffnungen in sie – sie ist in der Tat ein Aushängeschild für dieses Programm.

Mit besten Grüßen
Rhea

Rhea hatte mir Sandys Telefonnummer gegeben. Ich erinnerte mich, dass ich dem jungen Mädchen mehrere Nachrichten hinterlassen hatte, doch sie hatte mich nie zurückgerufen. Also hatte ich in meinem Artikel auf die Äußerungen zweier anderer Schüler aus Rheas Programm zurückgegriffen.

Ich wählte die in der E-Mail angegebene Nummer und hielt den Atem an. War es möglich, dass Sandy mir wegen Jenna geschrieben hatte – also wegen ihrer Schwester oder vielleicht sogar ihrer Mutter?

»Hallo?«, fragte eine hellwache Stimme.

»Spreche ich mit Sandy Mendelson?«

Es entstand eine lange Pause. »Ja«, hörte ich dann.

»Hier ist Molly Sanderson. Ich glaube, du hast versucht, mich zu erreichen.«

Am Morgen begegnete ich Justin im Badezimmer, er war bereits von seiner Joggingrunde zurück. Ein Handtuch um die Hüfte geschlungen, stand er am Waschbecken und trimmte seine Bartkanten.

»Ich denke, Thomas Price hat möglicherweise Mädchen auf dem Campus missbraucht«, sagte ich, beugte mich vor und wischte mit dem Handrücken den Wasserdampf vom Spiegel, sodass ich sein Gesicht sehen konnte. »Vielleicht tut er das noch immer.«

»Ach?« Justin erstarrte, der Rasierer schwebte reglos in der Luft. Mit schräg gelegtem Kopf blickte er mich im Spiegel an, besorgt, skeptisch. »Wie kommst du denn darauf? Hat das etwas mit deiner Story über das Baby zu tun?«

Anscheinend fürchtete er, seinen hart erkämpften, heiß geliebten Job zu verlieren, weil ich durch die Gegend flitzte und möglicherweise grundlose Anschuldigungen verbreitete.

»Ich glaube nicht, dass es etwas mit dem Baby zu tun hat,

aber ich kann es auch nicht ausschließen. Im Augenblick ist das Ganze nur eine Vermutung.« Warum spielte ich es für Justin herunter? Noch mochte das, was ich in Erfahrung gebracht hatte, nicht für eine Titelstory reichen, aber es war keineswegs völlig aus der Luft gegriffen. »Nein«, stellte ich meine Aussage daher richtig, »es ist mehr als eine Vermutung. Ich bin mir ziemlich sicher, dass es der Wahrheit entspricht. Allerdings habe ich noch nicht genug Beweise, um etwas darüber zu bringen.«

Justin schüttelte angewidert den Kopf, dann beugte er sich näher zum Spiegel vor und rasierte sich weiter. »Ich möchte nicht behaupten, ich hätte so etwas geahnt, aber du sollst wissen, dass ich den Kerl noch nie leiden konnte.«

»Ich gebe dir Bescheid, bevor ich etwas unternehme«, versprach ich ihm. »Ich weiß, dass es katastrophal für dich sein könnte, wenn ausgerechnet ich Price so etwas vorwerfe. Um ehrlich zu sein, versuche ich gerade herauszufinden, was ich tun soll.«

»Nun, mach dir um mich keine Gedanken.« Er wirkte beinahe gekränkt. »Wenn das, was du behauptest, stimmt, wird sich die Ridgedale University nicht hinter ihn stellen. Und wenn doch, unterstütze ich dich, Molly, ganz gleich, was für Entscheidungen du triffst.«

RIDGEDALE READER

ONLINEAUSGABE

19. März 2015, 08:23 Uhr

POLIZEI KÜNDIGT DNA-MASSENTEST AN

VON MOLLY SANDERSON

Gestern Abend berief die örtliche Polizei in der Sporthalle der Ridgedale University eine öffentliche Versammlung ein, um über die laufenden Ermittlungen im Fall des Babys zu informieren, das in der Nähe der Essex Bridge tot aufgefunden wurde. Anschließend beantwortete Polizeichef Steve Carlson über eine Stunde lang Fragen der Bürger und Bürgerinnen von Ridgedale. Die Todesursache ist nach wie vor ungeklärt, das Mädchen noch nicht identifiziert.

Um die Identifizierung voranzutreiben, führt die Polizei einen freiwilligen Massen-DNA-Test durch. Während der kommenden drei Tage ist die Bevölkerung aufgerufen, im Ridgedale Police Department einen entsprechenden Abstrich vornehmen zu lassen. Die Testzeiten sowie eine ausführliche Erläuterung zum Testverfahren finden Sie online unter www.ridgedalenj.org.

David Simpson, ein anerkannter Strafverteidiger und Bürger von Ridgedale, hat alle, die sich wegen der möglichen Konsequenzen von Gentests unsicher sind, ob sie dem Aufruf der Polizei folgen sollen oder nicht, eingeladen, sich kostenlos von ihm beraten zu lassen.

KOMMENTARE:

Marney B
vor 2 Stunden
Ein DNA-Test??? Sind die verrückt geworden?

Gail
vor 1 Stunde
Abgelehnt. Das kann nicht legal sein.

Stephanie
vor 57 Minuten
Sie versuchen definitiv diejenige, die dafür verantwortlich ist, mittels Einschüchterung aus der Deckung zu locken. Dabei ist das, was passiert ist, vermutlich nicht einmal die Schuld der Mutter. Wer weiß, wie das Leben dieses Mädchens aussieht? Vielleicht muss ihre eigene Mom drei Jobs machen, um überleben zu können. Schlechte Eltern kommen nicht als schlechte Eltern auf die Welt, sie werden dazu gemacht.

Mom22
vor 52 Minuten
Ich bin nicht Mutter eines Teenagers, aber hätte ich einen, würde ich diesem Test niemals zustimmen. Wo sind wir? In 1984?

LifeIsLiving
vor 47 Minuten
Ich würde meine Kinder sogar eine Blutprobe abgeben lassen, wenn es dazu beitrüge, herauszufinden, wer dem Baby so etwas angetan hat. Jemand muss diesen Jugendlichen einen Denkzettel verpassen, die offensichtlich nicht zu jung für Sex sind, aber ihrer Meinung nach zu jung, um die Verantwortung für die Konsequenzen zu tragen.

SaranB
vor 45 Minuten
Willst du behaupten, es wäre irgendeine Teenagerin gewesen, die sich nicht die Mühe machen wollte, ihr Kind zur Adoption freizugeben? Hältst du die Menschen wirklich für so grausam?

246Barry
vor 42 Minuten
HALTET ALLE DIE FRESSE! FINDE HERAUS, WER ER IST. BEVOR ER DICH NOCH WEITER VERARSCHT.

Carrollandthepups
vor 37 Minuten
Schon wieder dieser Wichser. 246Barry, dich will hier keiner!

Samuel L.
vor 25 Minuten
Ich habe dich gerade der Polizei gemeldet, 246Barry. Wie findest du das? Hat sich herausgestellt, dass die schon Bescheid wissen. Das ist ja alles ganz lustig, aber nur so lange, bis du wegen Belästigung verhaftet wirst und jeder weiß, wer du bist. Denn dann ist es egal, ob die Polizei etwas gegen dich unternimmt – das übernehmen nämlich wir.

JENNA
11. JUNI 1994

Der Captain kommt heute Abend um acht! Er sagt, er freut sich total darauf, meine Eltern kennenzulernen. Ich hoffe nur, dass sie es mir nicht vermasseln, indem sie mich bei ihm schlechtmachen. Wenigstens ist mein Kleid total süß. Es ist rot und hat einen tiefen V-Ausschnitt, der im Grunde alles enthüllt. Und meine Mom hat mich nicht mal deswegen fertiggemacht!

Das liegt daran, dass sie weiß, aus welcher Familie der Captain stammt. Wahrscheinlich hofft sie darauf, dass ich einen guten Fang mache. Dann könnte sie nämlich aufhören, jede freie Minute für meine Seele zu beten.

Ich will lieber nicht daran denken, dass Tex auch zu dieser Party kommt. Und er wird auf jeden Fall versuchen, mir die Sache mit dem Captain madig zu machen. Indem er mir sagt, ich solle vorsichtig sein und was weiß ich noch alles. Als wäre das der eigentliche Punkt – nicht, dass er sich insgeheim wünscht, ich würde ihn ranlassen und nicht den Captain. Aber er wird mir kein schlechtes Gewissen einreden, weil ich den Mann bekomme, den ich mir immer gewünscht habe.

Es wäre um einiges leichter, wenn ich Tex einfach hassen könnte. Wenn es mir nicht irgendwie gefallen würde, dass ich ihm etwas bedeute. Dann könnte ich ihm nämlich sagen, dass er mich verdammt noch mal in Ruhe lassen soll, und zwar endgültig.

Aber so einfach ist das nicht.
Irgendwie ist nie etwas einfach.

Sandy

Sandy hockte in einer der klebrigen Sitznischen bei Pat's Pancakes und wartete auf Molly. Das Lokal war praktisch leer, ganz anders als an den Wochenenden, wenn die Schlange bis auf die Straße hinausreichte. Ein halbes Dutzend überwiegend alte Leute saßen an den Tischen und mümmelten ihre Omeletts und Pfannkuchen so langsam, als würde man sie nach Minuten bezahlen.

»Was kann ich dir bringen, Süße?« Die Bedienung schlug ihren Block auf. Sie war hübsch – oder zumindest war sie früher einmal hübsch gewesen. Jetzt hatte sie einen struppigen Pferdeschwanz und ein faltiges Gesicht, dabei wirkte sie noch gar nicht *so* alt. So würde Jenna auch bald aussehen. Wenn sie überhaupt die Chance dazu bekäme. *Und irgendwann,* dachte Sandy, *irgendwann sehe auch ich so aus.*

»Ich hätte gern einen Kaffee«, sagte sie.

»*Nur* Kaffee?« Die Kellnerin wollte nicht fies sein, das wusste Sandy. Sie musste nur auch zusehen, dass sie ihre Rechnungen bezahlt bekam.

»Ja, fürs Erste«, antwortete sie daher freundlich. »Ich warte auf jemanden.«

Sie hoffte, dass diese Molly etwas zu essen bestellen würde. Sandy konnte es sich nicht leisten, Geld für Essen zu verschwenden, wenn sie keinen Hunger hatte, auch nicht, um die Bedienung glücklich zu machen. Sie hatte seit Tagen keinen Hunger mehr verspürt. Was Aidan natürlich nicht davon abgehalten hatte, sie gestern Abend wie eine überfürsorgliche Großmutter vollzustopfen.

»Hier sind die Zutaten für ein Sandwich, Chips, Kekse und einen Apfel«, hatte Aidan gesagt und die Lebensmittel aufs Bett geschmissen.

Er hatte recht behalten: Es *war* einfach gewesen, sich unbemerkt von hinten ins Haus zu schleichen, und jetzt, hinter verschlossener Tür in seinem Zimmer im ersten Stock, fühlte Sandy sich beinahe sicher. Sie blickte auf den Berg Lebensmittel, den Aidan aus der Küche stibitzt hatte. Er hatte sogar Salat und eine Tomate und ein kleines Glas Senf mitgebracht, denn Leute, die in Häusern wie dem von Aidans Mom lebten, bereiteten sich anders als Sandy keine Weißbrot-Sandwiches mit Billigsenf und Hinterschinken zu. Aidan musterte die Zutaten, als hätte er sich noch nie im Leben selbst ein Sandwich geschmiert. Als hätte er keinen blassen Schimmer, wie das gehen sollte.

»Danke«, sagte Sandy, die Augen auf das Essen gerichtet. In diesem Moment brachte sie es nicht über sich, Aidan anzusehen. »Dafür, dass ich hier sein darf.«

Wohin um alles in der Welt hätte sie sonst auch gehen sollen? Sie hatte einfach nur vor Hannahs Dad Reißaus nehmen wollen, der vor den Ridgedale Commons herumlungerte. Deshalb hatte sie mit aller Kraft in die Pedale getreten, bis sie sich sicher war, dass niemand ihr folgte. Und dann war es auch schon dunkel, und sie wusste noch immer nicht, wo sie die Nacht verbringen sollte. Sie konnte doch nicht einfach draußen schlafen! Erstaunlich, wie unbedacht man so etwas in Erwägung zog – *kein Problem, dann penne ich einfach draußen* –, bis man genauer darüber nachdachte. Wo draußen? Im Wald? Auf dem Gehsteig? Dafür war es zu kalt. Außerdem würden die Leute in Ridgedale merken, wenn jemand auf der Straße schlief. Hier schlief nämlich niemand auf der Straße.

Sandy hoffte, Aidan würde sie nicht zwingen, etwas zu essen. Sie war sich sicher, dass sie keinen Bissen hinunterbrächte. Allerdings hatte sie schrecklichen Durst. Sie konnte sich nicht daran erinnern, wann sie das letzte Mal etwas getrunken hatte. Sandy stürzte den Inhalt von zwei der schicken Limonadenflaschen in sich hinein, die Aidan ebenfalls aufs Bett geworfen hatte. Als sie endlich den Blick hob, starrte Aidan sie mit weit aufgerissenen Augen an. Zum ersten Mal schien er zu kapieren, wie fertig sie war. Sie musste ihm vorkommen wie ein halb verdurstetes Tier, und um ehrlich zu sein, fühlte sie sich genau so.

»Sorry«, sagte sie und wischte sich mit dem schmutzigen Handrücken über ihren schmutzigen Mund.

»Kein Problem«, erwiderte Aidan ruhig und setzte sich neben sie aufs Bett, wo er seine makellos sauberen Hände betrachtete. Wahrscheinlich wünschte er sich, er hätte Sandy nie das Angebot gemacht, zu ihm zu kommen. Klar, er hatte behauptet, er wolle ihr helfen, aber es war *eine* Sache, eine Nebenrolle in ihrem beschissenen Leben zu spielen. Etwas vollkommen anderes war es, plötzlich mitten auf der Bühne zu stehen.

»Wenn du möchtest, kann ich wieder gehen«, sagte Sandy. Sie fühlte sich schlecht, weil sie ihm diese Scheiße aufbürdete. »Ich bin dir nicht böse. Du sollst auf keinen Fall denken, dass ich ohne dich nicht klarkomme.«

Aidan nahm ihr die Limoflasche – die dritte – aus den Händen, trank selbst einen Schluck und gab sie ihr wieder zurück.

»Oh, ich denke nicht, dass du ohne mich nicht klarkommst«, erwiderte er und sah sie durchdringend an. »Ich denke, dass du ohne mich nicht überlebst.«

Als Aidan Sandy am nächsten Morgen einen Abschiedskuss gab, bevor er sich auf den Weg zur Schule machte, wusste sie, dass sie ihn vermutlich nicht wiedersehen würde. Dass es besser so wäre. Sie hatte mit ihm verabredet, dass sie sich davonstehlen sollte, sobald seine Mutter und sein kleiner Bruder das Haus verlassen hatten. Nach der Schule wollten sie sich treffen.

»Wir sehen uns später«, sagte er. »Ich schicke dir eine Textnachricht.«

Es machte einen Unterschied, ob Aidan da war oder nicht. Doch wenn einem jede Menge Scheiß um die Ohren flog, war nicht die Frage, *ob* es einen erwischen würde, sondern wann. Das Mindeste, was Sandy tun konnte, war, Aidan aus der Schusslinie zu halten.

Nachdem er weg war, holte sie das Tagebuch ihrer Mutter aus dem Rucksack und legte sich hinter seinem Bett auf den Fußboden. Sie konnte nur beten, dass seine Mom nicht hereinplatzte, um das Zimmer nach Drogen abzusuchen oder Ähnliches. Jenna hatte Sandy einiges erzählt, was in dem Tagebuch stand, und Sandy wusste bereits, wie die elende Geschichte endete. Sie hätte schwören können, dass es nicht noch schlimmer kommen konnte, doch sie hätte es besser wissen müssen. Jenna setzte immer noch eins obendrauf.

Was, wenn ihre Mutter beschlossen hatte, dass sie die Erinnerungen nicht länger ertragen konnte? Das war die Frage, die Sandy beschäftigte, nachdem sie das Tagebuch gelesen hatte. Was, wenn Jenna nicht wegen eines Neuanfangs nach Ridgedale zurückgekehrt war, sondern um mit allem abzuschließen? Nein, das glaubte Sandy genauso wenig, wie sie glaubte, dass Jenna sich einfach aus dem Staub gemacht hatte. Ja, vielleicht war sie so dumm wie all die anderen, die auf Jennas Scheiß hereinfielen, trotzdem konnte – wollte – sie es nicht glauben.

In Sandy blitzte eine Erinnerung an damals auf: sie und Jenna beim Tanzen. Sie war erst zehn gewesen, und sie hatten in einem schäbigen Apartment in Camden gelebt, in dem es einen Gasherd mit nur einer funktionierenden Flamme gab und blau-grünen Schimmel an der Wohnzimmerwand. An jenem Tag schien die Sonne so hell zum Fenster herein, dass die Wohnung gar nicht so grauenhaft aussah. Jenna hatte versucht, Sandy das Cha-Cha-Cha-Tanzen beizubringen. Die schwarzen Haare am Hinterkopf aufgetürmt, eine Zigarette zwischen den roten Lippen, hatte sie in ihren fadenscheinigen, hautengen Leggins die Hüften geschwungen und Sandy die Schrittfolge gezeigt.

Sandy hatte nicht viele Erinnerungen an ihre Kindheit, doch einen speziellen Stolperstein auf dem gemeinsamen Weg mit Jenna konnte sie nicht vergessen, weil er ihr unmittelbar an ihrem zehnten Geburtstag vor die Füße gerollt war. Anstatt die erste zweistellige Zahl mit Sandy zu feiern, war Jenna drei Tage am Stück im Bett liegen geblieben und hatte sich die Augen ausgeheult, obwohl Sandy ihr zahllose Dosen Dr. Pepper ohne Zucker, Wein und Cheetos gebracht hatte. Irgendein Typ – einer von vielen – hatte Jennas Herz gebrochen. Aber an jenem Tag, als Sandy zehn Jahre und vier Tage alt war, hatten sie getanzt. Und Sandy wusste, dass sie es schaffen würden. Zumindest diesmal.

»Du kannst es! Du kannst es!«, hatte Jenna begeistert gekreischt, als Sandy mit ihr hatte Schritt halten können. »Großartig! Du kannst es!« Jenna hatte so glücklich gewirkt, als sie zu den dröhnenden Klängen eines Kid-Rock-Songs getanzt hatten, der definitiv nicht für Cha-Cha-Cha gedacht war. Fast so, als würde sie vor Glück platzen. Denn so war Jenna nun mal: total verdorben und gleichzeitig ein wundervoller Mensch.

Jenna würde sich nicht umbringen. Ganz sicher nicht. Sie bekrabbelte sich immer wieder. Darin war sie wirklich gut. Sie war nach Ridgedale gekommen, weil sie jemanden suchte, vielleicht Tex. Wenn er sich damals um sie gekümmert hatte, hoffte Jenna womöglich, dass er es auch jetzt wieder tat. Das sähe ihr ähnlich, dachte Sandy – sie hierherzuschleifen, weil sie die aberwitzige Vorstellung hegte, ihr Ritter in der glänzenden Rüstung würde all die Jahre später immer noch darauf warten, sie zu retten.

»Sandy?«

Als sie aufschaute, stand eine Frau neben ihrer Sitznische im Pat's Pancakes. Hübsch, mit blasser Haut und langen rötlichen Locken. Molly wirkte freundlich und unauffällig. Wie eine ganz normale Mom, was nicht negativ gemeint war. Es war Aidans Idee gewesen, ihr zu schreiben. Sie war Reporterin und noch dazu eine Freundin von seiner Mutter. Jemand, der ihr vielleicht weiterhelfen konnte.

»Ja.« Sandy nickte und merkte, wie ihre Nervosität stieg.

»Ich bin Molly Sanderson.« Die Frau setzte sich Sandy gegenüber und streckte die Hand aus. »Ich weiß nicht, ob du dich daran erinnerst, aber ich habe vor ein paar Monaten mehrfach versucht, dich zu erreichen, als ich über das Outreach Tutoring Programm berichtet habe. Rhea hatte mir deine Nummer gegeben.«

»Oh, richtig«, sagte Sandy, obwohl sie sich nicht erinnerte. Wenigstens erklärte das, wie Molly ihr so schnell auf die Schliche hatte kommen können.

»Ich nehme an, Jenna ist deine Mom?«

Sandy nickte, dann zuckte sie mit den Achseln. »Aber sie ist keine gewöhnliche Mutter.«

»Ich glaube nicht, dass es so etwas überhaupt gibt«, entgegnete Molly, was nett war. Sie hätte das nicht sagen müssen. »Sie ist verschwunden?«

»Sie hat das Blondie's vor ein paar Tagen nach der Sperrstunde verlassen, ist aber nicht nach Hause gekommen«, teilte Sandy ihr mit. »Sie ist verkorkst. Ziemlich verkorkst sogar.

Aber so sehr nun auch wieder nicht. Sie hätte mich auf jeden Fall angerufen und mir Bescheid gegeben, wenn sie irgendwo anders hingewollt hätte.«

»Das glaube ich«, sagte Molly, und sie schien Sandy tatsächlich zu glauben. »Klingt so, als wärst du bereits bei der Polizei gewesen.«

»Ja. Der Polizeichef, Steve, war nett zu mir und alles, und er hat gesagt, er würde mir helfen. Aber dann habe ich das hier in seinem Haus gefunden.« Sie legte die Silberkette mit dem Mondanhänger auf den Tisch und schob sie zu Molly. »Die gehört meiner Mom. Sie nimmt sie nie ab.«

Molly streckte die Hand danach aus und betrachtete die Kette. Sie wirkte besorgt. »Warum warst du in seinem Haus?«

»Ich bin nicht eingebrochen oder so.« *Ich hab bloß seinen Medizinschrank durchwühlt, um Medikamente zu klauen.* »Ich kenne seine Tochter.«

»Kannst du dir vorstellen, dass deine Mom Steve irgendwoher kennt?«

Sandy schüttelte den Kopf. »Nein. Es sei denn, er hat sie irgendwann mal verhaftet. Das kann natürlich sein, auch wenn sie das mir gegenüber nie erwähnt hat. Normalerweise erzählt sie mir alles.« Sie zögerte. »Allerdings hat er sehr komisch geguckt, als ich ihm ihren Namen genannt habe.«

»Hast du seine Tochter gefragt?«

»Was soll ich sie gefragt haben?«

»Ob ihr Dad deine Mom kennt.«

»So etwas kann ich sie im Augenblick nicht fragen.« Sandy schüttelte erneut den Kopf und versuchte, gegen den Kloß anzuschlucken, der sich in ihrer Kehle bildete. »Sie hat gerade echt andere Probleme.«

Sie hatte gelogen, als sie Molly geschrieben hatte, sie würde ihr erzählen, was mit dem Baby passiert war. Sandy würde diese Reporterin dazu bringen, ihr bei der Suche nach ihrer

Mutter zu helfen, und dann würde sie sie zum Teufel schicken – nichts für ungut. Das Schicksal des Babys war ein Geheimnis, das Sandy mit ins Grab nehmen würde. Sie hatte nicht einmal Aidan davon erzählt, der zum Glück nicht nachgehakt hatte, woher sie wusste, dass der Kopf des Babys zerschmettert war.

»Du könntest dich an eine andere Polizeidienststelle wenden«, sagte Molly, als versuchte sie wirklich, Sandy bei der Suche nach Jenna zu unterstützen. »Zum Beispiel an die State Police.«

»Das geht nicht. Außerdem: Wie sollte mir die Staatspolizei helfen können, meine Mom zu finden?«

»Na schön«, ruderte Molly zurück, genau wie Sandy es gehofft hatte. »Lass mich kurz nachdenken.« Sie starrte auf die Tischplatte. Als sie wieder aufsah, verschränkte sie die Arme. Ihr Gesichtsausdruck war entschlossen. »Ich mach's. Ich werde ihn fragen, warum er die Kette hatte. Und wenn ihm keine plausible Erklärung einfällt oder er sich nicht genug bemüht, deine Mutter zu finden, wende ich mich persönlich an die State Police. So oder so – wir werden herausfinden, was mit ihr ist, Sandy. Das verspreche ich dir.«

Und dann beugte Molly sich vor und legte ihre Hand auf Sandys. Sofort schossen Sandy die Tränen in die Augen – wieder einmal. Das durfte doch nicht wahr sein! Mehr brauchte es nicht, um sie zum Weinen zu bringen? Eine freundliche, ganz normal aussehende Frau musste nur ein bisschen nett zu ihr sein, und schon brach sie zusammen?

»Okay«, sagte Sandy, mehr brachte sie nicht hervor. Nickend schaute sie zum Fenster.

»Sandy.« Aus dem Augenwinkel sah sie Mollys ernstes Gesicht. »Was immer dem Baby zugestoßen ist – und ich sage nicht, dass du etwas damit zu tun hast –, wird nicht mir nichts, dir nichts vom Tisch sein, ganz gleich, wie sehr du dir das wünschst. Je stärker du versuchst, etwas zu verdrängen, desto kraftvoller kehrt es zurück an die Oberfläche. Ich spreche aus persönlicher Erfahrung.« Molly wirkte plötzlich traurig. »Es kann hilfreich sein, wenn du jemandem anvertraust, was passiert ist. Ich kann die Person deines Vertrauens sein, Sandy. Ich bin Anwältin – zumindest war ich das früher. Ich kann *deine* Anwältin in dieser Sache sein. Auf diese Weise bin ich an die Schweigepflicht gebunden und muss niemandem weitergeben, was du mir erzählt hast. Du musst nur sagen, dass ich deine Anwältin sein soll.«

»Ich möchte, dass Sie meine Anwältin sind«, sagte Sandy.

Aber das war nicht das, was sie dachte. Sie dachte: *Ich möchte, dass Sie meine Mutter sind.*

Sandy hatte nicht zu Hannah nach Hause kommen wollen, um dort ihre Nachhilfestunden zu nehmen. Sie hatte gehofft, niemals sehen zu müssen, wo Hannah lebte, hatte gehofft, niemals die Geborgenheit und Liebe spüren zu müssen, die förmlich aus den Wänden strömte. Doch Hannah hatte gesagt, es ginge diesmal nur bei ihr zu Hause, weil sie auf ihren kleinen Bruder aufpassen müsse. Sie bot an, die Stunde zu verschieben, aber Sandy hatte sich noch nicht auf ihren Mathetest vorbereitet, und wenn sie nicht vorbereitet war, wenn es nicht wenigstens so aussah, als hätte sie es versucht, wäre Rhea am Boden zerstört.

Und dann war es genauso, wie Sandy es befürchtet hatte – nicht so schick wie bei Aidan, aber alles strahlte eine effiziente Heiterkeit aus: To-do-Listen und Hausarbeitspläne und Zeitungsartikel, in leuchtend bunten Farben angemarkert und mit Post-its versehen. An der Wand hing ein Bastelkalender mit Fotos von Hannah und Cole und einem großen roten Kreis um den einunddreißigsten Mai: *Hannahs Konzert!*

»Meine Eltern kommen frühestens in anderthalb Stunden nach Hause, und Cole schaut fern. Wenn es für dich okay ist, können wir hier am Küchentisch lernen, nur für den Fall, dass er etwas braucht.« Hannah schob einen Stapel Tischsets und eine kleine Blumenvase zur Seite, dann platzierte sie ihre Bücher mitten auf dem Tisch. »Möchtest du vielleicht etwas trinken?«

»Nein, danke«, lehnte Sandy ab. »Wenn ich mir nur kurz die Hände waschen darf?«

Hannah zeigte ihr das Bad und ging zurück in die Küche. Sandy wusch sich und kehrte dann eilig zu Hannah zurück. Sie wollte das Ganze einfach nur hinter sich bringen und das Haus so schnell wie möglich verlassen. Sie bekam kaum Luft in diesen vier Wänden. Dieses Gefühl hatte sie immer, wenn sie sich zu lange an einem zu normalen Ort aufhielt. Als würde ihr jemand die Brust in einem Schraubstock zerquetschen.

Sie lernten ungefähr eine halbe Stunde, dann stand Hannah auf, um nach ihrem kleinen Bruder zu sehen. »Ich bin gleich wieder da«, sagte sie. »Du kannst ja bis dahin diese Aufgaben lösen.«

Aber Hannah war nicht gleich wieder da. Sandy hatte längst alle Aufgaben bearbeitet und wartete und wartete. Sie spitzte die Ohren. Vielleicht sprach Hannah ja mit ihrem Bruder. Aber sie hörte nur die Geräusche des Fernsehers. Sandy warf einen Blick aufs Handy und stellte fest, dass über fünfzehn Minuten verstrichen waren.

Sie mussten fertig werden, bevor Hannahs Eltern zu Hause eintrafen. Es war eine Sache, bei Hannah lernen zu müssen, aber mit ihren Eltern zu plaudern, würde Sandy nicht über sich bringen.

Weitere Minuten verstrichen, und Sandy blieb keine andere Wahl, als Hannah zu suchen. Obwohl es sicher keine Katastrophe war, wenn Cole Sandy zu Gesicht bekam, hoffte sie, dem Jungen aus dem Weg gehen zu können.

Verstohlen warf sie einen Blick ins Wohnzimmer. Hannahs Bruder lag schlafend auf der Couch, das Licht ausgeschaltet. Der Fernseher lief. Hannah war nirgendwo zu sehen. Wo zur Hölle mochte sie hingegangen sein? Sandy ging durch den Flur im Erdgeschoss. Alle Türen bis auf die zum Wohnzimmer und zur Küche waren geschlossen. Am liebsten hätte sie Hannah gerufen, aber sie wollte den Kleinen nicht wecken. Außerdem hasste sie es, uneingeladen ein Haus zu durchstöbern. Nachher fehlte irgendetwas, und wer war's dann wohl gewesen?

Unter der Badezimmertür drang Licht hervor. »Alles okay?«, rief sie leise und klopfte zögernd an.

Hannah antwortete nicht, aber Sandy hörte Geräusche, ein beständiges *Bumm, Bumm, Bumm*.

»Hannah?«, rief sie noch einmal. »Was zum Teufel machst du da drinnen? Ich muss bald los.«

Bumm, bumm, bumm. Stille. *Bumm, bumm, bumm.*

»Hallo?«, rief Sandy, lauter diesmal. Hannah antwortete immer noch nicht. »Herrgott. Ich mache jetzt die Tür auf, okay?«

Sandy drehte den Knauf. Wahrscheinlich hatte Hannah abgesperrt. In dem Fall würde sie einfach gehen, rechtzeitig bevor Hannahs Eltern nach Hause kamen. Die Tür war nicht verschlossen. Sandy öffnete sie vorsichtig und wartete darauf, dass Hannah »Besetzt!« rief.

Aber Hannah rief nichts. Hannah war gar nicht im Bad.

Bumm, bumm, bumm.

Sandys Blick fiel auf eine Pfütze aus hellroter Farbe auf dem weißen Fliesenboden. Hellrote Farbe hinter der Tür. Hellrote Farbe auf der Toilette. Sie schob die Tür ein Stück weiter auf. Noch mehr Hellrot. Was zur Hölle hatte das zu bedeuten?

Keine Farbe. Das ist keine Farbe. Die Worte schossen Sandy durch den Kopf, noch bevor sie wusste, was sie bedeuteten. *Keine Farbe.* Je weiter sie die Tür öffnete, desto mehr Rot sah sie. Alles war rot.
Blut.
Das ist Blut.
Und da war Hannah. Zusammengekauert in der Ecke hinter der Tür, von der Taille abwärts nackt. Sie wiegte sich so heftig vor und zurück, dass ihre Ellbogen gegen die gefliese Wand hinter ihr stießen. *Bumm, bumm, bumm.* Ihr Gesicht war schneeweiß und vollkommen ausdruckslos. Sie hatte die Hände zu blutverschmierten Fäusten geballt. Neben ihr auf dem Fußboden lagen ein blutiger Klumpen und noch etwas anderes, eine rote Schlange, an deren Ende ein Baby hing. Zumindest sah es so aus wie ein Baby, aber es war nicht rosig, sondern grauviolett. Blutverschmiert und überzogen mit weißer, wachsartiger Schmiere. Es regte sich nicht.
»Heilige Scheiße!«, sagte Sandy und eilte zu Hannah, wobei sie auf den blutigen Fliesen ausrutschte. Sie hielt sich am Handtuchhalter fest, der beinahe aus der Wand gerissen wäre. »Hannah, was ist passiert?«
Hannah wiegte sich einfach nur weiter.
»Hannah!«
»Ich habe versucht, die Nabelschnur von ihrem Hals zu lösen«, wisperte sie schließlich. »Ich hab's versucht, wirklich. Aber sie war so glitschig. Meine Finger sind immer wieder...« Sie verstummte und starrte blicklos vor sich hin. »... abgerutscht«, vollendete sie ihren Satz schließlich. »Sie hat nur ganz kurz gelebt.« Hannah sah Sandy an. In ihrem Gesicht spiegelten sich zu gleichen Teilen Erstaunen und Entsetzen. »Sie hat die Augen geöffnet und mich angesehen.«
»Wir müssen einen Rettungswagen holen!« Sandy blickte auf ihre blutbespritzten Schuhe.

»Sie wird mich umbringen.« Plötzlich schlug Hannah die Hand vor den Mund.

Sandy sah sie fragend an.

»Meine Mom. Sie wird mich umbringen! Sie wird mich umbringen. Sie wird mich umbringen ...«

»Aber du blutest.« Sandy deutete auf den Fußboden. Ihre Hände zitterten. »Du brauchst Hilfe. Du und ...« Sie wollte »das Baby« sagen, doch ein Blick auf das grauviolette Bündel verriet ihr, dass es für das kleine Mädchen, wenn es denn tatsächlich je gelebt hatte, längst zu spät war.

»Sie wird mich umbringen.« Hannah kroch auf Sandy zu und schlang ihr die blutigen Arme um die Taille. Ihre Augen waren riesig. »Bitte, du musst mir helfen! Sie wird mich umbringen!«

Sandy hatte tausend Fragen auf einmal. Hatte Hannah gewusst, dass sie schwanger war? Hatte sie ihre Schwangerschaft absichtlich verborgen? Hatte sie Sandy zu sich nach Hause gebeten, weil sie wusste, dass sie ein Baby bekommen würde? Wo zur Hölle war der Vater? Was sollte dieser ganze Scheiß von wegen »Ich hebe mich für die Ehe auf«? Lügen, nichts als Lügen.

Aber mit Lügen kannte Sandy sich aus. Lügen, die einem seltsamerweise wie die Wahrheit vorkamen. Außerdem wusste sie nur allzu gut, wie es war, wenn man sich so verängstigt und so vollkommen allein fühlte, dass man betete, man möge einfach verschwinden. Sandy betrachtete den blutigen Fußboden, dann sah sie Hannah an, das Mädchen, das immer nur nett zu ihr gewesen war. Das anders als fast alle anderen versucht hatte, ihr zu helfen. Hannah war kein starker Mensch. Das hier würde sie nicht allein durchstehen können. Und sie hatte recht, was ihre Mutter betraf – sie würde Hannah definitiv umbringen.

Sandy dagegen war stark. Sie konnte Hannah helfen. Sie

konnte das Chaos, das andere hinterließen, beseitigen, das hatte Jenna sie gelehrt. Sie hatte Jennas Chaos schon Tausende Male beseitigt. Und so atmete Sandy tief durch und schluckte ihre Angst hinunter. Ihre Angst vor all dem Blut, dem toten Baby, das nur einige Zentimeter von ihr entfernt auf den Fliesen lag.

»Wir brauchen ein paar Handtücher, die deine Mom nicht vermisst. Sag mir, wo sie sind«, sagte Sandy. »Außerdem eine Tasche, die du nicht mehr brauchst. Papiertücher und Putzsachen. Du solltest unter die Dusche gehen.« Sie warf einen Blick aufs Handy, das ebenfalls blutverschmiert war. »Uns bleibt nicht viel Zeit.«

Erst als Sandy schon fast alles sauber gemacht hatte, sah sie Hannahs kleinen Bruder hinter ihr in der Tür zum Badezimmer stehen. Sie hatte keine Ahnung, wie lange er schon dort war und wie viel er mitbekommen hatte.

»Tut mir leid, dass ich so eine Sauerei veranstaltet habe«, sagte sie zu ihm, weil sie das Gefühl hatte, etwas sagen zu müssen.

Doch er erwiderte nichts. Zog sich einfach in das dunkle Haus zurück, bis er schließlich verschwunden war.

Als alles sauber war, auch Hannah, war Sandy hinausgerannt, aufs Fahrrad gesprungen und wie der Wind davongerast. Was sie nicht berücksichtigt hatte, war der Regen. Und dass die Reisetasche, die Hannah ihr gegeben hatte, viel zu groß für ihren schmalen Rücken war und weitaus schwerer als gedacht. Immer wieder stand sie kurz davor, das Gleichgewicht zu verlieren. Sie konnte auch nicht langsamer fahren. Nicht, wenn sie das hier durchstehen wollte. Sandy hatte in ihrem Leben Dinge gesehen und getan, die ein Mädchen wie Hannah niemals überleben würde. Aber so etwas noch nicht. Etwas wie das hier war neu.

Sandy hatte schon vor langer Zeit gelernt, Dinge, die sie nicht an sich heranlassen wollte, in einem entlegenen Teil ihres Gehirns einzusperren – die eigene Mom, die nackt auf einem Betrunkenen sitzt; das beliebteste Mädchen in der achten Klasse, das allen erzählt, man hätte Aids; die Mutter, die kotzend über der Kloschüssel hängt, während man ihr den Kopf hält. Solche Dinge konnte man nicht für immer vergessen, man wurde sie auch nicht komplett los, aber sie ließen sich wegsperren. Sie mussten kein Teil von einem werden.

Deshalb hielt Sandy den Kopf gesenkt und kämpfte sich, so schnell sie konnte, voran. Versuchte zu ignorieren, dass ihr Rücken unter der Reisetasche genauso nass wurde wie der Rest von ihr. Hoffentlich sickerte kein Blut heraus. Noch zehn Minuten, vielleicht fünfzehn, dann wäre sie endlich dort. Und danach würde sie das Ganze vergessen.

Immerhin wusste Sandy, wohin sie fahren konnte. An einen Ort, den sie von Jenna kannte. Dunkel und einsam, bewahrte er seine eigenen Geheimnisse. Ein Ort, an dem sie niemand bemerken würde.

Es schüttete wie aus Eimern, als Sandy um die letzte Biegung vor der Essex Bridge schlingerte, doch ihr Fahrrad brach nicht aus, ihre Beine fühlten sich kräftig an, und sie war fast dort. Es war fast vorbei. Und dann würde sie so tun, als wäre all das nie passiert.

Jetzt führte der Weg abwärts, trotzdem trat sie noch fester in die Pedale. Fast hatte sie das Gefühl, zu fliegen.

Plötzlich tauchte wie aus dem Nichts ein Tier vor ihr auf – ein Streifenhörnchen, ein Eichhörnchen, ein Opossum. Vielleicht auch nur ein Schatten. Es war zu dunkel, um Genaueres erkennen zu können. Zum Bremsen war es zu spät. Zu spät, um zu reagieren. Zu spät, um sich auf dem Rad halten zu können. Der Rest passierte wie in Zeitlupe: Das Fahrrad flog in die eine Richtung, Sandy in die andere. Und die ganze Zeit über hatte sie nur einen einzigen Gedanken: *Du darfst die Tasche nicht verlieren!*

Und sie hatte sie nicht verloren, hatte sie festgehalten, als sie ihr halb vom Rücken rutschte, trotz des brennenden Schmerzes in ihrem Knie und im Arm, als sie über den Schotter schlitterte. Aber die Tasche verhedderte sich an ihr, sodass sie mit ganzem Gewicht darauf stürzte. Und auf das Baby darin. Erst als Sandy aufstand, über und über mit Blut beschmiert – ihrem eigenen Blut und vielleicht auch dem des Babys –, wusste sie, dass es Dinge gab, die zu schrecklich waren, als dass sie sich in der hintersten Ecke ihres Gehirns verschließen ließen.

Ein Gutes hatte der Regen allerdings: Er erleichterte ihr das Graben. Kein großes Loch. Nicht so groß, dass auch die Tasche oder die Handtücher hineingepasst hätten. Gerade groß genug für das Baby. Denn Sandy musste mit bloßen Händen graben. Im Nachhinein betrachtet, war der Boden hier unten am Flussufer so aufgeweicht und locker, so leicht zu bewegen, dass es der ungeeignetste Ort war, um etwas zu vergraben, was für immer verborgen bleiben sollte.

Molly musste aufgestanden und neben Sandy auf die Bank gerutscht sein, während sie geredet hatte. Sie hatte es gar nicht bemerkt.

»Alles wird gut«, sagte sie leise und schlang die Arme um Sandy. »Das verspreche ich dir.«

Erst als Molly sie umarmte, stellte Sandy fest, dass sie zitterte. Und weinte. Richtig heftig weinte.

JENNA
12. JUNI 1994

Hätte ich eine Pistole, würde ich mich erschießen. Aber ich habe keine Pistole. Und ich habe auch keine Tabletten. Und ich kann den Anblick von Blut nicht ertragen.

Alles, was ich immer wieder vor mir sehe, ist Two-Six, der mir die Unterwäsche auszieht. Alles, was ich immer wieder höre, ist die Stimme des Captains, die »Bedien dich« sagt, nachdem er meinen Rock hochgehoben und Two-Six meinen Arsch gezeigt hat, als wäre ich eine Zuchtkuh.

Noch hielt der Captain mich nicht fest. Ich nehme an, er dachte, es wäre okay für mich. Ich hätte vielleicht sogar Spaß daran. Zwei Jungs auf einmal, draußen im Wald.

Er hatte schon den ganzen Abend über Andeutungen gemacht, dass ich es mit Two-Six treiben sollte, hatte behauptet, Two-Six wäre deprimiert und hätte ein bisschen Spaß verdient. Die zwei waren total besoffen. Wir alle waren besoffen.

Irgendwann sagte der Captain: »Nein, im Ernst, ich will, dass du ihn ranlässt.« Und als ich sagte: »Scheiße, nein«, sagte er: »Wie viele Jungs haben dich schon gefickt? Da kommt es doch auf einen mehr oder weniger nicht an.«

Ich überlegte, ob ich sagen sollte: »Nur einer – du. Du bist der Einzige, mit dem ich je geschlafen habe«, aber die Genugtuung wollte ich ihm nicht geben.

Stattdessen verpasste ich ihm eine Ohrfeige. Vielleicht war es das, was einen Schalter in ihm umlegte. Denn im Gesicht des Captains passierte etwas. Als würden plötzlich die Lichter ausgehen. Als würde sein Inneres direkt vor meinen Augen erlöschen.

Er packte mich und schob mein Kleid so hoch, dass selbst meine Brüste heraushingen, gut sichtbar für alle. Two-Six trat hinter mich und ... Ich wartete darauf, dass der Captain zur Besinnung kommen würde. Ich wartete darauf, dass er sagte: »Nein, Mann, hör auf.« Vor allem, als ich anfing zu schreien – und dann zu weinen. Ein Geräusch, das auch dann noch zu hören war, als der Captain mir die Hand auf den Mund drückte.

Aber er sagte nicht »Hör auf«. Niemand sagte das. Niemand sagte ein Wort.

Molly

»Kann ich dich irgendwohin mitnehmen?«, fragte ich Sandy, als wir vor Pat's Pancakes standen.

»Ich bin mit dem Fahrrad da«, sagte sie und deutete auf eine Seite des Lokals.

Das Fahrrad. Ich versuchte, die Szene auszublenden, aber jetzt war sie in meinem Kopf – Sandy, die vom Fahrrad segelte, die Reisetasche mit der unvorstellbaren Fracht auf dem Rücken. Ihr Sturz erklärte den suspekten »Zustand« der Babyleiche. Und jetzt stand sie vor mir und fuhr *weiterhin* auf diesem Rad durch die Gegend? Offenbar hatte sie keine andere Wahl. Es war ohnehin unfassbar, dass sie noch immer auf den Beinen stand, nach allem, was sie durchgemacht hatte. Nach allem, was sie noch würde durchmachen müssen, jetzt, da ihre Mom verschwunden war.

Ich hatte über Steve nachgedacht. Und über Barbara. Hatte gedacht, ich würde eine gewisse Befriedigung verspüren, was sie betraf – *sieh nur, was dir deine Selbstgerechtigkeit gebracht hat*. Doch alles, was ich für die Familie empfand, war Mitleid.

»Ich könnte dich nach Hause fahren«, bot ich an, den Blick noch immer auf das Fahrrad geheftet. »Wir legen dein Rad einfach in den Kofferraum.« *Oder wir schmeißen es weg.*

»Ja«, sagte Sandy, aber nicht so, als würde sie mein Angebot annehmen. Sie starrte in die Ferne, auf die Fahrzeuge, die über die Route 33 rasten. »Ähm, das ›Zuhause‹ gibt es nicht mehr.«

»Oh.« Das klang gar nicht gut. »Wo hast du denn heute Nacht geschlafen?«

»Bei meinem Freund Aidan«, sagte sie, dann riss sie erschrocken die Augen auf. »Shit, das hab ich ganz vergessen – Sie kennen seine Mom! Bitte sagen Sie ihr nichts. Ich möchte nicht, dass Aidan Ärger bekommt.«

»Ich werde nichts sagen«, versicherte ich ihr. »Ganz bestimmt nicht.«

Sie drehte sich um, um ihr Fahrrad zu holen, und da sah ich es, auf dem linken Ärmel ihres T-Shirts: den dornigen Stiel einer Rose. *Das Blumenmädchen.*

Das war es, was Stella mir verschwieg – dass Sandy Aidans Freundin war. Und zwar nicht, weil sie fürchtete, dass Sandy die Mutter des toten Babys sein könnte und sie Aidan schützen wollte. Nein, Stella schämte sich, weil Aidan sich ausgerechnet für dieses Mädchen entschieden hatte.

»Dann komm doch mit zu mir«, schlug ich vor. Ich würde sie nicht zu Aidan gehen lassen. Stella würde wer weiß wie reagieren, wenn sie Sandy dort antraf. »Wenn du willst, bringe ich dich später woandershin. Hast du irgendwelche Sachen, die du holen möchtest?«

Sie hatte nur einen kleinen Rucksack bei sich.

»Es gibt noch zwei Kartons«, sagte Sandy, nachdem sie kurz überlegt hatte. Ich war erleichtert, dass sie nicht widersprach, auch wenn sie nicht gerade begeistert wirkte. Unbehaglich trat sie von einem Fuß auf den anderen und wollte mir nicht in die Augen sehen. »Ich habe sie bei unserer alten Wohnung gelassen. Vielleicht ist es besser, wenn ich sie hole.«

»Also los, fahren wir«, sagte ich, in der Hoffnung, dass sie es sich nicht anders überlegte.

Sandy schob ihr Rad zu meinem Wagen, dann blieb sie stehen und warf einen Blick auf ihr Handy. Sie hatte eine

Textnachricht bekommen. Ich sah, wie sie beim Lesen das Gesicht verzog. »Hannahs Dad«, sagte sie schließlich. »Gestern Nacht hat er mir auch schon mehrere Nachrichten geschickt. Ich hab sie nicht gelesen, weil sie von Hannahs Handy kommen. Ich dachte, es wäre Hannah, und ich brauchte … ich brauchte einfach mal eine Pause. Er schreibt, Hannah ist weg, und sie können sie nicht finden.«

»Weißt du, wo sie ist?«

»Ich bin mir nicht mal sicher, ob *Hannah* weiß, wo sie ist.« Sandy starrte noch immer auf ihr Handy. »Ein, zwei Tage nachdem sie das Baby zur Welt gebracht hatte, hat sie plötzlich so getan, als wäre es meins gewesen. Hat sich erkundigt, ob es mir gut geht, ob ich einen Arzt brauche …« Sie starrte auf ihr Handy. »Warten Sie … Vielleicht ist sie zum Fluss gegangen. Ich habe sie angerufen, in der Nacht, nachdem ich die Tasche und die Handtücher in einen Müllcontainer hinter dem Sonnenstudio geworfen hatte – ›Highlights‹ oder so ähnlich.« Ihre Stimme verklang. Sie blickte in die Ferne, als sähe sie wieder alles vor sich. »Ich habe ihr nicht erzählt, dass ich gestürzt bin, habe ihr nur die Stelle genannt, an der ich ihr Baby begraben habe.« Sandy schüttelte den Kopf. »Ich glaube, Hannah war schon einmal unten am Fluss. Sie hat mir so eine komische Nachricht geschickt, wie schön es dort sei, mehr nicht. Ich habe nicht weiter nachgefragt, zumal sie mich mit seltsamen Nachrichten bombardiert hat. Ich wollte nicht, dass sie sofort dort hingeht, ganz bestimmt nicht – ich hab ihr doch nur gesagt, wo die Kleine liegt, damit sie später einmal einen Ort zum Trauern hat!«

»Ich bin mir sicher, Hannah ist dort«, sagte ich. »Du musst Steve schreiben, wo sie ist, Sandy.«

»Ich weiß«, sagte sie und tippte bereits eine Antwort ein.

Sandy zeigte mir den Weg zu den Ridgedale Commons, dem heruntergekommenen Wohnkomplex, der an ein abgewracktes Motel erinnerte. Ein Motel, an dem man liebend gern vorbeifahren würde, selbst wenn das bedeutete, die ganze Nacht im Auto verbringen zu müssen. Ich hielt am Gehsteig vor dem Eingang an und konnte kaum glauben, dass wir hier in Ridgedale waren.

»Ich bin gleich zurück«, sagte Sandy und öffnete die Tür, noch bevor der Wagen zum Stehen gekommen war.

»Bist du sicher, dass du keine Hilfe brauchst?«

»Nein.« Sie schüttelte den Kopf. »Es ist auch wirklich nicht viel.«

Ich beobachtete, wie sie über den braunen Rasen zu einem Treppenaufgang an der Seite des Gebäudes ging, aufrecht, drahtig, stark. Neben der Treppe blieb sie stehen, blickte sich um, dann bückte sie sich und zog zwei Kartons unter den Stufen hervor. Es war herzerweichend. Ich schluckte gegen den Kloß in meiner Kehle an. Mein Leben war in ihrem Alter auch nicht leicht gewesen, aber so schwer wie sie hatte ich es nie gehabt.

»Glauben Sie, ich, ähm, ich könnte kurz duschen?«, fragte Sandy, als wir bei mir zu Hause ankamen. Wir standen in dem kleinen Gästezimmer mit dem übermäßig flauschigen, übermäßig modernen Bett in Blau- und Orangetönen.

»Selbstverständlich«, erwiderte ich, erleichtert, dass ich während der Zeit, die sie unter der Dusche verbrächte, meine Gedanken sammeln könnte. Der Wunsch, Sandy zu unterstützen, war wie von selbst entstanden. Und jetzt, da ich es getan hatte, fühlte ich mich unvorbereitet und überfordert. »Ich hole dir schnell ein paar Handtücher.«

Als ich zurückkehrte, stand sie noch an genau derselben Stelle wie zuvor, die Arme verschränkt, als fürchte sie, man könne sie beschuldigen, etwas kaputt gemacht zu haben. Ich reichte ihr einen Stapel übermäßig flauschiger Handtücher. Alles, was wir besaßen, kam mir plötzlich überdimensioniert vor. Als würde ich etwas kompensieren müssen.

»Shampoo und alles, was du brauchst, findest du im Bad.«

»Danke«, sagte Sandy und nahm mir die Handtücher ab.

»Ich beeile mich.«

»Lass dir Zeit. Ich telefoniere unterdessen weiter die Krankenhäuser in der näheren Umgebung ab.« Ich hatte vor, auch in der Gerichtsmedizin nachzufragen, nur um sicherzugehen, dass keine nicht identifizierten Frauenleichen hereingekommen waren, aber das wollte ich Sandy natürlich nicht auf die Nase binden. »Darf ich dich noch etwas fragen?«

»Klar«, sagte Sandy und sah mich an, als machte sie sich darauf gefasst, dass ich die Brücke, die ich so mühsam zwischen uns errichtet hatte, in Flammen setzen würde.

»Du musst mir nicht antworten, wenn du nicht willst«, fügte ich hinzu und lehnte mich gegen den Türrahmen. »Hat Hannah jemals über den Vater des Babys gesprochen?« Es erschien mir nicht fair, dass er ungeschoren davonkommen sollte, vor allem, wenn er von Hannahs Schwangerschaft gewusst hatte.

»Nein.« Sie schüttelte den Kopf. »Aber ich glaube, es war jemand von der Uni. Ein Student.«

»Wie kommst du darauf?«

Sandy zuckte mit den Achseln. »Hannah wollte zum Lernen immer ins Black Cat gehen. Manchmal hatte ich den Eindruck, sie würde auf jemanden warten. Nach ihm Ausschau halten.« Sie schüttelte den Kopf, jetzt beinahe ärgerlich. »Bevor das alles passiert ist, wollte sie mir weismachen, sie würde sich bis nach der Hochzeit aufheben. Ich denke, das war eher das, was ihre Mom wollte. Hannah war übrigens auch in diesem Programm für superschlaue Jugendliche, die noch während ihrer Highschool-Zeit Seminare an der Uni belegen. Vielleicht hat sie ihn dabei kennengelernt.«

Verdammter Mist. Das Junior-Studienprogramm der Ridgedale University wurde von Studiendekan Thomas Price betreut.

»An dem Abend, als sie das Baby bekommen hat – also, bevor sie vergessen hat, dass es ihr Baby war –, hat sie mir das Zeugs mitgegeben, das sie von ihm bekommen hatte. Karten und was weiß ich. Nur für den Fall, dass die Sache irgendwie auffliegt und ihre Mutter ihr Zimmer durchsucht. Ich habe mir die Sachen nicht angeschaut, aber sie sind hier drinnen.« Sie deutete auf die beiden Kartons, die jetzt an der Wand des Gästezimmers standen. »Sie hat das Zeug nie zurückhaben wollen. Vielleicht hat sie den Typen vergessen, als sie vergessen hat, dass sie es war, die das Baby bekommen hat. Ich hätte versuchen müssen, ihr das klarzumachen, aber ich hatte Angst. Es heißt doch immer, man dürfe niemanden wecken, der schlafwandelt, und so was Ähnliches ist das doch, oder?«

»Du hast das Richtige getan, Sandy«, sagte ich, ohne zu zögern. »Du hast mehr getan, als irgendjemand von dir hätte erwarten können.«

Laut Sandy hatte Aidan bereits im Uni-Krankenhaus von Ridgedale angerufen und sich nach Jenna erkundigt, nichtsdestotrotz hakte ich noch einmal nach. Nur für alle Fälle. Ich hatte damit gerechnet, dass es eine Weile dauern würde, bis ich dort und in den vier anderen Krankenhäusern in der Nähe die gewünschte Auskunft erhalten würde. Hatte erwartet, dass man mich nach meiner Beziehung zu der vermissten Person fragen, meine Daten aufnehmen und mich anschließend ausführlich Jennas Äußeres beschreiben lassen würde, um meine Angaben mit den nicht identifizierten Patienten abzugleichen. Doch dann stellte sich heraus, dass überhaupt nur zwei Patienten ohne Papiere eingeliefert worden waren – beide männlich, beide schon älter. In der Gerichtsmedizin gab es glücklicherweise ebenfalls keinen Treffer.

Als ich mit meinen Anrufen durch war, fiel mein Blick auf Jennas Tagebuch auf dem Esstisch. Sandy hatte gezögert, es dort liegen zu lassen, aber schließlich hatte sie mich gebeten, einen Blick hineinzuwerfen. Vielleicht stand etwas darin, was uns helfen würde, ihre Mutter zu finden. Ich konnte spüren, dass sie es mir lieber nicht gegeben hätte, dass sie sich wünschte, sie hätte es niemals gelesen.

Nach ein paar Seiten wusste ich, was am schlimmsten an der im Tagebuch festgehaltenen Geschichte war: Jennas Hoffnung. Am Ende war mir klar, warum Sandy diese Stelle im Wald ausgewählt hatte. Und ich wusste, dass Harold tatsächlich etwas gesehen hatte, ganz gleich, wie es um seine mentale Gesundheit bestellt war. Der einzige Irrtum bestand darin, dass er meinte, er habe *dieselbe* junge Frau die Böschung des Flussufers hinaufklettern sehen – einen Geist, im Zeitabstand von zwanzig Jahren. Tatsächlich hatte es sich um Mutter und Tochter gehandelt.

Der Armreif, den ich bei Harold gegen die CDs eingetauscht hatte. Ich hatte gar nicht mehr daran gedacht.

Ich ging zur Garderobe und durchsuchte meine Taschen. Er steckte immer noch in meiner Manteltasche. Ich zog ihn heraus und las die Gravur: *Für J. M. Auf ewig, Tex.*

»Oh, hi.« Ich drehte mich zu Sandy um, die in der Wohnzimmertür stand, in ein Handtuch gewickelt, die schwarzen Haare nass und aus dem Gesicht gestrichen. So sah sie sogar noch hübscher aus als sonst, eine echte Schönheit. Auch ihre Mutter musste eine echte Schönheit gewesen sein. »Könnte ich mir, ähm, könnte ich mir vielleicht etwas zum Anziehen leihen? Ich müsste dringend meine Sachen waschen, falls das okay ist.«

»Sicher.« Ich setzte mich in Bewegung. Kleidung. Damit konnte ich aushelfen. »Komm mit, wir suchen dir etwas heraus.«

In meiner teuren Jeans und dem schlichten T-Shirt sah Sandy aus wie jede andere Teenagerin aus gutem Hause. So wie man aussah, wenn man in Ridgedale zur Schule ging. Wir saßen im Auto und fuhren zur öffentlichen Bibliothek, um die Highschool-Jahrbücher durchzusehen. Unsere größte Hoffnung galt einem ganz bestimmten Jahrbuch – vielleicht war es sogar unsere einzige Chance herauszufinden, wer sich hinter den Spitznamen, die Jenna in ihrem Tagebuch verwendete, verbarg.

Ich wollte mehr in der Hand haben, bevor ich Steve zur Rede stellte. Ich hatte Sandy versprochen, ihn nach Jennas Kette zu fragen, und das hatte ich auch immer noch vor. Doch damit würde ich ihm indirekt etwas unterstellen. Und obwohl ich bereit war, mein Bestes für Sandy zu geben, hoffte ein Teil von mir, ich müsste es nicht tun. Hoffte, wir könnten herausfinden, um wen es sich bei den Jungs in Jennas Tagebuch handelte. Dass wir sie ausfindig machen könnten – sie waren jetzt erwachsene Männer – und dass sie uns irgendwie zu Jenna führen könnten, ohne dass ich mich an Steve wenden musste.

In der Bibliothek setzten wir uns an einen langen Tisch weiter hinten, vor uns die Jahrbücher, die die Bibliothekarin uns gebracht hatte. Der Raum war voller Mütter mit kleinen Kindern, die auf die Vorlesezeit warteten. Ich sah, wie Sandy sie mit einer Mischung aus Verblüffung und Sehnsucht beäugte – ein Gefühl, das auch ich in ihrem Alter nur allzu gut gekannt hatte. Vielleicht war auch ein bisschen Groll dabei, zumindest war das bei mir so gewesen. *Ist so die Kindheit, die andere Kinder erleben?*

Ja, dachte ich, und nachdem ich Ella bekommen hatte, wusste ich, dass dies tatsächlich so war.

»Fang mit denen hier an«, sagte ich und schob Sandy die älteren und daher vermutlich unwichtigeren Jahrbücher zu. »Halte einfach Ausschau nach irgendwelchen Spitznamen.«

Allerdings fanden sich nirgendwo Spitznamen. Ich blätterte ebenfalls die Seiten eines Jahrbuchs durch und wurde zunehmend entmutigter, doch dann gelangte ich zu den offiziellen Gruppenfotos der Sportler – Läufer, Hockeyspieler, Footballspieler. Von jedem Einzelnen gab es außerdem eine Porträtaufnahme sowie mehrere Schnappschüsse von den Teams. Unter den offiziellen Fotos standen die vollen Namen, aber keine Spitznamen. Ganz anders sah es dagegen bei den Schnappschüssen aus.

Meine Augen glitten über das Wrestlingteam, das Schwimmteam und die Footballspieler. Kein Captain, kein Tex, kein Two-Six. Ich blätterte weiter zu Basketball und betrachtete die Gesichter der Jugendlichen, die der dürren, mit Akne geschlagenen, und die derjenigen, die aussahen, als würden sie jedes Mädchen kriegen können. Abgesehen von ein, zwei Irokesen hatten alle einen Bürstenschnitt oder Vokuhila. Wenn man die aus der Mode gekommenen Shorts und die Frisuren außer Acht ließ, hätten sie in jedem Jahrbuch in jeder Stadt im ganzen Land abgebildet sein können – ganz gleich, in welchem Jahrgang.

Ich schaute mir einen leicht verschwommenen, überbelichteten Schnappschuss unter dem Gruppenbild des Basketballteams an. Die Teammitglieder waren unscharf und kaum zu erkennen, aber zwei Jungs, die dicht beieinanderstanden, stachen mir ins Auge. Der kleinere von beiden hatte ein scharf geschnittenes Gesicht mit einem markanten Kinn und einen Bürstenschnitt. Seine Hand lag auf der Schulter des größeren Jungen, der die Haare länger trug und ein hübsches Gesicht hatte. Hinter ihnen war ein sehr viel größerer Jugendlicher zu sehen, der gerade einen Korb warf. Und unter dem Schnappschuss stand: *Tex zeigt Two-Six und dem Captain, wie's geht.* Die Gesichter auf dem Schnappschuss waren nicht scharf genug, als dass ich sie mit dem Gruppenfoto hätte vergleichen können, aber die Nummern auf den Trikots waren deutlich zu erkennen.

Mein Herz hämmerte, als ich sie auf der Aufnahme des Teams suchte. Und dann hatte ich sie auch schon gefunden. Sie standen in einer Reihe, nebeneinander, und direkt darüber sah ich ihre Namen.

Der Captain, die Nummer 7, war Thomas Price. Der Junge, den Jenna so sehr geliebt hatte und der sie so brutal misshandelt hatte.

Two-Six, die Nummer 26, war Simon Barton. Der Junge, der es in jener Nacht als Einziger nicht lebend aus dem Wald herausgeschafft hatte.

Und Tex, die Nummer 15 … Steve Carlson. Der Junge, dessen Liebe Jenna am meisten Angst gemacht hatte.

Barbara

Die Ärzte waren wieder bei ihr. Sie mussten ihren Job machen, und dafür brauchten sie Platz. Aber Barbara würde nicht von der Stelle weichen. Sie war sich sicher, dass der finale Schlag kommen würde, sobald sie Hannah allein ließ. Dass ihre Tochter sich für immer davonstehlen würde und dass dies allein Barbaras Schuld war.

Zumindest würde Steve so denken. Er hatte bereits begonnen, Barbara zu bestrafen. Seit er von zu Hause aufgebrochen war, um Hannah zu suchen, hatte er kaum ein Wort mit ihr gesprochen. Hatte Barbara kaum angesehen, seit sie vor vier Stunden im Krankenhaus eingetroffen war und ihn klatschnass und mit grauem Gesicht an Hannahs Bett hatte stehen sehen.

Es war einfach für ihn, Barbara die Schuld für alles in die Schuhe zu schieben. Das Wort »Unterlassungssünde« kannte er offenbar nicht.

Nach und nach hatte sie ihm entlocken können, was genau passiert war. Er hatte Hannah im Fluss gefunden, auf dem Rücken treibend, umgeben vom Stoff ihres dünnen, hellblauen Nachthemds, das sich bauschte wie eine Wolke. »Wie eine Wolke«, das hatte Steve wortwörtlich gesagt, und es hatte geklungen, als hätte sich dieser Anblick für immer in sein Gedächtnis eingebrannt. Hannahs Augen waren geschlossen, ihr Gesicht leichenblass. Steve war sich nicht sicher gewesen, ob seine Tochter noch lebte, als er sich ins Wasser stürzte, um sie zu retten – mit übermenschlichen Kräften, wie einer der Officer hinzufügte, die ihn bei der Suche unterstützt hatten.

Zum Glück war Hannah zwischen einigen größeren Steinen am Ufer eingeklemmt gewesen, sonst hätten sie sie wohl nicht rechtzeitig gefunden. Die offizielle Diagnose lautete Hypothermie, Unterkühlung, und sie hatte das Bewusstsein noch nicht wiedererlangt. Die Zeit würde das Ausmaß der Schädigung zeigen, sagten die Ärzte, doch zunächst einmal würden sie ihren Körper langsam erwärmen. Mehr konnten sie nicht tun.

Das Einzige, was jetzt zählte, war, dass es Hannah bald besser ging. Trotzdem fiel es Barbara schwer, nicht an das zu denken, was die Ärzte gleich bei der ersten Untersuchung festgestellt hatten: Hannah hatte vor Kurzem ein Baby auf die Welt gebracht. Man würde einen DNA-Abgleich mit dem toten Kind vornehmen, vorausgesetzt, Hannah wachte nicht auf und beichtete, was passiert war. Doch Barbara und Steve mussten das Ergebnis nicht abwarten, um die Wahrheit zu kennen: Das tote Baby war von Hannah, nicht von Sandy.

»Ich glaube nicht, dass sie sich umbringen wollte«, hatte Steve mit fester Stimme behauptet, als wollte er von vornherein jeden diesbezüglichen Verdacht ausräumen.

»Was hat sie dann im Wasser gemacht, Steve?«, hatte Barbara trotzdem nachgehakt. Wie fest wollte er die Augen denn noch zusammenkneifen?

»Vielleicht wollte sie ihr einfach nur nahe sein – ihrer kleinen Tochter.«

»Ach, wie romantisch«, hatte Barbara erwidert. »Schade, dass Hannah das nicht eingefallen ist, *bevor* sie sie da draußen abgelegt hat.«

Eigentlich hätte Barbara besorgt und verzweifelt sein sollen, nicht wütend. Aber genau das war sie. Sie war wütend auf Hannah.

»Um Himmels willen, Barb«, hatte Steve entrüstet erwidert. »Wie kannst du so etwas sagen?«

Ja, wie konnte Barbara so etwas sagen? Das alles ergab keinen Sinn. *Wann* war es passiert und *mit wem?* Wieso hatte sie Hannah nie mit einem Jungen gesehen, und wie hatte Hannah ihre Schwangerschaft vor ihr verheimlichen können? Auch als Barbara schwanger war, hatten viele Leute bis zum Schluss nichts davon mitbekommen. Anscheinend waren kleine Babybäuche in ihrer Familie Veranlagung. Außerdem hatte Hannah ständig diese dämlichen Sweatshirts getragen, die ihre Figur perfekt verbargen. Wie praktisch für sie.

»Sie sollten einen Spaziergang machen«, schlug der ältere grauhaarige Arzt mit der dicken Brille vor. Man hatte Barbara mehrfach versichert, dass dieser wenig überzeugende Mann der Leiter der Notaufnahme war, aber sie wollte es nicht glauben. »Es ist wichtig, dass Sie auch auf sich achtgeben. Sie müssen Ihre Kräfte schonen, Hannah wird Sie brauchen, sobald sie aufwacht. Ich kann Ihnen versichern, dass sie jetzt stabil ist.«

»Tut mir leid«, sagte Barbara, auch wenn ihr gar nichts leidtat, und umfasste die Armlehnen des Stuhls, auf dem sie seit ihrem Eintreffen wie festgeklebt saß. »Ich werde nirgendwohin gehen.«

»Mrs Carlson, es wäre sehr viel besser für Hannah, wenn Sie und Ihr Mann uns ein bisschen Raum lassen würden«, wiederholte der grauhaarige Arzt. »Nur fünf Minuten, dann können Sie wiederkommen.«

Sie wollten etwas machen, was Steve und Barbara nicht mitbekommen sollten, vielleicht ihren Kolostomiebeutel wechseln. Die Ärzte hatten sich grundsätzlich vage optimistisch gegeben. Aber was genau meinten sie mit »sich erholen« und »die Funktionsfähigkeit wiedererlangen«? Dass Hannah wieder einhundertprozentig die Alte sein würde?

Was immer das bedeutete. Auf alle Fälle musste ihre Körpertemperatur steigen, bevor sie genauere Angaben machen konnten.

»Komm«, sagte Steve zu Barbara. Seine Stimme klang heiser. Er hatte geschrien – auch das wusste sie von einem der Officer –, hatte immer wieder Hannahs Namen geschrien. »Gehen wir einen Kaffee trinken. Ich könnte einen gebrauchen.« Er legte Barbara die Hand auf die Schulter, nüchtern, sachlich, als wäre er im Dienst. So gab er sich im Krankenhaus schon die ganze Zeit über: durch und durch professionell.

»Na gut«, sagte sie, Steve zuliebe, nicht weil sie den Anweisungen der Ärzte Folge leisten wollte. »Aber nur fünf Minuten.«

Schweigend folgte sie ihrem Mann durch den Gang zu den Aufzügen, doch statt auf den Knopf für die erste Etage zu drücken, wo sich die Cafeteria befand, drückte Steve auf E wie Erdgeschoss.

»Ich dachte, du wolltest einen Kaffee trinken?«

Er wich ihrem Blick aus. »Machen wir stattdessen einen Spaziergang.«

Und so folgte Barbara ihm widerspruchslos, obwohl ein Spaziergang das Letzte war, wonach ihr im Augenblick der Sinn stand. Dass sie trotzdem einwilligte, war ein Friedensangebot, obwohl sie eigentlich der Überzeugung war, dass nicht sie ihm einen Olivenzweig reichen musste.

Die Krankenhausschiebetüren glitten auseinander, und sie traten hinaus in den Sonnenschein. Inzwischen war es heller Morgen. Es war frühlingshaft warm, der Himmel strahlend blau, was ihr unter den gegebenen Umständen völlig falsch erschien. Steve ging ein kleines Stück voraus, jetzt zügiger, als wollte er möglichen Einwänden entkommen. Er hielt auf diese grässlichen Bänke vor einem Rasenstück zu. Ein friedlicher Ort und absolut passend für eine innere Einkehr. Was Barbara betraf, schlug er ihr jedoch genauso aufs Gemüt wie diese düstere Krankenhauskapelle: Beerdigungsstimmung.

»Steve! Die Ärzte haben gesagt, nur fünf Minuten!«, rief Barbara ihm nach. »Ich will nicht allzu weit gehen!«

»Das tun wir auch nicht«, antwortete er, aber er wurde nicht langsamer, und er sah sich auch nicht nach ihr um.

Wir müssen reden, hatte er gestern am späten Abend zu ihr gesagt. Bevor all das passiert war: das mit Hannah, am Fluss. Seine Worte waren Barbara völlig entfallen, als hätte sie sie aus ihrer Erinnerung radiert, aber jetzt fielen sie ihr wieder ein. *Wir müssen reden.* Es bedeutete nichts Gutes, wenn Steve diesen Satz sagte. Das wusste Barbara aus persönlicher Erfahrung.

Es war außergewöhnlich warm gewesen an jenem Abend, eher wie im August als wie im Juni. Nur noch eine Woche bis zum Schulabschluss, und gerade als Barbara und Steve in ihr gemeinsames Leben starten wollten, machte er plötzlich einen Rückzieher.

Immer öfter ertappte Barbara ihn dabei, wie er Jenna anstarrte. Schlimmer noch – er versuchte immer weniger, es zu verbergen. Beinahe so, als wollte er Barbara so wütend machen, dass sie die Beziehung beendete. Es ging ihr weniger darum, *dass* er Jenna anstarrte, als vielmehr, *wie* er sie anstarrte. Liebe, das war der Ausdruck, der sich auf seinem Gesicht spiegelte. Was völliger Blödsinn war, denn Jenna Mendelson war nicht liebenswert. Sie war schlicht und ergreifend eine Hure. Und jetzt zählte der arme Steve zu den dummen Jungs, die auf ihre billigen Reize hereinfielen.

Er würde schon zur Besinnung kommen, hatte Barbara

gedacht, bis zu jenem Abend, an dem er zu ihr sagte, sie müssten reden. Was sollte ein Teenager mit seiner Freundin ernsthaft zu »bereden« haben, es sei denn, er wollte Schluss machen? Aber das würde nicht passieren. Dafür würde Barbara schon sorgen.

»Hi«, hatte sie daher gesäuselt, als sie in Steves zerbeulten Chevy Pick-up stieg.

»Hey«, hatte er mit unglücklichem Blick erwidert.

Auch das würde Barbara ignorieren. Wenn es sein musste, würde sie über alles hinwegsehen. Steve versuchte, das, was sie hatten, zu sabotieren, weil er Angst bekam, und das würde Barbara nicht zulassen. Sie waren wie füreinander geschaffen, passten perfekt zusammen, und sie würden zusammenbleiben, jetzt erst recht. Steve würde nicht mit ihr Schluss machen, wenn sie ihm das sagte, was sie ihm sagen wollte. Er war ein anständiger Junge. Er würde das Richtige tun.

Barbara beugte sich zu ihm, um ihn zu küssen. Sie trug einen extra kurzen Rock und eines ihrer engeren T-Shirts, und beides rutschte »versehentlich« nach oben. Steve zögerte, doch dann wandte er sich ihr zu und streifte flüchtig ihre Lippen.

»Ich weiß, dass ich gesagt habe, ich hätte keine Lust auf die Party im Wald«, fing sie an. »Aber dies ist die letzte Party, also los!«

Steve rieb sich mit dem Daumen über die Stirn und blickte aufs Lenkrad. »Ich denke, wir sollten zuerst reden.« Er rutschte auf seinem Sitz hin und her. Er wollte das doch nicht wirklich durchziehen, oder? Ausgerechnet heute? Das musste sie unbedingt verhindern, sonst würde das auf ewig zwischen ihnen stehen.

»Okay, aber es gibt auch etwas, was ich *dir* sagen muss.« Barbara drehte sich um und betrachtete durch das offene Beifahrerfenster das große, schöne Haus ihrer Eltern, das eines Tages ihr großes, schönes Haus sein würde. »Darf ich zuerst?«

»Na gut«, erwiderte Steve nach einer langen Pause. Dann streckte er die Hand aus und drückte Barbaras Knie, als wollte er sagen: *Lass uns Freunde bleiben.* »Schieß los«, sagte er stattdessen.

Etwas in ihm war erloschen, das spürte Barbara. Aber das bedeutete noch lange nicht, dass man es nicht wieder entfachen konnte. *Sie* konnte es wieder entfachen, davon war sie überzeugt. Sie zwang sich zu einem Lächeln, auch wenn sich ihre Kehle zusammenschnürte. So hatte sie sich das nicht vorgestellt.

Barbara schluckte angestrengt und lächelte. »Ich bin schwanger!«, quietschte sie, fasste Steves Hand und drückte sie fest auf ihren flachen Bauch. Schlagartig wich ihm die Farbe aus dem Gesicht. »Ist das nicht wundervoll, Steve? Ich bin in der sechsten Woche. Ich weiß, dass wir mit Kindern warten wollten, bis wir verheiratet sind, aber wir können doch jetzt heiraten – was hindert uns daran? Ich brauche keine große Hochzeit. Ich brauche nicht einmal ein Brautkleid. Ich möchte einfach nur deine Ehefrau sein.«

Steve blieb in der Nähe der grässlichen Bänke stehen und bedeutete Barbara, Platz zu nehmen – ihm gegenüber. Nicht neben ihm, wo er den Arm um sie legen konnte. Nein, er wollte ihr ins Gesicht sehen. Barbara setzte sich auf die Kante einer der Bänke und beobachtete, wie Steve auf seine verschränkten Hände starrte und offenbar nicht zu wissen schien, wo er anfangen sollte.

»Hör zu, du denkst doch nicht wirklich, dass das hier meine Schuld ist, oder?«, fragte Barbara mit schriller Stimme. Das konnte doch nicht wahr sein! Sie würde sich auf keinen Fall für Hannahs verrückte Entscheidungen verantwortlich machen lassen. »Ich habe alles richtig gemacht, Steve. Ich habe mein *Leben* für meine Kinder gegeben.«

»Ich mache dich nicht verantwortlich für das, was passiert ist. Nein, natürlich nicht«, erwiderte er, als wäre ihm dieser Gedanke noch gar nicht gekommen. »Wir haben offensichtlich beide Fehler im Umgang mit Hannah gemacht, wenn, dann sind wir beide dafür verantwortlich.«

Dann ließ er sie also nicht vom Haken – im Gegenteil, er hängte sich mit ihr daran. »Wer hat sie geschwängert?«, fragte sie. »Glaubst du, wir finden heraus, wer er ist? Ist das nicht Unzucht mit Minderjährigen?«

Steve schüttelte den Kopf. »Hannah war sechzehn.«

Barbara verschränkte die Arme vor der Brust und stieß die Luft aus. »Aber du versuchst, ihn zu finden, richtig?«

Als Steve sie ansah, wirkten seine Augen glasig. »Selbstverständlich.«

»Gut«, sagte Barbara, »denn selbst wenn er keine Straftat begangen hat – er ist verantwortlich.«

Steve nickte, doch dann spürte sie, wie ihr seine Aufmerksamkeit entglitt. Er war mit den Gedanken ganz woanders.

»Wie lange hast du schon gewusst, dass sie wieder da ist?«, fragte er nach einer ganzen Weile.

Barbara hätte auf diesen Augenblick vorbereitet sein müssen. Sie hätte wissen müssen, dass das kommen würde. Doch alles, was sie wollte, war, diesen ganzen unschönen Schlamassel zu vergessen. Einen Schlamassel, für den sie wohlgemerkt nichts konnte.

»Wer ist wieder da, Steve?«, fragte sie, und es gelang ihr, mit fester Stimme zu sprechen, obwohl sie am ganzen Körper anfing zu zittern. »Und bevor du antwortest – willst du wirklich darüber reden, jetzt, da deine Tochter dort oben in einem Krankenhausbett liegt?« Sie deutete auf das Gebäude.

Steve sah sie ausdruckslos an. »Erzähl mir, was zwischen

dir und Jenna vorgefallen ist, Barbara. Ich muss alles wissen, ansonsten werde ich nicht in der Lage sein, dir zu helfen.«

Und da war sie, die Wahrheit. So dachte er also von ihr.

»Mir helfen?« Sie lachte eisig. »Warum sollte ich deine Hilfe benötigen, Steve? Worauf willst du hinaus?«

»Ich weiß, dass du im Blondie's warst. Jennas Tochter war bei mir. Sie hat mir erzählt, dass eine blonde Frau ihre Mutter während deren letzter Schicht aufgesucht hat. Im Blondie's haben sie dich auf einem Foto erkannt, das ich ihnen gezeigt habe, Barbara. Du warst bei ihr, als man sie das letzte Mal lebend gesehen hat.«

»Und wenn schon. Ich habe mit Jenna geredet, Steve.« Langsam verlor Barbara die Geduld. »Ich wollte wissen, warum sie zurückgekehrt ist. Wollte sichergehen, dass sie es kapiert hatte.«

»Dass sie *was* kapiert hatte?«

Wie besorgt er sie ansah! Unfassbar. War er nach all den Jahren noch immer so ein Jammerlappen? Es war zum Verrücktwerden. Barbaras Wangen brannten, und sie wurde stinkwütend. So wütend, dass sie beinahe schäumte. Wie konnte Steve es wagen, dort zu sitzen und sie zu einer Rechtfertigung zu zwingen, obwohl sie lediglich ihre Familie hatte beschützen wollen?

»Ich habe ihr gesagt, sie soll uns in Ruhe lassen, Steve.« Barbara klimperte mit den Wimpern und lächelte böse. »Mehr wollte ich nie. ›Wir sind eine Familie‹ – das habe ich zu ihr gesagt. ›Eine *glückliche* Familie.‹ Und dass ich es nicht zulassen würde, dass sie nach all den Jahren zurückkommt und uns das kaputt macht.«

Barbara lehnte sich zurück und sah Steve an. Jetzt würde er doch bestimmt entgegnen, dass Jenna das ohnehin nie geschafft hätte. Dass er Barbara und die Kinder viel zu sehr liebte und dass es niemandem gelingen würde, dieses Glück zu zerstören. Nicht einmal Jenna. Aber das sagte er nicht. Steve war kein Mann, der andere belog.

»Barbara, was immer geschehen ist, ich bin überzeugt, du wolltest nicht, dass ...«

»Was wollte ich nicht, Steve?«, blaffte Barbara. »Was?«

»Barbara, bitte erzähl mir einfach, was passiert ist.«

»*Jenna*«, erwiderte sie. »*Das* ist passiert.« Sie blieb ruhig. Holte tief Luft, versuchte, sich zu fangen. Sie würde ihm – nein, Jenna – nicht die Genugtuung geben, dass sie sich aufregte. »Wenn du unbedingt die Wahrheit erfahren willst: Unsere nette Plauderei in der Bar wurde auf dem Parkplatz um einiges weniger nett. Und weißt du, warum? Jenna weigerte sich, einzulenken, wollte unbedingt zuerst mit *dir* reden. Sie ist schon seit Monaten hier und versucht, den Mut dafür aufzubringen. Erbärmlich.«

Mehr wollte Barbara Steve nicht erzählen. Sie würde ihm nicht erzählen, dass Jenna angefangen hatte, diesen Unsinn über Steve zu verbreiten – was dieser in der Nacht von Simon Bartons Tod angeblich getan hatte. Barbara hatte sich ihre Lügen nicht angehört, denn mehr steckte nicht dahinter: Alles war gelogen. Sie erinnerte sich noch gut an jene Nacht – als sie noch glücklich und sich dummerweise nicht darüber im Klaren gewesen war, wie viele Schwangerschaften es nicht über die zwölfte Woche hinaus schafften. Sie war diejenige gewesen, die mit Steve nach Hause gefahren war, nachdem er mit der Polizei gesprochen hatte. Er hatte ihr bis ins Detail berichtet, was mit Simon passiert war. Er hatte dabeigestanden, als es geschah. Sie waren dumm gewesen und betrunken und hatten Blödsinn gemacht. Und bis zum heutigen Tag fühlte Steve sich deswegen schlecht.

Doch je offensichtlicher Barbara weghörte, desto hysterischer wurde Jenna auf dem Parkplatz vom Blondie's, behauptete, die Kette, die sie trug, wäre ein Beweis für irgendetwas.

Etwas mit Steve. Sie wollte einfach nicht die Klappe halten. Und deshalb musste Barbara einschreiten. Sie hatte ihr die Kette nicht abreißen wollen. Sie hatte Jenna nur schütteln wollen.

Und sie hatte Jenna nicht wehgetan, auch wenn diese sich so aufführte. Die Kette war einfach so abgerissen, weil sie billiger Schund war – genau wie Jenna. Aber das würde Barbara Steve ebenfalls nicht erzählen.

Steve starrte sie mit offenem Mund an. »Und dann? Was ist anschließend passiert?«, wollte er wissen. »Nachdem sie gesagt hat, sie wolle zuerst mit mir sprechen?«

»Und dann, Steve, habe ich Jenna vor Augen gerufen, was sie ist: ein glitzerndes Stück Schrott. Etwas, was man vom Gehsteig aufhebt, weil man denkt, es ist etwas wert, und dann betrachtet man es näher und stellt fest: Nein, der Müllplatz ist der einzige Ort, wo es hingehört. Anschließend bin ich in den Wagen gestiegen und nach Hause zu meinen Kindern gefahren – zu *unseren* Kindern, Steve. Woher zur Hölle soll ich also wissen, was Jenna danach widerfahren ist? So ist das bei Menschen wie ihr, Steve: Die Wahrheit lässt bei ihnen eine Sicherung durchbrennen.«

MOLLY
17. JUNI 2013

Justin hat die Neuigkeit ziemlich gut aufgenommen. Ich hatte gedacht, er würde mit mir streiten, wenn ich ihm mitteilte, dass ich nicht länger zu Dr. Zomer gehen würde. Vielleicht half es, dass ich schwindelte und behauptete, Dr. Zomer habe mich ermutigt, die Therapie zu beenden.

Außerdem ist er momentan sehr abgelenkt von all den Gesprächen mit der Ridgedale University.

So ist das in der akademischen Welt – man soll möglichst gleich umziehen und mit den Vorlesungen beginnen, noch bevor sie bereit sind, einem ein Stellenangebot zu unterbreiten.

Vielleicht hat Dr. Zomer recht. Vielleicht ist es besser, auf Justin sauer zu sein, als mir selbst Vorwürfe zu machen. Aber ich muss daran glauben, dass es einen besseren Weg gibt. Einen besseren Weg, um mich zu retten, als den Mann zu hassen, den ich liebe.

Molly

Steve saß an einem Tisch hinten in der Krankenhaus-Cafeteria, als ich dort eintraf. Der Raum war fast leer – zu spät zum Lunch, zu früh, um zu Abend zu essen. Er saß reglos da und blickte auf einen Pappbecher mit Kaffee, den er in seinen großen Händen hielt. Er trug ein T-Shirt und eine dunkle Jeans, worin er eigentlich hätte jung aussehen sollen – so wie beim letzten Mal, als ich ihn in Freizeitkleidung angetroffen hatte. Stattdessen wirkte er alt und eingefallen, als würden sich seine Knochen verflüssigen.

»Hi«, sagte ich und ging auf seinen Tisch zu. Ich wappnete mich. Die Tatsache, dass ich bereit war, dieses unangenehme Gespräch zu führen, bedeutete nicht, dass ich mich darauf freute.

Steve blinzelte mich an, als hätte er keine Ahnung, wer ich war. Als ich ihn anrief, während Sandy und ich von der Bibliothek aus zu meinem Wagen gingen, wusste ich noch nicht, was mit Hannah war. Aber sobald ich seine gebrochene Stimme hörte, ahnte ich es. Ich hatte ihm sagen wollen, er solle sich keine Gedanken machen, unser Gespräch könne warten, aber Jenna war bereits seit vier Tagen verschwunden, und es war nicht abzusehen, wie viel Zeit noch blieb, sie zu finden.

»Molly, entschuldigen Sie«, sagte Steve und fasste sich mit der Hand an die Stirn. »Ich war eine Million Meilen entfernt – gerade habe ich daran gedacht, wie ich Hannah das Fahrradfahren beibrachte.« Er bedeutete mir, Platz zu nehmen. »In solchen Situationen fallen einem jede Menge alberne Dinge ein – wie zum Beispiel immer die Zunge zwischen ihren Lippen hervorkam, wenn sie sich ganz besonders konzentrierte. Ich habe ihr dann gesagt, sie soll sie im Mund behalten, damit sie sie nicht versehentlich abbeißt.« Er lächelte traurig. »Das waren noch einfachere Zeiten.«

»Wie geht es ihr?«, fragte ich, als ich mich auf die Kante des Stuhls ihm gegenüber setzte. Ich wollte rasch die Flucht ergreifen können, wenn es zu schlimm wurde.

»Im Vertrauen?«

»Selbstverständlich«, sagte ich, obwohl ich Eriks Stimme laut und deutlich in meinem Kopf hörte. *Nein. Niemals. Keine Sonderregelungen. Niemals im Vertrauen.*

In diesem Moment erschien mir das unwichtig. Ich war nicht als Reporterin hier. Ich war wegen Sandy hier.

»Sie war für kurze Zeit wach, was die Ärzte für ein vielversprechendes Zeichen halten«, begann Steve. »Sie hat keine Erinnerung an das, was am Cedar Creek passiert ist. Aber sie erinnert sich an uns und an das Baby. Hannah sagt, die Nabelschnur hätte sich um ihren Hals gewickelt. Ich glaube nicht, dass das Baby jemals eine Chance hatte.« Er schüttelte den Kopf und wischte sich schniefend über die Nase. »Das wird die Untersuchung des Gerichtsmediziners bestätigen, davon bin ich überzeugt. Hannah will nicht sagen, wie das Baby in den Wald gekommen ist oder warum es sich in diesem Zustand befand. Vielleicht hatte der Vater die Hand im Spiel – ich habe keine Ahnung. Ich hoffe nur, dass wir sie dazu bringen können, sich uns anzuvertrauen und alles zu erzählen.«

Ich wünschte mir, es bestünde die Möglichkeit, ihm von Sandys Unterstützung und ihrem Fahrradsturz zu berichten, um ihm das fehlende Puzzleteil zu liefern, aber ich konnte, ich *durfte* ihm nichts sagen. »Es tut mir leid, dass ich Sie jetzt mit einer anderen Sache behelligen muss«, sagte ich. »Wenn es warten könnte ...«

Er winkte ab. »Um ehrlich zu sein, ist es eine Erleichterung, mal für eine Minute an etwas anderes zu denken.«

Mit mulmigem Gefühl begann ich: »Sandy Mendelson, Jennas Tochter, hat mich um Hilfe gebeten. Sie macht sich große Sorgen um ihre Mom.«

»Ich weiß«, erwiderte er, ohne mit der Wimper zu zucken. »Sie war auch bei mir. Das arme Mädchen. Ich habe Officer abgestellt, die nach Jenna suchen sollen. Jetzt, da wir wissen, was mit dem Baby geschehen ist, kann ich die Truppe vergrößern …«

»Wissen Sie, wo Jenna ist, Steve?«

Seine Gesichtsmuskeln spannten sich an, aber nur für einen kurzen Moment. Er wusste, dass mehr hinter meiner Frage steckte. Dass ich den Polizeichef von Ridgedale nicht nur um ein kurzes Update bat.

»Wie ich schon sagte – bald stehen uns mehr Leute zur Verfügung.« Er tat immer noch so, als würde er Jenna nicht persönlich kennen. Als wäre sie nicht mehr als eine vermisste Person in seinem Zuständigkeitsbereich. »Ich habe sogar persönlich nach ihr Ausschau gehalten – leider erfolglos.«

Ich hatte gehofft, er würde mich nicht dazu zwingen, ihn aus der Reserve zu locken, doch genau das tat er. Also holte ich noch einmal tief Luft, zog Jennas Armreif aus der Tasche und legte ihn auf den Tisch zwischen uns.

Steve starrte ihn eine ganze Weile an. Dann lächelte er traurig und streckte die Hand aus, um mit den Fingern darüberzustreichen. »Ich habe ziemlich oft an der Tankstelle gearbeitet, um ihn bezahlen zu können.«

Jetzt legte ich auch die Kette auf den Tisch. »Und dafür?«

»Die sollte den Armreif ersetzen, den sie verloren hat. Woher haben Sie die Kette?« Er sah mich verwirrt an. Besorgt.

»Aus Ihrem Haus.«

»Aus *meinem* Haus?« Und dann sah ich, wie sich sein Gesichtsausdruck veränderte. In seinen Augen spiegelte sich Erkenntnis. Er hatte definitiv eine Vermutung, wie die Kette in sein Haus gelangt sein konnte, ganz gleich, wie viel Mühe er sich gab, mich vom Gegenteil zu überzeugen. »Nun, das ergibt keinen Sinn.«

Ich wünschte mir, er würde es mir von sich aus erklären. Damit das Ganze weniger suspekt war. *O ja, ich kannte Jenna aus der Highschool und ich war in sie verliebt, aber sie traf sich auch mit Thomas Price, den ich ebenfalls kenne, auch wenn ich so tue, als wäre dies nicht der Fall.* Es war nicht schön, Steve zeigen zu müssen, dass ich mehr wusste, als er mir mitteilen wollte, aber er ließ mir keine Wahl.

Ich zog das Highschool-Jahrbuch aus der Tasche und schlug die Seite auf, die ich mit einem Post-it markiert hatte, die mit den Fotos des Basketballteams, dann drehte ich es um und schob es über den Tisch zu Steve. Er starrte für eine Minute auf die Aufnahmen von Thomas Price, Simon Barton und ihm selbst. Als er den Kopf hob und meinem Blick begegnete, wirkte er beinahe erleichtert. Als hätte er seit sehr langer Zeit auf diesen Moment gewartet.

»Ich bin Jenna vor ungefähr einem Jahr wiederbegegnet, ausgerechnet in Philadelphia, wo ich an der International Chiefs of Police Conference teilgenommen habe. Wir sind uns zufällig über den Weg gelaufen, und wir haben uns nur ein, zwei Minuten auf der Straße unterhalten – Sie wissen schon: ›Wie geht es dir?‹, und so weiter.« Er schüttelte den Kopf und lächelte traurig. »Plötzlich waren all die alten Gefühle wieder da. Natürlich ist es jetzt anders – ich bin ein verheirateter Mann –, aber ich weiß noch genau, was ich für sie empfunden habe. Jenna war genauso übersprudelnd und unberechenbar wie eh und je – können Sie sich vorstellen, wie aufregend es war, damals auch nur in ihrer Nähe zu sein? Mit siebzehn? Ich habe mich nie wieder so lebendig gefühlt.«

Sein Gesicht verfinsterte sich. »Missverstehen Sie mich nicht – ich habe mich gefreut, sie zu sehen, das ja, aber seit jener Zufallsbegegnung in Philadelphia habe ich sie nicht wiedergetroffen, auch nicht mit ihr telefoniert oder so. Ich wusste nicht mal, dass sie wieder in Ridgedale ist.« Jetzt sah er mir direkt in die Augen, als wollte er mir auf diese Weise versichern, dass er die Wahrheit sagte. Dennoch spürte ich, dass er mir etwas verschwieg. Nicht unbedingt Jennas gegenwärtigen Aufenthaltsort, aber irgendetwas anderes. »Wir werden Jenna finden, das verspreche ich Ihnen. Und wenn es so weit ist, wird ihre Tochter als Erste davon erfahren.«

»Da ist noch etwas«, fing ich an. Es gab so vieles, was er mir erklären musste, aber auch vieles, was er erfahren sollte. »Ich habe Jennas Tagebuch gelesen«, fuhr ich fort. »Ich weiß, was Thomas Price und Simon Barton ihr angetan haben, als sie noch auf der Highschool waren. Und ich denke, es hat später weitere Opfer gegeben. Opfer von Price. Auf dem Campus.«

Ich sah, wie sich Steves Gesicht verhärtete. »Bei mir hat niemand Anzeige erstattet. Selbstverständlich hätten wir sofort Ermittlungen eingeleitet. War es das, was in den Akten stand?«

»Ich habe keine Beweise finden können, aber die Story ist stimmig. Alles passt zusammen.«

Er nahm den Silberreif und strich erneut mit den Fingerspitzen darüber. »Ich habe Jenna in jener Nacht gesagt, sie solle wegrennen, nachdem ich Thomas weggestoßen und Simon von ihr runtergezogen hatte. Der Boden war feucht, und als ich ihn packte, sind wir ausgerutscht. Er ist mit dem Kopf gegen einen Stein geprallt. Es war ein Unfall.« Steve verstummte. Starrte eine lange Zeit auf die Tischplatte. Für eine Sekunde fragte ich mich, ob er dachte, ich hätte all das bereits gewusst, doch ich hatte eher den Eindruck, er wollte, dass ich es erfuhr. Als sollte es alle Welt erfahren. »Der erste Aufprall war ein Unfall. Der zweite nicht.« Steve schüttelte den Kopf. »Als Polizei und Sanitäter eintrafen, gingen alle von einem Unfall aus. Nasser Boden, betrunkene Jugendliche. Unvorsichtige, dumme Kids. Am nächsten Tag kam die Polizei zu mir, um mich zu befragen, aber sie hatten bereits mit Price gesprochen, und der hatte gelogen und ihnen weisgemacht, es wäre tatsächlich ein Unfall gewesen. Wahrscheinlich ging er davon aus, dass ich für ihn lügen würde, wenn er für mich log. Jenna hatte er bereits bedroht, damit sie die Klappe hielt – womit, weiß ich nicht, nur, dass sie schreckliche Angst vor ihm hatte. Jenna und ich sprachen nie wieder über Simon, aber ich denke, sie konnte sich zusammenreimen, was passiert war, nachdem sie die Flucht ergriffen hatte. Und dann war sie plötzlich fort – verschwunden. Hatte die Stadt verlassen, von einem Tag auf den anderen. Gerüchten zufolge war sie bei einer Tante untergekommen. Seitdem habe ich nie wieder etwas von ihr gehört oder gesehen – bis zu dem Tag in Philadelphia. An jenem Abend von Simon Bartons Tod hatte Barbara mir kurz vorher mitgeteilt, dass sie schwanger war. Sie verlor das Baby ein paar Wochen später, aber da waren wir schon ...« Er schüttelte den Kopf. »Ich hätte etwas wegen Price unternehmen müssen, das ist richtig. Mich hat er nicht bedroht.«

Der Gedanke, dass Price der Vater von Hannahs Baby sein könnte, war ihm offenbar noch nicht gekommen.

»Möglicherweise hat Hannah den Vater ihres Babys auf dem Campus kennengelernt«, sagte ich daher. Mir war klar, dass ich ihm reinen Wein einschenken musste. »Thomas Price leitet das Junior-Studienprogramm, an dem Hannah teilgenommen hat.«

Ich sah, wie Steve in quälendem Zeitlupentempo die Verbindung zwischen Price und Hannah herstellte. Als es endlich klick gemacht hatte, schloss er die Augen und ließ den Kopf hängen. Lange Zeit sagte er kein Wort. Als er die Augen wieder öffnete, waren sie glasig. Bestürzung war darin zu erkennen, die abgelöst wurde von Zorn.

»Bitte wenden Sie sich an die State Police«, sagte er. »Teilen Sie denen mit, was Sie mir gerade gesagt haben. Ich möchte keine Ermittlungen gegen Price einleiten, weil ich involviert bin. Sie sollen uns beide festnehmen, denn wenn sie das nicht tun, werde ich Thomas Price ausfindig machen und ihn mit bloßen Händen umbringen – sollte er tatsächlich der Vater von Hannahs Baby sein.«

In diesem Moment kam ein junger weiblicher Officer, schlank, kurvig, in die Cafeteria marschiert und hielt schnurstracks auf uns zu, die Hand an ihrem Funkgerät, als wäre es eine Pistole. Auf ihrem Gesicht lag ein besorgter und gleichzeitig entschlossener Ausdruck. Für eine Sekunde fragte ich mich, ob mir jemand zuvorgekommen war und Steve angezeigt hatte. Kurz vor unserem Tisch blieb sie stehen und sah ihn auffordernd an.

»Entschuldigen Sie mich«, sagte er mit bewundernswerter Beherrschung, stand auf und ging zu der Polizistin. Die beiden wechselten einige Worte, dann sagte er »Vielen Dank« und kam zu unserem Tisch zurück.

»Man hat Jennas Wagen gefunden«, sagte er. Er wirkte überrascht und gleichzeitig erleichtert. »Genauer gesagt, der Besitzer des Blondie's, Monte, hat ihn unten an einer Böschung in der Nähe des Palisades Parkway entdeckt, zwischen ein paar Sträuchern.«

»Und was ist mit Jenna?«

»Das weiß ich noch nicht. Die Böschung ist zu steil, um ohne Seil hinunterzusteigen. Schwer zu sagen, wann der Unfall passiert ist. Weitere Einsatzkräfte und die Feuerwehr sind unterwegs.«

Als ich zu Hause ankam, saßen Justin, Sandy und Ella am Küchentisch und spielten Candy Land. Alle lachten, sogar Sandy. Sie wirkte viel fröhlicher und unbeschwerter als zuvor. Als wäre sie plötzlich jünger geworden. Ich wollte ihr nichts von dem Unfall ihrer Mutter erzählen, nicht jetzt – und ich konnte nur hoffen, dass dieser Unfall nicht schon vor vier Tagen passiert war. Andererseits war es für Sandy vielleicht weniger schlimm, eine schlechte Nachricht zu erfahren, als weiterhin völlig im Dunkeln zu tappen.

»Hi«, sagte Justin, über meinen Anblick eindeutig erleichtert, und gab mir einen Begrüßungskuss. Er hatte angeboten, Ella vom Kindergarten abzuholen und Sandy Gesellschaft zu leisten, bis ich wieder da war. Offenbar war ihm nicht klar gewesen, worauf er sich da einließ.

»Ist alles glattgelaufen?«, flüsterte er mir ins Ohr.

Ich nickte und formte mit den Lippen: *Erzähle ich dir später.* »Wie geht es euch?«, fragte ich laut.

»Oh, wir hatten jede Menge Spaß, nicht wahr, Mädels?«, sagte er, ohne meinen Blick loszulassen.

»Ja«, erwiderten beide wie aus einem Mund.

»Mommy, ich möchte, dass Sandy bei uns übernachtet«, bettelte Ella, lief zu mir und umklammerte meine Beine. Ihre vollen Lippen schwankten zwischen schmollen und lächeln. »Ich möchte, dass sie in *meinem* Zimmer schläft.«

»Nun, sie übernachtet tatsächlich hier.« Ich schaute zu Sandy hinüber, die nicht widersprach, die Augen jedoch fest auf die Candy-Land-Karten geheftet hatte, die sie sortierte und sorgfältig stapelte.

»Ja!«, jubelte Ella.

»Allerdings im Gästezimmer, Peanut«, fügte ich hinzu. »Dein Bett ist zu klein.«

»Pah!«, rief Ella, aber sie wirkte begeistert, als sie zu Sandy zurückstürmte und deren Hand nahm. Es war süß, die beiden zusammen zu sehen, und ich musste mich zwingen, nicht an die Schwester zu denken, die Ella nie bekommen hatte.

»Ella, Daddy bringt dich jetzt rauf und macht dich bettfertig. Ich muss kurz mit Sandy sprechen.« Ich zauste ihre Haare und drückte ihr einen Kuss auf die Wange. »Ich komme gleich nach und sage dir Gute Nacht.«

»Pah!«, rief Ella wieder und kicherte, als Justin sie über seine Schulter legte und zur Treppe trug.

Als die beiden fort waren und ich mich wieder zu Sandy umdrehte, legte sie die Karten akribisch in die Schachtel zurück. Ein kleines Lächeln lag auf ihren Lippen. Nein, kein Lächeln. Eine Grimasse. Ich zog einen Stuhl unter dem Tisch hervor und setzte mich ihr gegenüber. Dann streckte ich die Hand aus und legte sie auf ihre. Sandys Finger waren eiskalt.

»Ist sie tot?«, fragte sie. Ruhig, sachlich, als wartete sie schon die ganze Zeit darauf, diese Nachricht zu erfahren. Vielleicht schon ihr ganzes Leben lang.

»Man hat ihr Auto entdeckt, mehr wissen wir noch nicht«, erwiderte ich sanft. »Es sieht so aus, als hätte sie in der Nähe des Palisades Parkway einen Unfall gehabt.«

»Bei den Palisades?« Sandy sah mich überrascht an. »Aber das liegt doch gar nicht auf ihrem Heimweg. Was sollte sie dort gemacht haben? Wohin war sie unterwegs?«

»Ich denke, darauf hat im Augenblick noch niemand eine Antwort«, sagte ich.

»Können wir zu ihr?«, fragte sie und stand auf. »Zu ihrem Wagen, meine ich.«

»Oh, den genauen Ort kenne ich nicht.« Selbst wenn Steve mir die Stelle beschrieben hätte, wäre ich niemals mit Sandy dorthin gefahren. Die Gefahr, dass sie Zeugin davon werden würde, wie man ihre tote Mutter barg, war einfach zu groß.

»Die Polizei hat mir versprochen, dass sie dich anruft, sobald es etwas Neues gibt – der Chief hat ja deine Handynummer. Notfalls wird er sich bei mir melden. Sobald wir Genaueres wissen, fahren wir sofort los, okay?«

»Okay«, willigte sie zögernd ein und setzte sich wieder.

»Ich gehe schnell hoch und sage Ella Gute Nacht. Sie kann sonst nicht einschlafen.«

»Was ist mit Hannah?«, wollte Sandy wissen. »Wie geht es ihr?«

»Es heißt, sie wird sich wieder erholen«, behauptete ich, obwohl das etwas übertrieben war. Ich stand auf und legte Sandy eine Hand auf die Schulter. »Im Augenblick solltest du dich auf dich konzentrieren«, sagte ich. »Ich wette, du hast noch nichts gegessen. Ich schicke Justin runter. Er soll dir etwas machen.«

»Okay«, sagte Sandy wieder, obwohl es offensichtlich war, dass sie keinen Bissen hinunterbekommen würde.

Justin saß im Kinderzimmer an Ellas Bett. Unsere kleine Tochter, der bereits die Augen zufielen, verschwand beinahe zwischen all ihren Kuscheltieren.

»Ich ziehe mich schnell um«, sagte Justin und gab mir einen Kuss, dann schlich er sich aus dem Zimmer.

Ich hockte mich neben Ellas Bett und drückte meine Stirn gegen ihre. Sie umfasste meinen Kopf mit ihren heißen Händchen, so fest, dass sie mir fast ein paar Haare ausgerissen hätte.

»Ich habe dich heute Abend so vermisst«, sagte ich. Eine Mutter sollte so etwas nicht sagen, hatte ich mal gehört, aber das war mir gleich. Weil es der Wahrheit entsprach. Und das war alles, was zählte.

»Ich hab dich lieb, Mommy«, sagte Ella. »Einmal bis zu den Dinosauriern und zurück.«

»Ich hab dich auch lieb, Peanut. Schlaf schön.« Ich küsste ihr kleines Gesicht so lange, bis sie kicherte und ich aufstand. »Licht an oder aus?«

»Aus«, sagte Ella schläfrig. »Gute Nacht, Mommy.«

Ich blieb in der offenen Tür stehen und beobachtete, wie Ella einschlief. Sie war perfekt, so wie sie war. Ich hatte keine Ahnung, wie sich die Dinge entwickeln würden, aber *das* wusste ich mit Bestimmtheit. Und das war immerhin etwas.

Bevor ich wieder runterging, zog ich im Gästezimmer die Vorhänge zu und schlug das Bett auf. Bereitete den Raum vor für die vermutlich schrecklichste Nacht in Sandys Leben. Die Polizei konnte jeden Moment anrufen, und ich vermochte mir nicht vorzustellen, dass sie gute Nachrichten für Sandy hatte. Anschließend würden wir ins Auto steigen und die lange Strecke zum Krankenhaus zurücklegen, es sei denn, wir müssten gleich in die Gerichtsmedizin, um Sandys Mutter zu identifizieren und ihre persönlichen Sachen abzuholen. Sandy würde am Boden zerstört und völlig erschöpft sein, und dann wollte ich nicht hier noch ihr Bett vorbereiten müssen.

Ich knipste die kleine Nachttischlampe an und schüttelte zum zweiten Mal die Kissen auf. Als könnte irgendetwas davon das Unvermeidliche abmildern. Ich war so in Gedanken, dass ich gegen Sandys aufeinandergestapelte Kartons stieß, als ich um das Bett herumging. Der obere fiel herunter, sein Inhalt landete verstreut auf dem Fußboden. Leise fluchend ging ich auf die Knie und sammelte eilig Fotos, Unterlagen, mehrere Plastikbecher und billiges Besteck auf und versuchte vergeblich, alles so in den Karton zurückzulegen, dass Sandy mein Missgeschick nicht bemerkte. Ich wollte nicht, dass sie dachte, ich wäre in ihre Privatsphäre eingedrungen, oder – schlimmer noch – dass ich sie beschämte, weil ich die wenigen Habseligkeiten gesehen hatte, die ihr noch geblieben waren.

Ich wollte gerade einen transparenten Plastikbeutel voller Papierfetzen, entwerteten Fahrkarten, einer Take-away-Speisekarte und Ähnlichem – vermutlich lauter Erinnerungsstücke – in den Karton packen, als ich einen langen rostbraunen Streifen an der Seite entdeckte. Das war doch wohl kein Blut, oder? Ich hielt die Tüte ins Licht, um sie genauer zu betrachten. Es sah schon sehr nach Blut aus. Mein Gott, das war Blut aus jener Nacht! Allein der Gedanke daran, wie furchtbar all die Geschehnisse gewesen sein mussten, verursachte mir Übelkeit. Ich fasste den Inhalt des durchsichtigen Beutels genauer ins Auge und entdeckte ein Dankeschön-Kärtchen von Rhea, adressiert an Hannah. Dann waren dies also gar nicht Sandys Erinnerungsstücke, sondern die, die Hannah ihr zum Aufbewahren gegeben hatte, darunter vielleicht auch die Erinnerungen an den Vater des Babys. Obwohl ich neugierig war, ob ich unter den Sachen etwas finden würde, was meine These mit Thomas Price bestätigte, legte ich den Beutel zurück, doch dann erweckte ein kleiner Papierschnipsel ganz unten meine Aufmerksamkeit.

Ich schaute genauer hin. Mein Herz fing an zu hämmern.

Nein. Ich schloss die Augen.

Es war nicht das, was ich zu sehen glaubte. Das konnte nicht sein.

Ich war müde. Bildete mir etwas ein. Ganz bestimmt täuschte ich mich. Ich kniff die Augen fest zusammen.

Doch als ich sie wieder öffnete, war der Schnipsel immer noch da. Und nicht nur einer. Jede Menge kleiner Zettelchen. Versehen mit poetischen Versen in Justins vertrauter Handschrift.

Ich merkte nicht, wie sich meine Füße in Bewegung setzten, aber das taten sie. Denn kurz darauf stand ich in unserem Schlafzimmer, den Blick auf Justin geheftet, den blutverschmierten Plastikbeutel in der Hand. Die Finger meiner anderen Hand waren zur Faust geballt. Ich war wie unter Wasser, ganz tief, hörte nichts als das Tosen und Rauschen um mich herum. Justin saß auf dem Bett und zog ein Sweatshirt an, als wäre es ein ganz normaler Abend. Während ich ihn ansah, wurde der Druck in meinem Kopf so groß, dass ich befürchtete, er würde meinen Schädel sprengen.

Justin sagte etwas zu mir.

Als ich Hannahs Plastikbeutel neben ihn aufs Bett warf, so, dass er seine Zettelchen sehen konnte, verstummte er. Erstarrte. Fixierte den Beutel.

Ich wünschte mir inständig, er würde verwirrt dreinblicken. Würde mich ansehen und fragen: »Was ist das?« oder »Ich verstehe nicht ...?«. Aber er sagte nichts. Kein einziges Wort. Stattdessen stützte er die Ellbogen auf die Knie und vergrub das Gesicht in seinen Händen. Lange. Schrecklich lange. Ich musste mehrere Schritte zurück gemacht haben, denn plötzlich fand ich mich mit dem Rücken an der Wand wieder.

Justin sah mich an, die Augen erschrocken aufgerissen. »Molly«, fing er kopfschüttelnd an, dann stand er auf und kam auf mich zu. Seine Arme schlossen sich um mich wie die Gitterstäbe eines Käfigs. Ich wollte mich befreien. Von ihm. Wollte weglaufen. Aber ich konnte mich nicht bewegen. Ich konnte nicht einmal atmen.

»Ich würde alles tun, um es rückgängig zu machen, Molly«, hauchte er in meinen steifen Nacken. »Es war ein Fehler, ein dummer, selbstsüchtiger Fehler. Ich habe dich vermisst, und das ist keine berechtigte Erklärung, denn ich weiß, dass alles meine Schuld ist. Ich habe dich vermisst und ich wollte dich zurückhaben – ich liebe dich doch! Aber es ging nicht, ich wusste nicht, wie ich zu dir durchdringen sollte.«

»Nein«, sagte ich. Das Wort zerschnitt meine Kehle.

Dabei war es kein Schrei. Kein Schluchzen. Nur eine Aussage: Nein. Nein, was? Nein, es ist nicht passiert. Nein, du hast mich nicht vermisst. Nein, du liebst mich nicht. Nein. Das. Kann. Nicht. Sein.

»Es ist schon lange vorbei, Molly. Schon seit Monaten«, fuhr er panisch mit seinen Erklärungsversuchen fort. Als würde ihm erst jetzt das grauenhafte Ausmaß all dessen bewusst, was geschehen war. »Ich schwöre dir, es war schon vorbei, bevor wir hierhergezogen sind. Es war so schrecklich zu jener Zeit! Außerdem schwöre ich dir bei Gott, dass ich nicht wusste, wie alt sie war. Wir sind uns auf dem Campus begegnet, als ich zum Vorstellungsgespräch dort war – ich hielt sie für eine Studentin … Es tut mir so leid, Molly.«

»Das Baby«, hörte ich mich sagen.

»Ich wusste nichts davon, nicht, bis du … Bis jetzt nicht, bis Sandy es dir erzählt hat. Und selbst dann – ich meine, wie können wir das mit Bestimmtheit sagen? Vielleicht hat es ja auch andere Jungs gegeben.«

Justin plapperte weiter, sagte noch andere Dinge – Wortsplitter, die in meine Haut schnitten. *Sie war die Einzige. Nie wieder. Es tut mir so leid. Ich liebe dich. Es tut mir so leid. Ich liebe dich.*

Es tut mir so leid. Sie hat mich an dich erinnert.

»Nein«, flüsterte ich. Mein ganzer Körper war taub geworden, doch meine Lungen brannten. »Nein.«

Molly Sanderson, 16. Sitzung, 12. Juni 2013
(Audiotranskription, Sitzung mit Wissen und
Zustimmung der Patientin aufgezeichnet)

F.: Sie wirken ausgesprochen verärgert, Molly.

M. S.: Ich *bin* verärgert. Ich verstehe nicht, warum Sie versuchen, mich auf Justin wütend zu machen.

F.: Ich versuche lediglich zu klären, wo Justin an jenem Wochenende war. Sie haben mir erzählt, Sie hätten ihn nicht erreichen können, als Sie beim Arzt waren, aber mir war nicht klar, dass er das ganze Wochenende über fort war.

M. S.: Ja, er war bei einer Konferenz in Boston. Ich hatte Ihnen gesagt, dass er an zwei Konferenzen teilnehmen musste.

F.: Und Sie waren nicht wütend, dass er weg war?

M. S.: Warum hätte ich wütend sein sollen, weil er zu einer Konferenz musste?

F.: Nicht deshalb. Sondern, weil Sie ihn nicht erreichen konnten.

M. S.: Er hat *gearbeitet*. Ich war diejenige, die ausgeflippt ist.

F.: Sie hatten gerade eben schreckliche Neuigkeiten erhalten. Verständlich, dass Sie aufgeregt waren.

M. S.: Allerdings war ich schon vor dem Termin aufgeregt. O ja, ich bin schon lange vorher ausgeflippt. Und wenn Sie wissen möchten, warum ich mich *wirklich* schuldig fühlte, dann deswegen. Weil Justin mir gesagt hatte, wie beschäftigt er sein würde. Dass er sich mit drei verschiedenen Gremien und Kollegen treffen müsse. Er hatte mir eine Telefonnummer gegeben, unter der ich ihn im Notfall erreichen konnte. Aber das hier war kein Notfall. Also rief ich ihn wieder und wieder auf dem Handy an. Ich habe keine Ahnung, ob es an den Hormonen lag oder woran sonst, aber ich steigerte mich in eine Panik hinein – dachte, er wäre vielleicht tot, oder etwas anderes Schlimmes wäre ihm zugestoßen. Ich weiß, dass das dumm war. Weil er sich in Begleitung befand. Sie hätte mich angerufen, wenn er in einen Autounfall verwickelt gewesen wäre.

F.: Sie.

M. S.: Meine Güte! Ja, Justin war in Begleitung seiner wissenschaftlichen Mitarbeiterin unterwegs, und ja, sie war jung und hübsch und blond.

F.: Hat er öfter nicht angerufen, wenn er mit ihr unterwegs war?

M. S.: O mein Gott, das ist absurd! Sie versuchen wirklich alles, damit ich wütend auf ihn werde! Ja, Justin war in Boston bei einer Konferenz mit einer hübschen jungen Kollegin, und ja, ich konnte ihn stundenlang nicht erreichen, obwohl ich ihn dringend hätte sprechen müssen. Und ja, ich war misstrauisch – weil ich nicht klar denken konnte! Deshalb bin ich ausgeflippt und habe ihn immer wieder auf dem Handy angerufen. Deshalb habe ich es mitten in der Nacht in seinem Hotelzimmer probiert – wo er auch nicht drangegangen ist. Und dann habe ich mich so aufgeregt, dass sich der Herzschlag des Babys beschleunigt hat – *meinetwegen!* Dabei hätte ich mich doch nur ausruhen und die Ruhe bewahren müssen! Deshalb: *Ja,* genau das ist der Grund, warum ich mich so schuldig fühle. Weil *ich* sie umgebracht habe! So, da haben Sie's. Sind Sie jetzt zufrieden, Dr. Zomer?

F.: Aber Sie geben nicht Justin die Schuld daran?

M. S.: Wieso sollte ich ihm die Schuld geben? Sie war in *mir*, Dr. Zomer. *Ich* war ihre Mutter. Ich bin diejenige, die auf sie hätte aufpassen müssen. Ich bin diejenige, die dafür hätte sorgen müssen, dass sie am Leben bleibt.

Sandy

Molly war noch keine zwei Minuten fort, als Sandys Handy klingelte. Eine Nummer aus Ridgedale, die sie nicht kannte – wahrscheinlich jemand aus dem Präsidium. Jetzt, da die Polizei endlich anrief, brachte sie es kaum über sich, das Gespräch anzunehmen. Sie ließ es viermal klingeln, dann meldete sie sich in letzter Sekunde, bevor die Mailbox ansprang.

»Hallo?«

»Spricht dort Sandy Mendelson?«

»Ja?«

»Hier ist Sergeant Fulton vom Ridgedale Police Department. Deine Mutter, Jenna Mendelson, hatte einen Autounfall.«

»Ist sie tot?« Sandy hörte selbst, dass ihre Frage klang, als wünschte sie sich, dass genau das der Fall wäre.

»Ähm, nein, Miss«, erwiderte der Sergeant, leicht verwirrt, weil sie sofort diesen Schluss zog. Und vielleicht auch ein wenig misstrauisch. »Es sieht so aus, als würde sie bald wieder auf die Beine kommen. Es geht ihr sogar ziemlich gut, den Umständen entsprechend.«

Als Sandy nach oben ging, befanden sich Molly und Justin im Schlafzimmer. Die Tür war geschlossen. Sandy betrat das Gästezimmer und setzte sich auf die Bettkante, in der Hoffnung, Molly würde jeden Moment herauskommen und Sandy mit dem für sie typischen freundlichen Lächeln anbieten, sie ins Krankenhaus zu fahren.

Sandy wäre mit dem Rad hingestrampelt, aber man hatte

Jenna ins Bergen County Hospital gebracht, und das war mit dem Fahrrad eine gute Stunde entfernt. Geld für ein Taxi hatte sie nicht, es blieb ihr also, nachdem sie noch ein paar Minuten auf Molly gewartet hatte, keine andere Wahl, als an die Schlafzimmertür zu klopfen.

Justin öffnete einen Spaltbreit. »Hi.« Er versuchte, freundlich zu klingen, aber irgendetwas stimmte nicht. Seine Augen waren gerötet, die Haare standen in alle Richtungen ab. »Was gibt's?«

»Oh, tut mir leid, dass ich störe«, sagte Sandy und räusperte sich. Sie hasste es, andere Leute um Hilfe zu bitten. Es war wie eine schlechte Angewohnheit: Tat man es einmal, fiel es einem bei jedem weiteren Mal leichter. »Die Polizei hat angerufen. Meine Mutter ist im Krankenhaus. Ich darf zu ihr. Ich würde ja mit dem Fahrrad hinfahren, aber sie liegt im Bergen County Hospital und ...«

Sandy hörte, wie Molly direkt hinter Justin etwas sagte.

»Moment.« Er schob die Tür zu, ohne sie ganz zu schließen.

Gedämpfte Stimmen. Vielleicht überlegten sie, wie sie ihr am besten helfen konnten, wer sie fahren sollte. Sie hatten ja selbst ein Kind, und Molly hatte Sandy bereits so tatkräftig unterstützt wie kaum ein Mensch zuvor.

»Es ist schon okay«, sagte Sandy daher, als sich die Tür wieder öffnete. Es war eine schreckliche Vorstellung, jetzt im Stich gelassen zu werden, aber wenn es nun mal so war ...

Molly erschien auf der Schwelle, den Autoschlüssel in der Hand.

»Ich fahre mit dem Fahrrad ...«

»Nein, nein, ich bringe dich hin.« Mollys Augen waren rot und glänzten, genau wie Justins. »Bitte, ich bestehe darauf.« Lächelnd bedeutete sie Sandy, die Treppe hinunterzugehen. »Was hat die Polizei gesagt?«

»Dass sie wieder gesund werden wird«, sagte Sandy, unsicher, ob sie ihren eigenen Worten trauen konnte.

»Das freut mich so sehr, Sandy«, sagte Molly, und sie sah aus, als würde sie es aufrichtig meinen. »Komm, fahren wir zu ihr.«

»Du kannst schon reingehen, Schätzchen«, sagte die nette Krankenschwester in dem rosa geblümten Kittel und hielt Sandy die Tür zu Jennas Zimmer auf. »Sie hat nach dir gefragt, bevor sie in den OP geschoben wurde. Sie wird sich so freuen, dich zu sehen, wenn sie aufwacht!«

Sandy trat ein, doch neben der Tür blieb sie stehen, die Augen zu Boden gerichtet. Sie hatte Angst zu sehen, in welchem Zustand sich Jenna befand. Als sie nach einer ganzen Weile aufschaute, stellte sie erleichtert fest, dass ihre Mom doch nicht ganz so schlimm aussah, wie Sandy befürchtet hatte. Jenna hatte die Augen geschlossen, und ihre Haut wirkte gräulich. Sie hatte ein Pflaster auf der Wange, ihre Arme waren voller blauer Flecken, ein Bein hing in einer speziellen Schlinge.

Es war ein Wunder, dass es Jenna nicht übler erwischt hatte, hieß es. Sie hatte immer wieder das Bewusstsein verloren, war stark dehydriert. Wahrscheinlich hatte sie mehrere Tage schräg im Wagen gehangen, das Bein eingeklemmt, mit inneren Verletzungen, die zum Glück durch die Operation behoben worden waren. Jenna selbst erinnerte sich nicht, wie und wann es zu dem Unfall gekommen war. Alle hatten gedacht, sie wäre tot, als man sie aus dem Wrack zog, und wäre Monte nicht gewesen, hätte sie es vermutlich nicht geschafft.

»Gib mir Bescheid, wenn du etwas brauchst.« Die Schwester schob einen Stuhl neben das Bett und bedeutete Sandy, sich zu setzen. »Sie hat gerade ein Schmerzmittel bekommen, und sie ist benommen von der Narkose. Wahrscheinlich wird sie noch ein paar Stunden schlafen. Sollte sie wach werden, drück einfach da drauf.« Sie deutete auf den Rufknopf an der Wand. »Ich bin Schwester Terry.«

Als die Schwester weg war, stand Sandy eine ganze Weile da, die Arme vor der Brust verschränkt, und sah ihrer Mom beim Schlafen zu. Irgendwann ließ sie sich auf den harten Stuhl fallen und fragte sich, wie zur Hölle sie jemals auf den Gedanken hatte kommen können, ohne Jenna besser dran zu sein. Nach einer Weile entspannte sie sich und sackte gegen die Rückenlehne. Aus Minuten wurden Stunden, und die Stunden zogen sich hin bis zur Morgendämmerung.

»Hey«, sagte Jenna, als Sandy aufwachte. »Du hast tief geschlafen – keine Ahnung, wie lange du weg warst. Die Schwester ist reingekommen und wollte dich wecken, aber ich hab ihr gesagt, sie soll dich verdammt noch mal in Ruhe lassen.« Jennas Lippen verzogen sich zu einem schiefen Grinsen. »Ich sehe meinem Mädchen gern beim Schlafen zu. Es erinnert mich an die Zeit, als du klein warst.«

Die Sonne schien hell durch die Vorhänge. Jenna sah blass und erschöpft aus, aber sehr viel besser als noch vor Stunden. Ohne Make-up, die Haare zurückgebunden, wirkte sie wie ein völlig anderer Mensch. Etwas älter, aber noch hübscher.

»Geht es dir gut?« Sandy stand auf und trat zu ihr. »Tut dein Bein weh?«

Jenna schüttelte lächelnd den Kopf, nahm Sandys Hand und drückte sie. »Die haben so viel Zeugs in mich reingepumpt, dass ich mich so gut fühle wie schon seit Jahren nicht mehr.«

»Das klingt prima.« Sandy lächelte ebenfalls, doch sie spürte, wie ihre Mundwinkel in die entgegengesetzte Richtung strebten. Aber sie wollte nicht weinen. Sie hatte in Jennas Gegenwart nicht mehr geweint, seit sie – wie alt gewesen war? Es wollte ihr nicht mehr einfallen. Und wenn jemand das Recht hatte zu weinen, dann Jenna. Sie war diejenige, die einen Unfall gehabt hatte. »Was zum Teufel ist passiert?«

Jennas Lächeln wurde unsicher. »Das Letzte, woran ich mich erinnere, ist, dass ich zur Arbeit gegangen bin. Ich habe allein hinter der Bar Gläser abgetrocknet und mir im Fernsehen angeschaut, wie Judge Judy so einem Arschloch mit seinem hässlichen Kläffer den Marsch bläst – du weißt ja, wie sehr ich diese Sendung liebe.«

»Ja, das weiß ich.« Sandy musste unwillkürlich grinsen, doch dann wurde sie wieder ernst. »Und sonst? Woran erinnerst du dich sonst noch?«

»Nur an einzelne Bruchstücke. Nach dem Unfall war ich im Auto. Mein Bein brannte wie die Hölle, und ich hatte einen Scheißdurst. Daran erinnere ich mich – und an die Stille. Du weißt, wie sehr ich Stille hasse. Kannst du dir vorstellen, wie es mir geht, wenn ich komplett allein bin und die ganze Zeit über nichts anderes zu tun habe, als nachzudenken?« Jenna zuckte mit den Achseln. Tränen traten in ihre Augen. »Ich erinnere mich, dass mein Handy wieder und wieder geklingelt hat, so lange, bis der Akku leer war. Ich wusste, dass du es bist. Ich schwöre dir – nur das hat mich am Leben gehalten.«

»Und du weißt wirklich nicht, wie es zu dem Unfall gekommen ist?«

Jenna legte nachdenklich die Stirn in Falten, doch dann schüttelte sie den Kopf. »Ich war stocknüchtern, als man mich gefunden hat. Aber davor – wer weiß?«

»Was hast du am Palisades Parkway gemacht?«

Neuerliches Schulterzucken. »Vermutlich wollte ich Drogen kaufen. Ich kenne da einen Typen, der das Zeug vertickt. Aber um ehrlich zu sein – ich habe keinen blassen Schimmer.«

»Dann erinnerst du dich also auch nicht an eine Frau, mit der du nach Feierabend im Blondie's gesprochen hast? Laurie sagt, sie hatte blonde Haare.«

»Eine Frau?« Jenna sah Sandy verwirrt an. »Nein. Aber wie ich schon sagte: Nach *Judge Judy* kann ich mich an gar nichts erinnern.«

Sandy versuchte, sich auf Jenna zu konzentrieren, doch es fiel ihr schwer. Immer wieder schweiften ihre Gedanken zu dem, was sie als Nächstes tun musste, denn nur weil Jenna wieder da war, hieß das nicht, dass ihre Probleme aus der Welt waren. Wo sollten sie leben und vor allem, wovon? Ihre Notreserve war futsch – und jetzt konnte Jenna nicht einmal arbeiten, dabei würden bald jede Menge Krankenhausrechnungen eintrudeln. Jenna war über ihren Job im Blondie's versichert, aber die Versicherung griff nur, wenn sie in Ridgedale blieben. Doch Sandy wusste nicht, was sie erwartete, nachdem die Sache mit Hannah und dem Baby aufgeflogen war. Zu sagen, sie wären am Arsch, war also wohl noch untertrieben. Andererseits hatten sie schon immer mit einem Fuß über dem Abgrund gestanden. Und bislang war es ihnen trotzdem gelungen, zu überleben.

»Kommst du mal her?« Jenna klopfte neben sich aufs Bett.

Sandy setzte sich auf die Kante. Die Matratze war um einiges härter, als sie gedacht hatte. Jenna streckte die Hand aus und schob Sandy die Haare hinters Ohr. Dabei ließ sie sie nicht aus den Augen. »Als du ein kleines Mädchen warst, hattest du solche Angst vor der Dunkelheit«, sagte sie leise. »Ich meine, so richtig schrecklich Schiss.«

»Glaube ich nicht.« Doch woher sollte Sandy das wissen? Es gab einen Grund, warum sie so vieles aus ihrer Kindheit verdrängt hatte. Es war auch jetzt nicht leicht, mit Jenna zusammenzuleben, aber damals war es ein Albtraum gewesen.

»Ich weiß, dass du heutzutage vor gar nichts mehr Angst

hast, aber zu jener Zeit hast du dich jede Nacht in den Schlaf geweint. Ich habe dir eine Million Mal gesagt, du sollst das Licht anlassen – du kennst mein Motto: Warum sollte man sich einer Sache stellen, wenn man sich auch darum herumwinden kann? Aber du wolltest davon nichts wissen. Du warst erst fünf oder so, und nach ein paar Wochen hattest du deine Angst überwunden.« Jennas Stimme brach, ihr Gesicht wurde weich. »Du bist so viel stärker, als ich es je war, Sandy. Als ich es je sein werde.«

Sandy verdrehte die Augen.

»Ich meine es ernst, Kleines. Es gibt so vieles auf dieser Welt, was du machen könntest. Alles, was du möchtest. Deshalb musst du mir einen Gefallen tun, Sandy. Und du musst mir versprechen, dass du es wirklich durchziehst, selbst wenn du keinen Bock darauf hast.«

Das klang gar nicht gut. Wusste der Teufel, worum Jenna sie bitten würde – vielleicht sollte sie ihr Drogen besorgen oder sonst einen Scheiß.

Sandy schüttelte den Kopf. »Ähm, ich denke nicht …«

»Sandy!«, schnauzte Jenna. »Ich meine es ernst.«

»Schon gut, schon gut«, entgegnete sie und hob abwehrend die Hände. Sie konnte immer noch behaupten, sie hätte getan, was Jenna von ihr verlangte.

»Da drin ist ein Umschlag, der dir gehört.« Jenna deutete auf eine Plastiktüte des Krankenhauses, die auf dem kleinen Tisch am Fenster lag. »Es ist alles noch da. Und es ist überflüssig zu betonen, wie leid es mir tut. Dass ich das Geld genommen habe, bereue ich mehr als alles andere in meinem Leben. Ich würde gern behaupten, ich hätte meine Meinung schon vor dem Unfall geändert. Mir wäre schon vorher klar geworden, dass nur ein Arschloch das Geld seines Kindes verwenden würde, um high zu werden. Aber wir wissen beide, dass das nicht stimmt.«

Sandy nahm den Umschlag aus der Tüte. Tatsächlich, darin befanden sich all ihre Zwanziger. Gott sei Dank. Endlich passierte mal etwas Gutes. Jetzt hatte sie genug Geld, um sich etwas zu essen zu kaufen, solange Jenna im Krankenhaus war, und vielleicht konnten sie anschließend in irgendeinem Billig-Motel unterkommen. Sie hoffte, dass man sie bis dahin in Jennas Zimmer schlafen ließ, und wenn nicht, könnte sie vielleicht zu Molly zurückkehren.

Jenna winkte Sandy zu sich. »Weißt du, was ich dachte, als ich da im Auto hing und hörte, wie du mich wieder und wieder angerufen hast?«

Sandy schüttelte den Kopf und setzte sich wieder auf die Bettkante, wobei sie erneut gegen die Tränen ankämpfte. Diesmal funktionierte es nicht. All die Angst, all die Sorgen der vergangenen Tage übermannten sie.

»Ich dachte: Das ist Sandy, die sich wieder einmal um mich Sorgen macht. Obwohl ich nie etwas anderes als Chaos in ihr Leben gebracht habe.«

»Das stimmt gar nicht ...«

»Doch, es stimmt, Kleines.« Jenna streichelte Sandys Wange. »Und damit muss ich leben. Aber du nicht, Sandy. Du hast eine Wahl. Deshalb möchte ich, dass du das Geld nimmst und gehst.« Jetzt strömten Tränen über Jennas Wangen. »Du musst diese Stadt verlassen, und du darfst nie mehr zurückkommen. Du musst von mir fort.«

»Mom, wovon zum Teufel redest du?«

»Tu's für mich, wenn *du* es nicht willst, Kleines.« Jennas Stimme brach, aber sie gab sich alle Mühe, sich zusammenzureißen. »Ich möchte nicht, dass du mir schreibst oder mich anrufst. Du musst ein neues Leben beginnen, Sandy. Ein Leben, das so schön ist wie du. Ein Leben ohne mich.«

»Ohne dich?« Panik stieg in Sandy auf. »Wovon redest du? Das ist doch verrückt! Ich werde dich vermissen. Ich kann doch nicht einfach irgendwohin gehen – *allein!*« Sie fing an zu weinen. Und sie wusste, dass Jenna recht hatte. Sie musste gehen.

»Ich liebe dich, Kleines«, flüsterte Jenna. »Aber wenn du bleibst, hast du keine Chance. Ich werde uns beide zerstören.«

Und dann zog Jenna Sandys Kopf zu sich und küsste sie auf die Stirn, als wäre sie die Mutter, die Sandy sich immer gewünscht hatte.

Wie betäubt stieß Sandy die Tür von Jennas Zimmer auf und trat hinaus in den Gang, wo es ausgesprochen geschäftig zuging. Ärzte, Schwestern, Besucher und Patienten wuselten von einer Richtung in die andere. Leben und Tod gingen weiter.

In Tränen aufgelöst, strebte Sandy zum Ausgang und rechnete damit, dass jeden Moment jemand sie aufhalten würde. Dass sie nicht gehen durfte. Dass sie zu ihrer Mutter zurückkehren musste. Aber das tat niemand. Niemand stellte sich ihr in den Weg. Und dann stand Sandy draußen im Sonnenschein, die Stadt im Rücken, und überlegte, in welche Richtung sie gehen sollte.

Nach vorn, keine Frage. Eine andere Richtung gab es für sie nicht.

Molly

Wir waren in der Küche, wo ich das Abendessen kochte, während Ella neben mir auf dem Küchenfußboden hockte und malte. Plötzlich hörten wir ein Klopfen an der Haustür. Ich schaute aus dem Fenster und sah Stella auf der oberen Treppenstufe stehen, die Arme verschränkt, das Kinn entschlossen vorgereckt. Seit unserer letzten unangenehmen Verabredung zum Kaffeetrinken letzte Woche war ich ihr aus dem Weg gegangen. Ich überlegte, ob ich ihr Klopfen ignorieren sollte. Stella hatte mich nicht gesehen, aber bestimmt mein Auto in der Einfahrt bemerkt. Außerdem kannte ich sie gut genug, um zu wissen, dass sie so lange bleiben würde, bis sie mit mir geredet hätte.

Abgesehen von der Notwendigkeit, Ella zum Kindergarten zu bringen, hatte ich für mein Treffen mit Stella im Black Cat das erste Mal seit sechs Wochen das Haus verlassen. Das erste Mal, seit ich von Hannah und Justin erfahren hatte. Zum Glück hatten die Lokalnachrichten nicht ausführlich über die Beziehung der beiden berichtet, und dank Erik hatte der *Ridgedale Reader* ganz darauf verzichtet. Stattdessen hatte sich die Berichterstattung darauf konzentriert, dass es sich bei dem toten Baby nicht um das Opfer eines Verbrechens, sondern mehr oder weniger um eine vertuschte Totgeburt handelte. So wollte man die Einwohner von Ridgedale beschwichtigen – kein Kriminalfall, keine unnötige Besorgnis. Dennoch schienen sich die Leute so einiges zusammenzureimen.

Barbara hatte Ridgedale mit Hannah und Cole verlassen – eine Begegnung weniger, die ich fürchten musste. Sie hatten

Hannah, deren Prognose scheinbar vielversprechend war, zu einer Rehabilitationsmaßnahme ins Krankenhaus der University of Pennsylvania gebracht. Auch Cole ging es mittlerweile schon viel besser. Zumindest war es das, was Barbara den Leuten erzählte. Gerüchten zufolge hatten ihre Eltern, zutiefst verlegen wegen Steves Verhaftung und dem, was mit Hannah passiert war, darauf bestanden, dass sie den Sommer im Strandhaus der Familie in Cape May, New Jersey, verbrachten. Steve war in Ridgedale und erwartete die Urteilsverkündung. Er hatte gestanden, Simon Barton getötet zu haben, im Gegenzug würde er nicht wegen Mordes, sondern wegen Totschlags angeklagt werden. In Anbetracht der Umstände, die Jenna bestätigt hatte, schien der Staatsanwalt auf eine lange Haftstrafe verzichten zu wollen.

Kaum hatte ich fünf Minuten mit Stella verbracht, war ich glücklich darüber, ihrem Vorschlag, mich mit ihr auf einen Kaffee zu treffen, zugestimmt zu haben. Wie immer ließ ich mich von ihren albernen, übertriebenen Kommentaren zum Alltag in Ridgedale mitreißen, und ich war beeindruckt von ihrer Zurückhaltung in Bezug auf meine Familie. Sie erwähnte nicht ein einziges Mal Justins Namen. Bislang hatten wir nicht über die Sache zwischen ihm und Hannah gesprochen, dabei war ich mir sicher, dass Stella sich nach Details verzehrte.

Ironischerweise war am Ende ich diejenige, die auf Justin zu sprechen kam, indem ich spontan einen Witz erzählte, den er kürzlich über die Barista vom Black Cat gemacht hatte, die Stella nicht ausstehen konnte. Einen Witz, von dem ich dachte, er würde ihr gefallen.

»Wo du gerade Justin erwähnst – sprichst du eigentlich mit ihm?«

Wochenlang hatte ich einen so großen Hass auf ihn empfunden, dass es mir geradezu Angst gemacht hatte. Ich hätte nie gedacht, dass man einen anderen Menschen so hassen konnte. Meine Fantasien, wie ich ihm körperliches und seelisches Leid zufügen konnte, waren so detailreich, so ausgefeilt, dass in mir die Alarmglocken schrillten. Doch irgendwann verwandelte sich der Hass in Traurigkeit, dann in Resignation. Justin hatte mich auf die schrecklichste Art und Weise betrogen, genau dann, als ich ihn am meisten brauchte. Und ich war lange Zeit von ihm entrückt gewesen, verloren in der schlimmsten Phase meiner Depression, die über ein Jahr andauerte. Beides entsprach der Wahrheit. Das machte mich traurig, hauptsächlich um Ellas und meinetwillen, gelegentlich auch um Justins willen. Schlussendlich war auch sein Leben ruiniert.

Auch er hatte Ridgedale verlassen und war nach Manhattan zurückgekehrt, denn die Universität hatte ihn natürlich unverzüglich gefeuert. Mithilfe eines Darlehens seiner Eltern versuchte er, eine Karriere als Freiberufler zu starten, indem er einen angesehenen politischen Blog herausgab. Wir redeten miteinander, aber nicht viel.

»Er ist der Vater meines Kindes, Stella«, hatte ich an jenem Nachmittag vor einer Woche im Black Cat geantwortet, doch ich wünschte mir, ich wäre nicht auf ihn zu sprechen gekommen. »Ich *muss* mit ihm kommunizieren.«

»Das ist mir bewusst. Es war nur die Art und Weise, wie du ihn erwähnt hast.« Sie schaute angewidert drein. »Es wirkte fast so, als hättest du ihm verziehen. Ich hoffe, du machst dich nicht selbst für irgendwas verantwortlich. Es zählt nicht, dass du depressiv warst, als er dich betrogen hat, Molly. Es entschuldigt nichts.«

In mir baute sich eine Welle des Zorns auf, die so heftig war, dass sie mich auf die Füße riss. Ich würde nicht hier sitzen bleiben und mir ausgerechnet von Stella sagen lassen, was ich zu tun hatte und was nicht. »Ich denke, ich gehe jetzt lieber.«

»Tut mir leid, Molly. Ich will dich nicht anzicken. Aber ich bin deine Freundin.« Stella presste die Lippen zusammen und schaute mich an. »Ich ... ich möchte nur nicht, dass du eine schlimme Situation noch schlimmer machst, indem du so tust, als wäre sie okay.«

»Nun, danke«, sagte ich, wenngleich ich davon ausging, dass Stellas Beweggründe alles andere als altruistisch waren. »Aber glaub mir, Stella, wenn ich deinen Rat brauche, gebe ich dir Bescheid.«

Jetzt betrachtete ich sie, während sie vor unserer Haustür stand. Sie sah grauenhaft aus. Sie trug eine ausgeleierte Jeans und ein schlecht sitzendes, wenig schmeichelhaftes Oberteil. Ihre Haut war fleckig. Vielleicht war sie gekommen, um sich zu entschuldigen. Sie hatte mir mehrere Textnachrichten geschickt, die ich ignoriert hatte. Ich war es ihr schuldig, sie anzuhören.

»Darf ich reinkommen?«, fragte sie, als ich die Tür öffnete. Sogar ihre Stimme war matt, von ihrer üblichen Aufgekratztheit keine Spur. Allerdings klang sie nicht so, als wollte sie mich um Verzeihung bitten. »Es gibt etwas, worüber ich mit dir reden muss. Etwas, was mir seit letzter Woche zu schaffen macht, im Grunde sogar schon länger. Es dauert auch nur eine Minute.«

»Ich brauche keinen weiteren Vortrag, Stella«, sagte ich. »Ich weiß, dass du meinst, du würdest mir helfen, aber ehrlich – mir geht's gut.«

Sie sagte nichts, als ich die Tür freigab und sie ein paar zögernde Schritte ins Wohnzimmer machte. Sie setzte sich nicht. Stattdessen schaute sie zur Küche hinüber, wo Ella jetzt ein aufwendiges Theaterstück mit Papiertütenpuppen aufführte. Als wollte sie sicher sein, dass die Kleine außer Hörweite war, bevor sie loslegte.

»Nur fürs Protokoll: Ich verzeihe Justin nicht, Stella.« Ich hasste mich dafür, dass ich eine weitere Erklärung abgab, auf die Stella keinen Anspruch hatte. Ich musste mich niemandem erklären. Ich hoffte bloß, ich könnte sie dadurch davon abhalten, etwas zu sagen, was mich noch mehr verärgern würde. »Es tut mir leid, dass ich ihn nicht so hasse, wie du Kevin hasst. Aber solch ein Verhältnis wünsche ich mir nicht zwischen uns. Ich genieße das nicht so wie du.«

Sie zuckte zusammen, aber sie widersprach nicht. Wie konnte sie auch? Es war nun mal die Wahrheit.

»Vielleicht könntest du ihn ja zumindest ein kleines bisschen hassen«, sagte sie. Sie streckte mir ihr Handy entgegen. »Du hast das nie gesehen, oder?«

»Was? Was soll ich nie gesehen haben? Was ist das, Stella?« Zögernd blickte ich aufs Display, gerade lange genug, um zu erkennen, dass es sich um eine der Kommentarseiten des *Ridgedale Reader* handelte. »Ich lese keine Kommentare zu meinen Artikeln. Das weißt du.«

»*Jetzt* weiß ich es. Aber zu der Zeit wusste ich es nicht.« Sie hielt mir das Telefon noch immer vor die Nase. »Bitte lies diesen einen Kommentar. Dann lasse ich dich in Ruhe, und du wirst nie wieder mit mir reden müssen.«

Nie wieder mit ihr reden müssen? Mit zusammengekniffenen Augen blickte ich aufs Display und versuchte, einen Sinn in dem auszumachen, was ich da las. *DAS BABY IST VON IHM.* Von einem Benutzernamen, 246Barry, der der Zimmernummer von Justins Büro entsprach – 246 Barry Hall. Gepostet zu einer Zeit, als ich an der Geschichte gearbeitet hatte, einer Zeit, in der weder ich noch irgendwer sonst über Hannah, geschweige denn über Justin Bescheid gewusst hatte. »Das kapiere ich nicht.«

»Ich weiß«, sagte Stella reumütig. »Ich habe mich zu kryptisch ausgedrückt. Dabei wollte ich einfach nur clever sein. Ich wollte, dass du es erfährst, ohne dass ich es dir sagen muss.«

»Wovon redest du, Stella?« Ich bekam ein mulmiges Gefühl. Verspürte keinen Zorn, sondern Angst. Ich wäre lieber wieder wütend gewesen.

»Ich habe eine Textnachricht gesehen, die jemand an Justins Handy geschickt hat. Er war auf der Toilette und hat sein Handy auf der Theke liegen lassen. Ich wollte nicht schnüffeln, aber dann blinkte die Nachricht plötzlich auf. Damals wusste ich nicht, von wem sie war. Es stand auch gar nichts Besonderes drin, nur ›Ich muss wirklich dringend mit dir reden. Bitte‹. Trotzdem. Ich *wusste* es einfach.«

»Was wusstest du, Stella? Wovon redest du?«

»Ich habe einen Scherz darüber gemacht, als Justin von der Toilette zurückkam: ›Du schwängerst sie und servierst sie dann einfach ab?‹ Und da habe ich den Ausdruck auf seinem Gesicht gesehen, Molly. Als wollte er mich umbringen. Es war offensichtlich: Irgendwo da draußen gab es tatsächlich eine Frau, die von ihm schwanger war. Und dann fand man das Baby, und du hast mir erzählt, dass er dich unbedingt davon abbringen wollte, an der Story zu arbeiten. Ich wollte nur …« Sie stockte. »Ich konnte mir natürlich nicht sicher sein, dass das Baby wirklich von ihm war, aber irgendwie war ich das. Ich war zu feige, mit dir zu reden, also habe ich diese blöden Kommentare gepostet – die du nie gelesen hast. Ich hätte es dir gesagt, wenn du nicht von selbst dahintergekommen wärst, das schwöre ich dir.«

»Wie bitte?« Mehr fiel mir dazu nicht ein. Nichts von dem, was sie sagte, ergab einen Sinn. »Warte … wie konntest du die Nachricht auf Justins Handy lesen?« Wir waren seit Monaten nicht mehr zusammen essen gewesen, und ich konnte mich nicht daran erinnern, dass sie je zu zweit … »Wieso ›Theke‹? Ihr wart in einer *Bar*?«

Stella holte tief Luft. Ihre Augen füllten sich mit Tränen. »Es war nur ein Glas Wein, Molly. Nur ein Mal. Es ist nichts passiert. Allerdings kann ich dir nicht sagen, was gewesen wäre, wenn Justin die Nachricht an jenem Abend nicht bekommen hätte. Wenn wir uns nicht deswegen in die Haare geraten wären.« Sie schüttelte den Kopf. Zuckte mit den Achseln. »Ich kann damit leben, dass du mich dafür hasst. Ich *muss* damit leben. Ich kann sogar damit leben, wenn du ihn nicht hasst. Aber verzeih ihm nicht, Molly – nicht alles. Das hat er nicht verdient. Und du auch nicht.«

Erik kam, als ich damit beschäftigt war, meinen Schreibtisch zu räumen. Er brachte Kaffee und einen Muffin mit, unter seinem Arm klemmten mehrere Zeitungen. Er wirkte müde, aber glücklich, wie alle, die gerade Eltern geworden waren. Ich freute mich so sehr für ihn, dass es am Ende doch noch geklappt hatte.

»Das musst du doch nicht machen«, sagte er, als ich die letzten Ordner zusammensuchte. »Ich habe es dir schon hundertmal gesagt: Ich fände es toll, wenn du deinen Schreibtisch behältst. Du kannst trotzdem als Freiberuflerin arbeiten – für wen auch immer.«

Erik hatte mir das mehrfach versichert, seit ich vor zwei Monaten gekündigt hatte – fünf lange Monate nachdem Justin ausgezogen war, und gute dreieinhalb Monate nach meinem unschönen Gespräch mit Stella. Ich hatte sie seither natürlich wiedergesehen – Ridgedale war eine kleine Stadt –, aber sie war respektvoll auf Abstand geblieben.

»Genügt dir ein Vielleicht?«, fragte ich, obwohl ich wusste, dass es ein Nein war.

»Selbstverständlich«, sagte er. »Ich verstehe, dass du viel beschäftigt sein wirst. Ich kann's gar nicht erwarten, es endlich zu lesen.«

Ich lächelte. »Geht mir genauso. Aber jetzt muss ich es erst einmal schreiben.«

»Die Reportage war großartig, und ich bin mir sicher, das Gleiche wird für das Buch gelten.« Erik bezog sich auf den Leitartikel über Thomas Price, den ich für das *New York Magazine* geschrieben und der mir auch den Buchvertrag eingebracht hatte. »Ich habe nie an deinen Fähigkeiten gezweifelt.«

Am Ende erstreckten sich die Anschuldigungen über zwei Jahrzehnte und drei Universitäten, beginnend mit Jenna Mendelson, die einem Interview für meinen Artikel zugestimmt hatte, vorausgesetzt, ich verwendete ausschließlich ihre Initialen J. M. Ich erzählte ihr, dass ich mit Sandy in Kontakt gekommen war. Alles andere wäre mir unaufrichtig vorgekommen. Was ich ihr nicht erzählte, war, dass wir uns immer noch regelmäßig E-Mails schrieben. Sandy hatte mich gebeten, dies nicht zu erwähnen.

Sie hatte ihren GED-Test an ihrem siebzehnten Geburtstag mit Auszeichnung bestanden und besuchte bereits Seminare an der New School, einer Universität in New York City. Noch verdiente sie ihr Geld als Kellnerin, doch sie hatte vor, sich um ein Stipendium zu bewerben, um im Herbst ein Vollzeitstudium beginnen zu können. Aidan und sie hatten ebenfalls noch Kontakt – freundschaftlich, wie Sandy sich beeilt hatte, mir zu versichern. Sie hatte keine Zeit für einen festen Freund, nicht, solange sie noch nicht dort war, wo sie hinwollte.

»Heute ist Steves Anhörung«, sagte Erik und sah mich auffordernd an. »Willst du darüber berichten – um der alten Zeiten willen?«

Er scherzte, zumindest nahm ich das an. Es war eine Erleichterung, jemanden um mich zu haben, der nicht krampfhaft versuchte zu ignorieren, mit wem ich verheiratet war, als wäre dies eine beschämende Krankheit. Am Ende waren Erik, Nancy und ich so enge Freunde geworden, wie ich es mir von Anfang an gewünscht hatte. Genau in dem Moment, in dem ich sie wirklich brauchte.

»Danke für dein Angebot«, erwiderte ich, »doch ich verzichte.«

Niemals dagegen hätte ich darauf verzichtet, den Leitartikel über Thomas Price zu schreiben. Er war umgehend entlassen und kurz darauf wegen sexueller Nötigung verhaftet worden. Endlich befand er sich nicht länger in der Position, jemanden einzuschüchtern oder zu bedrohen – anscheinend drohte er seinen Opfern gern weitere Gewalt an, damit sie schwiegen. Vier Frauen, einige davon nicht mehr ganz jung, planten, ihn vor Gericht zu bringen. Rose nicht. Noch nicht. Weder sie noch ihr Baby waren bislang wieder aufgetaucht, aber da mir nichts Gegenteiliges zu Ohren gekommen war, hoffte ich einfach, dass es ihnen gut ging.

»Ich hatte von Anfang an ein ungutes Gefühl wegen Price«, hatte Deckler gesagt, als ich ihn endlich aufspürte, um ihn für meinen Artikel zu befragen. Seine Suspendierung war nach Price' Verhaftung nicht nur aufgehoben, er war sogar befördert worden und durfte jetzt Kakihosen und Button-down-Hemden tragen, was ihm um einiges besser stand als die schwarz-gelbe Uniform der Campus-Polizei. »Typen wie der machen sich nur selten die Mühe, gründlich ihre Spuren zu verwischen.«

»Warum haben Sie mir die Akten zugespielt?«

Er hatte mit den Schultern gezuckt. »Sie waren neu in der Stadt. Ich konnte mir sicher sein, dass Sie mit niemandem unter einer Decke steckten. Price hatte mir sehr deutlich zu verstehen gegeben, dass er den Polizeichef aus seiner Highschool-Zeit kannte. Dass Steve ihn schützen würde, ganz egal, was passierte. Das Gleiche hatte er vermutlich den Frauen aufgetischt, um sie zum Schweigen zu bringen. Und dann tauchte plötzlich das tote Baby auf, und Sie kamen her und erkundigten sich nach Rose Gowan.« Er wandte verlegen den Blick ab. Er wusste von Justin, natürlich. »Nun, das eine hatte nichts mit dem anderen zu tun, aber das konnte ich ja nicht wissen. Und irgendwie hatte ich das Gefühl, dass Schluss sein musste. Genug war genug. Ich musste etwas unternehmen, selbst wenn es mich den Job kostete.«

Price würde auf jeden Fall bezahlen müssen – unabhängig davon, ob die Frauen juristisch gegen ihn vorgingen oder nicht. Er würde nie wieder an einer Universität arbeiten dürfen und wahrscheinlich zum ersten Mal in seinem Leben eine Gefängniszelle von innen sehen. Zudem drängte die Öffentlichkeit darauf, dass die Vorgehensweise der Ridgedale University im Umgang mit sexuellen Übergriffen unter die Lupe genommen wurde.

Die Tür zur Redaktion öffnete sich erneut. Nancy kam herein, mit einem Kinderwagen. Sie wirkte glücklich und erschöpft. Vielleicht sogar noch ein bisschen erschöpfter und noch ein bisschen glücklicher als Erik. Sie hatten so hart und so lange um ein Baby gekämpft, dass sie offenbar keine Sekunde damit vergeuden wollten, sich über die weniger angenehmen Seiten des Elterndaseins zu beschweren. Es war ein Wunder, dass Erik während meiner Arbeit an der Story über Hannahs Baby die Nerven bewahrt hatte. Die leibliche Mutter von Eriks und Nancys Baby hatte es sich zwischendurch anders überlegt und war Hals über Kopf zu ihrer Schwester geflüchtet, und Erik war ihr hinterhergereist, in der Hoffnung, sie umstimmen zu können. Da absolute Diskretion die oberste Priorität der leiblichen Mutter war, hatte Erik niemandem mitteilen dürfen, wo er sich aufhielt und warum. Am Ende hatte sie sich doch dazu entschieden, der Adoption zuzustimmen.

Ich konnte nicht widerstehen, einen Blick auf Delilah zu werfen, ein knuffiges kleines Mädchen, das mittlerweile sieben Monate alt war. »Sie wird immer süßer«, sagte ich und kitzelte ihre winzigen Zehen, woraufhin sie mich mit einem zahnlosen Grinsen anstrahlte. »Wie ist das möglich?«

»Ich weiß es nicht«, erwiderte Nancy, die genauso strahlte, achselzuckend. »Aber ich bin ganz deiner Meinung. Sie hat übrigens einen ziemlich starken Willen.« Ihr Lächeln wurde noch breiter. »Wie ihre leibliche Mutter zu sagen pflegt: ›Lass los, wenn du nicht mitgeschleift werden willst.‹«

Lass los, wenn du nicht mitgeschleift werden willst. Bei diesen Worten klingelte etwas bei mir. Und dann fiel mir ein, wo ich sie schon einmal gehört hatte: in Rose Gowans Zimmer im Uni-Krankenhaus von Ridgedale. Stella hatte sie ausgesprochen, aber sie waren Rose' Leitspruch.

Nach dem Abendessen gingen Ella und ich nach draußen. Kurz zuvor hatte es gewittert, und der Augustabend war frisch, die Luft noch immer elektrisiert. Ich setzte mich auf die Stufen vor der Haustür, atmete tief den Geruch nach Gras und Regen ein und sah Ella zu, die kichernd in der Dämmerung hin und her rannte, einen Stab mit einem Ring in der Hand, aus dem riesige, schimmernde Seifenblasen wehten.

Mein Handy vibrierte auf den Stufen neben mir. *Justin* blinkte auf dem Display auf. Er rief wieder mal an, wenngleich ich ihn eindringlich gebeten hatte, sich auf E-Mails zu beschränken. Auf E-Mails, in denen es ausschließlich um Ella ging. Wir hatten ihr das Nötigste mitgeteilt – Mommy und Daddy würden von nun an getrennt leben, aber wir hätten sie beide ganz genauso lieb wie zuvor. Und nein, Daddy würde nicht mehr nach Hause kommen. Er würde nie mehr nach Hause kommen. Ich fühlte mich ihm gegenüber zur Höflichkeit verpflichtet – mehr nicht.

Ich konnte nicht ändern, dass ich so lange gebraucht hatte, um zu erkennen, wie Justin wirklich war – und wie viel länger es noch gedauert hatte, mir dies einzugestehen. Aber jetzt konnte ich das tun, was ich für Ella und mich tun musste, und zwar ohne unser Leben in einen alles verschlingenden Strom der Wut zu verwandeln, wie meine eigene Mutter es getan hatte. Ich drückte den Anruf weg und legte das Handy mit dem Display nach unten auf die Stufe zurück.

In einer Sache hatte Justin recht: Nicht alles, was man vorhatte, hing zwingend mit dem zusammen, was man hinter sich hatte.

»Sieh mal, Mommy!«, quietschte Ella vergnügt. Als ich mich zu ihr drehte, hüpfte sie barfuß durchs Gras, diesmal ohne ihre Seifenblasen, und deutete auf einen Schwarm Glühwürmchen, die in der Dämmerung leuchteten. »Wollen wir welche fangen?«

Ich betrachtete unseren Bilderbuchvorgarten mit dem weißen Lattenzaun, dann wandte ich mich um und sah an unserem hübschen weißen Haus hinauf. Die Luft war voller Glühwürmchen. Fing man sie mit einem speziellen Behältnis oder einem Netz? Was passierte, wenn man sie in den bloßen Händen hielt? Ich hatte nicht die leiseste Ahnung.

»Ja, Süße, selbstverständlich wollen wir das!«, rief ich und sprang die Stufen hinunter, um Ella in die Arme zu schließen, die in vollem Lauf auf mich zukam. Ich strich ihr die Locken aus dem lieben Gesichtchen. »Komm, lass uns reingehen. Wir holen ein Einmachglas«, sagte ich und nahm ihre Hand. »Und dann zeige ich dir, wie das geht.«

Epilog

Sie schlafen auf dem blauen Vinylstuhl an der Wand, einen guten Meter von meinem Bett entfernt. Ich habe genügend Bücher gelesen – ich habe alle Bücher gelesen, die es zu diesem Thema gibt –, um zu wissen, dass ich ihn wecken sollte. Wir dürfen nicht einschlafen, wenn wir sie im Arm halten. Dennoch gestatte ich mir für eine Minute, die beiden zu betrachten. Ich staune darüber, dass es sie tatsächlich gibt: meine neugeborene Tochter, fest eingewickelt in eine Krankenhausdecke, in die Arme meines Ehemanns gekuschelt.

Lucas' blonde Haare stehen nach allen Seiten hin ab, sein schmales Gesicht ist unrasiert, das weiche Karohemd zerknittert.

Ungeduscht, erschöpft und völlig derangiert wischte mir dieser Mann den Schweiß von der Stirn, hielt meine Hand, flüsterte mir beruhigend ins Ohr und feuerte mich mit lauter Stimme über meine eigenen Schreie hinweg an – alles genau im richtigen Moment und auf die richtige Art und Weise.

Trotz meiner sorgfältigen Vorbereitung nahm der Geburtsvorgang eine unvorhergesehene Wende. Nach vierzig anstrengenden Stunden ohne Schmerzmittel, aber auch ohne jeden Fortschritt, sank die Herzfrequenz des Babys plötzlich dramatisch ab. Eine Vollnarkose und ein Notkaiserschnitt waren die einzige Option. Und so war ich nicht einmal wach, als sie auf die Welt kam. Werde nie erfahren, wie sich ihr erster Schrei anhörte, kann ihr nichts über ihre ersten Sekunden auf dem Planeten Erde erzählen. So wollte ich das nicht. So hatte ich es mir nicht vorgestellt.

Aber ich werde das nicht als Zeichen deuten. Als düsteres Omen. Ich werde nicht das manifestieren, was ich so sehr zu vermeiden suche. Das habe ich beim Yoga gelernt. Oder in dem Geburtsvorbereitungskurs, den ich absolviert habe. Yoga ist nichts für mich, aber dieser Grundsatz hat was.

»Wir müssen nicht perfekt sein«, sagte Lucas, als es geschafft war. Als ich aufwachte, als Mutter, und in Tränen ausbrach. Auch er weinte, während er mich küsste, noch immer sichtlich traumatisiert von meiner fast tödlichen postpartalen Blutung. Er rang sich ein Lächeln ab und wischte sich mit dem Ärmel übers Gesicht. »Von jetzt an kann es verfickt noch mal nur besser werden.«

Ich musste lächeln, als ich ihn »verfickt« sagen hörte. Lucas' französischer Akzent kam manchmal immer noch durch, vor allem, wenn er sich an ungewohnte Flüche wagte. Ich hätte nie gedacht, dass ich mal einen erfolgreichen französischen Anwalt heiraten würde, den ich kennenlernte, als er mich versehentlich vom Fahrrad stieß. Eines Samstagmorgens, als wir beide mit hoher Geschwindigkeit unsere Runden im Central Park drehten, hatte Lucas mich überholt. Er trug eines dieser albernen hautengen Radsport-Outfits mitsamt Radlerbrille und fuhr ein auffälliges Rennrad von genau der Sorte, über die ich mich so gern lustig machte.

An dem Tag waren wir zusammen im Krankenhaus gewesen. Er hatte mich dorthin begleitet, damit ich meinen Ellbogen röntgen ließ. Als er endlich meine Freunde bei der New York City Administration for Child Services kennenlernte, die sich wie ich für das Wohlergehen der Kinder und Familien in problematischen Situationen oder einem problematischen Umfeld einsetzten – ich schon seit zehn Jahren, seit dem Abschluss meines Master-Studiengangs –, scherzte er, dass er sicher kein Date bekommen hätte, wäre mein Ellbogen tatsächlich gebrochen gewesen. Doch er täuschte sich. Nachdem ich eine Stunde gemeinsam mit ihm im Wartezimmer verbracht hatte, war ich in ihn verliebt.

Nichtsdestotrotz hatte ich mir nie einen Ehemann wie Lucas vorgestellt. Um ehrlich zu sein, hatte ich mir gar keinen Ehemann vorgestellt. Ich hatte mir ausgemalt, wie ich meine Tage auf einer Art Insel verbrachte, glücklich mit meinen Freunden und Liebsten und meiner großartigen Karriere. Doch jetzt, da Lucas in mein Leben getreten war, wurde mir klar: Er war die Person, auf die ich unbewusst die ganze Zeit über gewartet hatte.

Plötzlich wachte er auf. Seine Augen weiteten sich erschrocken, als ihm klar wurde, dass er eingeschlafen war, das Baby im Arm.

»Alles okay«, versicherte ich ihm. »Ich habe aufgepasst. Ich hätte schon dafür gesorgt, dass du sie nicht fallen lässt.«

»Oh, gut«, sagte er erleichtert.

»Darf ich sie nehmen?«

»Sicher«, sagte Lucas und stand so vorsichtig auf, als würde er eine hochexplosive Bombe im Arm wiegen. Er betrachtete seine Tochter, dann flüsterte er: »Bereit, zu Mommy zu gehen, Jenna Mendelson Mason?«

Meine Tochter wird die Frau, der sie ihren Namen zu verdanken hat, nie kennenlernen. Jenna starb vor drei Jahren an Magenkrebs – wovon sie mir nichts erzählt hatte, obwohl wir uns seit einigen Jahren regelmäßig E-Mails schrieben. Es erklärte, warum sie mich nie hatte besuchen wollen. Monte erzählte mir nach ihrer Beerdigung, dass sie die Vorstellung nicht ertragen konnte, dass ich auch nur eine einzige weitere Minute meines Lebens damit verschwenden würde, mich um sie zu kümmern.

Doch eines Tages werde ich meiner Tochter von ihrer Großmutter erzählen. Ich werde ihr sagen, worauf es wirklich ankommt: dass sie nach einer Frau benannt wurde, die mutig genug war, ihre Unzulänglichkeiten zu akzeptieren. Nach einer Frau, die stark genug war, mich freizugeben.

Dank

Mein tiefster Dank gilt der brillanten, einfühlsamen Claire Wachtel. Danke, danke, danke. Diesen kreativen Prozess gemeinsam zu durchlaufen, war ein wahres Geschenk. Danke, dass du das Potenzial dieses Buchs erkannt hast und so lange an meiner Seite geblieben bist, bis ich das Ziel erreicht hatte.

Vielen Dank, Michael Morrison und Jonathan Burnham, für die großzügige Unterstützung und den unglaublichen Enthusiasmus. Danke auch an Hannah Wood, Leslie Cohen, Katie O'Callaghan, Amy Baker, Mary Sosso, Leigh Raynor, Kathryn Ratcliffe-Lee und alle anderen aus dem Harper-Collins-Team. Es ist ein Vergnügen, mit so warmherzigen, wundervollen Menschen zusammenzuarbeiten.

Danke, Marly Rusoff, beste Agentin und liebe Freundin – ich bin so glücklich, von deiner Klugheit und Erfahrung zu profitieren. Danke, Michael Radulescu, für deine geniale Handhabung der ausländischen Rechte, danke, Julie Mosow, dass du stets alles hast stehen und liegen lassen, um einen weiteren Entwurf zu lesen. Ich danke auch der fantastischen Shari Smiley und der wundervollen Lizzy Kremer.

Ganz herzlichen Dank an die Experten, die geduldig meine Fragen beantwortet haben, darunter Dr. Barbara Dele, Dr. Gerald Feigin, Karen Lundegaard, Dr. Ora Pearlstein, Maureen Rush und Kelly Smith. Außerdem bin ich Pam Belluck und Dr. Carl P. Malmquist zu Dank für ihre Arbeit verpflichtet.

Mein unendlicher Dank gilt meinen fantastischen Freunden und meiner Familie, auch bekannt als das erbittertste

Basis-Marketing-Team des Landes: John McCreight und Kim Healey, Diane und Stanley Dohm, Rebecca Prentice und Mike Blom, Stephen Prentice, Catherine und David Bhigian, Alanna Cavaricci, Sidney Cavaricci, der Familie Cragan, der Familie Crane, Larry und Suzy Daniels, Bob Daniels und Craig Leslie, Kate Eschelbach, David Fischer, Tania Garcia, Jessica und Jason Garmise, Sonya Glazer, Yoko Ikeda, David Kear, Merrie Koehlert, Hallie Levin, Brian und Laura Mayer, Brian McCreight, der Familie Metzger, Jason Miller, Sarah Moore, Frank Pometti, Jon Reinish, Maria Renz und Tom Barr, Julie Schwetlick, Maxine Solvay, Bronwen Stine, der Familie Thomatos, Meg Yonts, Denise Young Farrell und Christine Yu. Nehmen Sie sich in Acht: Wenn Sie ihnen zu nahe kommen, werden sie dafür sorgen, dass Sie ein weiteres Buch kaufen!

Mein ganz besonderer Dank gilt Joe und Naomi Daniels für ihre Unterstützung und die jahrelange Freundschaft.

Danke, Megan Crane, dass du mir versichert hast, es würde sich lohnen. Danke, Victoria Cook, dafür, dass du sowohl die beste PR-Frau als auch einer der aufrichtigsten Menschen bist, die ich kenne. Danke, Elena Evangelo, für dein kreatives Genie. Und nicht zuletzt danke, meine Damen: Cindy Buzzeo, Cara Cragan, Heather Frattone, Nicole Kear, Tara Pometti und Motoko Rich. Mein Leben wäre so viel unbedeutender ohne euch.

An Martin und Clare Prentice: Es lässt sich nicht in Worte fassen, wie dankbar ich euch bin – und wie dankbar, dass es euch gibt.

An meinen Ehemann Tony: Du bist alles für mich. Für immer.

Und an meine Töchter Harper und Emerson, die mein Herz und meine Seele sind: Ihr seid das Wichtigste für mich, und das werdet ihr immer bleiben.

*Fünf beste Freunde,
ein tödliches Geheimnis und
ein Wochenende der Wahrheit*

KIMBERLY McCREIGHT

Freunde.
Für immer.

THRILLER

Auf dem College waren sie unzertrennlich – bis ein tödliches Geheimnis alles verändert hat. Zehn Jahre später treffen sich die Freunde Jonathan, Derrick, Keith, Stephanie und Maeve für ein Wochenende in den Catskill Mountains. Doch dann sind Keith und Derrick plötzlich verschwunden, die Polizei findet lediglich ihren Wagen, darin eine Leiche mit zertrümmertem Gesicht. Hat die Vergangenheit noch eine Rechnung mit ihnen offen? Als Detective Julia Scutt sich einschaltet, wird klar, dass es eine Verbindung zu einem alten Fall geben könnte, der die düstere Seite einer jeden Freundschaft hervorkehrt.

»Ein brillant konstruiertes Puzzle.«
Julie Clark, Autorin von »Der Tausch«